Second Foundation
제2파운데이션

브릿G britg.kr

종이책의 감성을 온라인으로
황금가지의
온라인 소설 플랫폼

인기 출판소설 무료 연재 중!

FOUNDATION
SERIES
03

Second Foundation
제2파운데이션

Isaac Asimov
아이작 아시모프
김옥수 옮김

황금가지

SECOND FOUNDATION
by Isaac Asimov

Copyright © 1953, 1981 by the Estate of Isaac Asimov
All rights reserved.

Korean edition is published by arrangement with
Doubleday, an imprint of The Knopf Doubleday Publishing Group,
a division of Random House, Inc., through EYA.

이 책의 한국어 판 저작권은 EYA를 통해
The Knopf Doubleday Group과 독점 계약한 ㈜민음인에 있습니다.
저작권법에 의해 한국 내에서 보호를 받는 저작물이므로 무단 전재와 무단 복제를 금합니다.

차례

서문 ———— 7

제1부 **물의 탐색** ———— 11
　1장 **두 남자와 물** ———— 13
　2장 **탐사에 나선 두 남자** ———— 36
　3장 **두 남자와 농부** ———— 54
　4장 **두 남자와 원로들** ———— 66
　5장 **한 남자와 물** ———— 82
　6장 **한 남자와 물 그리고 제1발언자** ———— 99

제2부 **파운데이션의 탐색** ———— 121
　7장 **아르카디아** ———— 123
　8장 **셀던 프로젝트** ———— 142
　9장 **공모자들** ———— 157
　10장 **위기가 닥치다!** ———— 175
　11장 **밀항자** ———— 180
　12장 **군주** ———— 195
　13장 **부인** ———— 204
　14장 **불안감** ———— 214
　15장 **그리드를 뚫고** ———— 232
　16장 **전쟁이 일어나다** ———— 250
　17장 **전쟁** ———— 267
　18장 **어떤 세계의 유령** ———— 272
　19장 **종전(終戰)** ———— 283
　20장 **"나는 안다······."** ———— 297
　21장 **진실** ———— 318
　22장 **진짜 대답** ———— 335

서문

제1은하제국은 수십만 년 동안 계속되었다. 권력을 중앙으로 집중해서 철권을 휘두르기도 하고 자비로운 정책을 펼치기도 하면서 항상 질서를 유지하며 은하계 모든 행성을 통치했다. 인류는 다른 체제가 존재할 수 있다는 사실 자체를 완전히 잊어버렸다.

하지만 해리 셸던은 아니었다.

해리 셸던은 황혼기를 맞은 제1은하제국에서 가장 위대한 과학자였다. 그는 심리역사학을 개발해서 완벽하게 발전시켰다. 심리역사학은 일종의 군집생태학으로 인간 행위를 수학 방정식에 대비해서 미래를 예견하는 학문이다.

셸던은 인간 개인과 달리 인간 집단은 통계를 통해서 미래 행동을 예측할 수 있다는 사실을 발견했다. 대상으로 삼는 인간 집단이 규모가 클수록 정확성도 늘어난다. 그런데 셸던이 연구했던 대상은 은하제국에 사는 수천 조에 달하는 인구 전체였다!

그래서 셸던은 겉보기에 아주 강력하고 화려한 제국이, 모든 상식과 믿음을 거부한 채, 불치병에 걸려서 멸망할 수밖에 없다고 예견했다.

그대로 놔두면 은하계에서는 3만 년이란 오랜 기간을 무정부 상태로 비참하게 보낸 다음에야 비로소 강력한 정부가 다시 등장한다는 사실도 예견했다.

해리 셸던은 문제를 해결하고 싶었다. 그래서 1000년 안에 평화와 문화를 재건할 조건을 만들고 싶었다. 그는 식민지 행성 두 곳을 만들고 과학자 집단을 은밀하게 이주시켜서 '파운데이션'이란 이름을 붙였다. 행성 두 곳의 위치를 일부러 '은하계 반대 끝에 있는 별'에다 잡았다. 파운데이션 한 곳은 완벽하게 공개했지만 다른 한 곳은, 두 번째 파운데이션은, 완벽하게 비밀로 했다.

『파운데이션』 그리고 『파운데이션과 제국』에서는 제1파운데이션이 300년을 살아온 역사에 대해 말한다. 백과사전을 편찬할 학자 일부가 은하계 외각 변두리로 가서 황폐한 행성에 정착하는 것으로 이야기는 시작된다. 파운데이션은 정착 과정에서 다양한 권력 투쟁을 겪고 사회 경제가 발전하는 과정에서 다양한 위기를 맞이한다. 하지만 이들 앞에 펼쳐진 길은 하나밖에 없다. 그 방향으로 나아가야 새로운 문화가 나타난다. 오래전에 죽은 해리 셸던이 계획한 그대로 말이다.

제1파운데이션은 야만적으로 변한 주변 행성을 장악했다. 우수한 과학 기술을 확보했기 때문이었다. 쇠락한 제국에서 떨어져 나온 군벌이 덤비지만 결국에는 물리쳤다. 쇠락하는 제국에서 마지막으로 강력한 황제와 강력한 장군이 등장해 마지막 힘을 긁어모으며 덤비지만 이들 역시 결국에는 물리쳤다.

그런데 해리 셸던이 예측할 수 없었던 존재, 강력한 힘을 발휘하는 인간, 바로 돌연변이체가 나타났다. 뮬이라고 알려진 돌연변이체는 인간의 마음을 파고들어서 마음대로 조종하는 능력을 가지고 태어났다.

가장 어려운 상대가 한순간에 가장 충실한 하인으로 돌변하는 것이었다. 군대도 맞서 싸울 수가 없었다. 아니, 싸우려 들지를 않았다. 결국에는 제1파운데이션이 무너졌고 그래서 셸던이 세운 계획도 부분적으로 망가질 위기에 처한다.

그런데 제2파운데이션은 아직까지 신비에 쌓인 채 그대로 숨어 있었다. 아무리 애써도 찾을 수가 없었다. 뮬은 그들을 찾아야 한다. 그래야 은하계 전체를 완벽하게 장악하기 때문이다. 아직까지 지하에 숨어서 활동하는 제1파운데이션 세력 역시 살기 위해 그들을 찾아야 한다. 그들은 도대체 어디에 있단 말인가? 그걸 아는 사람은 하나도 없다.

그렇다, 이 책은 제2파운데이션을 찾아가는 과정에 대한 이야기다!

제1부

물의 탐색

1장

두 남자와 뮬

뮬

뮬이 지배하는 체제에서 건설적인 요소가 뚜렷한 모양새를 갖춘 건 제1파운데이션이 무너진 다음부터이다. 제1제국이 마지막으로 해체된 이후, 주변을 통일시켜서 제국다운 면모와 광대한 역사를 이룬 건 뮬이었다. 패배한 파운데이션이 세운 상업 제국은 심리역사학의 예언이라는 눈에 안 보이는 후원을 받았지만 잡다하고 느슨하게 결합되어 있었다. 그것은 뮬이 지배하는, 빈틈없이 통제된 '행성연방'과는 비교할 수도 없었다. 행성연방은 은하계 10분의1, 은하계 인구 15분의1을 장악했다. 속칭 소위 탐색의 시대에는 더더욱······.

—『은하대백과사전』*

* 이 책에서 인용하는 『은하대백과사전』은 터미너스에 있는 은하대백과사전 출판주식회사가 파운데이션 기원 1020년에 발간한 116판으로서 출판사 측의 허락하에 인용되고 있음을 밝혀 둔다.

백과사전에서는 '뮬과 제국'이라는 주제에 관해 언급한 내용이 너무나 적다. 그나마 실린 내용도 당장의 관심사에 거의 아무런 관계가 없으며 우리 목적에 합당한 관심을 불러일으키는 것 역시 없다. 여기에 실린 내용은 뮬의 공식 명칭('연방의 제1시민')을 탄생시킨 경제적 조건 그리고 이후에 결과적으로 나타난 경제 현상에 대한 내용을 주로 다루었다.

이 항목을 서술한 학자가 불과 5년이란 짧은 시기에 뮬이 빈틸터리에서 광대한 지역을 통치하는 지배자로 갑자기 등장한 사실에 얼마나 놀랐는지는 모르겠지만 겉으로 드러낸 건 없다. 그리고 5년 동안 영토를 확실하게 다지겠다며 갑자기 영토 확장을 중단한 사실에 대해서 얼마나 놀랐는지 모르겠지만 이것 역시 겉으로 드러나지 않는다.

그러므로 우리는 백과사전을 무시하고 우리가 세운 목적에 합당한 길을 나아가, 5년이란 통합 강화 기간이 끝나면서 (제1은하제국과 제2은하제국 사이에) 나타난 대공위시대(신성로마제국 역사상 황제가 없던 혼란기를 지칭하는 용어 — 옮긴이)에 펼쳐진 역사를 다루도록 하겠다.

연방은 정치적으로 평온하고 경제적으로 번영했다. 뮬이 확고하게 장악한 평화를 이전의 무질서와 바꾸길 바라는 사람은 아무도 없었을 것이다. 파운데이션으로 알려진 5년 전 세상에 대한 향수는 남았을지언정 그 이상은 아니었다. 파운데이션 지도자는 쓸모가 있으면 강제로 전향당하거나 그렇지 않으면 죽임을 당했다.

그렇게 전향한 사람 가운데에서 가장 유능한 사람은 한 프리처로서, 계급은 중장이었다.

파운데이션 시절에 대위였던 한 프리처는 비밀 조직 '민주적 반대'의 일원이었다. 그래서 파운데이션이 제대로 싸우지도 못한 채 뮬한테 넘어가자 프리처는 뮬과 싸웠다. 그러다가 전향한 것이었다.

사람들은 어떤 결정을 내릴 때에 이성적으로 곰곰이 생각해서 판단한다. 하지만 프리처가 한 전향은 그런 것과 달랐다. 프리처 자신도 그것을 잘 알았다. 프리처가 변한 건 뮬이 대단한 정신력으로 평범한 사람의 정신 상태를 조종해서 자신을 따르도록 만드는 돌연변이체이기 때문이었다. 하지만 프리처는 아주 만족했다. 어찌 보면 아주 당연한 결과였다. 전향한 사람은 누구나 전향 자체에 아주 만족하는 독특한 징후를 보였다. 그런데 한 프리처는 그런 현상에 대해 더 이상 관심이 없었다.

지금 프리처는 연방 바깥쪽으로 끝없이 뻗어 나간 우주 공간을 다섯 번째로 탐색하고 돌아오는 길이었다. 윤기 없는 나무에서 도려내기라도 한 것처럼 딱딱한 얼굴은 정신 이상이 아닌 한 웃음기를 드러내지 않을 표정이었고, 실제로도 웃지 않았다. 하지만 겉으로 드러나는 표정은 아무것도 아니었다. 뮬은 보통 사람이 눈썹에서 일으키는 미세한 경련까지 알아채는 정도였다. 감정이 조금만 변해도 한눈에 포착하는 능력을 지녔다.

프리처는 지시를 받은 대로 비행 자동차를 예전 왕이 사용하던 격납고에 넣고 궁전으로 걸어갔다. 화살표가 있는 고속도로를 1.6킬로미터나 걸었다. 도로에 아무도 없어서 조용했다. 수 제곱킬로미터에 달하는 궁전에는 안내원도 무장한 병사도 없다는 사실을 프리처는 잘 알고 있었다.

뮬은 호위가 필요 없었다.

뮬 자신이 가장 훌륭하고 완벽한 방어 수단이었다.

프리처는 자신이 걷는 소리를 가만히 들으며 나아갔다. 궁전이 어렴풋하게 나타나자 믿을 수 없을 정도로 가볍고 믿을 수 없을 정도로 강력한 금속 벽이 불그스레한 아치로 변하며 대담하면서도 고풍스러운 모습을 드러냈다. 은하제국이 몰락하기 전에 세운 건축물에서 나타나는 특징이었다. 건축물은 텅 빈 대지 너머를, 지평선으로 뻗어 나가는 번잡한 도시 너머를 웅장하게 뒤덮었다.

궁전에는 오직 한 사람, 냉혹한 정신력으로 새로운 귀족 정치와 연방의 체제를 지키는 한 사람이 있었다.

장군이 다가가자 커다랗고 육중한 문이 부드럽게 열렸다. 그는 문을 지나 위쪽으로 나아가는 널찍한 이동 교차로에 올라섰다. 소음이 조금도 없는 엘리베이터를 타고 빠르게 올라가, 궁전 첨탑에서 가장 높고 화려한 방으로 다가갔다. 방문은 아주 조그맣고 소박했다.

문이 열리고……

베일 채니스는 젊었다. 전향도 안 했다. 쉽게 말해서, 뮬에게 감정 구조 자체를 조종 받지 않은 것이다. 그는 유전적으로 타고나서 환경에 따라 자연스럽게 변화한 감정 구조를 그대로 유지했다. 이런 사실 역시 베일 채니스는 극히 만족스러웠다.

아직 서른 살이 안 된 채니스는 수도권 전역에서 놀랄 만큼 좋은 평판을 누렸다. 훌륭한 외모와 총명한 두뇌를 지닌 덕분에 크게 성공했다. 지적인 데다 침착했다. 그래서 뮬에게도 인정을 받았다. 채니스로서는 매우 만족스러운 결과였다.

그런데 뮬이 개인적인 면담을 위해 지금 그를 처음으로 불렀다.

채니스는 두 발을 내딛으며 고속도로를 걸었다. 기다랗게 뻗어서 반짝이는 고속도로 끝에는 스펀지 알루미늄 탑이 있었다. 칼간 총독이 은하제국 시절에 황제 밑에서 군림하며 살던 탑이었다. 은하제국이 망한 다음에는 칼간에서 독립한 왕자들이 살았으며 지금은 스스로 제국을 통치하는 '연방의 제1시민' 뮬이 살았다.

채니스는 부드럽게 콧노래를 불렀다. 그는 이번 면담에서 나올 이야기를 훤히 알았다. 제2파운데이션, 모든 걸 꿰찬다는 도깨비, 뮬로 하여금 영토를 끝없는 확장하는 정책에서 아주 신중한 정책(공식적으로는 '다지기 정책')으로 돌아가도록 만든 대상에 관한 이야기가 분명했다!

여러 가지 소문이 돌았다. 소문은 누구도 막을 수 없었다. 뮬이 다시 공세를 시작할 예정이라는 소문도 있고, 제2파운데이션이 있는 곳을 뮬이 찾아냈는데 그들과 은하계를 분할한다는 협정을 맺으면 다시 공세를 펼칠 것이라는 소문도 있고, 뮬은 제2파운데이션이 존재하지 않는다는 결론을 내렸으니 이제 은하계 전체를 점령할 거라는 소문도 있었다.

여기저기서 들려오는 무수한 소문을 다 살펴볼 필요는 없었다. 그런 소문이 나돈 게 처음도 아니었다. 하지만 이번에는 모든 소문이 헛소문은 아닌 것 같았다. 자유분방하고 호전적인 사람들, 즉 전쟁이나 군사적인 모험 또는 정치적 혼란기에 활기를 띠지만 모든 게 평화롭게 안정된 정체기에는 힘을 못 쓰고 시들한 패거리들도 제 세상을 만난 듯 희희낙락거렸다.

베일 채니스는 이런 사람들 가운데 하나였다. 그는 수수께끼 같은 제2파운데이션을 두려워하지 않았다. 마찬가지로 그는 뮬도 두려워하지 않는다며 사방에 떠들고 다녔다. 이렇게 젊은 나이에 커다란 성공을 거둔 채니스를 속으로 싫어하던 사람들은 뮬의 외모와 은둔 생활을 공개적으로 비웃으며 주변을 웃기는 젊은이가 커다란 일을 당하기만 은근히 기다렸다. 감히 아무도 그런 의견에 동조하지 않았으며 함께 웃지도 않았다. 그런데도 채니스한테 아무런 일도 안 일어나자, 인기는 계속 올라가기만 했다.

채니스는 흥얼거리는 곡에 즉흥적으로 가사를 붙였다. 후렴구는 '제2파운데이션이 국가와 은하계 전체를 위협한다!'는 엉뚱한 가사였다.

마침내 채니스가 궁전에 도착했다.

채니스가 다가가자 커다랗고 육중한 문이 부드럽게 열렸다. 그는 문을 지나 위쪽으로 나아가는 널찍한 이동 교차로에 올라섰다. 소음이 조금도 없는 엘리베이터를 타고 빠르게 올라갔다. 그러고는 궁전 첨탑에서 가장 높고 화려한 방으로 다가갔다.
　문이 열리고…….

　뮬이라는 이름과 제1시민이라는 칭호를 가진 사내는 안쪽에서만 볼 수 있는 투명한 벽에서 지평선으로 뻗어 나가는 드높은 도시와 불빛을 바라보았다.
　어둑한 황혼에 별들이 모습을 드러냈다. 그 별들 중에 그에게 충성을 바치지 않는 별은 거의 없었다.
　사내는 이런 생각을 하면서 씁쓸하게 웃었다. 그들이 충성하는 대상은 예전에 본 적이 없는 존재였다.
　뮬은 누구든 비웃을 수밖에 없는 외모를 지녔다. 기껏해야 48킬로그램에 불과한 몸무게가 170센티미터나 되는 키에 퍼졌다. 사지는 뼈만 앙상하게 툭 튀어나와서 볼품이 없었다. 그리고 깡마른 얼굴은 앞으로 8센티미터나 튀어나온 커다란 코에 금방이라도 파묻힐 것 같았다.
　오직 눈 하나만 뮬이라는 인간이 풍기는 우스꽝스러운 모습에서 벗어났다. 부드러운 눈에서, 은하계 최대의 정복자에게는 어울리지 않는 부드러운 눈에서, 슬픈 느낌이 완전히 사라진 적은 한 번도 없었다.
　호화로운 세상의 중심에 있는 호화로운 수도에서는 도시에서 누리는 모든 환락을 맛볼 수 있었다. 그는 파운데이션, 자신이 정복한 가장 강력한 적국에 수도를 세우고 싶었지만 그곳은 너무나 먼 은하계 변방이었다. 그보다는 은하계 중심에 위치하고 귀족들이 환락을 즐기는 중심 지역이자 오랜 전통을 가진 칼간이 훨씬 적합했다, 전략적으로.

그러나 전례 없는 안정과 번영으로 한층 풍성해진 환락 속에서도 뮬은 마음의 평화를 누릴 수 없었다.

사람들은 그를 두려워하고 그에게 복종했으며 심지어 그를 존경까지 했다. 하지만 이것은 적당한 거리를 유지한 경우에 한정되었다. 그를 직접 만나고도 경멸을 안 할 사람은 전향자 외에 아무도 없었다. 그렇지만 억지로 자아낸 충성에 어떤 가치가 있을까? 거기에는 진실이 없었다. 이런저런 칭호를 사용하고 화려하게 장식하고 화려한 의식을 거행할 순 있겠지만, 달라지는 건 아무것도 없을 터였다. 오히려 제1시민이 되어 자신을 숨기는 편이 제일 좋을 것 같았다. 아니, 적어도 더 나빠지지는 않을 것 같았다.

뮬의 마음속에서 갑자기 강하고 잔인한 감정이 끓어올랐다. 은하계의 누구라도 감히 그를 부정할 수는 없었다. 5년 동안 칼간에 조용히 은둔한 이유는 보이지도 않고 들리지도 않고 알려지지도 않은 제2파운데이션의 끝없는 위기감 때문이었다. 뮬은 이제 서른두 살이었다. 늙은 나이는 아니었다. 하지만 늙은 기분이었다. 돌연변이로 생겨난 정신력은 강하지만 육신은 아주 약했다.

모든 별! 눈에 보이는 별은 물론 보이지 않는 별도 모두 장악해야만 한다!

모두에게, 자신이 함께할 수 없는 인류 전체에게, 자신이 어울릴 수 없는 은하계 모두에게 복수하자.

머리 위에서 경고등이 차갑게 번쩍였다. 뮬은 궁전에 들어온 사람이 움직이는 모습을 파악할 수 있었다. 그러면 고독한 황혼녘에 돌연변이 감각이 강화되면서 민감하게 변하기라도 하는 듯, 감성적인 만족감이 밀려들며 두뇌 섬유조직에 닿는 걸 느꼈다.

묠은 상대의 정체를 가볍게 파악했다. 프리처였다.

한때 파운데이션 군대에서 대위로 복무한 프리처! 파운데이션에서 타락한 정부 관리들에게 무시를 당한 프리처 대위. 초라한 스파이 행위를 중단하고 진흙 구덩이에서 벗어난 프리처 대위. 처음에는 대령이 되고 다음에는 장군이 되어서 우주 전역으로 활동 범위를 넓힌 존재!

처음에는 강력한 적대자였으나 지금은 완벽한 충성을 바치는 프리처 장군. 하지만 이렇게 화려한 경력에도 불구하고 좋아서 충성하는 게 아니고, 감사한 마음에 충성하는 것도 아니고, 충분한 보상 때문에 충성하는 것도 아니었다. 인위적인 조작에 강제 전향되어 자아내는 충성에 불과했다.

묠은 프리처가 충성과 사랑이라는 결코 변하지 않는 감정을 지녔다는 사실을 알고 있었다. 묠 자신이 5년 전에 심어 놓은 감정이었다. 그 밑바닥 깊숙한 곳에는 원래의 완고한 개성과 지배를 못 받아들이는 성질과 이상주의를 추구하던 흔적이 남아 있었다. 하지만 묠 자신도 더 이상 못 찾아낼 정도로 미미한 상태였다.

뒤에서 문이 열리는 순간에 묠도 돌아섰다. 투명한 벽이 차츰 불투명하게 변했다. 그러더니 자줏빛 저녁 햇살도 하얗게 이글거리는 원자력 빛으로 바뀌었다.

한 프리처는 묠이 지시한 의자에 앉았다. 묠과 개인적으로 만날 때에는 경례도, 무릎을 꿇을 필요도, 경어를 쓸 필요도 없었다. 묠은 단지 '제1시민'일 뿐이었다. '각하'라고 부르는 것으로 충분했다. 앞에 앉아서도 우연히 등을 돌리는 정도는 아무런 상관이 없었다.

한 프리처가 볼 때에 이런 자세는 자신감과 확실한 힘을 나타내는 증거였다. 그래서 아주 만족스러웠다.

"자네가 보낸 마지막 보고서를 어제 받았네. 약간 실망스럽더군, 프리처."

뮬이 말하자 프리처의 눈썹이 파르르 떨렸다.

"예, 저도 그렇게 생각합니다. 하지만 결국 제가 내린 결론에 도달할 수밖에 없었습니다. 제2파운데이션 같은 건 존재하지 않습니다. 각하."

그러자 뮬은 골똘히 생각에 잠기더니 전에도 자주 그랬듯이 머리를 천천히 흔들며 말했다.

"에블링 미스가 증언하지 않았나? 에블링 미스의 증거는 처음부터 존재했다고!"

새로운 이야기가 아니었다. 그래서 프리처는 거침없이 말했다.

"에블링 미스가 파운데이션에서 가장 뛰어난 심리학자일 순 있지만, 해리 셸던과 비교하면 애송이입니다. 그자가 셸던에 대한 자료를 조사하던 당시에, 각하는 그에게 뇌 조절이라는 인위적인 자극을 가했습니다. 각하께서 너무 몰아세웠을 가능성이 있습니다. 그래서 그자가 오류를 범할 수도 있습니다. 각하, 그자는 판단을 잘못한 게 분명합니다."

뮬은 가느다란 목으로 간신히 지탱하는 가련한 얼굴을 앞으로 내밀면서 한숨을 쉬었다.

"그자가 조금만 더 살았다면 좋았을 텐데. 그자는 나에게 제2파운데이션이 있는 곳을 알려 줄 수 있었네. 그자는 분명히 알았어. 그랬다면 내가 이렇게 은둔 생활을 할 필요는 없겠지. 계속 기다릴 필요가 없단 말이야! 지금까지 너무 많은 시간을 보냈어. 아무것도 안 하면서 5년을 허비했단 말이야!"

프리처는 지배자가 드러낸 가느다란 희망을 비난할 수 없었다. 조정된 정신 구조 자체가 그런 것을 허용하지 않았다. 대신 막연한 불안과 혼란에 빠졌다. 그래서 이렇게 말했다.

"그러면 이런 점은 어떻게 설명해야 합니까? 각하, 저는 다섯 번이나 외부 탐사에 나섰습니다. 각하께서 탐사 경로를 결정하셨지요. 작은 행성 하나라도 제가 안 돌아본 곳이 없습니다. 해리 셀던이 사멸하는 제국을 대신할 새로운 제국을 세우기 위해 두 파운데이션을 설립했다는 건 고작 300년 전입니다. 셀던이 죽고 100년이 지난 다음에 우리가 잘 아는 제1파운데이션이 은하계 외곽지대에서 널리 알려졌습니다. 그리고 셀던이 죽고 150년이 지난 다음, 구 제국과 마지막 전투를 벌인 시기에 비로소 은하계 전역에서는 제1파운데이션이란 존재를 파악했습니다. 그리고 300년이 지났습니다. 그런데 수수께끼 같은 제2파운데이션은 도대체 어디에 있는 걸까요? 은하계 어디에서도 그들에 대한 이야기를 들은 사람은 없습니다."

"에블링 미스는 제2파운데이션 자체가 비밀이라고 했어. 그래야 자신의 약점을 강점으로 만들 수 있다는 거야."

"이 정도로 비밀을 지킬 수 있다는 건 애초에 존재하지 않는다는 뜻일 수도 있습니다!"

프리처가 말하자, 뮬이 커다란 눈을 좁혀서 날카로우면서도 걱정스럽게 바라보며 반박했다.

"아니야! 분명히 존재해."

그러더니 뼈밖에 없는 손가락으로 날카롭게 가리키며 덧붙였다.

"이번엔 전술을 약간 바꿔 볼 생각이야."

프리처가 눈썹을 찡그렸다.

"각하께서 직접 나설 생각이십니까? 그것은 좋은 생각이 아닙니다."

"아니야, 그럴 순 없지, 자네가 한 번 더 수고해야겠어. 마지막으로 한 번만 말이야. 하지만 다른 사람과 함께 움직이도록 하게."

잠시 침묵이 흐른 뒤에 프리처가 딱딱하게 물었다.

"누굽니까? 각하."

"이곳 칼간에 사는 젊은이, 베일 채니스."

"처음 듣는 이름인데요, 각하?"

"아마 그럴 거야. 아주 영리한 젊은이야, 야심도 크고! 게다가 전향자도 아니지."

프리처의 기다란 턱이 바르르 떨렸다.

"그렇게 한다고 해서 달라질 게 무언지 모르겠습니다."

"한 가지가 있어, 프리처. 자네는 지략이 풍부하고 경험이 많은 사람이야. 그동안 나를 훌륭하게 보좌했네. 하지만 자네는 전향자야. 자네는 강요를 받고 어쩔 수 없어서 나한테 충성을 했을 뿐이야. 전향하는 과정에서 자네가 뭔가 아주 미묘한 동력을 상실했는데, 나로서도 어쩔 도리가 없더군."

"저는 그렇게 생각하지 않습니다, 각하. 저는 각하와 적으로 맞서던 당시를 아주 잘 기억합니다. 지금 저는 열등감 같은 걸 조금도 안 느낍니다!"

프리처가 심각한 어투로 대답하자, 뮬이 입술에 미소를 머금으며 말했다.

"당연히 그렇겠지. 하지만 이 문제에 대해서 자네는 객관적이기가 어렵네. 그런데 채니스는 야심이 많아…… 아주 이기적이지. 그는 완벽하게 믿을 수 있는 사람이야…… 충성심 때문이 아니라 이기심 때문에. 출세하려면 나에게 복종해야 한다는 사실을 잘 알아. 아무리 험난하고 힘든 길이라 하더라도 결국 영광스런 결과를 누릴 수 있다면 조금도 망설이지 않을 거야. 그자를 데리고 간다면 이기적인 목적이라는 새로운 동력이 추가될 거야."

"그렇다면 차라리 저를 전향 이전으로 돌리시는 건 어떻습니까? 그래서 제 능력을 향상시킬 수 있다고 생각하신다면 말입니다. 이제는 저를 믿으셔도 됩니다!"

"결코 그렇지 않아, 프리처. 내가 자네를 옆에 두려면 전향 상태를 확실하게 유지시켜야 해. 내가 풀어 주는 순간 자네는 나를 죽이고 말 테니 말이야."

이 말에 장군은 콧구멍을 벌렁거렸다.

"각하께서 그렇게 생각하신다니 마음이 아픕니다!"

"자네 마음을 아프게 만들 생각은 없네. 하지만 지금 자네는 자신이 타고난 성격대로 자유롭게 행동할 때에 느낀 감정을 깨달을 수가 없어. 인간은 천성적으로 타인에게 통제받는 걸 싫어해. 평범한 최면술사는 다른 인간에게 최면을 걸어서 의지에 반하는 일을 하도록 만들 수 없어. 하지만 나는 그럴 수 있지. 나는 최면술사가 아니기 때문이야. 내 말을 믿게, 프리처. 자네한테는 마음속 깊은 곳에 들어 있지만 겉으로 드러낼 수 없는 감정이 있어. 나는 그 감정을 마주치고 싶지가 않네."

프리처는 머리를 숙였다. 무력감이 온몸에 들어차며 가슴을 칼로 찌르는 것 같았다. 그래서 아주 힘겹게 말했다.

"하지만 각하께서는 어떻게 그자를 믿으시지요? 제 말은, 전향한 저만큼이나 완벽하게 말입니다."

"으음, 완벽하게 믿을 순 없겠지. 그래서 자네를 함께 보내는 거야. 가령, 그자가 제2파운데이션을 우연히 발견했다고. 그런데 그들과 협상하는 편이 나와 협상하는 것보다 유리하다는 판단을 한다면 어떻게 해야 하겠는가? 이제 이해가 되는가, 프리처?"

뮬이 말을 마치고 부드러운 등받이가 달린 커다란 의자에 몸을 묻는데, 만화에 나오는 뼈만 앙상한 이쑤시개처럼 보였다.

"알겠습니다, 각하. 정말 좋은 방법입니다."

프리처가 대답했다. 눈매에서 깊은 만족감이 타올랐다.

"좋아, 하지만 명심하게. 가능하면 그자가 마음대로 하도록 내버려 두어야 하네."

"알겠습니다!"

"그리고…… 어…… 프리처, 그자는 아주 잘생긴 젊은이야. 쾌활한 성격에 매력이 넘치지. 그런 자한테 넘어가면 안 되네. 거리낌 없이 행동하는 아주 위험한 인물이거든. 제대로 대처할 준비가 되기 전에는 그자가 하는 일에 공연히 끼어들지 말도록. 이게 전부야."

뮬은 다시 혼자가 되었다. 불을 끄는 순간에 벽이 다시 투명하게 변했다. 하늘은 여전히 자줏빛이며 도시는 지평선으로 뻗어 나가는 등불처럼 보였다.

'이 모든 게 도대체 무슨 소용이란 말인가? 내가 모든 것을 장악한다고 해서 달라질 게 무언가? 그런다고 해서 프리처 같은 인간이 커다란 키에 쭉 뻗은 몸매로 지내는 걸 막을 수 있단 말인가? 베일 채니스가 수려한 용모를 잃기라도 한단 말인가? 나 자신이 다른 인간으로 변한단 말인가?'

뮬은 저주를 퍼부었다. 자신이 정말로 추구하는 건 뭐란 말인가?

머리 위에서 경고등이 차갑게 번쩍였다. 뮬은 궁전에 들어온 사람이 움직이는 모습을 쫓아갔다. 의지와 상관없이, 감성적인 만족감이 부드럽게 밀려들며 두뇌 섬유조직을 건드리는 느낌이 들었다.

뮬은 상대의 정체를 가볍게 파악했다. 채니스였다. 뮬이 채니스한테서 발견한 건 획일성이 아니었다. 우주 자체를 다양하게 해체하기 전에는 건드릴 수도 없고 조정할 수도 없는 강인한 정신과 원초적인 다양성이었다. 그런 정신이 파도처럼 넘쳐흘렀다. 겉으로는 신중한 모습이 살짝 부드럽게 흐르지만, 밑바닥에는 모든 걸 가볍게 여기는 천박한 모습이 있었다. 비열한 정신과 사리사욕과 이기심이 여기저기에서 넘쳐흘렀다. 그리고 제일 밑바닥에는 야심이 조용히 흐르며 기회만 엿보았다.

뮬은 손을 뻗어서 그런 흐름을 막고 다른 방향으로 틀어서 물길을 돌릴 수 있다고, 즉 하나의 흐름을 고갈시키고 다른 흐름을 만들 수 있다고 생각했다. 하지만 그렇게 해서 무슨 소용이 있겠는가? 예컨대 채니스가 고수머리를 숙이고 마음 깊숙한 곳에서 일어나는 존경심을 표시하도록 만든다 해서 자신의 괴기스러운 외모가, 대낮을 피하고 밤을 좋아하게 만들었으며 자신이 세운 거대한 제국에서 은둔 생활을 하도록 만든 외모가 변하는 건 아니지 않은가?

뒤에서 문이 열리는 순간에 뮬도 돌아섰다. 투명한 벽이 차츰 불투명하게 변했다. 그러더니 어둠이 하얗게 이글거리는 원자력 빛으로 바뀌었다.

베일 채니스가 경쾌하게 앉으며 말했다.

"각하, 정말 대단한 영광이지만 전혀 예상을 못한 건 아니었습니다."

뮬은 손가락 네 개로 커다란 코를 한 번 문지르며 약간 성급하게 물었다.

"어째서인가, 젊은이?"

"예감이죠. 이런저런 소문도 들었지만 말입니다."

"소문? 수없이 많은 소문 가운데에서 어떤 소문을 말하는 건가?"

"은하 전역에 대한 공격을 재개할 계획이라는 소문입니다. 저는 그게 사실이라고 생각하며 따라서 거기에 참여할 수 있기를 바라고 있었습니다."

"그럼 자네는 제2파운데이션이 있다고 생각하는가?"

"물론입니다. 그러는 편이 훨씬 재미있으니까요."

"그래서 자네 역시 흥미를 느낀다?"

"물론이죠. 수수께끼 같은 일이에요! 이보다 재미있는 게 어디에 있겠습니까? 최근에는 신문마다 이런 내용만 가득한데, 그 자체로 뭔가 의미심장한 변화를 알려 준답니다. 《코스모스》는 중견 기자들한테 순수한 정신을 가진 인간으로 이루어진 세계, 바로 제2파운데이션에 대해서 기묘한 기사를 쓰도록 만들고 있습니다. 제2파운데이션이 정신력을 이제까지 물리학에서 파악한 어떤 에너지도 맞먹을 수 없는 수준으로 엄청나게 발전시켰다거나, 그래서 우주선을 수 광년 멀리 날려 버릴 수 있다거나, 행성을 궤도에서 이탈시킬 수도 있다는 등의 기사 말입니다."

"그래? 재미있군. 그럼 자네는 그런 주장을 어떻게 받아들이나? 정신력이라는 개념에 찬성하는 쪽인가?"

"천만에요! 그러한 생명체가 있다면 과연 자기 행성에 그대로 머물러 있을까요? 아닙니다, 각하. 저는 제2파운데이션이 우리가 생각하는 이상으로 약하기 때문에 자신을 숨기는 거라고 생각합니다."

"그렇다면 나도 말을 쉽게 꺼낼 수 있겠군. 탐사대를 이끌고 제2파운데이션을 찾아볼 생각이 없나?"

순간적으로 채니스는 미처 대응할 수 없을 정도로 모든 게 빠르게 진행된다는 사실에 극히 당황한 표정이었다. 그래서 오랜 침묵에 빠졌다.

그러자 뮬이 냉정한 어투로 물었다.

"어떤가?"

채니스는 이마에 주름을 잡으며 대답했다.

"좋습니다. 그런데 어디로 가는 겁니까? 무슨 정보라도 있습니까?"

"프리처 장군이 자네와 함께 갈 걸세."

"그럼 탐사대를 이끄는 대장은 제가 아닌 겁니까?"

"그런 문제는 내가 하는 설명을 듣고 나서 스스로 판단하도록. 잘 들어, 자네는 파운데이션 사람이 아니야. 칼간 토박이지, 그렇지 않은가? 그리고 자네는 셸던 프로젝트를 아주 모호하게 알고 있을 거야. 제1은하제국이 몰락할 때에 해리 셸던은 심리역사학자를 모았어. 그래서 제국이 쇠퇴하는 시기에는 아무런 쓸모도 없는 수학적 도구로 미래를 분석하여 은하계 양쪽 끝에 파운데이션을 하나씩 세우고 경제력과 사회력을 발전시켜서 제2제국을 세우는 토대를 만들고자 했어. 해리 셸던은 그것이 완성되는 기간을 1000년으로 예상했지. 파운데이션이 없을 경우에는 3만 년으로 늘어날 거라고 하면서 말이야. 하지만 그는 미처 나를 계산에 넣을 수 없었어. 심리역사학은 인간 집단이 평균적으로 보이는 반응을 다루는 정도야. 돌연변이체인 나를 예측할 수 없었던 거지. 무슨 말인지 알겠나?"

"네, 각하. 그런데 그런 내용이 저와 무슨 상관이 있는지요?"

"머지않아 알게 될 거야. 나는 이제 은하계를 통합하고 싶다네. 셸던이 세운 1000년 프로젝트를 300년 만에 달성할 생각이야. 물리학자들이 모여서 만든 세계인 제1파운데이션은 여전히 번창하고 있어, 내 밑에서. 연방은 질서를 유지하며 번창하고, 그들이 개발한 원자 병기는 은하계에 존재하는 모든 세력을 물리칠 수 있어…… 제2파운데이션만 아니라면. 그래서 나는 그들에 대해 조사할 수밖에 없어. 프리처 장군은 그들이 존재하지 않는다는 확고한 생각을 가지고 있지만 나는 그렇게 생각하지 않아!"

뮬이 설명하자, 채니스는 조심스럽게 물었다.

"어째서죠, 각하?"

그러자 뮬이 갑자기 화난 어투로 말했다.

"내가 통제하는 인간의 마음이 간섭을 받기 때문이야. 미묘하게! 정교하게! 하지만 내가 깨닫지 못할 정도는 아니었지. 문제는 간섭이 끊임없이 늘어나면서 중요한 시기에 핵심 인물을 건드린다는 사실이야! 최근 몇 년 동안 나를 묶어 둔 게 무언지 궁금한가?

바로 그것 때문에 자네가 필요한 거야. 프리처 장군은 아주 훌륭한 부하이지만 외부 간섭에서 더 이상 안전하지 않아. 물론 프리처 장군은 그걸 모르지. 하지만 자네는 전향자가 아니므로 뮬을 따른다는 사실이 금방 드러날 우려가 없어. 자네는 내 부하보다 오랫동안, 말하자면 필요한 만큼 오랫동안 제2파운데이션을 속일 수 있어. 무슨 말인지 알겠나?"

"음, 죄송합니다만 궁금한 게 있습니다, 각하. 각하 부하들은 어떻게 간섭을 받았습니까? 그것을 알면 어떤 일이 일어날 경우에 제가 프리처 장군을 파악하는 데 도움이 될 테니까요. 그들이 비전향 상태로 돌아갔습니까? 아니면 충성심이 줄었습니까?"

"아닐세. 아주 교묘하다고 했잖은가. 생각보다 문제가 심각해. 왜냐하면 간파하는 게 점차 어렵게 변하거든. 어떨 때는 중요 인물이 변덕을 부리는 건지 간섭을 받았는지 분명치 않아서 오랫동안 기다려야 할 때도 있어. 그럼에도 불구하고 충성심은 변함이 없는 반면에 자주성과 독창성은 사라졌지. 겉보기엔 충분히 정상이지만 실제로는 아무런 쓸모가 없는 사람으로 변한 거야. 지난해에 그렇게 당한 사람이 여섯이나 되네. 가장 우수한 부하 여섯!"

뮬이 한쪽 입꼬리를 올리며 계속 말했다.

"지금 그들은 훈련 기지를 담당하는데, 솔직히 말해서 나는 그들이 결단을 내리는 긴급 사태가 안 일어나기만 바라는 입장이야."

"가령, 각하……, 가령 제2파운데이션이 없다고 한다면 각하와 똑같은 인물, 즉 돌연변이체를 생각할 수도 있는 거 아닐까요?"

"그러기에는 계획 자체가 너무나 조심스럽고 광범위해. 혼자 움직이는 거라면 무척 서두르거든. 아니야, 개인이 아니라 집단이야. 자네는 그들을 찾아내야 해."

채니스는 눈빛을 번뜩이며 이렇게 대답했다.

"저한테 기회를 주셔서 정말 고맙습니다, 각하!"

하지만 뮬은 갑작스럽게 솟구치는 감정을 포착하고 이렇게 말했다.

"그래, 독특한 임무를 수행해서 특별한 상을 받고 싶다는 생각이 들 거야. 후계자가 되어서 내 뒤를 잇는 것까지 포함해서 말이야. 당연해. 하지만 실패할 경우에 벌을 받는다는 사실도 명심해야 할 거야. 내가 발휘하는 정신 능력은 충성심을 만들어 내는 데에 한정되는 게 아니거든!"

뮬이 얇은 입술에 머금은 미소는 험상궂게 변하고, 채니스는 공포에 떨며 자리에서 벌떡 일어났다.

채니스는 순간적으로 자신을 짓누르는 엄청난 슬픔과 고통을 느꼈다. 그것들은 육체적 고통과 함께 마음을 견딜 수 없을 정도로 어둡게 만들다가 사라졌다. 그래서 지금은 강한 분노만 남았다.

뮬이 다시 말했다.

"분노는 도움이 안 돼. 그래, 지금 자네는 그것을 감추고 있어, 그렇지? 하지만 나는 알 수 있어. 그러니 명심하게…… 그런 자극은 훨씬 강하게 지속적으로 가할 수 있다는 사실을. 나는 감정을 조작해서 사람을 죽인 적도 있어. 그보다 고통스러운 죽음은 없지!"

뮬이 잠시 숨을 멈추더니, 이렇게 덧붙었다.

"이제 가도 좋아!"

뮬은 다시 혼자가 되었다. 불을 끄자 뒤에서 벽이 다시 투명하게 변했다. 하늘은 어둡고 타원형으로 뻗어나간 은하계는 벨벳처럼 짙은 우주에서 반짝이는 빛을 흩뿌렸다.

안개처럼 펼쳐진 성운은 제각기 수많은 별이 모인 집단으로 모든 별이 번뜩이며 근처에 있는 별과 하나로 뭉쳐서 구름 같은 빛만 발산할 뿐이었다.

그런데 자신은 모든 별을 장악해야 한다…….

이제 남은 일은 딱 하나뿐이다. 그 일만 마치면 잠자리에 들어도 될 터였다.

첫 번째 막간

　제2파운데이션에서 행정 평의회가 열렸다. 우리가 그들을 느끼는 건 소리가 전부이다. 회의를 하는 구체적인 장면도 회의에 참석한 사람들도 보이지 않는다.

　아니, 엄격하게 말해서 회의 내용 가운데 일부를 정확히 재현한다는 자체를 생각할 수도 없다. 우리가 최소한으로 이해할 가능성조차 완전히 희생할 각오가 되었다면 문제는 다르겠지만 말이다.

　우리는 여기에서 여러 심리학자를 다룬다. 그런데 평범한 심리학자는 아니다. 심리학을 지향하는 과학자라는 편이 정확할 것 같다. 이들이 파악한 '과학철학'에 대한 기본 개념은 우리가 아는 모든 상식과 방향이 완전히 다르다. 물리학을 관찰하는 습관에서 추론한 원칙에 근거해서 훈련을 받은 과학자한테 '심리학'은 평범한 심리학과 별다른 관계가 없다.

　이 정도가 내가 설명할 수 있는 전부이다. 하지만 나 역시 눈먼 장님이 다른 장님에게 색상을 설명하는 격이다.

　내가 하고자 하는 말은 회의에 모인 사람들은 일반 이론을 통할 뿐 아니라 오랫동안 몇몇 사람에게 적용한 방식을 통해서 서로가 지닌 마음을 철저하게 이해한다는 사실이다. 우리가 아는 연설 따위는 불필요했다. 문장은 옛날에 말라비틀어진 파편으로 전락했다. 몸짓이나 투덜대는 소리나 얼굴 표정이 변하는 건 물론, 오랜 침묵조차도 정보라는 가치를 상실한 상태였다.

이런 독특한 대화법 때문에 이들은 어린 시절부터 물리철학 쪽으로 방향을 정한 사람들을 위해 회의 내용 일부를 아주 독특한 단어 결합으로 자유롭게 번역하는 자유를 허용했다. 하지만 아주 미묘한 뉘앙스를 상실할 가능성은 감수할 수밖에 없었다.

'목소리' 하나가 모두를 압도했다. 제1발언자라고 알려진 사람의 목소리였다.

그는 이렇게 말했다.

"뮬이 처음에는 미친 듯이 펼치던 공세를 멈춘 이유는 이제 아주 분명하오. 하지만 우리가 그렇게 만들었다고 말할 순 없소. 뮬은 제1파운데이션에 있다는 '심리학자'한테서 인위적으로 두뇌 에너지를 끌어올리는 방법으로 우리가 있는 곳을 거의 찾아낼 뻔했소. 그곳 심리학자는 자신이 발견한 것을 뮬에게 전달하기 직전에 살해당했소. '제3국면' 이하에서 수행한 다양한 계산이 아주 엉뚱하게 펼쳐진 결과였소. 이제부터 당신이 설명하시오."

말하는 억양으로 보건대 다음 사람은 제5발언자 같았다. 그는 냉정한 어투로 이렇게 말했다.

"우리가 상황을 잘못 처리한 건 분명하오. 당연히 우리는 집단이 가하는 공격에 취약하고, 뮬처럼 정신 현상을 동원한 공격에는 더더욱 취약하오. 뮬은 제1파운데이션을 정복해서 은하계 전역에서 처음으로 명성을 얻은 직후, 그러니까 정확히 6개월이 지난 후에 트랜터에 도착했소. 또 6개월이 지난 다음에는 여기에 도착할 수도 있소. 확률로 볼 때에 가능성이 아주 높소. 무려 96.3퍼센트에 달하며 오차 범위는 0.05퍼센트에 불과하오. 우리는 지금까지 뮬을 막을 힘을 분석하면서 엄청난 시간을 보냈소.

우리는 뮬을 공격적인 성향으로 몰아가는 것이 무언지를 잘 알고 있소. 기형적인 육신과 독특한 정신이 나타내는 결과는 분명하니 말이오. 하지만 우리는 '제3국면'을 깊이 통찰한 다음에 비로소 뮬이 진실한 애정을 보이는 사람에게 변칙적으로 행동할 가능성을 파악했소.

그런데 변칙적으로 행동하는 건 과연 그런 애정을 지닌 사람이 적당한 시기에 출현하는가 여부에 달렸기에 이번 문제에서 우연성이 차지하는 비중은 아주 높다고 할 수 있소. 우리 정보원은 뮬한테 충성하는 심리학자를 어떤 여인이 죽였다고 확신하지요. 자신을 좋아한다는 이유 하나 때문에 뮬이 감상에 젖도록 만든, 그래서 정신을 조종하지 않은 여인이었지요.

사건 전체를…… 구체적인 내용을 알고 싶은 사람을 위해, 수학적 명제로 정리해서 중앙 도서관에 비치해 놓았소…… 그 내용에 의하면 우리가 뮬을 차단하는 비정상적인 방식은 셀던 프로젝트 전체를 위험에 빠뜨릴 수 있소. 이상이오!"

제1발언자는 참석한 사람 모두가 충분히 이해하도록 잠시 침묵하다가 이렇게 말했다.

"그래서 지금 우리는 아주 불안한 상황에 처했소. 셀던이 처음 계획한 프로젝트가 무산될 처지에 놓인 지금, 나로선 우리 모두가 선견지명이 아주 부족해서 아주 커다란 실책을 범했다고 말할 수밖에 없는데,

셸던 프로젝트가 회복 불가능할 정도로 파괴되는 위험에 직면한 것이오. 시간은 끊임없이 흐르고 있소. 내가 볼 때에 우리에게 남은 해결책은 한 가지밖에 없소…… 아주 위험한 방법.

우리는 어떤 식으로든 뮬이 우리를 찾도록 해야 하오."

제1발언자는 잠시 침묵하며 이런저런 반응을 파악했다. 그러다가 입을 열었다.

"어떤 식으로든 말이오."

2장
탐사에 나선 두 남자

　우주선은 준비를 거의 끝냈다. 행선지 하나만 빠진 상태였다. 귤은 역사상 가장 거대한 제국의 수도였지만 지금은 폐허가 된 곳, 원래는 모든 행성을 통치하던 수도였지만 지금은 죽어 버린 행성인 트랜터로 가라고 지시했다.
　프리처는 반대했다. 오래전에 샅샅이 훑었기 때문이었다.
　그는 항해실에서 베일 채니스와 마주쳤다. 젊은이는 일부러 그렇게 한 듯, 고수머리 가운데 한 가닥을 이마로 흘려서 단정치 않은 모습을 연출했는데, 미소를 지을 때마다 드러나는 이가 흐트러진 머리카락과 잘 어울렸다. 프리처 장군은 상대에 대한 자신의 태도가 딱딱하게 변하는 것을 막연하게 느꼈다.
　"프리처 장군님, 정말 대단한 우연의 일치로군요!"
　채니스가 감탄하는 말에 장군은 차갑게 대답했다.
　"무슨 말을 하는지 모르겠군!"
　"그래요? 그렇다면 장군님, 의자를 당겨 앉아서 이야기를 나눠 봅시다. 장군님이 작성한 기록을 읽는 중이었거든요. 아주 훌륭합니다."

"으음, 정말 고맙군."

"하지만 장군님이 나와 생각이 같은지는 의심스럽군요. 이번 문제를 연역적으로 분석한 적이 있습니까? 물론 탐사를 다섯 번 나갔을 때처럼 닥치는 대로 아무 별이나 들어가서 철저히 수색하는 방법도 아주 좋겠지요. 하지만 그런 방법으로 모든 별을 조사하는 데 시간이 얼마나 걸리는지 계산해 보았습니까?"

"그래, 여러 번."

프리처는 젊은이와 대충 타협하고 싶은 마음이 조금도 없었다. 하지만 조정을 안 받아서 예측할 수가 없는 상대의 마음을 들여다보는 건 아주 중요했다.

"으음, 그렇다면 자세히 분석해서 우리가 찾아야 할 곳을 결정해 볼까요?"

젊은이가 말하자, 프리처는 엄숙하게 선언했다.

"제2파운데이션!"

그러자 채니스는 이렇게 정정했다.

"심리학자들이 모인 파운데이션이겠지요. 제1파운데이션이 심리학에 약했다면 제2파운데이션은 물리학에 약합니다. 으음, 장군님은 제1파운데이션 출신이지만 나는 아닙니다. 이것이 의미하는 바를 장군님도 잘 아시겠지요. 우리는 정신력으로 모든 것을 통제하면서도 과학기술은 매우 떨어진 행성을 찾아야 합니다."

"반드시 그럴까? 우리 통치자는 정신력에 의존하지만 그렇다고 해서 '행성연방'이 과학적으로 뒤떨어진 건 아니잖아?"

프리처가 문제를 제기했다. 차분한 어투였다. 그러자 젊은이는 약간 짜증스러운 어투로 대답했다.

"그것은 제1파운데이션에서 축적한 기술을 활용할 수 있기 때문입니다. 은하계 전역에 유일하게 남은 기술 말입니다. 하지만 제2파운데이션은 산산이 붕괴된 은하제국 한가운데에서 살아남아야 했어요. 건질 게 하나도 없는 세상에서요."

"그렇다면 자네는 많은 행성을 지배할 정도로 충분한 정신력을 지녔는데 물질적으로 빈곤하게 지낼 거라고 생각하는가?"

"'상대적인' 빈곤이겠지요. 과학 기술을 잃어버린 이웃 행성이라면 그들이 충분히 막아내겠지요. 하지만 원자력 경제를 배경으로 뮬이 지휘하는 강력한 군대와 맞설 순 없습니다. 그렇지 않다면 처음에는 창설자 셀던이, 그리고 지금은 그들 자신이, 소재를 완벽하게 감출 이유가 없겠지요. 장군님이 태어난 제1파운데이션은 300년 전에 황폐한 행성에다 무방비 상태에서 도시를 세울 때부터 비밀이 아니었으며 비밀로 삼으려고 시도한 적도 없습니다."

프리처는 검은 얼굴이 만들어내는 부드러운 윤곽을 일그러뜨리며 조소를 떠올렸다.

"심오한 분석이 끝났다면, 이제 자네가 제시한 조건에 맞는 왕국이나 공화국이나 행성 국가나 독재 정권 전부를 제시해 보겠나?"

"그렇다면 이미 그런 조건을 고려했다는 말입니까?"

채니스가 여전히 당당한 목소리로 물었다.

"물론 여기서는 찾을 수 없겠지. 하지만 우리한테는 외곽성역에 있는 적대적인 정치 집단에 대한 안내서가 있어. 오랫동안 노력해서 거의 완성단계에 있지. 자네는 뮬이 되는 대로 아무렇게나 일을 추진한다고 생각하는가?"

"그렇다면 타젠더의 과두정치국은 어떻습니까?"

젊은이가 기운찬 목소리로 제안했다.

프리처는 귀를 만지작거리며 가만히 생각하다가 입을 열었다.

"타젠더? 으음, 내가 아는 곳 같군. 그곳은 외곽성역이 아니야, 그렇지? 은하계 중심에서 3분의 1쯤 되는 지점일 거야."

"맞습니다. 그곳에 대해 어떻게 생각하십니까?"

"기록에 따르면 제2파운데이션은 은하계 반대편 끝에 있어. 우리가 가야 할 곳이 그곳이란 사실은 모두가 알아. 그런데 타젠더 이야기를 꺼내는 이유는 무언가? 제1파운데이션에서 볼 때에 그곳은 편향각도가 약 110 내지 120도에 불과해. 180도에 가까운 곳은 하나도 없어."

"여러 기록을 보면 새로운 사실이 있습니다. 제2파운데이션을 '끝에 있는 별'에 설립했다는 겁니다."

"은하계 전역에서 아직까지 그런 지역을 발견한 적은 없네."

"지역 이름이라서 그럴 수도 있습니다, 비밀로 삼으려고 나중에 만든 이름. 셸던을 비롯한 일당이 일부러 정한 이름일 수도 있고요. 어쨌든 '성계의 끝(Star's End)'과 타젠더는 모종의 관계가 있다고 생각하지 않습니까?"

"발음이 비슷하다는 건가? 그것만으론 충분치 않아."

"그곳에 가 본 적이 있나요?"

"아니."

"그런데 장군님 기록에서는 그곳 이야기가 나오더군요."

"어디에서? 아, 그래. 하지만 그건 음식과 물이 필요했기 때문이야. 주목할 만한 사항은 하나도 없었어."

"통치하는 행성에 착륙했나요? 중심 행성요."

"잘 모르겠군."

채니스는 상대방이 차갑게 바라보는 동안 곰곰이 생각했다. 그러다가 이렇게 말했다.

"잠시 나와 함께 천체망원경을 보시겠습니까?"

"좋아!"

천체망원경은 항성간 순항선에 달린 것 가운데에서 최신품처럼 보였다. 은하계 특정 지점에서 밤하늘을 스크린에 재현할 수 있는 복잡한 계산기였다.

채니스는 좌표를 조정한 다음에 조종실 벽에 달린 불을 껐다. 렌즈 조정판에서 빨간 빛이 희미하게 반짝여서 채니스의 얼굴이 빨갛게 물들었다. 프리처는 어둠에 얼굴을 묻은 채 조종석에 앉아서 긴 다리를 꼬았다.

유도시간이 지나면서 광점 몇 개가 스크린에서 천천히 빛나기 시작했다. 그러더니 은하계 중심에서 많은 인구를 수용한 별무리가 굵고 환하게 빛났다.

채니스가 설명했다.

"이것은 트랜터에서 보이는 겨울철 밤하늘입니다. 내가 알기로 저곳은 아주 중요한 지점인데, 장군님은 지금까지 탐사를 안 했습니다. 모든 지도는 트랜터를 기준으로 삼아야 합니다. 트랜터는 은하제국의 수도였습니다. 정치적인 측면에서도 그렇지만 과학적·문화적 측면에서도 그랬습니다. 따라서 사물을 묘사하는 명칭 가운데 십중팔구는 트랜터식 표현에서 나왔을 가능성이 많습니다. 셀던 역시 외곽성역에 가까운 헬리콘 출신이지만 본격적인 작업은 트랜터에서 시작했다는 사실을 장군님도 잘 아실 겁니다."

젊은이가 열정적으로 말할 때에 프리처가 차가운 어투로 끼어들었다.

"자네는 도대체 무슨 말을 하려는 건가?"

"지도를 보면 알 거예요. 어두운 성운이 보이세요?"

젊은이가 팔을 들어서 스크린에 그림자를 드리웠다. 은하계가 반짝이는 지점이었다. 손가락은 빛이 교차되는 부분 가운데, 반점처럼 보이는 어두운 부분을 가리켰다.

"은하 지도에 따르면 저곳은 '펠롯 성운'이라고 합니다. 잘 보세요. 영상을 확대하겠습니다."

프리처는 확대한 렌즈 영상을 예전에 본 적이 있었다. 하지만 숨을 죽이고 지켜보았다. 초공간에 안 들어간 상태에서 매우 복잡한 은하계로 돌진하는 우주선 영상판을 바라보는 느낌이었다. 수많은 행성이 중심에서 벗어나, 섬광을 발산하면서 스크린 모서리 너머로 사라졌다. 한 점이 두 배가 되더니, 동그란 모양으로 변했다. 안개 덩어리 같은 반점은 무수한 점으로 분해되며 사라졌다. 이동한다는 착각은 그대로였다.

그러는 동안에도 채니스는 끊임없이 지껄였다.

"장군님도 알다시피 우리는 트랜터에서 펠롯 성운으로 곧장 이동했습니다. 따라서 우리는 트랜터와 똑같은 위치에서 항성을 바라보는 셈입니다. 내가 수학적으로 정확히 계산한 건 아니라서 중력에 의해 빛이 다양하게 꺾이는 현상 때문에 오차는 약간 있겠지만, 의미 있는 오차는 아니라고 확신합니다."

스크린에서 어둠이 퍼지기 시작했다. 확대하는 속도가 느려지면서 수많은 별이 아쉬운 자취를 남기곤 스크린 귀퉁이로 너머로 미끄러지듯 사라졌다. 확대되는 성운 테두리에서 수많은 별이 화려하게 빛났다. 나트륨과 칼슘이 수 세제곱 파섹에 달하는 우주 공간을 채우면서 소용돌이치는 비방사성 원자 파편에 빛이 숨어 있다는 표시였다.

채니스가 다시 손가락을 가리키며 말했다.

"이곳은 인근 지역 사람들이 '입'이라고 부르는 곳입니다. 이건 아주 중요한 사실입니다. 트랜터에서 볼 때에만 입처럼 보이기 때문입니다."

채니스가 가리킨 곳에는 성운 몸체에 난 틈새가 있었다. 울퉁불퉁한 입으로 씩 웃는 모양을 옆에서 본 형상이었다. 주변에서 별이 휘황찬란하게 빛나며 테두리를 형성했다.

채니스가 다시 말했다.

"저 '입'을 따라갑시다! 저 입을 따라 협곡이 좁아지면서 빛이 가느다랗게 갈라지는 협곡으로 말입니다!"

스크린이 다시 약간 커다랗게 변하고 성운은 '입'에서 뻗어 나가다가 가느다란 흔적만 남기며 스크린에서 사라졌다. 채니스는 손가락으로 조용히 쫓아가다가 별 하나가 혼자서 외롭게 반짝이는 지점에서 멈추었다. 그 너머는 아무것도 없는 암흑이었다.

젊은이가 아무렇지도 않은 듯 말했다.

"저것이 바로 '끝에 있는 별'이지요. 성운은 여기에서 희미하게 변하고 저 외로운 별이 번뜩이는 별빛만 한 방향으로 나아갑니다, 트랜터를 향해서."

"자네가 하고 싶은 말은 바로 저게……?"

장군이 의심스러운 목소리로 말하는 순간에 채니스는 단호하게 반박했다.

"내가 하고 싶은 말은 그게 아닙니다. 바로 저게 타젠더입니다! 끝에 있는 별."

불이 들어왔다. 렌즈는 찰칵 꺼졌다. 프리처가 크게 세 걸음을 걸어서 채니스에게 다가가며 물었다.

"왜 그런 생각을 하게 되었지?"

그러자 채니스는 얼굴에 기묘한 당혹감을 띠면서 의자 뒤로 몸을 기대었다.

"우연이죠. 좀 더 멋있고 지적인 변명을 늘어놓고 싶지만 정말 우연에 불과합니다. 어쨌든 아무래도 좋습니다. 우리가 조사한 바에 따르면 타젠더는 과두정치 체제입니다. 과두체제로 사람이 사는 행성 스물일곱 개를 통치하죠. 과학은 떨어지는 편입니다. 하지만 무엇보다 중요한 것은, 그곳이 항성지대의 지방정치에서 엄격한 중립을 고집하는 정체불명의 세계이며, 영토 확장주의를 추구하는 나라가 아니라는 사실입니다. 그 점에 주목해야 한다고 봅니다."

"이런 사실을 뮬에게 보고했나?"

"아뇨. 지금은 알릴 수가 없겠지요. 우주 공간에 나와서 이제 막 첫 번째 도약을 하려는 중이니까요."

프리처는 갑작스러운 공포를 느끼며 영상판으로 뛰어갔다. 그래서 영상판을 조정하자 차가운 우주 공간이 눈에 들어왔다. 그는 영상을 뚫어질듯이 쳐다보다 돌아섰다. 그와 동시에 그의 한 손이 굽은 모양의 딱딱한 총신으로 부드럽게 움직였다.

"누가 명령을 내렸나?"

"내가 명령했습니다, 장군!"

채니스가 처음으로 장군이란 호칭을 단호하게 부르며 덧붙였다.

"내가 여기에서 장군을 상대하는 사이에 말입니다. 아마 장군은 가속을 못 느꼈을 겁니다. 내가 렌즈 영상면을 확대하는 시간에 이륙했고, 당신은 그걸 별이 움직이는 환영으로 여겼을 테니까요."

"왜? 도대체 무슨 짓을 하려는 건가? 그리고 자네가 타젠더란 황당한 말을 계속 늘어놓는 이유는 무엇인가?"

"황당한 말이 아닙니다. 나는 완벽하게 진지합니다. 지금 우리는 그곳으로 가는 중입니다. 원래는 3일 후에 출발할 예정이지만 일부러 오늘 출발할 겁니다. 장군, 나는 장군과 달리 저곳을 제2파운데이션이라고 믿습니다. 당신은 아무런 신념도 없이 뮬이 명령하는 대로 따를 뿐입니다. 물론 나도 심각한 위험이 따른다는 점은 인정합니다. 지금 제2파운데이션은 무려 5년이나 준비를 했습니다. 얼마나 준비했는지 모르지만 만약 그들이 칼간에 첩보원을 두었다면 어떻게 되죠? 내가 제2파운데이션이 있음 직한 생각을 품고 다닌다면 그들 역시 그 사실을 포착하겠지요. 내가 죽을 수도 있게 되는 건데, 나는 생명에 대한 애착이 아주 큽니다. 따라서 가능성이 아무리 적더라도 나는 모든 일에 만전을 기하고 싶습니다. 그래서 장군을 제외하면 타젠더를 아는 사람은 아무도 없게 했으며 장군조차 우주 공간으로 나온 다음에 비로소 알았지요. 하지만 승무원이란 문제는 그대로 남았지요."

채니스가 다시 얄궂게 웃었다. 상황을 완벽하게 통제하고 있다는 의미였다.

프리처는 총에서 손을 떼어 냈다. 그리고 순간적으로 모호한 불쾌감에 사로잡혔다.

'내가 왜 그런 생각을 못했지? 내가 왜 이렇게 둔하게 변했지? 제1파운데이션 무역제국의 반항적인 만년 대위 시절이라면 나는 채니스보다 훨씬 신속하고 대담한 행동을 취했을 거야. 뮬이 맞는다는 말인가? 나는 정신을 조정당해 자발성을 잃고 순종만 남은 걸까?'

프리처는 너무 낙담한 나머지 온몸에서 힘이 모두 빠져나가는 걸 느꼈다. 그리고 이렇게 말했다.

"잘했네. 하지만 앞으로 이런 결정을 내릴 때는 나와 먼저 상의하도록 해."

신호가 번쩍이며 둘의 관심을 끌자, 채니스가 가볍게 말했다.

"기관실이군요. 5분 동안 기다리다가, 무슨 사고가 나면 나에게 보고하라고 지시했습니다. 여기에 있을 겁니까?"

프리처는 말없이 고개를 끄덕이고 갑작스러운 고독감에 빠져 나이 쉰을 눈앞에 둔 자신의 불운을 생각했다. 영상판에서 이따금씩 별이 나타났다. 은하계 중심부 한쪽 끝이 안개에 덮인 듯 흐릿하게 보였다. 만약 자신이 뮬한테서 벗어난다면 어떻게 될까?

그러나 그는 갑작스러운 공포를 느끼며 상상을 거두었다.

훅스라니 기관장은 지휘관이라도 되는 듯 자신만만하게 행동하는 사복 청년을 날카롭게 바라보았다. 사복 청년이 턱에 우유를 흘릴 때부터 함대 정규군이었던 훅스라니는 대체로 높은 사람이라면 으레 특별 훈장을 받은 사람이려니 생각했다.

하지만 뮬이 청년을 직접 임명했으며, 뮬이 내린 결정이라면 당연히 마지막 결정, 누구도 이의를 제기할 수 없는 결정이었다. 무의식적으로도 그런 문제를 제기할 순 없었다. 그만큼 감정을 통제하는 정도가 심했다.

훅스라니 기관장은 달걀처럼 생긴 조그만 물체를 채니스에게 말없이 넘겨주었다.

채니스는 그것을 들고 매력적으로 웃으며 물었다.

"당신은 파운데이션 출신이오, 그렇지 않소, 기관장?"

"예, 제1시민이 접수하기 전까지 파운데이션 함대에서 18년 동안 근무했습니다."

"파운데이션에서 기술 훈련을 받았소?"

"일급 기술자 자격을 받았습니다, 아나크레온 중앙 학교에서."

"훌륭하군요. 당신에게 조사하라고 부탁한 통신회로에서 이것을 찾았소?"

"그렇습니다."

"통신회로에서 사용하는 부품이오?"

"아닙니다."

"그럼 무엇이오?"

"초공간 추적기입니다."

"무슨 말인지 모르겠군. 나는 파운데이션 출신이 아니오. 이게 무엇이오?"

"초공간에서 우주선을 추적하는 장치입니다."

"말하자면 우리를 어디까지든 따라올 수 있단 말이오?"

"예, 그렇습니다."

"좋아. 최신 발명품이군, 안 그렇소? 제1시민이 설립한 연구소 가운데 하나에서 개발된 것이오?"

"그런 걸로 알고 있습니다."

"그렇다면 이것을 사용하는 것 역시 정부 차원의 비밀이겠군. 맞소?"

"그렇다고 생각합니다."

"이게 바로 그거라…… 재미있군."

채니스는 초공간 추적기를 한동안 이리저리 돌리며 살폈다. 그러다가 갑자기 앞으로 내밀며 지시했다.

"그렇다면 이것을 원래 발견한 장소에 그대로 갖다 놓도록 하시오,

알겠소? 그리고 이번 일을 깡그리 잊으시오. 완벽하게!"

기관장은 거의 습관적으로 경례한 다음에 재빨리 돌아서서 떠났다.

우주선은 은하계로 뛰어들었고, 항로는 수많은 별 사이를 꿰뚫는 점선으로 나타났다. 일반적인 우주 공간에서는 조그만 점 하나가 10 또는 60광초쯤 걸리는 거리이지만 초공간 '도약'을 할 때에는 100억 광년을 나타내는 거리였다.

베일 채니스는 렌즈 제어판 앞에 앉았다. 그도 모르게 숭배에 가까운 자부심이 솟구쳤다. 그는 파운데이션 출신이 아니며 따라서 레버를 조작해서 접속을 끊는 동작이 익숙하지 않았다.

렌즈 역시 파운데이션 출신만 조작하라는 법이 없었다. 믿을 수 없을 정도로 조그만 물체 안에는 정확히 1억 개에 달하는 별을 하나도 안 틀리고 정확하게 표시할 수 있는 전자회로가 있었다. 그게 전부가 아니었다. 은하장 어디라도 공간축 세 개 가운데 하나를 따라서 추적할 수 있을 뿐 아니라 어느 부분이라도 중심에서 회전시킬 수 있었다.

그래서 렌즈는 항성 간 여행에서 가히 혁명적인 변화를 이끌어 냈다. 항성 간 여행 초창기에는 초공간을 통한 '도약'을 계산하는 데만도 하루에서 심지어 일주일까지 걸렸다. 대부분은 표준 은하척도에 근거해서 우주선 위치를 정확하게 계산하는 데 걸렸다. 본질적으로 은하계에 임의로 설정한 3중 영점을 기준으로, 적어도 이미 알려져 있는 멀리 떨어진 별 세 개를 정확하게 관찰하는 작업이었다.

그런데 '이미 알려졌다'는 말이 문제였다. 일정 지점에서 별이 끌어당기는 힘을 충분히 아는 사람이 볼 때에 별은 인간과 마찬가지로 다양한 존재였다. 하지만 10파섹만 도약해도 자신이 살던 항성의 태양조차 알아볼 수 없는 것이다. 아니, 아예 눈에 보이지도 않는다.

물론 해답은 스펙트럼 분석에서 찾았다. 수 세기 동안 행성 간 공학의 핵심 과제는 수많은 별이 보내는 '빛의 신호'를 아주 세밀하게 분석하는 일이었다. 그와 함께 '도약'의 정확도가 높아지면서 은하계 여행의 표준 루트가 채택되었으며, 항성 간 여행은 이전만큼 기술이 요구되지 않으면서 더욱 과학적인 것이 되었다.

그런데 최신 컴퓨터를 확보했으며 '빛의 신호'를 통해 별이 끌어당기는 힘을 손쉽게 파악하는 파운데이션에서도 별 세 개를 파악해서 조종사가 처음 보는 지역을 계산하는 데에는 며칠이 걸렸다.

이런 과정 전체를 바꾸어 놓은 것이 바로 렌즈였다. 렌즈가 우수한 이유는 별 하나로 다른 별의 위치를 충분히 계산할 수 있다는 사실, 그리고 채니스 같은 초보자도 쉽게 조작할 수 있다는 사실이었다.

'도약' 계산에 따르면 제일 가까우면서도 꽤 커다란 별은 빈세토리였다. 그리고 지금 영상판에는 밝은 별 하나가 자리잡고 있었다. 채니스는 그것이 빈세토리이기를 바랐다.

렌즈에 떠오른 인력 스크린이 영상판 스크린 바로 옆에 투사되자, 채니스는 손가락을 신중하게 놀려서 빈세토리 좌표를 계산기에 입력했다. 그리고 계산기를 닫자 항성 인력이 갑자기 밝아졌다. 거기에도 밝은 별이 나타났지만 관계가 없는 듯했다. 채니스는 Z축을 따라 렌즈를 조정하고 인력을 확장해서 광도계에 나타난 두 별을 동일한 광도로 밝혔다.

채니스는 상당히 밝은 또 다른 별을 영상판에서 찾아내 그에 해당하는 별을 필드 스크린에서 발견했다. 그는 각도가 똑같은 편각을 이루도록 스크린을 천천히 회전시켰다. 하지만 만족스러운 결과가 안 나와서 채니스는 입술을 씰룩이면서 얼굴을 찡그렸다. 그리고 스크린을 다시 회전시키자 다른 밝은 별이 위치에 들어왔다. 세 번째 별이었다. 채니스는 회심의 미소를 떠올렸다. 상호 관계를 식별하는 훈련을 거친 전문가라면 단 한 번에 성공했겠지만 채니스는 세 번째라도 충분히 만족할 수 있었다.

이것이 조정이었다. 마지막 단계에서 두 개의 장이 중첩되어 완벽하지는 않았지만 넓은 바다 같은 곳으로 녹아들었다. 별은 인접한 이중성을 지녔다. 하지만 정밀하게 조정하는 과정은 오래 안 걸렸다. 이중성은 하나로 녹아들어 인력이 하나만 남았다. 그리고 '우주선 위치'는 계기판 바로 옆에 나타났다. 이런 과정에 모두가 채 30분이 안 걸렸다.

채니스는 숙소에 있는 프리처를 찾았다. 장군은 잠자리에 들 준비를 하다가 얼굴을 들며 물었다.

"찾았나?"

"특별한 건 아닙니다. 다음 도약으로 타젠더에 도착할 예정입니다."

"나도 아네."

"주무신다면 더 이상 귀찮게 않겠습니다만, '실'에서 우연히 손에 넣은 필름은 자세히 살핀 적이 있습니까?"

한 프리처는 문제의 필름을 깔보는 눈초리로 보았다. 나지막한 책장 위의 검은 상자에 들어 있는 필름이었다.

"보았네."

"어떻게 생각하십니까?"

"예전에는 어땠는지 모르겠지만 지금 당장은 모든 과학을 잃어버린 것 같네."

프리처가 대답하자, 채니스는 환하게 웃으며 말했다.

"무슨 말인지 알겠습니다. 불모지라는 뜻이지요, 아닙니까?"

"자네가 위인전에 관심이 없다면 그렇겠지. 하지만 어떤 경우든 믿을 만한 게 못 돼. 역사가 인물이 지닌 성격에 초점을 맞춘다면 저자가 선호하는 정도에 따라 흑백논리로 묘사할 가능성이 많아. 그런 건 아무런 쓸모도 없어."

"하지만 타젠더에 대한 얘기가 있잖아요. 내가 장군에게 필름을 건네준 건 바로 그것 때문이에요. 그건 내가 간신히 찾은 유일한 자료라고요."

"좋아. 좋은 지배자도 있고 나쁜 지배자도 있어. 그들은 행성 두세 개를 정복했으며, 전투 몇 번은 승리하고 몇 번은 패배했어. 특이한 점은 하나도 없네. 나는 자네 이론을 대단하게 여기지 않아, 채니스."

"하지만 장군은 몇 가지 중요한 사실을 빠뜨렸습니다. 그들이 연방을 형성한 적이 한 번도 없다는 사실이 안 보이세요? 그들은 인근 항성 집단의 정치적 역학 관계에 끼어든 적이 단 한 번도 없습니다. 장군이 말한 것처럼 이들은 별을 몇 개 정복했습니다. 하지만 그게 전부였지요. 엄청난 패배를 당한 적도 없는데 말입니다. 자신을 지키기에 적당하면서도 남의 이목을 안 끌기에 적당하게 확장하기라도 한 것처럼 말입니다."

채니스가 말하자, 프리처가 아무 느낌도 없는 어투로 말했다.

"정말 대단하군. 착륙하는 건 반대하지 않네. 최악의 경우라 해도 시간을 약간 허비하는 정도에 불과할 테니까."

"아니죠. 최악의 경우에는 완벽한 패배를 당할 수도 있습니다. 저기가 제2파운데이션이라면 말입니다. 뮬이 셀 수도 없을 만큼 많은 행성일 수 있다는 사실을 명심하십시오."

"그래서 어쩔 셈인가?"

"조그만 식민 행성에 착륙할 생각입니다. 그래서 타젠더에 대해 최대한 많은 내용을 수집하는 겁니다. 그러고 나서 새롭게 판단할 예정입니다."

"좋아. 반대하지 않네. 이제 괜찮다면 불을 끄고 싶군."

장군이 말하자, 채니스는 손을 흔들면서 밖으로 나갔다.

하지만 한 프리처 장군은 광대한 우주 공간에 떠 있는 한 조각 섬 같은 금속 덩어리, 그 속의 작은 방에서 불도 안 켠 채 혼자 깨어서 엉뚱한 환상에 빠져들었다.

채니스가 매우 고심해서 내린 판단이 사실이라면, 그래서 모든 사실이 제대로 맞아떨어진다면, 그렇다면 타젠더는 제2파운데이션이 되는 것이다. 다른 방향은 없다. 하지만 어떻게, 어떻게 그럴 수 있단 말인가?

정말 타젠더가 맞을까? 저렇게 평범한 행성이? 아무런 특징도 없는 행성이? 제국이 무너지는 가운데에서 사라진 별이? 파편 가운데 한 조각에 불과한 별이? 프리처는 뮬이 주름진 얼굴과 가느다란 목소리로 옛 파운데이션 심리학자 에블링 미스에 대해 말하던 장면을 떠올렸다. 에블링 미스는 제2파운데이션의 비밀을 파악한 유일한 인물일 가능성이 높았다.

프리처는 뮬이 긴장한 어투로 말한 내용을 떠올렸다.

'미스는 정말 놀란 것 같았네. 제2파운데이션이 예상 밖으로 거대한 모습을 드러내며 자신이 예측한 것과 완전히 다른 방향으로 나타난 것처럼 말이야. 아, 내가 그런 감정 대신 머릿속 생각을 먼저 읽었다면 얼마나 좋았을까! 하지만 감정 하나는 또렷했어. 굉장히 놀랐다는 사실

도 그렇고.'

놀랐다는 말이 핵심이었다. 뭔가에 굉장히 놀랐다! 그러다가 이 청년, 항상 빙그레 웃는 젊은이가 새로 나타나서 타젠더와 눈에 안 드러나는 이 행성의 독특한 모습에 대해 유창하게 떠들어 댔다. 그런데 그 말이 맞는 것 같았다. 그럴 수밖에 없었다! 아니라면 말이 안 되기 때문이었다.

프리처가 잠들기 직전 마지막으로 의식한 생각은 살짝 으스스한 기색을 띠었다. 에테르 관에 설치한 그 초공간 추적기라면 그대로 있었다. 한 시간 전 채니스가 근처에 없을 때에 직접 확인한 터였다.

두 번째 막간

평의회 조그만 회의실에서 의미심장한 모임이 열렸다. 평의회 회의실에서 공식적인 의사 일정을 시작하기 직전에 참석자 사이에서 몇 가지 생각이 빠르게 교차했다.

"결국 뮬이 다가오는군."

"나도 그렇게 들었소. 위험하오! 정말 위험하오!"

"이번 사건 역시 설정된 함수를 안 벗어난다면 괜찮을 것이오."

"뮬은 평범한 사람이 아니오. 뮬이 선택한 도구를 활용하면서 뮬한테 안 들킬 가능성은 없소. 뮬이 통제하는 정신에 접근하는 게 쉽지 않소. 그가 두세 가지 실마리를 잡았다는 이야기가 있소."

"맞소. 이번 사태를 어떻게 피해야 좋을지 모르겠소."

"통제하지 않는 정신은 훨씬 쉽소. 하지만 뮬 밑에서 일하는 고위직 가운데 그런 사람은 거의 없으니……."

이윽고 그들은 평의회 회의실로 들어갔다. 다른 제2파운데이션 사람들도 잇따라 들어왔다.

3장
두 남자와 농부

로셈은 은하계 역사에서 항상 무시당한 주변 세계 가운데 하나이다. 다른 수많은 행성에서 훨씬 행복하게 사는 사람들이 로셈을 주목하는 경우는 거의 없었다.

은하제국 후기에 정치범 일부가 황폐한 로셈에서 살았는데, 그들이 사는 동안에는 관측소 하나와 작은 해군 요새를 하나 만들어서 완전히 버림받은 상태는 면할 수 있었다. 그런 다음에는 해리 셸던 시대가 시작되기 전 사악한 분쟁이 일어난 시기에, 마음이 약한 사람들은 10년 주기로 커다란 사태가 일어나는 데 진절머리가 났다. 황제가 새로 등극해서 몇 년 동안 아무런 성과도 없이 고달프게 자리를 지키다가 물러나고 서로 행성을 침략하는 사태가 지긋지긋했다. 그래서 이들은 많은 인구가 사는 중심지에서 벗어나 은하계 벽지에 있는 황무지에 은신했다.

로셈의 마을은 으스스한 황무지를 따라 생겼다. 태양이 작아서 열을 발산하는 양이 부족한 나머지, 1년 가운데 아홉 달은 눈이 대지를 엷게 덮었다. 억센 토착식물은 눈이 뒤덮은 동안엔 흙속에서 잠자다가 결국에 태양이 대지를 섭씨 10도로 녹이면 경이적인 속도로 자라서 열매를

맺었다.

염소같이 작은 동물은 발굽이 세 개 달린 조그마한 발로 얇게 깔린 눈을 걷어차면서 풀을 뜯어 먹었다.

로솀 사람들은 여기에서 빵과 우유를 구했다. 어쩌다 동물이 남아돌 때에는 고기를 먹을 수도 있었다. 적도 지역에서 절반 이상을 차지하는 짙은 삼림은 단단하고 결이 고운 목재를 주택용으로 제공했다. 여기에서 나온 목재를 모피와 광물과 함께 수출했으며 제국의 우주선은 농기계와 원자발열기, 심지어는 텔레비저 세트를 들고 수시로 찾아와서 물물교환을 했다. 텔레비저 세트는 정말 어울리는 품목이었다. 왜냐하면 기나긴 겨울에 농부들도 쓸쓸한 동면에 들어야 하기 때문이었다.

제국이 겪은 역사는 로솀에 사는 농부들한테도 들이닥쳤다. 무역선은 분주하게 뉴스를 조달하고 때로는 망명자도 도착했다. 한번은 비교적 많은 사람이 집단으로 나타나 그대로 머물면서 은하계 소식이 많이 들어오기도 했다.

그래서 은하계 전역에 걸친 전쟁 때문에 인구가 줄었다는 소식이나 폭정을 펼치는 황제와 반역을 일으킨 총독에 대한 소식도 들을 수 있었다. 그들은 엷은 태양 광선을 받으며 마을 광장에 앉아 인간이 저지르는 악행에 대해 철학자처럼 사색하면서 한숨을 쉬고 머리를 흔들면서 수염이 난 얼굴을 모피 옷깃에 파묻곤 했다.

그리고 무역선은 한동안 안 나타났으며 생활은 갈수록 궁핍해졌다. 외국에서 들여오던 먹기 좋은 식품과 담배와 기계가 더 이상 공급되지 않았기 때문이다. 텔레비저를 통해 수집한 자투리 소식은 혼란스럽기만 했다. 그러다가 마침내 트랜터가 패했다는 소식을 들었다. 은하계 전체를 지배하던 수도행성으로 화려하고 위대한 이름을 날리며 훌륭한 황제가 대를 이어 살아가던 트랜터가 약탈당하고 붕괴되어, 마침내 완전히 파멸당한 것이다.

상상할 수조차 없는 사건이었다. 로셈에 사는 농부들이 논밭을 할퀴고 지나간 자국을 보고 은하계 종말이 다가왔다고 여기는 것도 당연했다.

그러던 어느 날, 정말 오랜만에 우주선 한 척이 도착했다. 마을마다 노인들은 우주선이 나타난 이유를 안다는 듯 고개를 끄덕이며 자기들 아버지 시대에도 이런 일이 있었다고 속삭이며 눈썹을 추켜세웠다. 하지만 이번에는 완전히 달랐다.

우주선은 제국에서 날아온 우주선이 아니었다. 은하제국을 상징하는 선명한 '우주선과 태양' 표시가 뱃머리에 없었다. 낡은 우주선에서 떼어 낸 부속으로 조그맣게 만든 우주선이었다. 그리고 우주선에서 나온 사람들은 자신들을 타젠더 병사라고 소개했다.

농부들은 혼란스러웠다. 그들은 타젠더에 대해 들어 본 적이 없었다. 하지만 전통적인 방식대로 호의를 나타내며 병사들을 환영했다. 병사들은 자연환경과 주민 숫자, 도시 숫자와 경제 형태 등에 대해서 자세히 물었다. 처음엔 도시라는 말을 농부들이 마을로 잘못 이해해서 혼란에 빠지기도 했다.

타젠더에서 우주선이 계속 나타나더니, 이제 타젠더가 로셈을 지배하는 별이 될 것이며, 사람이 거주하는 적도 지역에 국세청을 설립해서 1년에 한 번씩 일정한 절차에 따라 곡물과 모피를 세금으로 걷어갈 거라고 선언했다.

로셈 사람들은 '세금'이라는 말을 몰라서 눈만 깜빡거렸다. 그러다가 세금을 징수하는 시기가 되자 제복을 입은 사람들이 수확한 옥수수와 생가죽을 넓은 지상차에 싣는 광경을 낭패한 표정으로 바라보기만 했다.

분노한 농부들이 구식 사냥 무기를 가지고 여기저기서 모여들었지만 효과가 없었다. 타젠더 병사가 나타나는 순간 모두가 투덜거리며 흩어진 채, 그렇지 않아도 어려운 삶이 더욱 어렵게 변하는 과정을 가만히 지켜볼 따름이었다.

   그런데 새로운 평화가 나타났다. 타젠더 총독은 젠트리 마을에서 오만하게 기거했고, 로셈인은 접근할 수 없었다. 총독과 관리는 로셈인의 눈에 안 띄는 다른 세계에서 살았다. 타젠더 앞잡이로 고용된 로셈인 농부가 세금을 걷으려고 주기적으로 찾아오자, 농부들은 곡식을 숨기고 가축을 숲에 감추는 법은 물론 자신들 오두막이 너무 화려하게 안 보이도록 만드는 지혜를 터득했다. 세금 징수원이 바라보는 물건이 모든 재산인 것처럼 대답하며 예리한 질문을 얼버무리거나 어리둥절한 얼굴에 모르겠다는 표정을 떠올렸다.

   그러다가 결국에는 그런 사례도 줄고 세금도 줄었다. 이런 행성에서 얼마 안 되는 푼돈을 약탈하는 행위에 타젠더가 싫증이라도 난 듯 말이다.

   무역이 살아났다. 그러는 쪽이 훨씬 이익이라는 사실을 타젠더 사람들이 깨달은 것 같았다. 로셈 사람들은 제국에서 만든 세련된 제품을 교환물로 받는 건 아니지만 타젠더에서 만든 기계와 식품이 로셈에서 만든 것보다는 좋았다. 게다가 손으로 짠 여성용 의복도 있었는데, 이건 아주 중요한 물품이었다.

   그래서 은하계 역사에 다시 평화로운 시기가 나타나고 농부는 척박한 땅을 일구며 살아갔다.

   나로비는 입 주변에 난 수염에 입김을 불어넣으며 오두막을 걸어 나왔다. 딱딱하게 얼어붙은 대지에 첫눈이 흩날렸다. 흐린 하늘에 침침한 핑크색이 어렸다. 나로비는 하늘을 조심스레 쳐다보고 태풍이 불어닥칠 기미는 없다고 판단했다. 그는 젠트리에 가서 별다른 어려움 없이 자신이 비축해 둔 잉여 곡물을 주는 대신 겨울을 나는 데 필요한 휴대용 음식물을 충분히 확보할 수 있었다.

나로비는 일부러 활짝 열어 놓은 문에다 대고 커다랗게 소리쳤다.
"자동차에 연료는 충분히 넣은 거야?"

안에서 무어라고 외치는 소리가 나더니, 잠시 후에는 듬성듬성한 붉은 수염을 드러낸 큰아들이 나오면서 짜증스런 어투로 대답했다.

"자동차에 연료를 채워서 잘 나가요. 차축이 안 좋지만 제 책임은 아니에요. 전문가한테 수리를 맡겨야 한다고 제가 몇 번이나 말씀드렸잖아요."

노인이 뒤로 가서 눈을 내리깔고 아들을 찬찬히 살폈다. 그러다가 수염이 덥수룩한 턱을 앞으로 내밀며 나무랐다.

"그렇다면 내 잘못이란 말이냐? 이런 데서 노련한 수리공을 어떻게 구한단 말이냐? 지난 5년 동안 수확이 형편없지 않았느냐? 그리고 가축이 전염병을 피했느냐? 아니면 모피 값이 저절로 올라서……"

"여보!"

안에서 익숙한 목소리가 가로막자 나로비 영감이 투덜거렸다.

"으음, 으음…… 이젠 너희 엄마가 아빠랑 아들 사이에 끼어들려고 하는구나. 자동차를 가져와서 저장용 트레일러에다 단단히 연결하도록 하려무나."

나로비는 장갑 낀 손을 서로 부닥치면서 다시 하늘을 올려다보았다. 붉은 먹구름이 몰려드는데, 갈라진 틈으로 보이는 회색 하늘에 온기라곤 전혀 없었다. 태양이 구름에 가렸다.

 나로비는 시선을 떨어뜨리는 찰나에 무언가를 발견하고 무의식적으로 손가락을 높이 올리며 차가운 기운에도 불구하고 입을 벌리며 커다랗게 소리쳤다.

 "여보! 할멈, 이리 좀 와 봐!"

 그와 동시에 잔뜩 화난 얼굴 하나가 창문에 나타났다. 그녀는 남편이 가리킨 손가락 끝으로 시선을 돌리다가 갑자기 입을 커다랗게 벌렸다. 그리고 소리를 내지르며 나무 계단을 쏜살같이 내려와서 낡은 외투와 사각형 린넨을 움켜쥐었다. 그래서 머리와 귀를 린넨으로 대충 감싸고 외투를 걸치며 밖으로 나와서 이렇게 말했다.

 "외계에서 온 우주선이에요."

 그러자 나로비가 짜증스런 어투로 소리쳤다.

 "우주선이 아니면 뭐겠어? 손님이 온 거야, 할멈, 손님이!"

 우주선 한 척이 나로비 농장 북쪽에서 황량하게 얼어붙은 들판에 천천히 착륙하는 중이었다.

 여인이 깜짝 놀란 표정으로 물었다.

 "그럼 이제 어떻게 해야 하는 거죠? 저 사람들에게 호의를 베풀어야 하나요? 잠자리라고는 더러운 창고밖에 없고 먹을 거라곤 지난주에 구운 옥수수 빵이 전부예요."

 "그렇다면 저들이 이웃집으로 가지 않을까?"

 나로비는 한기 때문에 얼굴이 붉다 못해 자줏빛으로 변한 상태로 단정한 모피로 감싼 팔을 내밀어서 여인의 강인한 어깨를 감싸며 말했다.

 "사랑하는 할멈, 아래층에서 의자 두 개를 가져와. 그리고 살찐 새끼 짐승을 잡아서 버섯을 넣고 구워. 그리고 옥수수 빵도 새로 굽고. 이

제 나는 외계에서 온 강력한 인물을 만나러 가겠소. 그리고…… 그리고…….”

나로비가 말을 멈추고, 커다란 모자를 아무렇게나 벗더니 얼굴을 급히 문지르며 덧붙였다.

"그래, 곡식으로 빚은 술도 한 병 가져가야겠어. 좋은 술을 마시면 기분이 좋으니까.”

남편이 말하는 동안 여인이 입을 벌렸지만 아무런 소리도 안 나왔다. 그러다가 무슨 말인지 모를 소리만 간신히 흘러나왔다.

그러자 남편이 손가락을 추켜세우며 말했다.

"할망구야, 마을 원로들이 지난주에 무슨 말을 했지? 기억을 더듬으라고. 원로들이 농장을 이리저리 돌아다녔잖아! 그러니 얼마나 중요한 내용이겠어! 외계에서 우주선이 착륙하면 총독의 명에 따라 곧바로 알리라고 부탁했잖아.

내가 능력이 뛰어난 사람들한테 도움을 받을 기회가 드디어 나타난 거 아니겠어? 우주선을 잘 보라고! 지금까지 저런 우주선을 본 적이 있어? 저들은 아주 부유하고 거대한 행성에서 온 사람들이야. 원로들이 추운 날씨에 농장을 돌아다닌 건 총독 자신이 저 사람들에 대한 메시지를 아주 급히 보냈기 때문이야. 타젠더 군주들이 저 사람들을 목마르게 기다린다는 메시지를 아마 로셈 전체에 보냈을 거야. 그런데 저들이 바로 우리 농장에 착륙한 거라고!"

나로비가 잔뜩 흥분한 어투로 계속 말했다.

"지금 적절한 예의를 갖추는 것이 필요해. 총독에게 내 이름을 보고한다면…… 그렇게 되면 우리가 어떤 보상을 받겠어?"

부인은 얇은 실내복 사이로 들어오는 한기를 갑자기 느꼈다. 그래서 문 쪽으로 뛰어가면서 어깨 너머로 소리쳤다.

"그럼 빨리 가세요!"

그러나 그 말이 나오기도 전에 사내는 우주선이 내려앉은 지평선을 향해 달리기 시작했다.

한 프리처 장군은 차가운 날씨도 황량한 공간도 걱정하지 않았다. 열악한 환경도 힘들게 살아가는 농부도 걱정이 안 됐다.

프리처 장군이 걱정스러운 건 과연 자신들이 타당한 결정을 내렸는가 하는 문제였다. 자신과 채니스만 내렸기 때문이었다.

만약의 경우를 대비해서 우주선을 우주 공간에 두었으니 큰일은 없겠지만 그래도 불안했다.

이런 모험을 제안한 사람은 물론 채니스였다. 프리처는 그쪽을 쳐다보았다. 모피로 만든 칸막이 틈새로 내다보던 채니스가 기분 좋은 표정으로 눈을 끔뻑거렸다. 어떤 여인이 이쪽을 엿보다가 깜짝 놀라면서 입을 쩍 벌렸기 때문이다.

적어도 채니스는 아주 편안해 보였다. 그래서 프리처는 심술궂은 만족감을 느꼈다. '채니스가 펼치는 게임도 이제부터는 채니스가 원하는 대로 진행되지 않을 것'이라는 생각이 들었다. 현재로선 두 사람이 손목에 찬 초파(超波)송수신기가 자신들을 우주선으로 연결하는 유일한 수단이었다.

그때 주인 농부가 얼굴에 웃음을 가득 머금고 여러 차례 머리를 숙이며 존경심이 가득한 어투로 부드럽게 말했다.

"고귀하신 군주님, 죄송한 말씀 하나 드리겠습니다. 집안이 가난하여 큰아이가 머리는 좋은데도 교육을 제대로 못 받았습니다. 그래도 착하고 쓸 만한 놈이지요. 그놈이 알려 주기를 원로들이 곧 도착한다고 합니다. 하잘것없지만 최선을 다했으니 여기서 머무르는 동안 편안히 지내시길 바랍니다. 여기 사는 누구와 말해도 알겠지만 농부들은 열심히 일하고 정직하며 겸허한데도 굉장히 가난합니다."

"원로들? 이 지역 우두머리?"

채니스가 가볍게 묻는 말에 주인 농부가 대답했다.

"그렇습니다. 모두가 공정하고 훌륭한 사람들입니다, 군주님. 비록 살림은 어렵고 토지와 숲에서 나오는 건 빈약하지만 우리 마을은 로셈에서도 공정하고 정직한 마을로 유명합니다. 고귀하신 군주님, 제가 존경하는 마음으로 베푼 친절을 원로들에게 말씀해 주신다면 그들은 우리 가정에 원동기가 달린 자동차를 새로 배정할지도 모릅니다. 낡은 차는 거의 기다시피 하는데, 우리는 고물 자동차에 생계를 의존하고 있답니다."

주인 농부가 잔뜩 갈망하는 표정으로 쳐다보자, 한 프리처는 자신들이 들은 대로 '고귀하신 군주님'답게 냉정한 표정으로 고개를 천천히 끄떡였다.

"그대가 베푼 호의를 원로들에게 그대로 전달하겠소."

그리고 침묵하면서 졸고 있는 것처럼 보이는 채니스에게 말했다.

"나는 원로들과 만나는 게 그리 마음에 안 내키는군. 자네는 그 점에 대해서 어떻게 생각하나?"

채니스가 깜짝 놀란 표정으로 물었다.

"아니요. 걱정할 이유가 뭡니까?"

"우리가 여기에서 여러 사람한테 모습을 드러내면 안 좋을 것 같아."

장군이 대답하자, 채니스가 낮고 단조로운 목소리로 빠르게 말했다.

"다음 단계로 들어서려면 여러 사람한테 모습을 드러내야 합니다. 어두운 가방에 손을 넣고 더듬는 식으로는 우리가 원하는 대상을 못 찾을 테니까요, 장군. 정신으로 사람을 지배한다고 해서 반드시 뛰어난 권력자일 필요는 없습니다. 장군이 태어난 제1파운데이션에서 기술자와 과학자가 소수인 것처럼, 제2파운데이션에서도 심리학자들은 아주 소수일 테니까요. 일반 주민은 아주 평범한 주민이고요. 어쩌면 심리학자들은 꽁꽁 숨어서 모습을 안 드러내고, 따라서 겉으로 지배하는 것처럼 보이는 사람들은 자신을 진짜 권력자로 여길 수도 있겠지요. 그런 문제에 대한 해결책을 모든 게 꽁꽁 얼어붙은 이 땅덩어리에서 찾아야 할 겁니다."

"도대체 무슨 소리인지 모르겠군."

"아니, 잘 들어 보세요, 아주 분명하니까요. 타젠더는 인구가 수백만에서 수억에 달하는 거대한 행성입니다. 그렇다면 그렇게 많은 사람들 중에서 우리가 심리학자를 어떻게 찾을 것이며, 뮬에게 제2파운데이션을 찾았다고 어떻게 보고할 수 있겠습니까? 하지만 농부들이 사는 이 조그만 행성에서는 주인 농부가 알려 준 대로 타젠더 지배자 모두가 젠트리라는 중심 마을에 집중해서 살고 있습니다. 모두 합쳐야 몇 백 명밖에 안 되겠지요, 장군. 그런데 그들 가운데 최소한 한 사람 이상은 제2파운데이션 사람이 분명 있을 겁니다. 따라서 결국에는 그곳으로 가야 하겠지만 그 전에 먼저 노인들을 만나는 겁니다. 그게 논리적으로 볼 때에 훨씬 바람직하니까요."

턱수염이 검은 주인 농부가 흥분한 표정으로 다시 뛰어들자 두 사람은 시치미를 떼며 서로 떨어졌다.

"고귀하신 군주님, 원로들이 오십니다. 죄송하지만 저를 위해 꼭 한 마디 해 주실 것을 다시 한 번 부탁드립니다."

주인 농부가 허리를 절반이나 꺾으며 아첨하는 말에, 채니스가 대답했다.

"꼭 그렇게 하겠소. 저 분들이 원로들이오?"

원로가 분명했다. 모두 세 사람이었다.

한 사람이 다가와서 엄숙하게 경의를 표하며 말했다.

"영광입니다. 자동차를 준비했습니다, 존경하는 군주님. 저희 마을회관까지 가 주시면 고맙겠습니다."

세 번째 막간

제1발언자가 밤하늘을 응시하며 생각에 잠겼다. 작은 조각구름이 희미한 별빛을 가로지르며 지나쳤다. 우주 공간이 아주 적대적으로 보였다. 아무리 좋게 보아도 끔찍하고 차가운데, 지금은 뮬이라는 돌연변이체까지 나타나서 더욱 어둡고 불길하게 보였다.

회의는 끝났다. 오래 걸리지 않았다. 구조가 불분명한 돌연변이체를 다루는 어려운 수학 문제에서 몇 가지 의혹과 문제점이 나타났다. 극단적인 순열 전체를 고려해야 했다.

그렇다고 해서 확실하게 규명된 건 하나도 없었다. 우주 공간 어딘가에, 마음먹으면 금방 도달할 거리에 뮬이 있었다. 뮬이 원하는 건 무엇일까?

뮬이 파견한 부하는 쉽게 다룰 수 있었다. 그들은 계획대로 반응했고 지금도 그렇게 반응하는 중이었다.

하지만 뮬 자신이 직접 온다면 어떻게 될까?

4장

두 남자와 원로들

　로셈 특정 지역에 있는 원로들은 예상과 달랐다. 이곳 농부들보다 더 늙었다든가 더 권위가 있다든가 친밀감이 덜 하다든가 하는 등 별다르지는 않았다.
　전혀 그렇지 않았다.
　그러나 첫 번째 회의를 하는 동안 독특한 위엄이 더욱 두드러지게 나타났다.
　그들은 느리게 행동하면서 위엄이 있는 사색가처럼 타원형 탁자에 앉았다. 대부분은 외모를 가꾸는 일에 신경을 안 썼지만 수염을 짧고 단정하게 다듬은 사람도 있었다. 마흔이 채 안 되어 보이는 사람도 꽤 있어서 '원로'라는 명칭은 문자 그대로 연령을 나타내는 의미가 아니라 존경의 표시가 분명했다.
　외계에서 온 두 사람은 탁자 상석에 앉아, 영양 섭취라기보다는 의례적이며 간소한 식사를 하고 엄숙한 침묵을 지키면서 낯설고 대조적인 분위기를 익히려고 애썼다.
　식사 후 가장 존경받는 사람으로 보이는 원로 한두 명이 연설이라고 보기에는 아주 짧고 간단한 발언을 통해 경의를 나타냈다. 그런 다음에는 비공식적인 모임을 가졌는데, 외국 귀빈을 맞이하는 위엄은 사라지고 호기심과 친밀감이 가득한 시골집 같은 분위기가 되었다.

사람들은 이방인 주위에 모여들어 홍수처럼 질문을 퍼부었다. 우주선을 조종하는 일은 어려운지, 우주선을 조종하는 데 몇 사람이 필요한지, 자신들이 타는 지상차 엔진을 개량할 수 있는지, 타젠더와 달리 다른 행성에는 눈이 거의 안 내린다는 말이 사실인지, 두 사람이 온 행성에는 얼마나 많은 사람이 사는지, 타젠더만큼 넓은 행성인지, 얼마나 멀리 떨어졌는지, 옷은 어떻게 만드는지, 금속성 빛을 내는 것은 무엇인지, 왜 모피를 안 입는지, 면도는 매일 하는지, 프리처가 반지에 박은 보석은 어떤 종류인지 등등 질문은 끝없이 이어졌다.

프리처가 연장자라서 무의식중에 더 커다란 권위를 부여한 듯 거의 언제나 질문은 프리처에게 쏟아졌다. 프리처는 점점 더 길게 답해야 하는 상황이 된 걸 깨달았다. 마치 아이들한테 둘러싸인 것 같았다. 모두가 천진난만한 질문이었다. 알고자 하는 욕구가 정말 강해서 쉽게 뿌리칠 수가 없었다.

프리처는 장황하게 설명했다. 우주선은 다루기 어렵지 않으며 승무원은 우주선 크기에 따라 최소 한 사람에서 많게는 상당수의 사람이 필요하고, 로셈에서 사용하는 지상차를 잘 모르겠지만 개선할 여지는 있을 게 분명하며, 행성마다 기후는 무한히 다양하고, 자신들이 사는 행성에는 인구가 수억에 달하지만 타젠더의 위대한 제국보다 훨씬 작고 보잘것없으며, 옷은 표면 분자를 적절히 배열하여 금속 광택을 인공적으로 낸 실리콘 플라스틱으로 만들고, 그렇게 만든 의상은 인공적으로 열을 내므로 모피가 필요 없고, 자기는 매일 면도를 하며, 반지에 박은 보석은 자수정이라고 설명했다.

프리처는 자기 의지와는 반대로 순박한 시골사람들에 대해 감정이 누그러지는 자신을 발견했다.

프리처가 대답할 때마다 원로들은 재잘거리며 대화를 나누었는데, 새롭게 얻은 정보에 대해서 토론하는 것 같았다. 하지만 원로들이 토론하는 내용을 이해하기는 어려웠다. 왜냐면 은하계 공통 언어에서 벗어난 독특한 억양을 사용할 뿐 아니라, 현재 사용하는 언어와 달리 오래전에 사라진 고어를 사용했기 때문이었다. 그들이 나누는 짤막한 대화를 조금은 이해할 것 같다가도 결국에는 알아들을 수 없는 수준으로 떨어졌다.

그러다가 결국에는 채니스가 가까스로 끼어들며 이렇게 말했다.

"좋습니다, 원로 여러분, 이제부터 우리가 묻는 질문에 대답하십시오. 우리는 이방인으로서 타젠더에 있는 모든 것에 굉장한 흥미를 갖고 있으니 말입니다."

이 말과 동시에 깊은 침묵이 흐르고 이제까지 떠들던 원로들 모두가 입을 다물었다. 자신들이 하는 말을 반주 삼아 빠르고 섬세하게 움직이며 아주 다양한 의미를 부여하던 손동작 역시 모두 멈추었다. 그리고 서로를 은밀하게 바라보는 표정은 다른 사람이 발언하기만 기다리는 것 같았다.

그래서 프리처가 재빨리 끼어들었다.

"내 동료는 우호적인 뜻에서 말한 겁니다. 타젠더에 대한 명성이 은하계에 자자하기 때문입니다. 게다가 우리가 총독을 만나면 로셈 원로들이 보여 준 충성심과 애정을 그대로 전달하겠습니다."

안도의 한숨이 일어나진 않았지만 분위기는 한결 좋아졌다. 한 원로가 약간 곱슬거리는 수염을 펴기 위해 엄지와 집게손가락으로 지그시 잡아당기면서 말했다.

"우리는 타젠더 군주의 충실한 종입니다!"

채니스가 노골적인 얘기로 당혹스럽게 만든 분위기는 프리처 덕분에 많이 누그러졌다. 최근에 자신도 모르게 늘어나는 나이가 다른 사람의 실수를 감싸 주는 그의 능력까지 빼앗아 간 건 아니란 사실이 분명히 드러난 것이었다.

"우리는 멀리 떨어진 우주에서 왔기 때문에 타젠더 군주들이 겪은 역사를 잘 모릅니다. 하지만 이곳 군주들이 타젠더를 오랫동안 자비롭게 통치한 것 같군요."

프리처가 다시 말하자, 조금 전에 말했던 장로가 대변인이라도 되는 양 부드러운 어투로 이렇게 대답했다.

"제일 나이 많은 사람의 할아버지도 군주님이 없던 때를 회상할 수 없지요."

"지금까지 평화를 누렸나요?"

"네, 평화를 누렸습니다."

원로가 대답하더니 잠시 머뭇거리다가 덧붙였다.

"타젠더 총독은 강력한 권력을 행사하는 군주입니다. 반역자를 처벌하는 데 조금도 주저하지 않지요. 물론 우리들 가운데 반역자는 없습니다."

"과거에 그럴 수밖에 없는 사람 몇 명을 처벌한 것 같군요."

프리처가 말하자, 원로가 다시 주저하며 대답했다.

"지금까지 여기에는 반역자가 한 명도 없었습니다. 우리 아버지도 그렇고 우리 아버지의 아버지도 그랬습니다. 하지만 다른 행성에서는 그런 일이 일어나고 죽음이 잇따라 일어났습니다. 저희는 가난한 농부이며 정치 문제엔 관심이 없는 하찮은 사람들이라서 그런 일을 떠올리는 게 별로 즐겁지 않군요."

목소리에 밴 걱정스러운 어투는 물론 다른 사람들 눈에도 똑같은 표정이 역력했다. 그래서 프리처가 부드럽게 말했다.

"당신네 총독을 만나려면 어떻게 해야 하는지 알려 주시겠습니까?"

이 말과 동시에 당혹스런 분위기가 감돌았다. 그리고 한참이 지난 다음에 원로가 다시 말했다.

"아니, 모르고 계셨습니까? 총독께서 내일 이리로 오실 겁니다. 당신들을 만나려고 말입니다. 저희로서는 대단한 영광이지요. 저희……, 저희는 당신들이 그분에게 저희 충성심을 충분히 전해 주시기를 진심으로 바랍니다."

"우리를 만나려고요?"

프리처가 반문하며 웃던 얼굴을 찡그리자, 원로가 의아하다는 표정으로 프리처와 채니스를 번갈아 쳐다보며 물었다.

"왜요? 저희는 당신들을 일주일 전부터 기다렸는데요?"

두 사람이 묵은 숙소는 척박한 행성치고는 믿을 수 없을 정도로 화려했다. 프리처가 평소에 사용하는 숙소보다 훨씬 좋았다. 반면에 채니스는 아무런 관심도 없다는 표정만 내비쳤다.

하지만 두 사람 사이에서는 지금까지와 다른 긴장감이 감돌았다. 프리처는 단호하게 결단할 시간이 가까이 다가온다는 사실을 느끼면서도 조금 더 기다려 보고픈 생각이 들었다. 총독을 만나는 건 위험한 도박일 수 있지만 이런 도박에서 이기면 돈이 몇 배가 될지 모를 터였다. 그는 채니스의 눈썹 사이에서 작은 주름이 지는 걸 보는 순간 갑자기

화가 치밀었다. 이마에 주름이 진다는 건 채니스가 윗니로 아랫입술을 깨물 때와 마찬가지로 미묘한 불확실성에 사로잡혔다는 의미였다. 프리처는 무가치한 연기가 싫었다. 그만 끝내고 싶었다. 그래서 이렇게 말했다.

"우리가 나타날 걸 예상한 것 같군."

"그래요."

채니스는 간단하게 대답했다.

"그게 전부야? 아는 내용이 없나 보군. 우리는 여기에 와서 총독이 우리를 기다린다는 사실을 알았네. 총독을 만나면 타젠더가 우리를 예상했다는 사실도 알게 되겠지. 우리가 이런 일에 나설 이유가 뭐지?"

그러자 채니스가 지친 어조를 숨기려 하지도 않고 프리처를 쳐다보며 대답했다.

"우리를 기다렸다고 해서 우리가 여기에 온 목적은 물론 우리 정체를 아는 건 아닙니다."

"자네는 제2파운데이션 사람들한테 그런 사실을 숨길 수 있다고 생각하나?"

"그러면 안 되나요? 그럼 장군은 곧바로 항복할 생각인가요? 우주에서 우주선을 발견했을 수도 있어요. 국경에 관측소를 설치하는 게 특이한 일은 아니잖아요. 설사 우리가 평범한 이방인이라도 그들은 흥미를 보일 거예요."

"우리가 가는 대신 총독이 직접 찾아올 정도로?"

프리처가 비꼬자 채니스는 어깨를 으쓱하며 대답했다.

"그 문제는 나중에 생각합시다. 당장은 총독이 어떤 사람인지 보자고요."

프리처가 창백한 얼굴을 찡그리며 이빨을 드러냈다. 상황이 너무 엉뚱하게 흘러갔다.

채니스가 일부러 활기차게 이야기를 펼쳤다.

"최소한 우리도 하나는 압니다. 타젠더가 제2파운데이션이라는 사실, 그렇지 않으면 무수히 많은 증거가 모두 거짓말이 되니까요. 이곳 주민들이 타젠더한테 느끼는 노골적인 공포를 장군은 어떻게 생각하십니까? 정치적으로 압박하는 흔적은 없습니다. 원로 집단은 어떤 간섭도 안 받으며 자유롭게 만나는 게 분명합니다. 그들이 말한 세금도 내가 보기에는 그리 많지도 않은 것 같고 또 철저하게 걷지도 않는 것 같아요. 원주민들이 가난 타령을 하지만 모두가 충분히 먹어서 건강해 보였습니다. 주택이 조잡하고 마을은 황량하지만 일부러 그렇게 꾸민 게 분명해요.

사실 나는 이곳 행성이 정말 흥미롭습니다. 이렇게 접근하기 어려운 행성을 본 적이 없거든요. 그런데도 나는 이곳 주민이 아무도 고통을 안 느끼며, 단순한 삶과 균형 잡힌 행복을 누린다고 확신합니다. 진화된 문명국에서 복잡하게 살아가는 사람들에게서 찾아볼 수 없는 행복이지요."

"그 말은 농부로 사는 게 좋다는 뜻인가?"

프리처가 묻자, 채니스가 재미있다는 표정으로 대답했다.

"이 별이 엉뚱하게 위장했다는 뜻입니다. 그럴 수밖에 없는 이유가 무얼까 지적하는 겁니다. 타젠더는 효율적인 행정 시스템을 구축한 게 분명합니다. 하지만 구 제국이나 제1파운데이션은 물론 우리 연방이 구축한 시스템과 다른 게 분명합니다. 지금까지 이들은 식민지에 아주 애매한 무언가를 주는 대가로 물질적인 풍요를 누린 것 같아요. 이런 방식으로 타젠더는 물론 식민지까지 행복감과 만족감을 누리는 거예요. 장군은 이들이 지배하는 방식 자체가 완전히 다르다는 사실을 모르겠습니까? 그건 무력이 아니라 심리적인 방식입니다."

프리처가 비꼬는 어투로 물었다.

"정말? 그렇다면 사려 깊은 심리학자들이 반역자를 처벌했다면서 원로들이 공포에 떨며 말한 건 뭐란 말인가? 그런 건 자네 이론에 어떻게 적용되지?"

"어차피 그들은 처벌당할 대상이 아니었나요? 원로들은 다른 사람이 받은 처벌에 대해서만 말합니다. 처벌에 대한 생각이 아주 깊이 뿌리박혀서 정작 처벌하는 행위 자체는 필요가 없는 것 같아요. 사람들에게 필요한 정신 태도를 확실하게 주입했기 때문에 이곳에는 타젠더 병사가 단 한 명도 없다고 나는 확신합니다. 아직도 그런 게 안 보이세요?"

채니스가 묻는 말에 프리처는 쌀쌀맞게 말했다.

"총독을 만나면 알겠지. 그런데 그들이 우리 정신을 조종한다면 어쩔 셈인가?"

그러자 채니스는 잔뜩 경멸하는 표정으로 대답했다.

"그러면 장군님은 거기에 길들게 되겠죠."

프리처는 얼굴이 창백하게 변했다. 그래서 억지로 시선을 피했다. 그날 두 사람은 서로에게 더 이상 말하지 않았다.

날씨가 춥고 바람 한 점 없이 고요할 때에 프리처는 채니스가 깊은 잠에 빠진 걸 확인한 다음, 손목 송신기를 채니스의 송신기는 접근할 수 없는 초단파 영역으로 소리 없이 손톱으로 조정한 뒤 우주선과 연락했다. 바람도 없는 고요하고 차가운 밤이었다.

간신히 느낄 수 있을 정도로 잡음 없는 진동을 일으키며 대답이 들렸다. 프리처가 다시 물었다.

"아직까지 아무 연락도 없었나?"

이번에도 똑같은 대답이 나왔다.

"없었습니다. 항상 대기하고 있습니다!"

프리처는 잠자리에서 일어났다. 실내가 추워서 모피 담요를 두르고 의자에 앉았다. 그리고 자신이 태어난 외곽성역의 밤하늘과는 별 안개와 행성 배치 등 모든 게 다른 성역을 바라보았다.

성역에 널린 수많은 행성 어딘가에는 자신을 짓누르는 혼란을 해결할 해답이 있었다. 해답을 찾아서 모든 고통을 정리하고 싶은 갈망이 일었다.

자신이 전향하면서 자기 확신이라는 날카로운 칼날을 잃었다는 뮬의 말이 옳은 건가 아니면 나이가 들면서 최근 몇 년 동안 극심한 부침을 겪은 탓인가 순간적으로 의아했다.

하지만 아무래도 상관없었다.

정말 피곤했다.

로셈 총독이 수수한 옷차림으로 도착했다. 수행원은 제복 차림으로 지상차를 운전한 사내가 전부였다.

지상차는 디자인이 신선했으나 프리처가 보기에는 비효율적이었다. 게다가 제대로 굴러가지도 않았다. 기어가 너무 빨리 바뀌는지 한 번 이상 급정거를 할 정도였다. 디자인으로 판단컨대 화학 연료가 아니라 원자 연료로 움직이는 게 분명했다.

로셈 총독은 얇게 덮인 눈을 사뿐히 걸어 두 줄로 서서 영접하고 있는 원로들 사이를 가볍게 나아갔다. 그는 원로들한테 눈길도 안 주고 재빨리 안으로 들어갔다. 그러자 원로들이 뒤따랐다.

뮬 연방에서 파견을 나온 두 사람은 그런 광경을 숙소에서 지켜보았다. 총독은 작은 키에 뚱뚱하고 땅딸막했다. 인상적인 인물은 아니었다. 하지만 그게 무슨 상관이란 말인가?

프리처는 신경이 쇠약한 자신을 원망했다. 물론 얼굴은 얼음장같이 차가운 모습이라서 채니스한테 창피할 건 없지만, 혈압이 높아지면서 목이 타들어 가는 기분을 느낄 수 있었다.

육체적 공포 때문에 일어나는 현상이 아니었다. 프리처는 신경이 무디고 머리 회전이 둔하며 상상력이 없는, 두려움을 모를 정도로 우둔한 인물이 아니었다. 육체적 공포라면 충분히 누그러뜨릴 수 있었다. 하지만 그게 아니었다. 완전히 색다른 공포였다.

프리처는 채니스를 힐끗 쳐다보았다. 젊은이는 손톱을 한가롭게 쳐다보면서 울퉁불퉁한 부분을 심심풀이로 만지작거리고 있었다.

프리처는 속으로 분노가 치밀었다. 하기야 채니스가 정신 조작을 두려워할 이유가 뭐겠는가?

프리처는 마음을 가다듬고 과거를 떠올리려고 애썼다. 뮬이 전향시키기 전에 불굴의 민주투사이던 자신은 어땠을까? 기억이 떠오르지 않았다. 자신이 정신적으로 어떤 상태였는지 떠올릴 수가 없었다. 자신을 뮬과 감정적으로 끈끈하게 연결해 놓은 밧줄을 끊을 수가 없었다. 언젠가 뮬을 암살하려고 했던 일을 이성적으로 간신히 떠올렸으나 아무리 정신을 집중하며 노력해도 당시에 느낀 감정을 기억할 수가 없었다.

하지만 그것은 자기 마음을 지키기 위한 방어 기제일 가능성이 높았다. 당시 감정을 본능적으로 떠올리면, 상세한 내용을 모르면서 감정

흐름만 깨달으면 뱃속이 역겹게 변하기 때문이었다.

총독이 정신을 조작하면 자신은 어떻게 될까?

제2파운데이션 사람들이 정신적인 덩굴손이 찢어진 감정 구조를 비집고 들어와서 자신의 감정을 해체하고 재결합시키면 어떻게 될까?

전향 초기에는 아무런 느낌도 없었다. 고통도, 정신적 충격도, 심지어 감정이 단절되는 느낌조차 못 느꼈다. 프리처는 언제나 뮬을 존경했다. 오래전, 5년이라는 짧은 기간 이전에 자신이 뮬을 좋아하는 대신 증오할 때가 있었다는 건 끔찍한 환상에 불과했다. 그런 환상을 떠올리면 너무 혼란스러웠다.

하지만 아직까지 고통은 없었다.

총독과 만나면 그런 일이 되풀이될까? 예전에 있었던 일, 뮬에게 바친 모든 충성, 지금까지 살아온 방향성이 민주주의라는 어렴풋한 생활에 대한 희망과 일치할 수 있을까? 뮬 또한 꿈으로 변하고 오로지 타젠더에만 충성할 수 있을까?

프리처는 갑자기 얼굴을 돌렸다.

구역질이 강하게 일어났다.

바로 그 순간에 채니스의 목소리가 귀청을 때렸다.

"면담할 때가 됐나 봅니다, 장군."

프리처가 다시 돌아섰다. 원로 한 사람이 문을 조용히 열더니, 엄숙하고 진지한 예의를 표하며 문턱에 서서 말했다.

"로셈을 다스리는 총독각하께서 타젠더 군주를 대신하여 기꺼이 두 분을 만나겠다고 하십니다. 절 따라오시겠습니까?"

"물론이지요."

채니스가 대답하더니, 허리띠를 확 조이고 로셈 사람처럼 쓴 머릿수건을 매만졌다.

프리처는 턱을 당겼다. 진짜 도박이 시작되는 것이다.

로셈 총독은 무서운 인상이 아니었다. 다른 무엇보다 맨머리를 드러냈는데, 숱이 적은 갈색머리가 희끗희끗한 회색을 드러내서 온화한 느낌을 주었기 때문이다. 앙상한 눈은 두 사람을 내려다보았는데, 잔주름이 둘러싼 눈은 무언가를 재는 듯하고 깨끗한 턱은 선이 부드러우면서 아담했다. 미신에 근거해서 얼굴을 보고 성격을 판단하는 사람들이라면 '연약한' 성격으로 규정할 게 분명했다.

프리처는 상대가 바라보는 시선을 피하며 아담한 턱을 바라보았다. 하지만 어떻게 해야 효과적인지 알 수가 없었다.

총독은 목소리가 높고 냉담했다.

"타젠더에 온 것을 환영하오. 당신들과 평화를 나누고 싶소. 식사는 했소?"

총독이 울퉁불퉁한 혈관이 튀어나온 기다란 손가락을 U자 모양 탁자를 향해 왕처럼 흔들었다.

두 사람은 인사를 하고 의자에 앉았다. 총독은 U자 아랫부분 바깥쪽에, 두 사람은 안쪽에, 다른 원로들은 양 옆 바깥을 따라 두 줄로 나란히 말없이 앉았다.

총독이 갑자기 무뚝뚝한 말을 던졌다. 타젠더에서 수입한 음식을 칭찬하는 말이었다. 원로들이 제공한 거친 음식보다 훨씬 좋다고 말할 순 없지만 두 사람이 느끼기에도 뭔가 다른 것 같았다.

채니스가 몇 마디 거들고 프리처는 한 마디도 안 했다.

총독이 말을 끝냈다. 과일을 끓여서 나온 후식을 다 먹었다. 냅킨을 사용하고 버린 다음에 총독이 등을 기댔다. 그러더니 조그만 눈을 번뜩이며 말했다.

"나는 당신들이 타고 온 우주선에 대해서 조사했소. 당연히 나는 정밀 검사를 받아야 한다고 생각하는데, 그게 어디 있는지 모른다는 보고를 들었소."

채니스가 쾌활한 어투로 대답했다.

"그렇습니다. 저희는 우주선을 우주 공간에 세웠습니다. 우리 우주선은 장거리 여행에 적합하게 만든 커다란 우주선입니다. 여기에 착륙하는 건 평화적인 의도를 의심받을 수 있다고 생각했습니다. 그래서 무장을 안 한 채 우리 두 사람만 착륙한 것입니다."

그러자 총독이 애매한 어투로 말했다.

"우호적인 태도로군. 커다란 우주선이라고 했소?"

"전투용은 아닙니다, 각하."

"아, 그렇군! 당신들은 어디에서 왔소?"

"산태니라는 조그만 행성입니다, 각하. 그다지 중요하지 않은 행성이라서 각하께선 잘 모르실 겁니다. 우리는 여기와 무역을 하고 싶습니다."

"무역? 무엇을 팔 생각이지요?"

"다양한 기계입니다, 각하. 식품과 목재, 광물과 교환하고 싶습니다."

총독이 의심스러운 눈치로 말했다.

"으음, 그런 건 잘 모르겠소. 아마 서로 이익이 되어야 할 것이오. 두 분도 이해하겠지만 일이 성사되기 전에 우리 정부는 많은 정보를 알아야 하므로, 두 분이 제출한 신임장을 자세히 조사한 연후에, 그리고 두 분이 타고 온 우주선을 조사한 다음에 타젠더로 들어가는 걸 허락하겠소."

총독이 하는 말에 아무도 대답을 안 하자, 총독은 태도가 눈에 띄게 차갑게 변했다.

"어쨌든 나로선 당신네 우주선을 살펴야 하오!"

그러자 채니스가 완곡하게 말했다.

"우주선은 불행히도 지금 수리를 하는 중입니다. 각하께서 우리에게 48시간을 주신다면 우주선을 조사받도록 하겠습니다."

"나는 기다리는 걸 좋아하지 않소!"

프리처는 처음으로 자신들을 노려보는 상대의 눈동자랑 시선을 마주쳤다. 호흡이 거칠었다. 순간적으로 물에 빠진 느낌을 받았지만 금방 시선을 떼어 냈다.

채니스는 동요하지 않고 이렇게 대답했다.

"우주선을 48시간 안에 착륙시킬 순 없습니다, 각하. 우리는 여기에 있고 무장도 안 했습니다. 그런데 어떻게 우리 마음을 의심할 수 있단 말입니까?"

기다란 침묵이 흐르더니, 총독이 퉁명스럽게 말했다.

"두 분이 사는 행성에 대해 말해 보시오!"

그게 전부였다. 그것으로 끝났다. 불쾌한 일은 더 이상 없었다. 공적인 임무를 마친 총독은 흥미를 잃었으며 알현 역시 맥이 빠지고 말았다.

알현을 모두 끝낸 다음에 프리처는 숙소로 돌아와서 자신을 자세히 검사했다.

조심스럽게 숨을 멈추고 마음속 감정을 느꼈다. 달라진 점은 하나도 없는 것 같았다. 하지만 자신이 어떤 차이를 느낄 수 있겠는가? 뮬에게 세뇌를 당한 후에 자신이 달라진 걸 느꼈던가? 모든 것이 자연스럽지 않았던가? 이번에도 그런 건가?

프리처는 자신을 실험했다. 그래서 동굴처럼 조용한 마음에 대고 냉정하게 소리쳤다. '제2파운데이션을 발견해서 파괴해야 한다!'는 내용이었다.

잇따라 일어나는 감정은 정직한 증오심이었다. 주저하는 느낌은 하나도 없었다.

이번에는 제2파운데이션이라는 말을 뮬이라는 말로 바꾸었으나, 숨이 막히고 혀가 엉켰다.

아직까지는 괜찮군.

하지만 자신을 다른 방식으로 아주 교묘하게 조정했다면? 자그마한 변화가 일어날 수 있을까? 새로운 변화가 판단하는 자체를 왜곡시켜서 아무런 변화도 못 느끼는 건 아닐까?

판단할 방법이 없었다.

확실한 건 자신이 뮬에게 여전히 절대적인 충성을 느낀다는 사실이었다. 충성심이 안 변했다면 문제될 건 하나도 없었다.

프리처는 다시 움직여 보기로 마음을 돌렸다. 채니스는 방구석에서 혼자 분주했다. 프리처는 엄지손가락으로 손목 통신기를 만지작거렸다.

그와 동시에 응답이 나타나자, 프리처는 마음이 놓이면서 기운이 빠지는 걸 느꼈다.

얼굴 근육이 경직되어서 겉으로 안 드러났으나 프리처는 내심으론 쾌재를 불렀다. 그리고 채니스가 고개를 돌리고 쳐다보았을 때에는 연극이 거의 끝났다는 사실을 깨달았다.

네 번째 막간

발언자 두 명이 도로에서 지나칠 때에 한 사람이 다른 사람을 세웠다.
"제1발언자가 전하는 말이오."
상대편이 애매한 눈빛을 번뜩이며 물었다.
"교차점이오?"
"그렇소. 무사하길 바라오!"

5장
한 남자와 뮬

 채니스가 보이는 행동에는 프리처의 태도가 변했다는 사실을, 그리고 둘 사이가 미묘하게 변했다는 사실을 자각한 흔적이 조금도 없었다. 그는 딱딱한 나무 의자에 앉아 등을 기대고 다리를 앞쪽으로 쭉 펴면서 물었다.
 "총독을 어떻게 생각하십니까?"
 프리처가 어깨를 약간 으쓱하며 대답했다.
 "별거 없어. 내가 보기엔 정신력이 뛰어난 천재는 아닌 것 같아. 우리들이 상상하는 그런 사람이라면 아마 총독은 제2파운데이션 사람 가운데에서 가장 못난 사람일 거야."
 "나는 그렇게 생각하지 않아요. 아직은 어떻게 해석해야 좋을지 모르겠어요. 만일 장군님이 제2파운데이션 사람이라면 어떻게 하겠습니까? 우리가 여기에 온 목적을 안다면 우리를 어떻게 다루겠습니까?"
 채니스가 곰곰이 생각하며 묻는 말에 프리처는 이렇게 대답했다.
 "당연히 전향을 시켜야지!"
 "뮬이 그런 것처럼?"

채니스가 재빨리 쳐다보며 덧붙였다.

"그들이 이미 우리를 전향시켰다면 우리가 그것을 알 수 있을까요? 정말 궁금해요…… 이들이 단순한 심리학자가 아니라 아주 영리한 족속이라면 어떨까요."

"그렇다면 우리를 재빨리 죽여야 하겠지."

"그럼 우리 우주선은? 아니에요."

채니스가 집게손가락을 저으며 계속 말했다.

"당장은 허세를 부리는 거예요, 프리처 장군. 우리로선 그럴 수밖에 없어요. 저들이 감정제어를 해도 우리는, 장군이랑 나는 어쩔 도리가 없어요. 저들이 싸워야 할 상대는 뮬이니, 지금 저들은 우리가 저들한테 그런 것처럼 우리를 아주 신중하게 대하는 거예요. 내 생각엔 저들이 우리 정체를 파악한 것 같아요."

프리처가 차가운 눈초리로 쳐다보며 물었다.

"그럼 앞으로 어떻게 할 생각이지?"

채니스는 입에서 나오는 말을 곱씹으며 대답했다.

"기다리는 거죠. 저들이 우리에게 다가올 때까지요. 지금 저들이 걱정하는 건 우주선 때문일 수도 있고 뮬 때문일 수도 있어요. 저들이 총독을 시켜서 허세를 부렸지만 효과가 없었죠. 우리가 가만히 있었으니까요. 따라서 저들이 제2파운데이션 사람을 파견해 모종의 거래를 제안할 가능성이 높아요."

"그러면?"

"그러면 거래를 하는 거죠."

"내 생각은 달라."

"그렇게 하는 건 뮬을 배반하는 거라고 생각하기 때문에요? 그렇지 않아요!"

"아니야. 자네가 아무리 멋진 방법으로 배신해도 뮬은 자네를 너끈하게 처리할 수 있어. 그래도 내 생각은 여전히 달라."

"그렇다면 우리가 제2파운데이션 사람을 속일 수 없다고 생각하기 때문인가요?"

"그럴 수도 있지. 하지만 그게 전부는 아니야."

채니스는 시선을 내려서 프리처가 손에 움켜쥔 물체를 바라보다가 엄숙한 어투로 물었다.

"바로 그게 이유인가요?"

프리처가 전자총을 만지작거리며 대답했다.

"그렇다네. 자네를 체포한다!"

"왜죠?"

"연방 제1시민에 대한 반역죄!"

채니스는 딱딱하게 굳은 입술로 물었다.

"도대체 무슨 일이에요?"

"반역! 내가 말한 대로. 맡은 임무대로 사태를 바로잡는 것!"

"증명할 수 있어요? 증거가 있나요, 추측인가요, 망상인가요? 아니면 미친 건가요?"

"아니야. 자네는 어떤가? 자네는 뮬이 아무런 생각 없이, 젖비린내 나는 젊은이한테 허세나 부리는 우스꽝스러운 임무를 맡겨서 파견했다고 생각하는가? 처음에는 나도 그 점이 이상했지. 그래서 혼자 많은 생각을 했어. 뮬이 자네를 파견한 이유가 무얼까? 매력적인 웃음과 옷차림 때문에? 스물여덟 살이기 때문에?"

"어쩌면 나를 믿을 수 있기 때문일 수도 있지요. 논리적으로 볼 때에

다른 이유가 없지 않습니까?"

"어쩌면 자네를 믿을 수 없기 때문일 수도 있어. 결과적으로 볼 때에 아주 논리적이지."

"지금 궤변 늘어놓기 시합을 하자는 건가요, 아니면 가장 많은 말에 가장 적은 내용을 담는 시합을 하자는 건가요?"

이 말과 동시에 총이 앞으로 나오고 프리처가 뒤를 따랐다. 그러고는 젊은이 바로 앞에 똑바로 서며 말했다.

"일어나!"

채니스는 그렇게 했다. 특별히 서두르는 기색은 없었다. 총구가 허리띠에 닿는 느낌을 받았으나 간담이 서늘하지도 않았다.

프리처가 다시 말했다.

"뮬이 바라는 것은 제2파운데이션을 찾는 거야. 그런데 계속 실패했고 나도 실패했네. 우리 둘 모두가 못 찾았으니, 정말 꽁꽁 숨겨 놓은 비밀이라고 할 수 있지. 이제 남은 건 한 가지 방법밖에 없었어. 은밀하게 숨긴 장소를 벌써 아는 탐색자를 찾는 방법 말이야."

"그게 나라고요?"

"확실해. 물론 처음에는 나도 몰랐어. 그런데 머리가 느리긴 하지만 정확한 방향으로 꾸준히 나아갔지. 끝에 있는 별! 무수히 많은 가능성 가운데서 렌즈 영상 지역을 통해 정확히, 말하자면 기적적으로 찾아낸 거야! 그런 다음에는 관찰 대상 지역을 얼마나 멋지게 찾아냈나? 자넨 멍청한 바보야. 내가 모든 걸 곧이곧대로 받아들일 만큼 멍청한 줄 알았나? 나를 그렇게 과소평가했나?"

"장군 말은 내가 모든 걸 너무 완벽하게 해냈다는 겁니까?"

"첩자가 아니라면 도저히 해낼 수 없는 일이었지!"

"장군이 나에게 기대한 성공의 기준이 그렇게 낮았기 때문인가요?"

채니스가 반박하자, 프리처는 총으로 옆구리를 찔렀다. 하지만 차갑게 번뜩이는 눈으로 채니스를 바라보는 얼굴에는 분노가 가득했다.

"자네는 제2파운데이션이 고용한 첩자이기 때문이야."

"고용한 첩자? 증명해 보시죠!"

채니스가 반박했다. 상대를 경멸하는 어투가 가득했다.

"아니면 정신조작을 당했을 수도 있고."

"뮬도 모르게 말입니까? 우습군요."

"뮬은 알았어. 바로 그게 내가 하고 싶은 말이라고, 멍청한 놈. 뮬은 정확히 알았어. 그렇지 않다면 자네한테 우주선을 내준 이유가 무엇이겠나? 우리가 예상한 대로 자넨 우리를 제2파운데이션으로 안내했어."

"장군이 실없이 계속 떠드는 소리를 듣다 보니 뭔가 감이 잡히는군요. 내가 그런 일을 하는 이유가 무언지 물어봐도 괜찮을까요? 내가 반역자라면 장군을 제2파운데이션으로 인도한 이유가 무얼까요? 장군과 마찬가지로 은하계 여기저기를 의기양양하게 헤매고 다니지 않은 이유가 무얼까요?"

"우주선 때문이겠지. 제2파운데이션 사람이 방어를 하려면 원자 병기가 끔찍하게도 필요할 테니까."

"그 정도로는 부족해요. 우주선 한 척으로는 그들한테 별다른 의미가 없을 테니까요. 우주선을 노획해서 원리를 파악해 내년에 원자력 발전소라도 세우려고 했다면 그건 제2파운데이션 사람들이 정말 말도 안 될 정도로 단순하단 증거겠지요. 장군처럼 말이에요."

"뮬한테도 그렇게 설명할 기회가 있을 거야!"

"그럼 칼간으로 돌아갑니까?"

"정반대다. 우리는 여기에 머문다. 그러면 퓰이 15분 안에 합류할 것이다. 자네는 퓰이 우리를 안 따라왔을 거라고 생각하나? 그렇다면 자네는 머리 회전이 빠르다고 착각하며 잘난 척하는 멍청이에 불과한 거야! 지금까지 미끼 역할을 훌륭하게 수행했거든. 자네는 우리 제물을 우리한테 인도한 건 아닐지 몰라도 우리를 우리 제물한테 인도한 건 확실해."

그러자 채니스가 물었다.

"앉아도 될까요? 그림을 그리면서 설명하고 싶은 게 있거든요. 부탁입니다."

"그대로 서 있어!"

"그렇다면 그대로 서서 말하지요. 장군은 우주선 통신 회로에 부착한 초공간 추적기 때문에 퓰이 우리를 따라왔다고 생각하나요?"

전자총이 흔들리는 것 같았다. 하지만 채니스는 그렇다고 단언할 수도 없었다. 그래서 이렇게 말했다.

"놀란 표정이 아니군요. 하지만 장군이 놀랐는지 여부로 시간을 소모하지는 않겠어요. 그래요, 나는 처음부터 위치를 알았어요. 장군이 모를 거라고 생각한 걸 내가 안다는 사실을 보여 주었으니 이제 장군이 모르는 게 분명한 사실 하나를 알려 주지요."

"서론이 너무 길군, 채니스. 꾸며 대는 솜씨가 훨씬 좋아진 것 같아."

"꾸며서 하는 얘기가 아닙니다. 그래요, 물론 반역자는 있어요. 장군이 좋아하는 용어로 첩자라고 할 수 있겠지요. 하지만 퓰은 그런 사실을 아주 이상한 방식으로 파악했어요. 알다시피 퓰을 따르는 전향자 가운데 일부는 정신적 간섭을 받는 것 같더군요."

이번에는 전자총이 흔들렸어. 분명해.

"그 점을 강조하고 싶군요, 프리처 장군. 뮬이 나를 불러들인 이유가 바로 그것입니다. 나는 전향자가 아니니까요. 비전향자가 필요하다는 얘기를 뮬이 강조하지 않던가요? 뮬이 진짜 이유를 장군에게 말했나요, 안 했나요?"

"다른 핑계를 대라, 채니스. 내가 뮬을 배신했다면 나는 그것을 단번에 알 것이다!"

프리처는 조용히 빠르게 자신의 마음을 느껴보았다. 똑같은 느낌이었다. 상대가 거짓말을 하는 게 분명했다.

"장군 말은 자신이 뮬에게 충성심을 느낀다는 거군요. 그럴 수도 있겠지요. 충성심을 조작하진 않았으니까. 뮬이 그건 아주 쉽게 탐지할 수 있다고 하더군요. 그런데 정신적으로 어떤 느낌이 드나요? 활력이 떨어지나요? 이번 여행을 시작한 이후 지금까지 평상시 느낌이랑 똑같았나요? 아니면 자신이 다른 사람으로 변하기라도 한 것 같은 이상한 느낌이 들었나요? 지금 장군은 무엇을 하려는 거죠? 방아쇠도 안 당기고 내 몸뚱이에 구멍을 내려는 건가요?"

프리처는 총을 약간 뒤로 당기며 물었다.

"그게 무슨 말이냐?"

"장군은 지금 조작당하고 있다는 말을 하는 겁니다. 장군의 정신은 처음부터 조작당했어요. 장군은 뮬이 설치한 초공간 추적기를 못 보았습니다. 그걸 설치한 사람을 못 본 겁니다. 그냥 거기에 있는 걸 발견하고 뮬이 했을 거라고 추측했으며, 이후 계속해서 뮬이 우리를 쫓아온다고 추측한 겁니다. 그래요, 장군이 손목에 찬 송수신기는 내 것과 다른 파장대에서 우주선과 접촉해요. 내가 그 사실을 모를 줄 알았습니까?"

채니스가 무관심한 표정 대신 거친 표정을 떠올리며 계속 말했다.

"하지만 우주 공간에서 우리한테 다가오는 건 뮬이 아니에요. 뮬이 아니라고요!"

"뮬이 아니면 누군가?"

"글쎄요, 누구 같으세요? 나는 초공간 추적기를 발견했어요, 우리가 출발하던 날. 하지만 뮬이 그랬다고 생각하지 않았지요. 그 시점에서는 뮬이 그렇게 할 이유가 없었거든요. 아직도 그 이유를 모르겠어요? 만약 내가 반역자이고 뮬이 그 사실을 알았다면 나는 장군처럼 쉽게 전향되었을 겁니다. 나를 은하계로 보낼 것도 없이 내 마음속에서 제2파운데이션 위치를 읽어 냈겠지요. 장군은 뮬한테 비밀을 지킬 수 있나요? 하지만 내가 위치를 모른다면 뮬을 그곳으로 안내할 수가 없겠지요. 그런데도 불구하고 나를 파견한 이유가 무얼까요?

제2파운데이션 첩자가 초공간 추적기를 거기에 설치한 게 분명하기 때문이에요. 지금 우리한테 다가오는 건 바로 그 첩자예요. 그런데 그 고귀한 마음을 조작하지 않았더라면 장군이 과연 속았을까요? 엄청난 바보짓을 아주 지혜로운 행동으로 여기는 게 과연 정상일까요? 내가 제2파운데이션으로 우주선을 가져간다고요? 그런다고 해서 저들이 우주선 한 척으로 무얼 하겠어요?

그들이 원하는 건 장군이에요, 프리처. 장군은 뮬을 제외한 누구보다도 연방에 대해서 많은 걸 알아요. 그리고 저들에게 당신은 안 위험한 반면에 뮬은 아니에요. 그래서 저들은 나한테 탐색 방향을 맞추었어요. 물론 렌즈를 무작위 탐색하는 방법으로 타젠더를 찾아낸다는 건 완벽하게 불가능하지요. 그건 나도 잘 알아요. 하지만 제2파운데이션이 계략을 꾸미고 우리를 쫓는다는 사실도 알았답니다. 그럼 왜 안 속았냐고요? 허풍을 잘 치는 쪽이 이기는 시합이었으니까요. 저들은 우리를 원하고 나는 저들이 있는 장소를 원했어요. 상대방을 못 속이는 쪽이 질 수밖에 없었지요.

하지만 장군이 내게 총을 겨눈다면 지는 쪽은 우리가 되겠지요. 그런데 총을 겨눈 건 장군 생각이 아닌 게 분명합니다. 저들 생각이에요. 총을 이리 주세요, 프리처 장군. 그렇게 하면 안 된다는 생각이 들겠지만 그건 장군 생각이 아니라 장군을 조작하는 제2파운데이션 생각이에요. 총을 이리 주세요, 프리처 장군. 앞으로 닥칠 위기를 함께 해결해요."

프리처는 공포에 차서 점점 혼란스러워졌다. 그럴듯해! 하는 말마다 맞는 것 같아. 채니스에 대해 끊임없이 의심이 일어나는 이유는 무얼까? 채니스를 왜 못 믿는 걸까? 채니스 말이 왜 그럴듯하게 들리는 걸까?

그럴듯해!

그런데 채니스가 제2파운데이션 사람한테 정신을 조작당하는 고통을 겪는 건 아닐까?

정신이 두 개로 분열된 건 아닐까?

프리처는 앞에서 한 손을 내민 자세로 서 있는 채니스를 모호한 눈으로 바라보았다…… 그러다가 자신이 총을 건네고 있다는 사실을 갑자기 깨달았다.

팔 근육 자체가 그런 행동을 하기에 적절한 상태로 수축할 때에 뒤에서 문이 천천히 열리고…… 프리처는 몸을 돌렸다.

은하계에는 느긋한 평화를 즐기는 사람도 사물을 혼동할 수 있다. 이와 마찬가지로 조금도 안 어울리는 한 쌍을 착각하도록 만드는 마음 상태도 가능하다. 하지만 뮬은 두 가지 요소를 결합한 이상이다.

프리처는 끊임없이 노력했다. 하지만 자신도 모르게 충동이 솟구치며 온몸을 휘감았다. 육체적으로 뮬은 어떠한 상황도 지배할 수 없었다. 이번 상황도 마찬가지였다.

 옷을 평상시보다 뚱뚱하게 껴입어도 보통 사람에 비해 작은 뮬이 아주 우스꽝스럽게 보였다. 얼굴에는 무언가를 썼으며, 항상 커다랗게 삐져나온 코는 추위서 빨갛게 보였다. 구하러 온 사람치고는 정말로 이상한 모습이었다.

 "총을 그대로 가지고 있어라, 프리처!"

 뮬이 말했다. 그러곤 어깨를 으쓱하더니 자리에 앉은 채니스한테 고개를 돌리며 다시 말했다.

 "지금은 감정 상태가 아주 복잡해서 상당한 갈등을 겪는 것 같군. 그대를 쫓아오는 사람이 나 말고 또 있다는 말은 무슨 뜻인가?"

 프리처가 재빨리 끼어들었다.

 "각하께서 우리 우주선에 초공간 추적기를 설치하란 명령을 하셨습니까?"

 뮬이 냉정한 시선으로 쳐다보며 대답했다.

 "당연하지. 은하계 전역에서 행성연방 말고 우주선을 추적할 조직은 없을 테니 말이야."

 "저자가 말하기를……."

 "으음, 저자가 여기에 있네, 장군. 대신 설명할 필요는 없어. 자네가 무슨 말을 했나, 채니스?"

 "예. 하지만 실수였습니다, 각하. 저는 제2파운데이션에서 고용한 첩자가 추적기를 설치했으며 우리는 저들이 세운 계획대로 여기까지 왔다고 판단해서 저들에게 반격을 가해야 하겠다고 생각했습니다. 게다가 저는 장군이 저들 손아귀에 어느 정도 들어갔다는 인상을 받았었습니다."

"지금은 그렇게 생각하지 않는다는 소리로 들리는군."

"유감스럽지만 그렇습니다. 제 생각이 맞았다면 각하께서 여기에 나타나실 일이 없을 테니까요."

"으음, 그렇다면 문제를 검토하도록 하지."

뮬이 솜을 댄 옷이랑 열을 내는 전기 외투를 벗으며 다시 말했다.

"앉아도 괜찮겠나? 좋아…… 여기는 안전해. 외부에서 침입할 염려는 전혀 없어. 이렇게 추운 곳에서 사는 원주민 중에도 여기에 오려는 사람은 아무도 없을 거야. 내가 장담하지."

자신의 권능을 자신하는 진지하고 엄숙한 어투에 채니스가 혐오감을 드러내며 물었다.

"꼭 그래야 하나요? 차를 대접하고 무희를 데려올 사람이 없나요?"

"그래. 자네는 어떻게 판단했지, 젊은이? 오직 나만 지니고 있는 장치로 제2파운데이션 사람이 그대를 추적했고, 그리고…… 자네는 여기를 어떻게 찾았다고?"

"분명합니다, 각하, 제가 그런 사실을 아는 걸 보면 누군가 제 머리에다 그런 내용을 넣은 게……"

"추적기를 설치했다는 제2파운데이션 사람들?"

"다른 가능성은 없다고 생각합니다."

"그런데 제2파운데이션 사람이 자기네가 세운 목적 때문에 자네를 강제한다든가 유혹한다든가 속임수를 쓴다든가 하여 제2파운데이션으로 데려갈 수 있다는 생각은 하지 못했다……. 자네는 제2파운데이션 사람이 나와 똑같은 수법을 사용한다고 생각한 것 같군. 하지만 내가 주입할 수 있는 건 감정이지 개념이 아니란 사실을 유념하기 바라네.

그런데 제2파운데이션 사람이 그렇게 할 수 있다면 자네 우주선에 초공간 추적기를 설치할 필요도 없다는 사실 역시 미처 생각을 하지 못한 것 같아."

그러자 채니스가 깜짝 놀란 눈으로 재빨리 얼굴을 들어서 뮬의 커다란 눈동자를 쳐다보았다. 프리처가 한숨을 쉬는데, 축 처진 어깨에서 긴장이 풀렸다는 게 보였다.

"그렇군요. 미처 거기까지는 생각하지 못했어요."

채니스가 대답하자, 뮬이 다시 말했다.

"또한 저들이 자네를 추적할 수밖에 없었다면 자네를 조종할 수 없었다는 뜻이고, 그렇다면 조정을 안 받았다고 할 때 자네가 여기를 찾을 가능성은 실제와 달리 아주 적을 수밖에 없지. 이런 생각도 떠올랐나?"

"그건, 아닙니다."

"왜지? 자네의 지적 수준이 말도 안 될 정도로 저하되었단 말인가?"

"각하께서 그렇게 말씀하신다면 저는 이렇게 여쭙고 싶습니다, 각하. 지금 각하는 프리처 장군과 마찬가지로 저를 반역자로 보시는 겁니까?"

"그렇다면 변명할 수 있겠나?"

"장군에게 설명한 내용이 전부입니다. 만일 제가 반역자이며 제2파운데이션이 있는 장소를 알았다면 각하께서는 저를 전향시켜서 직접 정보를 얻을 수 있었습니다. 각하께서 저를 추적할 필요를 느꼈다면 저는 제2파운데이션이 있는 장소를 사전에 몰랐으며 따라서 반역자가 아니라는 뜻이 됩니다. 각하께서 역설적으로 물어보시니, 저 역시 역설적으로 대답한 겁니다."

"그래서 자네가 내린 결론은?"

"저는 반역자가 아니라는 겁니다."

"자네 주장을 반박할 수 없으니 동의할 수밖에 없군."

"그렇다면 각하께서 은밀하게 따라오신 이유를 물어도 될까요?"

"어떤 사실이든 새롭게 해석할 수 있기 때문이야. 자네와 프리처는 각자 나름대로 몇 가지 사실을 설명하지만 그게 전부는 아니야. 시간을 할애하겠다면 자세히 설명하지. 그것도 지루하지 않도록 아주 짧게 말이야. 자리에 앉게, 프리처, 총은 나한테 건네고. 우리가 공격받을 위험은 더 이상 없어. 안에서든 밖에서든. 사실은 제2파운데이션조차 걱정할 필요가 없어. 자네 덕분이야, 채니스."

로셈식으로 전선에 열을 가해서 만든 조명이 실내를 밝혔다. 천장에 매달린 전구 하나가 뿌옇고 노란 불빛을 뿜으면서 세 사람한테 그림자를 드리우는 가운데 뮬이 말했다.

"나는 채니스를 쫓아가야 한다고, 그러면 무언가 소득이 있을 거라고 예상했어. 그런데 제2파운데이션을 향해 놀라운 속도로 곧장 날아가는 걸 보고 나는 처음부터 그럴 줄 알았다고 생각하게 되었어. 채니스한테 직접 정보를 구할 수 없었기 때문에 무언가가 나를 방해한다고 확신했지. 모두 다 구체적인 사실이야, 물론 채니스는 답을 알아. 나도 그렇고. 자네도 알겠나, 프리처?"

프리처가 고집스러운 어투로 대답했다.

"모르겠습니다, 각하."

"그럼 내가 설명하지. 제2파운데이션이 있는 장소를 알면서 내가 파악하지 못하도록 방해할 수 있는 사람은 한 부류밖에 없거든. 그래서 채니스, 난 자네가 제2파운데이션 사람이라는 의심을 품었네."

그러자 채니스가 몸을 앞으로 숙여서 팔꿈치를 무릎에 괴더니, 화가 나서 딱딱하게 굳은 입술로 물었다.

"구체적인 증거가 뭡니까? 단정적으로 말한 건 틀렸다는 사실이 오늘 두 번이나 증명되었잖습니까!"

"하지만 구체적인 증거가 있네, 채니스. 아주 간단해. 전에 자네한테 부하들을 조종한다고 말한 적이 있어. 조종을 받는 자는 나중에 전향해서 중심 세력에 포함된 사람일 수밖에 없지. 영향력은 크지만 무한한 건 아니야. 그런데 자네는 너무나 성공했어, 채니스. 사람들은 자네를 아주 좋아해. 자네도 정말 잘 어울리고. 그래서 나는 의심이 생겼어.

때문에 탐사에 참가시키기 위해 자네를 소환했지. 그래도 자네는 기가 안 꺾이더군. 나는 자네가 느끼는 감정을 관찰했어. 자네는 아예 신경을 안 쓰더군. 지나칠 정도로 자신만만한 거야, 채니스. 진짜 능력이 있는 사람이라면 그런 제안을 받고서 불안감을 안 느낄 수 없거든. 그런데 자네는 그런 느낌이 없었어. 바보가 아니면 누군가에게 통제되는 인물이란 뜻이지.

어느 쪽일지는 쉽게 가려낼 수 있어. 자네가 긴장을 푸는 순간, 나는 자네 마음을 재빨리 장악해서 고통스러운 감정을 넣었다가 뺐어. 그러자 자네가 아주 능수능란하게 화를 내서 하마터면 나는 아주 자연스러운 반응으로 받아들일 뻔했지, 처음에 보인 반응만 없었다면 말이야. 내가 자네 감정을 왜곡하는 순간, 순간적으로 자네가 자신도 모르게 저항을 했거든. 나는 그걸 보고 모든 걸 깨달았지.

나처럼 마음을 통제하지 않는 사람은 순간이나마 그런 식으로 저항할 수 없거든."

그러자 채니스가 비통하고 나지막한 목소리로 물었다.

"으음, 그럼? 이제 어떻게 할 거죠?"

"이제 죽는 거지……. 제2파운데이션 사람으로서. 자네도 알겠지만 어쩔 도리가 없어."

채니스는 총을 다시 쳐다보았다. 자신이 마음대로 왜곡할 수 있는 마음이 아니라 자신과 마찬가지로 굴복하지 않는 원숙한 정신력을 지닌 사람이 움켜쥔 총을!

이제 채니스로서는 사태를 바꿀 만한 여유가 거의 없었다.

그런데 아주 이상한 일이 일어났다. 정상적인 감각을 지닌 사람이라면, 감정통제를 할 능력이 없는 평범한 사람이라면 이해할 수 없는 일이었다. 뮬이 엄지손가락으로 방아쇠를 당기려는 찰나에 채니스가 아래와 같은 사실을 깨달은 것이다.

뮬은 현재 조금도 주저하지 않는 단호한 결의라는 감정 상태를 확보했다. 총을 쏘려고 마음을 움직인 순간부터 총알이 날아와서 파괴력을 발휘할 때까지 걸릴 시간을 계산한 결과, 채니스는 자신한테 대략 5분의 1초라는 시간이 있다는 사실을 깨달았다.

정말 짧은 시간이었다.

그런데 뮬 역시 자신의 마음이 아무런 자극도 안 받는 사이에 채니스는 감성적 잠재력이 갑자기 높아지고, 동시에 매우 오싹한 증오가 예기치 않은 방향에서 자신에게 밀려온다는 사실을 깨달았다!

갑작스럽게 밀려드는 느낌에 뮬은 방아쇠에 댄 엄지손가락을 급히 떼어 냈다. 평소에는 생각도 할 수 없는 사태였다. 순간적으로 뮬은 새로운 상황을 완벽하게 깨달았다.

참으로 중요하면서도 극적인 상황이란 사실에 비추어 볼 때에 너무나 짧은 순간이었다. 한쪽에서는 뮬이 전자총에서 엄지손가락을 떼어 낸 채 채니스를 물끄러미 쳐다보고, 다른 한쪽에서는 채니스가 제대로 숨도 못 쉬면서 잔뜩 긴장한 상태였다. 그리고 프리처는 의자에서 몸부림을 쳤다. 근육 하나하나가 한계점으로 치달으며 경련을 일으키고, 마침내 무표정한 얼굴이 사라지면서 끔찍하게 증오하며 죽어 가는 표정으로 뒤틀리고, 두 눈은 오로지 뮬만 쳐다보았다.

채니스와 뮬 사이에서 오간 건 한두 마디가 전부였다. 단 한두 마디, 그리고 그런 사람들이 서로를 이해하는 방식대로 감정의식이 조용히 오가며 흐를 뿐이었다. 하지만 우리한테는 한계가 있으므로 당시부터 시작해 이후에 전개된 내용을 말로 옮겨보겠다.

채니스가 긴장한 어투로 말했다.

"당신은 진퇴양난에 빠졌습니다, 제1시민. 두 마음을 동시에 통제할 수는 없을걸요. 하나가 내 마음이니…… 당신은 선택할 수밖에 없어요. 프리처는 지금 전향 상태에서 벗어났습니다. 내가 굴레를 끊었으니. 그래서 원래 모습으로 돌아간 거죠. 당신을 죽이려고 애쓰던 사람 말입니다. 게다가 지난 5년 동안 당신이 자신을 무기력한 추종 세력으로 만들어서 꼭두각시처럼 만들었다는 사실도 알지요. 지금 나는 프리처가 증오하는 감정을 억누르고 있어요. 하지만 당신이 나를 죽이면 억제도 풀려서 당신이 전자총이나 의지를 돌리기도 전에 프리처가 당신을 죽일 거요."

뮬은 그런 사실을 아주 또렷하게 깨달았다. 그래서 꼼짝도 하지 않았다. 채니스가 계속 말을 이었다.

"하지만 당신이 프리처를 통제하거나 죽이는 등 뭔가 조치를 취하려고 돌아서는 순간 나는 당신을 공격할 수밖에 없습니다."

뮬은 여전히 꼼짝하지 않았다. 사태를 인정하는 나지막한 한숨만 뱉을 뿐. 채니스는 계속 말했다.

"그러니까 총을 버리고 공평한 상태로 돌아갑시다. 그러면 프리처를 돌려놓을 수 있어요."

마침내 뮬이 말했다.

"내가 실수했어! 제삼자가 있는 곳에서 자네와 대치한 게 잘못이야. 그것 하나가 너무나 커다란 변수로 작용하는군. 내가 실수했으니, 대가를 치러야 하겠지."

그는 전자총을 바닥에 아무렇게나 떨어뜨려서 실내 구석으로 찼다. 동시에 프리처는 깊은 잠에 빠져들었다.

"잠에서 깨어나면 정상으로 돌아올 거야."

뮬이 대수롭지 않게 말했다.

뮬이 엄지손가락을 방아쇠에 댄 순간부터 총을 떨어뜨릴 때까지 걸린 시간은 1.5초에 불과했다.

그런데 의식의 경계 바로 밑에 들어가 탐색의 영역에 발을 들이자마자, 채니스는 뮬의 마음에서 어떤 감정이 번뜩이는 것을 보았다. 이겼다는 확신과 자신감이 그대로 있었다.

6장

한 남자와 뮬 그리고 제1발언자

두 남자는 긴장을 풀어서 아주 편안한 상태로 보이지만 실제로는 정반대였다. 감정탐지기로서 작용하는 신경이 잔뜩 긴장해서 부르르 떨렸기 때문이다.

뮬은 몇 년 만에 처음으로 자신이 상황에 제대로 대처한다는 확신을 충분히 느낄 수 없었다. 채니스 역시 당장은 모든 노력을 기울여서 방어할 순 있겠지만 자신이 공격하는 힘은 뮬이 공격하는 힘과 비교할 수 없다는 사실을 잘 알았다. 인내력 싸움에서도 자신이 패배할 게 분명했다.

그러나 이런 생각 자체가 치명적이었다. 뮬에게 약한 감정을 보이는 건 무기를 갖다 바치는 꼴이 될 수밖에 없었다. 그래서 뮬의 마음에서는 승기를 잡았다는 느낌이 어렸다.

시간을 벌어야 한다······.

사람들이 왜 이렇게 늦을까? 뮬이 승리를 확신하는 건 그 이유를 알기 때문일까? 내가 모르는 내용을 저자는 얼마나 알까? 하지만 저자를 아무리 살펴도 파악할 수가 없어. 저자의 마음을 읽을 수 있다면······!

하지만 아직은⋯⋯.

채니스는 동요하는 마음에 급히 제동을 걸었다. 방법은 하나밖에 없다. 시간을 벌어야 한다. 그래서 채니스는 이렇게 말했다.

"프리처를 둘러싸고 벌인 조그만 대결이 끝나고, 나는 제2파운데이션 사람이라는 지적을 부정하지 않았어요. 그러니 내가 타젠더에 온 이유에 대해서 당신은 어떻게 생각하는지 말해 보시죠?"

그러자 뮬이 자신만만하게 웃음을 터트리며 대답했다.

"아니야, 아니야! 나는 프리처가 아냐. 자네에게 설명할 필요가 없어. 자네에게 나름대로 이유가 있겠지. 이유야 어떻든 나는 자네 행동이 마음에 들었어. 그러니 이제 더 이상 안 캐묻겠네."

"하지만 당신이 말한 내용 가운데에는 빈틈이 몇 가지 있어요. 과연 타젠더가 당신이 찾는 제2파운데이션이 맞을까요? 프리처는 당신이 제2파운데이션을 찾으려는 다양한 시도에 대해, 당신네 심리학자 에블링 미스에 대해 말했지요. 내가 살짝 부추겨 주니까 신나게 떠들어 대더군요. 에블링 미스를 생각해 봐요, 제1시민."

"그래야 할 이유가 뭐지?"

자신감!

채니스는 그런 자신감이 뮬한테서 배어 나오는 걸 느꼈다. 시간이 지나면서 불안감조차 눈에 띄게 사라지는 것 같았다. 채니스는 몰려드는 절망감을 억누르면서 이렇게 말했다.

"그럼 당신은 호기심이 없는 건가요? 프리처는 미스가 무언가에 굉장히 놀랐다고 말했어요. 제2파운데이션에 대해 신속하고 긴급하게 경고하고 싶은 욕구가 아주 강하지 않았나요? 이유가 무얼까요? 왜 그럴까요? 에블링 미스는 죽었어요. 제2파운데이션에 대한 경고는 전달이 안 됐어요. 그리고 제2파운데이션은 이렇게 존재해요."

뮬은 정말 재미있다는 표정으로 빙그레 웃었다. 채니스는 갑자기 나타났다가 사라지는 잔혹한 느낌을 엿보았다.

"하지만 제2파운데이션에 대한 경고는 분명히 받았다. 그렇지 않다면 베일 채니스라는 인간이 내 부하를 조종하고 내 의표를 찌른다는 반갑지 않은 임무를 띠고 칼간으로 왔겠나? 경고가 조금 늦게 전달되었을 뿐이다."

뮬이 말하자, 채니스는 일부러 연민의 정을 발산하면서 말했다.

"그렇다면 아직 당신은 제2파운데이션이 무엇인지, 지금까지 추진한 계획은 도대체 목적이 무언지조차 모르는군요."

시간을 벌어야 해!

뮬은 상대가 발산하는 연민을 느끼고 즉각 눈을 찡그리며 적의를 드러냈다. 그리고 습관적으로 손가락 네 개를 코에 문지르며 말을 잘랐다.

"그렇다면 한번 말해 봐. 제2파운데이션이 뭐야?"

채니스는 감정 대화법을 사용하는 대신 일부러 말을 사용했다.

"내가 들은 바에 의하면 미스가 가장 당혹스러워한 건 제2파운데이션을 둘러싼 미스터리라고 하더군요. 해리 셸던은 파운데이션 두 개를 완전히 다른 방식으로 만들었어요. 제1파운데이션은 지난 2세기 동안 화려하게 등장해서 은하계 절반을 놀라게 했어요. 그런데 제2파운데이션은 깊은 어둠에 쌓였지요.

셸던이 그렇게 한 이유를 이해하려면 제국이 사멸하는 시기를 지배한 지적인 분위기를 이해해야 되지요. 절대자가 통치하는 시대, 최소한 사상적으로는 최종적인 거대한 보편성이 지배하는 시대였죠. 하지만 그것은 사상이 발전하는 걸 가로막는 거대한 댐이 생겼다는 의미이며,

문명이 쇠퇴할 수밖에 없다는 징후였습니다. 셀던이 유명하게 된 건 바로 이런 댐에 저항했기 때문입니다. 구제국이 해 질 녘처럼 화려하게 빛나면서 제2제국이라는 떠오르는 태양을 희미하게 암시하도록 만든 건 셀던이 마지막으로 창조적 사고력을 발휘한 결과입니다."

"매우 드라마틱하군. 그래서 어쨌다는 건가?"

"그래서 셀던은 파운데이션 두 곳을 심리역사학 법칙에 따라 창조했어요. 하지만 그런 법칙도 결국엔 상대적이라는 사실을 셀던 자신이 누구보다 잘 알았어요. 셀던은 절대로 최종적인 완성품을 만들지 않았어요. 최종적인 완성이란 정신 쇠퇴를 뜻하기 때문입니다. 셀던이 만든 건 진화하는 메커니즘이었으며 제2파운데이션은 그렇게 진화하는 도구예요. 우리는, 바로 우리는 셀던 프로젝트를 지키는 수호자이고 당신은 '일시적인 행성연방'의 제1시민에 불과해요. 수호자는 우리라고요!"

뮬이 경멸하는 어투로 반박했다.

"그런 이야기로 용기를 얻으려는 속셈인가? 아니면 나를 감동시키려는 것인가? 제2파운데이션도, 셀던 프로젝트도, 제2제국도 나는 관심이 없어. 자네가 나에게 연민이나 동정이나 책임감 따위를 불러일으키려고 아무리 애써도 말일세. 그리고 어떤 경우든, 불쌍한 친구야. 제2파운데이션을 말할 때에는 과거형을 사용해야 하는 거야. 이미 파괴되었으니 말이야!"

뮬이 의자에서 일어나 서서히 다가오자, 채니스는 감성적인 가능성에 마음이 억눌리는 느낌을 받았다. 채니스는 격렬하게 저항했으나 무언가가 끊임없이 파고들면서 자신의 마음을 뒤로, 뒤로 계속 밀어붙였다.

채니스는 더 이상 물러설 수 없는 벽을 느끼고, 뮬은 깡마른 팔을 허리에 대고 우뚝 솟은 코 밑에서 입가에 잔인한 미소를 머금으며 똑바로 쳐다보았다.

뮬이 말했다.

"승부는 끝났어, 채니스. 일찍이 제2파운데이션에 속한 사람 모두가 진 거야. 다 끝났다고! 다 끝났어!

자네가 줄곧 여기에 앉아서 프리처랑 떠벌이고 압박해서 상대를 무기력하기 만들며 기다린 게 무언가? 나를 기다린 거야, 안 그런가? 나한테 의심을 안 받는 상태에서 나를 맞이하려고?

그런데 자네에게는 안됐지만 나한테 필요한 건 의심할 꼬투리가 아니었어. 나는 이미 자네를 파악했어. 그것도 아주 정확히, 제2파운데이션 소속 채니스.

하지만 지금은 무엇을 기다리는 건가? 아직도 자네는 나에게 필사적으로 말을 걸어. 계속 떠들면 나를 자리에 묶어 둘 수 있기라도 한 것처럼 말이야. 그러면서 마음속으로는 무언가를 기다리고 또 기다려. 하지만 아무도 안 와. 자네가 예상하는 사람 누구도! 자네를 편들 사람 누구도! 연방의 누구도 오질 않을 거야. 여기엔 자네밖에 없어, 채니스. 앞으로도 혼자일 거고. 왜 그런지 아나?

자네가 속한 제2파운데이션이 바로 나를 찌꺼기 나부랭이 정도로 착각했기 때문이야. 나는 그들이 세운 계획을 일찍이 파악했어. 그들은 내가 자네를 쫓다가 여기까지 오면 손쉽게 해치우려고 했겠지. 자네는 미끼가 확실해…… 멍청하고 불쌍하고 연약한 돌연변이체 미끼. 제국을 아주 열심히 추종한 나머지 함정인 줄도 모르고 스스로 구덩이에 뛰어든 걸 보면 말이야. 그런데 지금 그들이 나를 잡았나?

내가 여기에 나타난다는 건 함대를 이끌고 온다는 의미임을 그들이 과연 상상이라도 했는지 궁금하군. 함대가 발포하는 대포에 맞설 힘이 하나도 없으면서 말이야. 내가 협상하려고 공격을 중단하거나 어떤 사건이 일어날 때까지 기다리는 사람이 아니란 걸 생각이라도 했을까?

나는 함대를 12시간 전에 타젠더로 보냈고, 그들은 임무를 아주 철저하고 완벽하게 수행했어. 타젠더는 폐허가 되고 중심 지역에 살던 주민은 모두 사라졌어. 저항은 없었지. 제2파운데이션은 더 이상 존재하지 않아, 채니스. 이제 내가, 기묘하게 못생기고 나약한 내가, 은하계를 지배하게 된 거야!"

"아니야……아니야……."

채니스가 중얼거리며 머리를 힘없이 흔들자, 뮬이 그대로 흉내를 내며 말했다.

"맞아…… 맞아……. 행여나 자네가 마지막 생존자라면, 내 말이 맞겠지만, 자네 역시 오래가진 않을 거야."

이 말과 동시에 잠시 의미심장한 침묵이 흘렀다. 채니스는 갑자기 마음 밑바닥이 찢어지는 고통에 비명이라도 지를 것 같았다.

그러자 뮬이 뒤로 물러나며 중얼거렸다.

"그걸로 부족해. 결국 자네는 시험에 통과하는 데 실패했어. 지금은 그저 절망한 척하는 거지. 자네가 느끼는 공포는 이상을 파괴당했다는 압도적인 공포가 아니야. 자신이 파괴당한다는 사소한 공포에 지나지 않아!"

뮬은 이렇게 말하더니 나약한 손으로 채니스 목을 가볍게 움켜잡았는데, 채니스는 도무지 목을 빼낼 수가 없었다.

"자네는 내가 든 보험이야, 채니스. 내가 혹시라도 상대를 과소평가하는 실수를 막는 안전장치인 셈이지."

뮬이 두 눈으로 뚫어지게 노려보았다. 집요하게 몰아붙이는 것 같왔다.

"내가 제대로 계산했나, 채니스? 내가 너희 제2파운데이션 사람의 허를 제대로 찔렀나? 타젠더는 파괴되었어, 채니스. 철저하게 파괴되었다고. 그런데도 절망을 가장하는 이유가 뭐지? 본심이 뭐야? 나는 모든 사실과 진상을 알아야 해! 말해, 채니스, 말해! 내가 충분히 깊숙하게 통찰하지 못한 건가? 여전히 위험이 존재하나? 말해, 채니스. 내가 무엇을 잘못한 거지?"

채니스는 말이 입 밖으로 끌려나오는 느낌을 받았다. 채니스가 스스로 뱉어 내려는 말이 아니었다. 그래서 이빨을 악 물고 혀를 깨물고 목구멍 근육에 잔뜩 힘을 주면서 저항하려 했다. 하지만 소용이 없었다.

말이 목구멍을 가르고 혓바닥과 이빨을 지나…… 헐떡거리면서…… 억지로 끌려나왔다. 그래서 가늘게 흘러나왔다.

"사실은……. 사실은……."

"그래, 사실. 아직까지 남은 게 뭐지?"

"셀던은 여기에 제2파운데이션을 세웠어요. 아까 말한 대로 바로 여기에. 나는 거짓말하지 않았어요. 심리학자들이 도착해서 원주민을 지배했죠."

"타젠더 원주민?"

뮬은 들끓는 감정의 격랑으로 고통스러워하는 채니스의 마음 깊숙이 뛰어들었다. 그리고 잔인하게 찢어발기듯이 내뱉었다.

"내가 파괴한 곳이 바로 그 타젠더야. 너는 내가 원하는 걸 알아. 그걸 말하라고!"

"타젠더가 아니에요. 나는 제2파운데이션 사람들은 권력 있는 자들처럼 보이진 않을 거라 말했죠. 타젠더는 간판에 불과해요……."

알아듣기 힘든 목소리가 채니스의 의지를 거스르며 입술을 비집으며 계속 흘러나왔다.

"……로셈 ……로셈이 바로……"

뮬이 손을 풀자 채니스는 뒤엉킨 고통과 번민 속으로 떨어졌다.

"그런데 나를 속였다고 생각했나?"

뮬이 부드럽게 속삭이자, 채니스는 마지막 남은 저항심을 뱉어 냈다.

"예전에는 그랬지요."

"하지만 자네와 동료들이 바라는 만큼 오랫동안은 아니었어. 나는 함대와 연결되어 있어. 타젠더를 끝내면 로셈으로 올 수 있어. 하지만 당장은……."

채니스는 견디기 어려울 정도로 괴로운 암흑이 일어나는 걸 느끼고 한쪽 팔을 무의식적으로 올려서 고통스러운 눈을 가리려고 했지만 소용이 없었다. 모든 걸 질식시키는 어둠이었다. 채니스는 갈가리 찢어진 마음이 끝없는 암흑으로 밀리는 걸 느꼈다. 뮬이 고깃덩어리처럼 기다란 코를 흔들며 오랫동안 의기양양하게 웃는 모습이 마지막으로 보였다.

그러다가 웃음소리가 사라졌다. 어둠이 포근하게 몰려들었다.

그런데 조명용 플래시가 번쩍이는 것처럼 갑자기 충격이 일어났다. 채니스는 천천히 의식을 회복했다. 고인 눈물 때문에 잘 보이지 않던 시야가 간신히 트였다.

머리가 참을 수 없을 정도로 아팠다. 그래서 손을 댔지만 통증은 더욱 악화될 뿐이었다.

살아 있는 게 분명했다. 회오리바람이 지나간 다음에 휩쓸린 깃털처럼 생각이 차분하게 가라앉으면서 편안하게 정리되는 걸 느낀 순간, 채니스는 외부에서 들어오는 편안한 기운을 느꼈다. 그래서 억지로 고개를 숙이자 편안한 느낌이 날카롭게 일어났다.

문은 열린 상태였고 제1발언자가 문턱 바로 안쪽에 서 있었다. 채니스는 조심하라는 소리를 지르려 했으나 혀가 얼어붙었다. 그래서 뮬이 여전히 강력한 힘으로 자신을 장악해 말하는 기능을 옥죄고 있다는 사실을 깨달았다.

채니스는 다시 고개를 숙였다. 뮬은 아직 실내에 있었다. 화가 난 뮬의 눈빛이 빨갛게 타들었다. 더 이상 웃지도 않았다. 잔인하게 웃는 입술이 이빨을 가렸다.

채니스는 제1발언자의 강한 정신력이 다가오면서 그를 부드럽게 어루만지며 치유하는 것을 느꼈다. 그러다가 뮬이 방어하는 힘이랑 부딪치며 물러나서 감각이 마비되는 느낌도 들었다.

빈약한 몸 한가득 분노에 찬 뮬이 섬뜩하게 말했다.

"나를 맞이하려고 새로운 인물이 나타났군!"

그가 발산한 정신력이 재빨리 방문 바깥으로 뻗어 나갔다. 점점 더.

"혼자 왔군."

그러자 제1발언자가 뮬의 말에 고개를 끄덕이며 대답했다.

"그래, 나는 완벽하게 혼자야. 혼자 올 수밖에 없었지. 5년 전에 자네의 장래를 오판한 사람이 바로 나거든. 나 혼자서 아무런 도움도 안 받고 이번 문제를 바로잡아야 할 것 같아. 그래야 만족할 수 있겠어. 그런데 불행하게도 나는 이곳을 둘러싼 자네의 감정적 방어장이 이렇게 강할 거라는 생각은 하지 못했네. 아주 오랫동안 뚫어야 했지. 자네가 달성한 능력에 경의를 표하네."

"그럴 필요 없어! 나랑 아는 척하지 마. 산산이 부서진 당신네 나라를 그 머리 하나로 지탱하겠다는 건가?"

뮬이 적대적인 어투로 소리치자, 제1발언자는 미소를 띠며 말했다.

"아니야. 자네가 베일 채니스라고 부른 사내는 임무를 완벽하게 수행했어. 자네에 비해 훨씬 떨어지는 정신력으로 그런 일을 해냈으니 정말 대단해. 물론 나는 자네가 채니스를 학대했다는 사실도 느낄 수 있어. 하지만 우리가 원래대로 완벽하게 회복시킬 수 있겠지. 아주 용감한 사내거든. 이번 일도 자원했어. 그러면 마음이 손상을 입을 가능성이 많다는 사실을, 육신이 불구가 되는 것보다 훨씬 끔찍할 수 있다는 사실을, 우리가 수학으로 예견했는데도 말이야."

채니스는 말하고 싶어서 마음이 요동쳤지만 한 마디도 꺼낼 수 없었다. 큰 소리로 경고하고 싶었지만 그럴 수가 없었다. 자신이 발산할 수 있는 건 공포라는 느낌이 전부였다.

뮬이 차분하게 말했다.

"물론 당신도 타젠더가 파괴되었다는 사실을 알겠지?"

"그렇네. 자네 함대가 공격하리란 사실을 예견했지."

상대가 말하자, 뮬이 험상궂은 어투로 되받았다.

"그래, 그럴 줄 알았어. 하지만 못 막았어, 그렇지?"

제1발언자의 감정 상태는 지극히 단순했다. 뮬의 감정 통제 능력으론 불가능할 정도였다. 무서울 정도였다. 혐오스러울 정도였다.

"그래, 못 막았어. 자네보다는 내 책임이 더 크지. 자네가 이만한 힘을 갖추리란 사실을 5년 전에 누가 상상이나 했겠나? 우리는 처음부터, 그러니까 자네가 칼간을 장악한 순간부터 자네한테 감정을 지배하는 능력이 있을 수 있다는 의심을 했어. 하지만 제1시민, 그건 그렇게 놀랄 일도 아니야, 내가 설명할 수 있으니까.

자네와 나 같은 사람이 감정을 접촉하는 능력은 그렇게 새로운 게 아니야. 실제로 그런 능력은 인간의 두뇌에 들어 있거든. 사람은 대부분 얼굴 표정이나 목소리 등을 통해서 낮은 수준이지만 다른 사람의 감정을 읽을 수 있어. 동물한테도 비슷한 능력이 있지. 동물은 주로 후각을 사용하고 감정 교류는 적지만 말이야.

사실 인간한테는 훨씬 많은 능력이 있어. 하지만 100만 년 전에 언어가 발달하면서 감정을 직접 접촉하는 기능은 점차 줄었지. 이렇게 잃은 감각을 일정하게 회복한 건 제2파운데이션이 이룩한 커다란 성과야.

하지만 우리는 감각을 완벽하게 사용할 능력을 선천적으로 타고난 게 아니야. 100만 년이란 쇠퇴 기간이 굉장히 커다란 장애로 작용하거든. 그래서 우리는 감각을 가르치고 근육을 단련하듯 강화시켜야 해. 이런 점에서 자네는 많이 다르지. 자네는 선천적으로 타고났거든.

그래서 우리는 정말 많은 내용을 계산할 수 있었지. 그런 감각이 평범한 인간 세계에 미칠 영향도 계산했고. 맹인들만 사는 왕국에 앞을 보는 사람이 나타난 격이거든. 그래서 자네가 과대망상증에 걸릴 가능성을 계산하고 그에 대해서 대비했다고 생각했어.

하지만 우리는 두 가지 요소에 대비하지 못했어. 첫째는 자네 능력이 아주 대단하단 사실이었어. 우리는 눈을 마주칠 때에만 감정을 접촉할 수 있네. 그래서 우리는 자네가 생각한 것 이상으로 물리적인 무기에 무력하지. 시각이 결정적인 역할을 하거든. 하지만 자네는 아니야. 자네는 사람을 통제하는 것, 게다가 안 보이고 안 들리는 상태에서도 감정을 긴밀하게 접촉하는 거로 유명해. 그런 사실을 너무 늦게 파악했지만 말이야.

둘째, 우리는 자네가 지닌 육체적인 약점을 몰랐어. 노새라는 뜻을 지닌 '뮬'이라는 이름을 지을 정도로 자네에겐 커다란 약점이 있는데도 말이야. 자네가 단순한 돌연변이가 아니라 자식을 못 낳는 돌연변이인 데다, 열등감 때문에 정신적으로 이상이 있다는 사실을 모른 거야. 우리는 과대망상증만 예상했어, 심리적으로 아주 심각한 질병이 있다는 사실을 놓친 채.

자네를 잘못 판단한 책임은 모두 내가 감수해야 돼. 자네가 칼간을 점령할 당시에 내가 제2파운데이션을 이끌었거든. 자네가 제1파운데이션을 파괴할 때에 우리도 모든 걸 깨달았지만 너무 늦었어. 내가 저지른 잘못으로 타젠더에서 수백만이 죽었어."

뮬은 가느다란 입술을 일그러뜨린 채 증오심이 가득한 마음으로 소리쳤다.

"그래서 지금 당신이 사태를 바로잡겠다는 건가? 도대체 어쩌겠다는 건가? 나를 살찌게 해? 사라진 남성 기능을 회복시켜? 내가 어린 시절에 겪은 오랜 고통을 모두 없애? 내가 겪은 고통을 애처롭게 여겨? 내가 겪은 불행을 한탄해? 나는 내가 필요해서 한 일을 슬퍼하지 않아. 은하계한테 최선을 다해서 스스로를 지키라고 해, 은하계 역시 내가 필요할 때에 나를 위해 손가락 하나 까딱하지 않았으니까!"

제1발언자가 반박했다.

"물론 자네 감정은 자네가 지닌 배경의 산물일 뿐이니 비난받을 대상은 아니야. 바꾸면 되니까. 타젠더가 파괴된 것도 어쩔 수 없었어. 그게 아니면 은하계 전체가 수세기에 걸쳐서 심각하게 파괴될 수밖에 없었을 테니까. 우리는 우리한테 허락된 방식으로 최선을 다했어. 타젠더에서 최대한 많은 사람을 철수시켰지. 나머지는 곳곳에 분산시키고. 불행하게도 우리가 내린 조치는 충분하지 않았어. 수백만 명이 죽었으니까. 자네는 그런 사실을 후회하지 않나?"

"전혀! 앞으로 6시간 안에 로셈에서 수많은 사람이 죽어도 슬프지 않는 것처럼."

"로셈에서?"

제1발언자가 빠르게 말했다.

제1발언자는 간신히 반쯤 앉은 자세를 취한 채니스한테 고개를 돌려서 정신력을 집어넣었다. 채니스는 두 마음이 싸우는 걸 느꼈다. 그러다가 자신을 억누르던 끈이 끊어지면서 말이 밖으로 튀어나왔다.

"저는 완전히 실패했습니다, 각하. 각하께서 도착하기 10분 전에 저자가 강제로 뽑아냈습니다. 저는 저항을 못 해서 둘러댈 수도 없었어요. 저자는 타젠더가 제2파운데이션이 아니라는 사실을 알아요. 로셈이라는 사실을 알아요."

이렇게 말하는 순간에 끈이 다시 달려들었다.

제1발언자가 눈살을 찌푸리며 물었다.

"그렇군. 이제 어떻게 할 생각인가?"

"정말 알고 싶은가? 그렇게 분명한 사실을 꿰뚫어 보는 게 정말로 어렵나? 당신이 감정접촉에 대한 설교를 늘어놓는 동안, 그리고 과대망상증과 편집증이라는 말을 퍼붓는 동안 나는 작업을 계속했지. 함대와 접촉해서 명령을 내렸거든. 앞으로 6시간이 지나면 내가 어떤 이유 때문에 명령을 취소하지 않은 한, 이 초라한 마을과 주변 250여 제곱킬로미터를 뺀 로셈 전체를 폭격할 예정이야. 그들은 임무를 철저히 수행하고 나서 여기에 착륙해. 6시간밖에 남지 않았어.

너희한테 남은 건 6시간이야. 6시간 안에 내 마음을 못 꺾으면 로셈도 구할 수 없는 거야."

뮬이 두 팔을 펼치며 다시 웃음을 터뜨리는 동안 제1발언자는 새로운 사태를 제대로 이해할 수 없는 것 같았다. 그러다가 말했다.

"대안은 없나?"

"대안 같은 게 왜 있어야 하지? 나한테 더 좋은 대안은 있을 수가 없는데 말이야. 로셈 사람들이 죽는 걸 내가 막아야 한다는 의미는 설마 아니겠지? 하지만 당신이, 당신들 모두가, 제2파운데이션 사람 모두가 함대 착륙을 받아들이고 나한테 항복해서 정신적 통제를 받는다면 폭격 명령을 철회할 수도 있지. 정신력이 강한 사람을 부려 먹으면 좋을 수도 있으니 말이야. 하지만 그렇게 하려면 엄청난 노력을 들여야 할 터이니 그럴 만한 가치가 없을 수도 있어. 따라서 나로선 적극적으로 권하고 싶은 생각이 없어. 당신 생각은 어떤가, 제2파운데이션 나리? 최소한 당신만큼 강한 내 정신력에 맞서 싸우면서 당신이 상상도 못할 정도로 강력한 우리 함대에 맞서 싸울 무기라도 있나?"

뮬이 말하자, 제1발언자가 천천히 말했다.

"무기가 있느냐고? 아니, 없어. 아직까지 자네가 모르는 약간의 지식을 가진 게 전부야."

뮬이 웃으며 비꼬았다.

"빨리 말해, 재치를 발휘해서. 아무리 몸부림쳐도 빠져나갈 순 없으니까."

"불쌍한 돌연변이. 나는 몸부림칠 필요가 없어. 한번 생각해 봐. 베일 채니스를, 젊고 용감하지만 자네를 상대하기에는 프리처만큼이나, 저기서 잠자는 자네 부하만큼이나 정신적으로는 열등한 베일 채니스를 칼간에 미끼로 보낸 이유가 무얼까? 나나 다른 지도자가 안 간 이유가 무얼까? 그러면 자네와 좋은 상대가 될 텐데 말이야."

뮬이 자신만만한 어투로 대답했다.

"바보가 아니었나 보지, 당신들 가운데 나를 상대할 사람이 하나도 없으니 말이야."

"진짜 이유는 훨씬 논리적이야. 자네는 채니스가 제2파운데이션 사람이라는 걸 파악했어. 하지만 채니스한테는 그런 사실을 자네에게 숨길 능력이 없어. 그리고 자네는 자신의 능력이 훨씬 뛰어나다는 사실도 알아. 그래서 채니스가 펼친 게임에 뛰어드는 게 안 무서웠고, 그래서 채니스가 바라는 대로 뒤를 쫓아왔지. 나중에 압도할 자신이 충분했으니까. 하지만 내가 칼간에 갔다면 자네는 정말 위험하다는 사실을 깨닫고 나를 죽였을 거야. 혹은 내가 정체를 숨기는 데 성공해 죽음을 피했다면 자네를 우주 공간으로 나오게 유도할 수 없었을 테고. 자네를 유혹할 수 있는 사람은 자네보다 열등한 사람밖에 없어. 그리고 자네가 칼간에 있는 한, 제2파운데이션은 모든 힘을 다해도 자네한테 해를 끼칠 수가 없어. 강력한 정신력에다 수많은 부하와 무기까지 있으니 말이야."

"나는 아직도 정신력을 그대로 지니고 있어, 멍청한 친구야! 부하랑 무기는 멀지 않은 곳에 있고."

"맞아, 하지만 칼간에 있는 건 아니지. 지금 자네는 여기 타젠더 왕국에 있어. 논리적으로, 아주 논리적으로 자네한테 제2파운데이션이라고 소개한 곳 말이야. 자네는, 제1시민, 논리를 추구하는 똑똑한 사람이라서 우리로선 정말 힘들게 소개할 수밖에 없었어."

"맞아. 당신 쪽에서 잠시나마 승리했어. 하지만 나한테는 당신 부하 채니스한테 모든 진실을 캐낼 시간이 있었지. 새로운 사실이 맞는지 여부를 파악할 능력도 있었고."

"그런데 우리는, 자네 말대로 효율성이 떨어지는 우리는, 자네가 그렇게 한발 더 나아갈 수도 있겠다는 생각을 했어. 그래서 베일 채니스한테 거기에 대비하도록 만들었지."

"하지만 대비를 제대로 하지 못했어. 내가 닭한테 털을 뽑는 것처럼 두뇌에 들어 있는 내용을 깨끗하게 뽑아냈거든. 모든 내용이 적나라하게 드러났지. 그래서 로셈이 제2파운데이션이라는 말을 할 때에 나는 사실이라는 걸 깨달았어. 내가 바닥까지 철저하게 훑어서 속임수를 쓸 여지가 조금도 없었거든."

"맞는 말이야. 그 정도는 우리도 충분히 예상했어. 베일 채니스가 자원했다는 사실을 앞에도 말했잖아. 그런데 자네는 그게 어떤 자원이었는지 아나? 채니스는 파운데이션에서 칼간으로 출발하기 전에 정신을 절개해서 감정수술을 했어. 자네를 속이는 거로 충분하다고 생각하나? 정신적으로 손을 안 댄 베일 채니스가 자네를 속일 수 있다고 생각하나? 아니야, 베일 채니스 자신을 속인 거야, 필요에 따라 자발적으로. 베일 채니스는 로셈이 제2파운데이션이라고 마음 밑바닥까지 확실하게 믿고 있어.

그리고 우리는 3년 전부터 우리 제2파운데이션은 여기 타젠더 왕국에 파운데이션과 비슷한 분위기를 만들어 놓고 자네를 기다리며 대비했어. 그래서 마침내 성공했지. 그렇지 않은가? 자네는 타젠더를 공격하고 이번에는 로셈까지 공격할 예정이야. 하지만 그 이상 나아갈 순 없지."

뮬이 벌떡 일어서며 소리쳤다.

"그럼 로셈도 제2파운데이션이 아니란 말이냐?"

채니스는 제1발언자가 보낸 정신력에 의해서 속박이 끊어지는 걸 느끼고 바닥에서 힘들게 일어섰다. 그래서 믿을 수 없다는 어투로 소리를 질렀다.

"그럼 로셈은 제2파운데이션이 아니라는 말입니까?"

지금까지 살아온 기억 전체가, 머리에 들어 있는 지식 전체가, 모든 게, 혼란에 쌓인 채 뿌옇게 소용돌이치는 것 같았다.

제1발언자가 웃으며 말했다.

"제1시민, 보다시피 채니스도 자네와 마찬가지로 혼란에 빠졌어. 물론 로셈은 제2파운데이션이 아니야. 우리가 미치지 않았다면 무엇 때문에 자네처럼 강력하고 위험한 적을 우리 본거지로 끌어들이겠나? 아니야, 그럴 순 없어!

꼭 그래야 하겠다면 자네 함대한테 로셈을 폭격하라고 해, 제1시민. 모든 걸 파괴하란 말이야. 그래봤자 죽는 건 채니스와 나 정도에 불과하니까. 그런다고 해서 자네가 처한 상황이 좋아지는 건 하나도 없어.

3년 동안 여기에서 임시로 마을 원로 노릇을 하던 제2파운데이션 로셈 원정대가 어제 출항해서 칼간으로 돌아가는 중이거든. 물론 자네 함대를 피해서 자네보다 최소한 하루는 일찍 칼간에 착륙하겠지. 그러니 이제 자네한테 이런 말을 해도 상관이 없는 거야. 내가 명령을 철회하지 않는 한 자네는 칼간에 돌아간 뒤 제국 전체가 반란을 일으켰다는 사실을, 자네 왕국 전체가 무너진다는 사실을 보게 될 거야. 여기에 있는 함대만 자네에게 충성하겠지. 그런데 숫자가 너무 적어, 절망적일 정도로. 그런데 그게 전부가 아니야. 제2파운데이션 사람들이 칼간에 있는 함대에 파고 들어가, 자네가 단 한 사람이라도 다시 전향시키지 못하게 할 거야. 이제 자네 제국은 끝났어, 돌연변이."

뮬은 분노와 절망에 휩싸여 완벽한 궁지에 몰린 채 천천히 머리를 숙였다.

"그래, 너무 늦었군⋯⋯, 너무 늦었어. 이제 비로소 알 것 같아."

제1발언자가 동의했다.

"그래, 이제 알 거야. 하지만 아직까지 모르는 것도 있어."

뮬이 절망 상태에서 마음을 느슨하게 열었다. 그런 순간이 오기만 기다리던 제1발언자는 그 틈을 이용해서 재빨리 파고들었다. 그래서 모든 걸 바꾸는 데 불과 몇 분의 1초도 걸리지 않았다.

뮬이 머리를 들며 물었다.

"그러면 나는 칼간으로 돌아가는 건가?"

"물론. 기분이 어떤가?"

뮬이 눈살을 찡그리며 대답했다.

"아주 훌륭해. 그런데 당신은 누구지?"

"그게 중요한가?"

"그런 건 아니야."

뮬은 자신이 한 질문을 가볍게 접고는 프리처 어깨를 툭툭 치며 말했다.

"일어나게, 프리처. 이제 귀국한다."

두 시간이 지나 혼자 걸을 정도로 기운을 회복한 다음에 배일 채니스는 이렇게 물었다.

"뮬이 기억을 떠올릴까요?"

"그럴 순 없어. 저자는 정신력과 제국을 유지하겠지. 하지만 세상을 바라보는 시각이 완전히 달라. 제2파운데이션에 대한 건 완전히 사라지고, 뮬은 평화를 사랑하게 되지. 환경에 적응하지 못하는 체질이라서 남은 수명이 몇 년에 불과하지만 지금과 달리 아주 행복하게 살 거야. 그래서 그가 죽은 다음에도 셀던 프로젝트는 어떤 식으로든 진행되겠지."

"그럼 로솀은 제2파운데이션이 아닌 게 사실입니까? 맹세컨대, 제가 아는 건 확실해요. 나는 미치지 않았어요."

채니스가 강한 어투로 말하자, 제1발언자가 대답했다.

"그래, 자네는 미치지 않았어, 채니스. 내가 말했듯이 조금 변한 것뿐이야. 로솀은 제2파운데이션이 아니야. 자, 이제 우리도 조국으로 돌아가자."

마지막 막간

채니스는 하얀색 조그만 타일로 장식한 방에 앉아서 편히 쉬는 중이었다. 살아 있다는 사실이 고마웠다. 주변에는 벽과 창이 있고 밖에는 녹색 잔디가 펼쳐졌다. 모두가 명칭이 없었다. 그냥 물체일 뿐이었다. 침대 밑 영상에 침대와 의자와 책이 비쳤다. 음식을 가져오는 간호사도 있었다.

처음에 채니스는 자신이 들은 파편 조각을 하나로 모으려고 애썼다. 두 사람이 대화하는 것처럼……

한 사람이 말했다.

"완벽한 실어증이야. 깨끗하게 제거했어. 부작용은 없는 것 같아. 이젠 원래 뇌파 구조에 담긴 기록만 회복하면 돼."

그는 목소리를 기계적으로 암기했다. 왠지 아주 독특하게 여겨지는 목소리였다. 아주 중요한 의미가 있는 것 같았다. 그런데 왜 신경이 쓰이는 것일까?

자신이 누운 침대 발치에서 영상이 떠오르며 아름답게 변하는 색상을 바라보는 편이 훨씬 좋았다.

그런데 누군가 들어와서 무언가 조치를 취한 탓에 채니스는 오랫동안 잠들었다.

그런 시간이 지나자, 채니스는 침대가 갑자기 침대로 보이면서 자신이 병원에 있다는 사실을 깨달았다. 자신이 떠올린 어휘도 이해가 되었다.

그는 일어나 앉으며 물었다.

"무슨 일이 있었나요?"

제1발언자가 옆에 있다가 대답했다.

"제2파운데이션에 도착한 거야. 원래 정신도 되찾고."

"그래, 맞아!"

채니스는 자신이 원래로 돌아왔다는 사실을 깨달았다. 믿을 수 없을 정도로 거대한 승리감과 기쁨이 몰려들었다.

제1발언자가 물었다.

"그럼 이제 말해 보게. 제2파운데이션이 어디에 있는가?"

이 말과 동시에 진실이 거대한 물결처럼 밀려들어 채니스는 대답하지 못했다. 일찍이 에블링 미스가 그런 것처럼 정말 놀랍기만 했다.

마침내 채니스는 고개를 끄덕이며 이렇게 말했다.

"은하계 모든 별에 걸고 맹세하는데……, 이제는 알겠어요."

제2부
파운데이션의 탐색

7장

아르카디아

아르카디 다렐

소설가. 파운데이션 기원 362년 5월 11일 출생. 파운데이션 기원 443년 7월 1일 사망. 다렐은 기본적으로 소설가이지만 할머니 베이타 다렐에 대한 전기를 써서 널리 알려졌다. 직접 보고 들은 정보에 근거해서 작성했기 때문에 자서전은 몇 백 년 동안 뮬과 그 제국을 파악하는 핵심 자료로 작용했다……. 또한 다렐이 젊은 시절에 칼간을 방문한 경험을 토대로 집필해서 발표한 소설 『기억의 열쇠를 열고』와 『반복해서 몇 번이라도』는 정치 공백 시대 초기의 칼간을 놀라울 정도로 감동적으로 묘사했다…….

— 『은하대백과사전』

아르카디아 다렐은 녹음기 프린터 구멍에 대고 또박또박 말했다.
"셀던 프로젝트의 장래, A. 다렐 씀."

그러곤 나중에 위대한 작가가 되면 모든 걸작을 '아르카디'라는 필명으로 쓰겠다고 가만히 생각했다. 필명만 쓰는 거야. 성은 안 쓰고.

'A. 다렐'이라는 이름은 작문과 수사학을 배우는 수업 시간에 글을 쓸 때마다 마지막에 기입해야 하는데 너무 무미건조했다. 반에서 모든 아이가 이름을 사용하는데, 올린서스 댐만 예외였다. 올린서스가 필명을 처음 사용하는 순간에 모두가 폭소를 터뜨렸기 때문이다. 그런데

'아르카디아'라는 이름은 어린애 이름이었다. 증조할머니가 원해서 붙였다고 했다. 부모님은 상상력이라곤 조금도 없었다.

부모님은 어린 딸이 만으로 열네 살하고도 이틀이 지난 다음에 비로소 다 컸다는 생각에 아르카디라고 부른 적이 있었다. 아르카디아는 아버지가 독서용 확대경에서 얼굴을 들고 쳐다보며 한 말을 떠올리다가 입술을 꽉 깨물었다. 아버지는 이렇게 말했었다.

"지금 네가 열아홉 살처럼 굴다가, 아르카디, 스물다섯 살일 때에 모든 남자들이 너를 서른 살로 여기면 어떻게 하려고 그러니?"

자신이 제일 좋아하는 안락의자에 앉아서 팔을 쭉 뻗으면 화장대 거울이 보였다. 실내용 슬리퍼가 엄지발가락 주변에서 흔들거렸기 때문에 한쪽 발이 약간 불편했다. 그래서 발을 당기고 상체를 억지로 펴자 목이 5센티미터는 늘어나서 아름답게 보이는 것 같았다.

잠시 이리저리 얼굴을 살폈다. 살이 너무 쪘다는 생각이 들었다. 아르카디아가 꼭 다문 입술 밑으로 턱을 1~2센티미터 벌리자, 어떤 각도로 쳐다보아도 얼굴이 이상할 정도로 말라 보였다. 아르카디아는 혀로 입술을 핥아서 촉촉하고 부드럽게 변한 입술을 앞으로 살짝 내밀었다. 그러다가 진절머리가 난다는 듯 눈꺼풀을 내리깔았다.

'어머나, 뺨이 이렇게 멍청한 분홍빛만 아니면 좋겠어!'

아르카디아는 눈 바깥쪽 끝에 손가락을 대고 눈꺼풀을 약간 기울여서 중심 행성에 사는 여자들처럼 신비로우면서도 이국적으로 늘쩍지근한 표정을 만들려고 했다. 하지만 손에 가려서 얼굴을 제대로 볼 수가 없었다.

그래서 턱을 들고 옆모습을 비추며 곁눈으로 힐끗 쳐다보았다. 그러다가 눈을 크게 뜨고 목 근육이 조금 아픈 걸 참으면서 평소보다 한 옥

타브 낮은 목소리로 말했다.

"하여튼 아버지는, 바보 같은 남자애들이 바라보는 시선을 내가 조금이라도 신경을 쓴다고 여기신다면, 아버지는……."

바로 그 순간에 아르카디아는 자신이 녹음기 프린터를 켜서 손에 들고 있다는 사실을 깨닫고 "어머나!" 하고 깜짝 놀라면서 전원을 껐다.

왼편에 복숭앗빛 선을 두른 엷은 보라색 종이에 이런 글씨가 적혀 있었다.

'셀던 프로젝트의 장래, A. 다렐 씀.

하여튼 아버지는, 바로 같은 남자애들이 어떻게 바라보는지 내가 조금이라도 신경을 쓴다고 여기신다면, 아버지는…….

어머나!'

아르카디아는 깜짝 놀라며 녹음기 프린터에 있는 종이를 꺼내고 다른 종이를 정성스레 끼웠다.

하지만 아르카디아 얼굴에는 초조한 빛이 없었다. 오히려 조그만 입술에 만족스러운 미소가 번졌다. 아르카디아는 종이 냄새를 자세히 맡았다. 아주 좋았다. 우아하고 매혹적인 감촉이었다. 필체도 훌륭했다.

녹음기 프린터는 이틀 전에, 아르카디아가 성인이 된 날에, 배달되었다. 이렇게 말하며 사정했기 때문이었다.

"하지만 아버지, 우리 반에서 괜찮은 집 자식이라는 자부심이 조금이라도 있는 아이라면 누구나 갖고 있어요. 멍청한 아이들만 수동식을 사용한다고요!"

그러자 세일즈맨은 이렇게 덧붙였다.

"한 손에 올려놓고 다른 손으로 조작할 정도로 조그맣고 아담한 모델은 이게 유일해요. 문장에 담긴 뜻에 따라 낱말을 정확하게 기록하고 구두점을 찍지요. 따라서 이것을 사용하는 사람은 정확한 철자를 내뱉기 위해 발음을 세심하게 하면서 호흡할 수 있게 되고, 언어를 정확하게 구사해서 예의 바르고 우아하게 말하는 법을 익힐 수 있지요. 따라서 자녀 교육에 아주 커다란 도움이 된답니다."

그래도 아르카디아의 아버지는 어린 딸을 재미없는 노처녀 선생처럼 여기는 듯, 일단짜리 수동식 프린터를 사주려고 했다.

하지만 집에 도착한 기계는 아르카디아가 바라던 모델이었다. 열네 살짜리 어른이 어울리지 않게 울고불고 매달린 결과이리라. 필체는 아주 매혹적인 여성 필체였다. 게다가 대문자는 일찍이 누구도 못 본, 아주 아름답고 우아한 필체였다.

기계가 처리한 필체를 보니, '어머나!'라는 문구조차 정말 매혹적이었다.

그러나 기계를 정확하게 사용해야 하기 때문에 아르카디아는 의자에 똑바로 앉아서 사무적인 방식으로 초고를 앞에 두고 다시 빠르게 읽기 시작했다. 배를 당기고 가슴을 쭉 펴고 호흡을 세심하게 조절했다. 그래서 연극이라도 하듯 정열적인 억양으로 말했다.

"셀던 프로젝트의 장래.

우리 행성에서 가장 훌륭한 교수진을 갖춘 효과적인 시스템을 통해 교육받은 우리 정도라면 파운데이션의 과거 역사를 모두 잘 알 거라고 믿습니다.

(이런! 이건 늙은 마귀할멈 얼킹 선생이 쓴 서문 같아!)

파운데이션의 과거 역사는 해리 셀던이 세운 위대한 프로젝트의 역사입니다. 파운데이션과 해리 셀던 프로젝트는 사실 하나입니다. 하지만 오늘날 많은 사람은 해리 셀던 프로젝트가 위대한 지혜를 유지하면서 지속될 것인가 아니면 불합리한 방식으로 파괴될 것인가 아니면 이미 파괴된 건 아닌가 하는 점을 궁금하게 여깁니다.

이런 점을 이해하려면 지금까지 프로젝트가 인류에게 밝힌 주요 사건 몇 가지를 빠르게 훑어보아야 할 것 같습니다.

(내가 잘 아는 부분이야. 지난 학기에 근대사 수업을 들었거든.)

약 4세기 전, 제1은하제국이 마비 상태에 빠지며 마지막 죽음을 향해 치달을 때, 한 인간, 위대한 해리 셀던은 다가오는 종말을 예견했습니다. 오래전에 잊어버린 심리역사학이라는 복잡한 수학을 통해,

(아르카디아는 이상한 느낌이 들어서 말을 멈췄다. '복잡'이라는 단어를 부드럽게 'ㅂ'이라는 받침을 분명히 발음했는데 철자는 다르게 나왔기 때문이다. '어, 기계가 이런 실수를 하면 안 되는데……'.)

해리 셀던은 동료들과 함께 오랫동안 연구해서 당시에 은하계 전역을 장악한 사회적·경제적 추세가 앞으로 펼쳐갈 진로를 예상했습니다. 이대로 두면 제국은 붕괴할 수밖에 없으며 그렇게 되면 새로운 제국이 생길 때까지 적어도 3만 년 동안 혼란한 무정부 상태에 빠질 수밖에 없다는 사실을 깨달은 것입니다.

대붕괴를 막기에는 이미 늦었지만 적어도 새로운 제국이 태어나는 기간을 앞당겨서 혼란을 줄일 가능성은 아직 남았습니다. 그래서 셀던 프로젝트는 제1제국이 사라지고 1000년 안에 제2제국이 나타나도록 모든 계획을 설정했습니다. 지금 우리는 셀던이 설정한 1000년 가운데 사분지 일을 지났으며, 셀던 프로젝트가 꿋꿋하게 버티는 동안 많은 세대가 태어나고 사라졌습니다.

해리 셀던은 자신이 파악한 심리역사학적 문제를 수학적으로 바람직하게 해결하기 위해 은하계 양쪽 끝에다 파운데이션을 하나씩 세웠

습니다. 그중에 하나인 우리 파운데이션을 여기 터미너스에 세워서 제국의 물리학 기술을 집중시켰으며, 그 덕분에 파운데이션은 야만적인 왕국이 제국에서 벗어나 무지막지하게 덤벼드는 걸 물리칠 수 있었습니다.

그러다가 파운데이션은 샐버 하딘이나 호버 말로와 같은 지혜롭고 영웅적인 지도자가 이끄는 가운데 야만적인 왕국을 차례대로 정복할 수 있었습니다. 그들은 셀던 프로젝트를 훌륭하게 해석하고 우리 국토가……,

(아르카디아는 여기서도 '복잡'이라는 단어를 사용하려고 하다가 두 번씩이나 모험을 할 필요는 없다는 생각에 '혼란'이라는 말을 사용했다.)

혼란한 상황에 빠지지 않도록 인도할 수 있었습니다. 수세기가 지났지만 파운데이션에 속한 모든 행성은 아직도 그들을 깊이 존경합니다.

결국 파운데이션은 무역 제도를 확립해 은하계에서 커다란 영역을 차지하는 사이웨나와 아나크레온 지역 대부분을 통제할 뿐 아니라 제국 최후의 위대한 장군 벨 라이오즈가 이끄는 마지막 제국 세력까지 물리쳤습니다. 셀던 프로젝트가 성공하는 걸 막을 세력은 어디에도 없는 것처럼 보였습니다. 셀던이 계획한 위기는 모두 적절한 시기에 발생하고 해결되었으며 그럴 때마다 파운데이션은 제2제국과 평화를 향해 한 발씩 크게 도약했습니다.

그런데,

(아르카디아는 이 말을 하다가 숨이 차서 이빨 사이로 '쉬' 하는 소리를 냈는데 녹음기 프린터는 그 소리까지도 냉정하고 우아하게 기록했다.)

제1제국을 지지하던 마지막 세력이 사라지고 무능한 군벌이 쇠퇴한 제국의 파편과 잔해를 지배할 때에,

(이 구절은 아르카디아가 지난주에 본 스릴러 영화에서 따온 표현이었다. 하지만 노처녀 얼킹 선생은 교향악과 강의 말고는 아무것도 안 보기 때문에 들킬 염려는 조금도 없었다.)

뮬이 나타났습니다.

셀던 프로젝트에서 고려를 안 한 인물이었습니다. 돌연변이체인 그런 인물이 태어나리라곤 아무도 예상을 못 했습니다. 뮬은 인간의 감정을 통제하고 조작하는 기묘하면서도 이상한 능력을 가졌습니다. 그는 이런 능력으로 모든 사람을 자기의 의지에 따르도록 만들었습니다. 그리고 눈 깜짝할 사이에 주변을 정복해서 제국을 세웠으며, 마침내 파운데이션까지 정복했습니다.

하지만 그는 우주 전체를 장악할 수가 없었습니다. 왜냐하면 처음 압도적인 세력을 뻗쳐 나가던 초기에 어떤 위대한 여성이 등장해서 대담하면서도 지혜로운 방법으로 막았기 때문입니다.

(여기에서 오랜 문제가 다시 나타났다. 아버지는 딸한테 베이타 다렐의 손녀라는 사실을 밝히면 결코 안 된다고 강하게 주장했다. 위대한 여성은 바로 베이타이며, 뮬을 맨손으로 막은 사람도 바로 베이타라는 사실을 모두가 알기 때문이었다.)

진정한 내용은 극소수밖에 모르는 방식으로 말입니다.

(그랬다! 이 내용을 반 아이들 앞에서 읽게 되면 이 부분을 조그맣게 읽어야 할 터였다. 그러면 누군가가 위대한 여성이 누구냐고 물을 게 분명했다. 뭐, 만약 그런 일이 일어난다면 그녀는 진실을 말하는 수밖에 달리 도리가 없을 터였다. 안 그런가? 아르카디아는 아버지가 엄하게 추궁하는 소리에 상처를 받은 표정으로 청산유수처럼 변명할 거리를 머릿속으로 떠올렸다.)

5년 동안 제한적인 지배를 한 다음에 새로운 변화가 일어났습니다.

알려지지 않은 이유 때문에 뮬이 정복 정책을 완전히 포기한 것입니다. 그래서 뮬은 5년 동안 계몽 군주로 지내다가 사망했습니다.

뮬이 변한 이유는 제2파운데이션이 개입했기 때문이라고 주장하는 사람도 있습니다. 하지만 제2파운데이션이 있는 곳과 역할을 파악한 사람은 아무도 없으며, 따라서 그런 주장을 증명할 방법도 없습니다.

뮬이 죽고 한 세대가 지났습니다. 그렇다면 뮬이 나타났다가 사라진 지금, 어떤 미래가 펼쳐질까요? 뮬은 셸던 프로젝트에 끼어들어서 산산이 망가뜨린 것처럼 보이지만 뮬이 사망한 순간, 파운데이션은 죽어가는 별의 잔해에서 신성이 태어난 것처럼 다시 일어났습니다.

(이 부분은 아르카디아가 스스로 만들어 낸 표현이었다.)

터미너스 행성은 정복당하기 이전만큼이나 거대하고 풍요로울 뿐 아니라 훨씬 평화롭고 민주적인 무역연합의 중심지가 되었습니다.

이것 역시 프로젝트에 포함되었을까요? 셸던의 위대한 꿈은 아직도 살아서, 앞으로 600년이 지나면 제2제국이 나타나는 걸까요? 나 자신은 그렇게 믿고 있습니다. 왜냐하면,

(이것은 아주 중요한 부분이었다. 얼킹 선생이 언제나 커다랗고 못생긴 빨간 연필을 쥐고 다음과 같은 주석을 마구잡이로 붙였다. '하지만 이건 단순한 묘사에 불과해. 자신은 어떻게 생각하지? 생각을 해! 자신을 드러내! 자신의 영혼을 넣으라고!' 자신의 영혼을 넣으라고? 그래, 얼킹 선생은 태어날 때부터 웃지 않는 레몬 빛 얼굴이라서 사람들 영혼을 잘 알 테니까.)

과거 어느 때에도 지금보다 정치적인 상황이 좋은 적은 없기 때문입니다. 구제국은 완전히 사라지고 뮬이 통치하는 동안 군벌 시대는 종지부를 찍었습니다. 은하계 대부분이 문명을 누리며 평화롭게 지내고 있습니다.

더구나 파운데이션 내부 사정 역시 과거 어느 때보다도 좋습니다. 정복 이전에 시장을 세습하며 독재하던 방식은 초창기 민주 선거로 대체되었습니다. 예전처럼 독자적으로 반발하는 무역상 조직이 더는 없으며, 재물이 극소수에게 부당하고 엉뚱하게 쏠리는 현상도 더는 없습니다.

따라서 제2파운데이션이 위험한 세력이 아닌 한 우리가 실패할 이유는 없습니다. 제2파운데이션을 위험하게 보는 사람한테는 아직까지 그런 시각을 뒷받침할 증거가 없습니다. 그것은 막연한 공포와 미신에 불과합니다. 나는 우리 자신과 우리나라와 위대한 해리 셀던 프로젝트를 믿고 우리 마음과 머리에서 불확실성을 모두 몰아내야 한다고 생각합니다.

(으으음, 정말 진부하군. 하지만 결말에서는 이런 표현을 쓸 수밖에 없어.)

그래서 나는 말합니다…….”

아르카디아는 '셀던 프로젝트의 장래'를 여기까지 구술하다가 멈췄다. 왜냐하면 창문을 조그맣게 두드리는 소리가 났기 때문이다. 아르카디아가 의자 한쪽을 짚고 균형을 잡으며 몸을 일으키니 창문 너머에서 웃는 얼굴이 보였다. 입술에 수직으로 댄 손가락 때문에 얼굴이 좌우로 나누며 대비하는 것처럼 재미있는 모습이었다.

아르카디아는 잠시 당혹스런 표정을 짓다가 의자에서 내려와 넓은 창 앞에 있는 소파로 다가갔다. 그래서 소파에 무릎을 꿇고 곰곰이 생각하는 표정으로 바라보았다.

남자는 얼굴에 떠올린 미소를 금세 지웠다. 손 하나는 손가락이 하얗게 변할 정도로 창문턱을 누르고 다른 손은 급히 손짓했다. 아르카디아가 말없이 따르면서 빗장을 풀어 창 아래쪽 3분의 1 지점에 있는 구멍으로 가만히 집어넣자, 따뜻한 봄기운이 실내로 흘러들었다.

아르카디아는 느긋한 목소리로 거드름을 피웠다.

"당신은 들어올 수 없어요. 창마다 방어막을 쳐서 이 집에 사는 사람한테만 파장을 고정시켰거든요. 당신이 들어오면 경보기가 울릴 거예요!"

그리고 잠시 입을 다물다가 다시 말했다.

"창 밑 선반에서 간신히 균형을 유지하고 있나 보네요. 조심하지 않으면 떨어져서 코가 깨지거나 비싼 꽃을 망칠 수도 있을걸요."

그러자 창문 밖에서 남자가 말했다. 그렇지 않아도 그런 걱정을 하던 참이었다.

"그럼, 방어막을 제거해서 내가 들어가도록 하면 안 될까?"

"그럴 필요 없겠네요. 집을 잘못 찾아오셨나 봐요. 나는 이런 밤에 이상한 사내를…… 자기…… 자기 침실로 들이는 여자는 아니에요."

아르카디아가 엄숙하게 말하자 낯선 청년이 얼굴에서 장난기를 모두 지우며, 조그맣게 말했다.

"다렐 박사님 댁이 아닌가?"

"내가 왜 대답해야 하죠?"

"아, 맙소사…… 그럼 안녕……."

"그냥 뛰어내린다면, 젊은이, 내가 직접 경보를 울리겠어요!"

세련되면서도 고차원적인 역설이었다. 아르카디아의 똑똑한 눈으로 볼 때에 침입자는 적어도 서른 살이 꽉 찬 나이로…… 아주 많은 나이로 보였기 때문이다.

꽤 침묵이 흘렀다. 마침내 사내가 단호한 어투로 말했다.

"으음, 이봐, 아가씨. 그럼 내가 여기에 있어도 안 되고 들어가도 안 된다면 어떻게 하라는 거야?"

"들어와도 될 것 같네요. 다렐 박사님은 여기에 사시는 게 맞으니까요. 방어막을 제거할게요."

청년은 잔뜩 경계하는 표정으로 살피다가 한 손을 창문에 넣고 등을 구부리며 안으로 들어왔다. 그리고 화가 나서 툭툭 치듯 무릎을 문지르다가 빨갛게 달아오른 얼굴을 추켜들었다.

"내가 여기에 있다가 들켜도 아가씨의 인격과 평판에 이상이 없는 게 확실해?"

"당신만큼은 아니겠지요. 방으로 다가오는 발소리가 들리는 순간에 내가 고함을 지르고 비명을 지르면서 당신이 강제로 여기에 침입했다고 소리칠 테니까요."

그러자 사내가 정색을 하면서 물었다.

"뭐? 그럼 방어막을 해제한 건 어떻게 설명할 생각이야?"

"피, 그건 간단해요. 애초에 켜 놓질 않았으니까요."

청년은 억울해서 눈을 크게 떴다.

"그럼 허풍이었다고? 도대체 몇 살이야. 꼬마 아가씨?"

"매우 버릇없는 질문이군요, 젊은이. 그리고 나는 '꼬마'라는 말이 익숙하지 않답니다."

"당연히 그렇겠지. 아가씬 사실 뮬의 할머니라도 되나 보지? 나를 폭력 파티 주인공으로 삼기 전에 그만 떠나도 될까?"

"안 가는 편이 좋아요. 우리 아버지께서 기다리고 계시니까요."

청년이 아주 조심스러운 표정으로 변하더니, 한쪽 눈썹을 추켜세우며 경쾌하게 물었다.

"그래? 아버님은 다른 사람과 함께 있나?"

"아뇨."

"최근 아버님을 방문한 사람은?"

"장사꾼들…… 그리고 당신."

"이상한 일도 없었어?"

"당신 외에는!"

"나는 빼고 말이야. 아니, 아니야. 아버님이 나를 기다린다는 사실을 어떻게 알았지?"

"아, 그건 간단해요. 지난주에 아버지께서 개인용 캡슐을 받았는데, 아버지만 열 수 있는 데다가 스스로 타서 없어지는 메시지까지 들었더군요. 아버지는 캡슐 껍데기를 쓰레기 소각기에 버리셨어요. 그리고 어제는 우리 집 하녀 폴리 언니에게 한 달간 휴가를 주어서 터미너스에 있는 언니네 집에 있다가 오라고 하셨지요. 그리고 오늘 오후에는 빈방에다 잠자리를 봐 두었고요. 따라서 내가 알면 안 되는 누군가를 아버지께서 기다린다고 생각했지요. 웬만한 일이라면 나한테 모두 말씀하셨을 테니 말이에요."

"정말? 그렇다니 정말 놀랍군. 아버님이 말씀하시기도 전에 모든 내용을 파악한 것 같으니 말이야."

"보통이죠, 뭐."

아르카디아가 이렇게 대답하며 웃었다. 아주 편안한 느낌이 들기 시작했다. 방문자는 나이가 많지만 갈색 곱슬머리에 눈동자가 새파란, 아주 탁월한 미남이었다. 아르카디아도 나이가 들면 저렇게 잘생긴 사내를 만나고 싶었다.

"그런데 아버지가 기다리는 사람이 나라는 사실을 어떻게 알았지?"

"글쎄요, 당신이 아니면 누구겠어요? 아버지는 누군가를 아주 은밀하게 기다리셨어요. 그리고 당신은 창문으로 몰래 잠입하려고 얼간이처럼 이리저리 돌아다녔고요. 정상적인 사람이라면 현관으로 들어와야 하는데 말이에요."

아르카디아가 말하더니, 아주 멋진 말을 하나 떠올렸다.

"남자들은 정말 멍청해!"

"자신만만하군, 꼬마 아가씨. 아니, 다 큰 아가씨. 하지만 아가씨 생각이 틀릴 수도 있어. 이런 일 자체가 금시초문이며, 아가씨의 아버지는 내가 아니라 다른 사람을 기다리는 거라고 내가 말하면 어떻게 할래?"

"아니요, 내 생각은 달라요. 당신이 서류 가방을 떨어뜨리는 걸 못 봤다면 들어오라고 말하지 않았을 테니까요."

"내가 어쨌다고?"

"서류 가방을 떨어뜨렸다고요, 청년! 나는 장님이 아니에요. 당신은 가방을 우연히 떨어뜨린 게 아니에요. 가방을 무사히 떨어뜨리려고 먼저 아래를 내려다보았으니까요. 그래서 울타리 바로 밑에 떨어지면 사람들 눈에 안 띄겠다고 생각하곤 가방을 떨어뜨리더니 쳐다보지 않더군요. 그런 다음에 현관 대신에 창문으로 들어왔으니, 미처 집 안을 조사해 보기도 전에 들어와 버려서 조금 불안해졌을 거예요. 그리고 나하고 말썽이 약간 생기자 자신보다 서류 가방에다 신경을 곤두세웠어요. 서류 가방에 들어 있는 물건을 자신보다 중요하게 여긴다는 얘기죠. 당신은 집 안에 있고 서류 가방은 바깥에 있는데 내가 그걸 알아채 버려서 당신이 지금 아주 난처한 상태에 놓였다는 의미도 되고요."

아르카디아가 잠시 입을 다물고 숨을 크게 들이쉬자, 사내가 단호한 어투로 말했다.

"그렇다면 내가 아가씨를 기절시킨 다음에 서류 가방을 들고 빠져

나갈 거란 생각은 안 해 봤어?"

"문제는, 젊은이, 내가 앉은 데서 2초면 닿을 침대 밑에 야구 방망이가 있다는 사실이에요. 게다가 나는 여자치고 힘이 아주 세거든요."

막다른 골목이란 생각에 결국 '젊은이'는 억지로 위엄을 부리며 말했다.

"우리 좀 친해진 것 같으니 내 이름을 소개하지. 나는 펠리스 앤서야. 아가씨 이름은?"

"나는 아르카디아……, 아니, 아르카디 다렐이에요. 만나서 반가워요."

"그럼, 아르카디. 이제 착한 어린애답게 아버지를 불러 주겠니?"

아르카디아가 발끈했다.

"나는 어린애가 아니라고요! 당신은 아주 무례하군요, 부탁할 때에 특히 더."

펠리스 앤서가 한숨을 쉬었다.

"좋아. 착하고 친절하고 귀엽고 라벤더 향수를 뿌린 숙녀답게 아버지를 불러 주겠어?"

"내가 원한 표현은 아니지만 아버지를 부르지요. 하지만 당신에게서 눈을 떼진 않겠어요, 젊은이."

아르카디아가 그렇게 말하고서 발을 구르던 참이었다.

밑에서 급히 올라오는 발자국 소리가 들리더니, 갑자기 문이 열렸다.

"아르카디아……."

다렐 박사가 깜짝 놀라면서 펠리스 앤서를 쳐다보며 물었다.

"누구요?"

펠리스는 구원자라도 만난 듯 벌떡 일어서며 대답했다.

"토란 다렐 박사님? 저는 펠리스 앤서입니다. 저에 대한 말을 들으셨겠지요. 적어도 박사님 따님은 그렇다고 하니까요."

"내 딸이 그렇게 말했소?"

박사는 미간을 찌푸리며 딸을 책망하는 눈초리로 흘끗 쳐다보았으나 아르카디아가 눈을 크게 뜨고 악의 없는 표정을 짓자 그냥 넘어가며 이렇게 대답했다.

"그렇소. 당신을 기다렸소. 이제 그만 내려가는 게 어떻겠소?"

그러더니, 갑자기 무언가가 움직이는 걸 알아채고 말을 멈추었다.

아르카디아도 알아채고 녹음기 프린터가 있는 곳으로 다가가려고 했으나, 아버지가 바로 옆에 있어서 소용이 없었다.

아버지가 부드럽게 말했다.

"이걸 하루 종일 켜 두는구나, 아르카디아."

아르카디아가 정말 힘든 표정으로 애원하듯 말했다.

"아버지! 다른 사람이 쓴 편지를 읽는 건 매우 비신사적인 행동이에요. 특히 회화 통신일 경우에는 말이에요."

"아, 침실에서 낯선 사람과 회화 통신을 하다니! 아르카디아, 아버지는 너를 사악한 세상한테서 지킬 의무가 있단다."

"아, 맙소사…… 그런 건 절대 아니에요."

펠리스가 갑자기 웃으며 끼어들었다.

"아, 그런 게 맞아요, 박사님. 젊은 아가씨가 온갖 시비를 걸며 저를 비난했거든요. 제가 결백하단 사실을 증명하려면 박사님께서 편지 내용을 읽어 보셔야겠군요."

"아!"

아르카디아는 눈물을 참으려고 애썼다. 아버지마저 자신을 안 믿는다는 사실이 너무 슬펐다. 게다가 빌어먹을 녹음기 프린터……, 바보 멍청이가 창문으로 들어오는 바람에 전원 끄는 걸 잊어버렸어! 이제 아버지는 젊은 숙녀가 지켜야 할 몸가짐에 대해서 오랫동안 점잖은 설교를 늘어놓을 거야. 아버지의 말대로라면 숙녀가 할 수 있는 건 질식해서 죽는 것밖에 없는 것 같아.

아버지가 부드럽게 말했다.

"아르카디아, 젊은 숙녀는……."

'알아요, 저도 알아요.'

"나이 많은 남자한테 버릇없이 굴면 안 돼."

"그렇다면 도대체 창문 주변을 맴돌며 엿보는 사람을 어쩌라는 거예요? 숙녀는 프라이버시를 지킬 권리가 있어요. 나는 지금 지긋지긋한 작문을 끝내야 한다고요."

"저 사람이 창문으로 들어온 건 네가 왈가왈부할 문제가 아니다. 들여보내기 전에 나를 불렀어야지. 내가 사람을 기다리는 줄 알았으면 더더욱."

아르카디아는 언짢은 어투로 말했다.

"저렇게 멍청한 사람을 만나실 필요 없어요. 현관 대신 창문을 돌아다니면서 자신이 나타났다는 사실을 사방에 알리는 사람이니까요."

"아르카디아, 아는 게 없는 문제에 대해 이러쿵저러쿵하는 얘기를 듣길 바라는 사람은 아무도 없어."

"저도 알아요. 제2파운데이션에 대한 일이잖아요, 그렇죠?"

갑자기 침묵이 감돌았다. 아르카디아조차도 복부에 무거운 기운이 깔리는 것 같았다.

다렐 박사가 부드럽게 물었다.

"그런 얘기를 어디에서 들었니?"

"아무 데서도 안 들었어요. 하지만 그곳이 아니라면 이렇게 은밀하게 행동할 필요도 없잖아요. 그리고 아무한테도 말 안 할 테니까 걱정 같은 건 안 하셔도 돼요."

"앤서 선생, 이렇게 된 걸 사과합니다."

다렐 박사가 말하자, 앤서가 왠지 가라앉은 어투로 대답했다.

"아뇨, 괜찮습니다. 따님이 어둠의 세력한테 정보를 팔았다 해도 박사님 잘못은 아닙니다. 하지만 따님에게 한 가지 물어볼 게 있는데, 괜찮을까, 아르카디아 양?"

"무엇을 알고 싶은 거죠?"

"현관 대신 창문으로 들어온 걸 어리석다고 생각하는 이유가 뭐지?"

"그건 비밀이 있다는 사실을 어리석게 광고하는 격이니까요. 나는 비밀이 있다고 해서 입에 테이프를 붙이는 식으로 모든 사람에게 내가 비밀이 있다는 사실을 광고하진 않거든요. 평상시와 똑같이 말하지요. 차라리 다른 주제에 대해서 수다를 떨지언정 말이에요. 샐버 하딘이 한 격언을 모르세요? 잘 알겠지만, 이 도시를 다스린 첫 번째 시장이지요."

"그래, 알아."

"그는 거짓말을 해도 뻔뻔스럽고 태연해야 성공할 수 있다는 말을 수없이 했어요. 모든 게 진실일 필요는 없다, 하지만 모든 게 진실처럼 들려야 한다는 말도 했지요. 으음, 당신이 창문으로 들어온 건 태연하지도 않고 진실처럼 들리지도 않았어요."

"아가씨라면 어떻게 했을까?"

"1급 비밀 때문에 우리 아버지를 만나야 한다면 나는 공공연하게 만나서 누가 보아도 아주 당연하게 여기도록 만들겠어요. 그래서 사람들이 당신을 알고 우리 아버지와 당연히 연결시킨다면 당신은 원하는 만큼 비밀을 유지할 수 있고 주변에는 의심하는 사람이 하나도 없을 거예요."

앤서는 아르카디아를 묘한 눈으로 쳐다보다가 다렐 박사에게 눈길을 돌렸다.

"이제 가시죠. 정원에서 서류 가방을 가져와야 합니다. 잠깐! 한 가지 문제만 더. 아르카디아 양, 설마 침대 밑에 야구방망이가 정말로 있는 건 아니겠지?"

"그래요, 없어요."

"하하! 나도 그럴 거라고 생각했어."

다렐 박사가 문가에 멈춰서 말했다.

"아르카디아, 셀던 프로젝트에 대한 작문을 할 때에는 할머니에 대해서 필요 이상으로 신비하게 그럴 필요는 없어. 그 부분은 아예 언급을 안 하는 게 좋아."

그러더니 펠리스와 함께 계단을 조용히 내려갔다. 그러던 중 방문자가 긴장한 목소리로 물었다.

"저…… 여쭈어도 괜찮을지 모르겠는데, 따님이 몇 살인가요?"

"열네 살이오, 그저께부터."

"열네 살이라고요? 맙소사……. 따님이 언제 결혼할 예정이라고 말한 적은 없었나요?"

"네, 그렇게 말한 적은 없소. 적어도 나한테는."

"으음, 만일 따님이 그렇게 말한다면 총을 쏘세요. 따님이 결혼하겠다는 남자한테 말입니다."

젊은이는 이렇게 말하더니, 나이 든 상대의 눈을 진지하게 바라보며 덧붙였다.

"진심입니다. 스무 살이 넘은 따님이랑 사는 것보다 커다란 공포는 어디에도 없을 테니까요. 박사님을 자극하려고 하는 말이 아닙니다."

"괜찮소. 무슨 말인지 알 것 같으니까."

그들이 자세히 분석하는 대상, 즉 아르카디아는 2층에서 녹음기 프린터를 바라보며 불쾌하고 짜증이 난 말투로 "셀던 프로젝트의 장래."라고 말했고, 프린터는 그 말을 복잡한 필기체로 '셀던 프로젝트의 장래.'라고 아주 침착하게 옮겼다.

8장
셀던 프로젝트

수학

셀던은 n변수라는 계산법과 n차원이라는 기하학을 종합해서 예전에 '내가 인류를 보는 조그만 대수학'이라고 부른 적이 있는 내용으로 발전시켰다.

— 『은하대백과사전』

 방이 있다고 하자!

 위치는 당장으로선 아무런 문제도 되지 않는다. 그 방에 제2파운데이션이 있다고 생각하는 것으로 충분하다.

 방에는 순수과학이 수세기 동안 존재하지만 과학과 관련된 물품은, 계산기 같은 기자재는 하나도 없었다. 수학적 개념을 다루는 과학이 전부였다. 사람들은 그것을 기술이 출현하기 이전에, 말하자면 인류가 미지의 단일 세계 너머로 뻗어 가기 이전에, 원시시대를 살던 고대 종족이 사색하는 것과 비슷한 방식으로 다루었다.

 우선 그 방, 정신과학의 보호 덕에 은하계 전체가 물리력을 동원해서 공격해도 파괴할 수 없는 방에는 제1발광체가 있고, 발광체 핵심에는 셸던 프로젝트가 온전하게 들어 있다.

게다가 그 방에는 인간이, 제1발언자가 있었다.

그는 셸던 프로젝트를 지키는 열두 번째 수호자로, 제1발언자라는 칭호는 제2파운데이션 지도자 회의에서 최초로 입을 연다는 이상의 커다란 의미를 갖는 건 아니다.

전임자는 뮬을 물리쳤지만 거대한 투쟁의 흔적은 프로젝트 곳곳에 여전히 흔적을 남겼다. 25년 동안 그는 행정부와 함께 온 힘을 다해서 완고하고 우둔한 인간이 사는 은하계를 셸던이 제시한 항로대로 돌리려고 노력했다. 실로 엄청나게 어려운 임무였다.

제1발언자가 열린 문으로 고개를 돌렸다. 외로운 방에서 사반세기에 걸친 노력이 마침내 클라이맥스를 향해 서서히 치닫는다는 사실을 떠올리는 동안에도, 아주 깊이 몰두할 때에도, 마음은 새로 올 사람을 떠올리며 은근히 기대감을 품었다. 젊은 학생이지만 나중에는 후계자가 될 수도 있었다.

불안한 표정으로 문가에 나타난 젊은이의 모습을 보고 제1발언자는 그쪽으로 다가가서 친구처럼 어깨에 손을 얹고 안으로 이끌었다.

학생이 수줍은 미소를 떠올리자, 제1발언자는 그 미소에 이렇게 응답했다.

"우선, 자네가 여기에 온 이유부터 알려 주어야 하겠군."

두 사람은 책상을 사이에 두고 서로를 마주보았다. 그리고 은하계 일반인은 알아들을 수 없는, 즉 제2파운데이션 구성원만 알 수 있는 대화법으로 이야기를 시작했다.

말이란 원래 인간이 자신의 생각과 감정을 전달하기 위해 불완전하게 습득한 수단이다. 마음 상태를 나타내는 소리를 조합하고 추상적인 소리를 짜 맞추는 방법으로 의사를 소통하는 방법을 개발한 것이다. 하지만 이건 마음에 담긴 미묘한 감정을 목구멍에서 거칠게 흘러나온 신호로 타락시키는, 둔감하고 부적절하고 꼴사나운 수단이기도 했다.

그래서 나타난 결과는 다음과 같다. 인류가 지금까지 겪은 모든 고통의 근원을 쫓아가면 결국에는 한 가지 사실로 모아진다. 은하계 역사상 해리 셀던 이전에는 누구도 서로를 이해하지 못했고 해리 셀던 이후에는 극소수만 서로를 이해한다는 사실이 바로 그것이다. 인간 개개인은 누구나 숨 막힐 것처럼 안개가 자욱한 철옹성 같은 방에 갇혀서 산다. 때때로 다른 사람이 깊은 동굴 저편에서 희미한 신호를 보내면 그때 비로소 서로를 암중모색하는 정도였다. 그러나 그들은 서로를 모르고, 이해하지 못하고, 믿을 수도 없고, 그래서 갓난아기일 때부터 철저하게 고립되어 온갖 불안과 공포에 시달렸기 때문에 인간이 인간을 공격하고 인간이 인간을 약탈하는 사태가 일어난 것이다.

수만 년에 걸친 시간 동안 인간의 두 발은 진흙에 박힌 채 질질 끌려 다녔다. 그래서 인간의 마음 역시 억눌린 상태에 머문 채, 수많은 별처럼 찬란하게 빛나며 교류할 수가 없었다.

인간은 일상적인 대화라는 감옥 창살을 본능적으로 우회하는 방법을 진지하게 모색했다. 의미론, 기호논리학, 정신분석 등 역시 대화를 정확하게 하거나 회피하기 위한 수단이었다.

심리역사학은 정신과학의 정수를 결국엔 수학화하는 데 성공한 결과였다. 신경생리학과 신경계의 전기화학의 내용을 이해하려면 원자핵의 힘의 작용까지 거슬러 올라갈 수밖에, 그럴 수밖에 없었다. 수학의 발전은 이를 가능하게 함으로써 심리학의 진정한 발전을 일으킨 단초가 되었다. 그리고 개인에 대한 심리학적 지식을 집단에 일반화하면서 사회학 역시 계량화되었다.

거대한 집단, 요컨대 행성에 거주하는 수십 억, 성역(星域)에 거주하는 수 조, 은하계 전체에 거주하는 수천 조에 달하는 인간 모두가 이제는 개인이 아니라 통계 처리를 할 수 있는 거대한 집단이 된 것이다. 그래서 해리 셀던에게는 미래가 필연적인 모습으로 선명하게 드러났고, 그래서 프로젝트가 탄생했다.

셀던 프로젝트 개발이 정신과학이 발달한 결과라면, 지금 제1발언자가 학생에게 말을 건넬 필요가 없는 것 역시 정신과학이 발달한 결과였다.

이런 방법은 서로 자극을 주고받으면서 아주 사소한 반응까지 포착하는 식으로 상대방이 마음으로 느끼는 사소한 변화나 급격한 흐름 모두를 완벽하게 파악하는 식이다. 그러나 제1발언자는 학생이 떠올린 감정을 직관적으로 느낄 수 없었다. 뮬이라면 충분히 그럴 수 있을 터였다. 뮬은 돌연변이체로서 일반인은 물론이고 제2파운데이션 사람들조차도 완전히 이해할 수 없는 능력을 지녔으니 말이다. 그래서 제1발언자는 상대방이 떠올린 감정을 추론할 수밖에 없었다. 이것 역시 고도의 훈련을 쌓은 결과였다.

그러나 언어를 기초로 하는 사회에서 제2파운데이션 사람들이 나누는 대화 방식을 정확히 보여 주기란 원초적으로 불가능하니, 지금부터는 이런 문제 전체를 무시하겠다. 제1발언자 역시 일반적인 형태로 말하는 것처럼 묘사하고, 설사 번역이 다 맞는 건 아닐지라도, 그것이 우리가 이런 상황에서 할 수 있는 최선인 것 같다.

따라서 제1발언자는 손가락 하나를 이렇게 들면서 저렇게 웃는 대신

"우선, 자네가 여기에 온 이유부터 알려 주어야 하겠군." 하고 말한 식이 되는 것이다.

제1발언자는 계속해서 이렇게 말했다.

"자네는 지금까지 정신과학을 열심히 연구하면서 평생을 보냈네. 여러 선생님이 가르친 내용을 모두 습득했어. 이제 자네는 자네와 비슷한 친구 몇 명이랑 발언자 역할을 실습할 시간이 되었네."

책상 맞은편에서 살짝 흥분이 일어났다!

"아니야, 자네는 이런 사실을 냉정하게 받아들여야 해. 자넨 지금까지 이런 자격을 갈망했어. 자격을 얻지 못할까 두려워하기도 했어. 그런데 희망이나 두려움 모두 약점이야. 자네는 자격이 있다는 사실을 알았지만 그것 때문에 교만하다는 낙인이 찍혀서 탈락당할까 두려워서 그런 사실을 인정하지 않으려고 했어. 정말 당치도 않아! 자신이 현명하다는 사실을 모르는 인간이야말로 가장 무능하고 어리석은 인간일세. 자네가 자격이 있다는 사실을 알았다는 그 자체로 자네는 자격이 있네."

책상 맞은편에서 안도의 한숨이 나왔다.

"그래, 이제 기분이 한결 낫겠군. 경계심도 풀리고. 그러는 편이 주의를 집중하고 이해하는 데에도 좋네. 명심하게! 정말로 효율성을 높이려면 탄탄히 통제하는 장애물로 마음을 가릴 필요가 없다는 사실을 말이야. 지적 탐색기는 그런 장벽이 있으나 없으나 쉽게 정보를 탐색하니까. 오히려 마음을 텅 비워서 순진무구한 상태로, 숨길 게 하나도 없는 상태로, 만드는 편이 훨씬 바람직해. 나는 자네에게 마음을 열었네. 우리 두 사람은 앞으로 계속 그러도록 하세."

제1발언자가 계속 말했다.

"발언자가 된다는 건 결코 쉬운 일이 아닐세. 심리역사학 최고 전문가가 된다는 건 쉬운 일이 아니야. 심리역사학 최고 전문가라고 해서 발언자가 될 자격을 꼭 얻는 것도 아니고. 일정한 차이가 있거든. 발언자라면 셀던 프로젝트가 세운 복잡한 수학 공식을 반드시 이해할 뿐만 아니라 셀던 프로젝트에 대해, 그리고 그 목적에 대해서 공감해야 하네. 셀던 프로젝트를 사랑하고 자신의 삶이요 생명으로 받아들여야 하네. 한 길을 가는 친구가 되어야 하지.

자네, 이게 뭔지 아는가?"

제1발언자가 책상 가운데에서 까맣게 빛나는 입방체를 손으로 부드럽게 가리키며 물었다. 평범한 물건이었다.

"아닙니다, 발언자님, 모르겠습니다."

"제1발광체에 대해서 들어 본 적이 있나?"

"이것입니까?"

깜짝 놀라는 느낌.

"이보다 대단하고 고상할 거라고 생각했나? 으음, 하기야 당연히 그랬겠지. 이것은 제국 말기에 셀던 밑에서 일하던 사람들이 만들었네. 400년 가까이 한 번도 조정하거나 수리하지 않았지만 우리가 원하는 대로 아주 완벽한 역할을 수행했네. 정말 다행이야. 제2파운데이션에서는 이걸 다룰 만한 기술을 가진 사람이 하나도 없거든."

제1발언자가 부드럽게 웃으며 계속 말했다.

"제1파운데이션에 있는 기술자라면 이런 걸 그대로 모방할 수 있겠지만 그들이 이걸 알면 절대로 안 되거든."

제1발언자가 책상 한쪽에 있는 손잡이를 누르자 실내가 암흑에 잠겼다. 하지만 아주 잠시였다. 기다란 벽 두 개가 점차 붉은 빛을 띠면서 빛났기 때문이었다. 처음에는 진주 빛이 감도는 흰색이 단조롭더니, 여기저기에 어두운 흔적이 생기다가 마침내 선명한 방정식이 까만색으로 나타나고, 어두운 숲에 흐르는 실개천처럼 가끔씩 빨갛고 가느다란 선이 나타났다.

"이리 오게, 학생. 여기 벽 앞에 서 봐. 그림자는 안 생겨. 발광체에서 흘러나온 빛은 일반적으로 빛이 퍼져 나가는 방식이랑 달라. 사실대로 말하자면, 나는 어떤 매체가 이런 효과를 내는지 조금도 모르지만 어쨌든 그림자가 안 생긴다는 건 알아."

두 사람은 함께 빛을 받았다. 각각의 벽은 길이가 9미터 정도이며 높이는 3미터 정도였다. 방정식 글씨는 작았다. 각각 2.5센티미터 정도에 불과했다.

제1발언자가 다시 말했다.

"이게 프로젝트의 전부는 아니야. 양쪽 벽에 프로젝트를 전부 펼치려면 모든 방정식을 미세한 단위로 축소해야 할 거야. 하지만 그럴 필요는 없지. 지금 자네가 보는 내용은 지금까지 펼쳐 온 프로젝트에서 핵심 부분에 해당하네. 자네도 이걸 배웠어, 그렇지 않은가?"

"네, 발언자님, 배웠습니다."

"어느 부분인지 알겠나?"

침묵이 흘렀다. 학생은 손가락으로 방정식을 짚었다. 그러자 방정식이 한 줄씩 벽을 따라 내려가더니, 마침내 머리에 떠올린 단일수열 함수가 들어찼다. 손가락을 그렇게 빠르게 움직이면서도 정확한 결과를 끄집어 낼 수 있는 사람은 많지 않았다. 그래서 제1발언자가 부드럽게 웃으며 말했다.

"제1발광체가 자네 마음과 똑같은 파장으로 조절되었다는 사실을 자네는 알 거야. 저 조그만 장치에서 자넨 훨씬 놀라운 걸 기대할 수 있어. 자네가 선택한 방정식은 어떻게 설명할 수 있지?"

학생이 더듬거리면서 대답했다.

"이 방정식은 행성 내의 두 핵심 경제 계급의 존재를 편향 시사하는 행성의 분포에 불안정한 감정 패턴을 더한 것을 이용한 리겔 적분입니다. 행성이 아니라 성역에 적용할 수도 있습니다."

"그게 의미하는 바는?"

"긴장 범위를 알려줍니다."

학생이 손으로 가리켜서 방정식을 바꾸며 계속 말했다.

"여기에 수렴하는 수열이 있으니까요."

제1발언자가 말했다.

"좋아, 자네는 이 모든 걸 어떻게 생각하는가? 더할 나위 없는 예술 작품 아닌가?"

"정말 그렇습니다!"

학생이 대답하자, 제1발언자가 아주 날카롭게 반박했다.

"아니야, 그렇지 않아. 자네가 잊으면 안 되는 첫 번째 교훈을 알려주지. 셀던 프로젝트는 완성된 것도 아니고 정확한 것도 아니야. 당시 로션 최선을 다해서 만들었다고 할 수 있는 정도지. 지금까지 열두 세대가 흘러오는 동안 많은 사람이 방정식을 마지막 소수점 자리까지 분해하고 다시 합치는 식으로 일일이 검토하고 연구했어. 지금까지 그 이상을 했지. 거의 400년에 달하는 시간이 흐르는 걸 지켜보고 예언과 방정식에 맞추면서 현실과 비교했어. 그러면서 배웠지.

그래서 셀던 자신이 파악한 이상을 파악했어. 지금까지 모은 지식을 종합한다면 우리는 셀던보다 정확한 작업을 할 수 있네. 무슨 말인지 확실히 알겠는가?"

학생이 약간 놀란 표정을 짓자 제1발언자는 계속 말했다.

"발언자 역할을 획득하기 전에 자네 자신도 셀던 프로젝트에 독창적으로 기여해야 할 거야. 그건 신성모독이 아냐. 벽에서 본 붉은 표식은 셀던 이후에 태어난 발언자들이 이룩한 업적일세. 그리고……."

제1발언자가 위를 쳐다보며 덧붙였다.

"그래, 저기."

벽 전체가 소용돌이를 치면서 내려오는 것 같았다.

제1발언자가 다시 말했다.

"이건 내가 한 걸세."

빨갛게 생긴 가느다란 줄이 두 개로 갈라진 화살표 주위를 에워싸는데 화살표 방향마다 2제곱미터에 달하는 추론을 적었다. 그리고 두 방향 사이에는 빨간 글씨로 방정식 몇 개를 적어 놓았다.

제1발언자가 말했다.

"이건 그렇게 대단한 업적은 아니야. 셀던 프로젝트에서 이미 지난 시간만큼 앞으로 나아가야 할 지점에 대한 거야. 앞으로 나타날 제2제국이 경쟁상대에게 합병되는 시기를 나타내지. 싸움이 길어지면 독립할 것 같고 승산이 없으면 난장을 부리겠다고 협박하기 때문이야. 나는 양쪽 가능성을 모두 고려해서 각각의 경우에 해결할 방법을 제시했네.

아직은 모든 게 가능성일 뿐이며 새로운 방향으로 나아갈 수도 있네. 확률은 정확히 12.64퍼센트이니 상대적으로 낮은 편이지만 그보다 확률이 적은 일이 일어났으며 셀던 프로젝트는 정확도가 40퍼센트에 불과하네. 내가 말한 새로운 방향은 두 세력이나 또 다른 세력 사이에서 타협할 가능성이네.

내가 증명한 바에 의하면, 이런 현상은 다른 무엇보다 제2제국을 쓸 모없는 구조로 만들어서 결국에는 내전으로 이어져, 애초에 타협을 안 할 경우에 입을 손실보다 더 커다란 손실을 제국에 입히게 되지. 다행스러운 건 그런 사태 역시 예방할 수 있다는 거야. 바로 그게 내가 이룩한 업적일세."

"제가 한 말씀 드려도 될까요, 발언자님? 바꾸는 건 어떻게 하지요?"

"발광체 기능을 통해서. 예를 들어, 자네 사례를 보면 자네가 계산한 수학을 다섯 개 위원회에서 각자 철저하게 점검하고, 자네는 각 위원회에서 집단적으로 무자비하게 가하는 공격에 맞서야 하네. 그리고 2년이 지난 다음에 자네가 계산한 수학을 다시 조사하지. 겉보기에 완벽하게 보여도 수개월에서 수년이란 시간이 지나다 보면 틀린 점이 나타나는 경우가 간혹 있거든. 공헌자 자신이 결함을 발견할 때도 있고.

2년이 지난 후에 처음과 맞먹을 정도로 세밀하게 진행한 조사에 또 합격하고, 더욱이 그 사이에 자네가 세부적으로 보충하는 증거를 추가로 발표한다면 자네가 이룬 공헌이 프로젝트에 첨가될 걸세. 나한테는 그게 최고의 순간이었는데, 자네한테도 그렇겠지.

제1발광체를 조절해서 자네 마음과 파장이 맞추면 정신적 일치를 통해 수정도 하고 첨가도 할 수 있네. 물론 자네가 수정했거나 첨가했다는 기록은 어디에도 없어. 프로젝트 전 역사를 통해서 개인 차원에서 한 일은 없네. 우리 모두가 함께 한 일이야. 이해하겠나?"

"네, 발언자님."

"그러면 됐네."

제1발언자가 제1발광체 쪽으로 한 발을 크게 내딛자 벽이 사라지고 천장에서 일반 조명이 나타나며 빛났다.

"여기 내 책상에 앉게. 그리고 내가 하는 말을 잘 들어. 심리역사학자라면 생물통계학이나 신경화학적 전자수학 등을 아는 것으로 충분해. 어떤 사람은 그런 것밖에 몰라서 통계기술자에 딱 맞는 경우도 있어. 하지만 발언자라면 수학이 없어도 셀던 프로젝트에 대해서 토론할 수 있어야 하네. 프로젝트 자체는 아니라도 최소한 프로젝트에 담긴 철학이나 목표 등에 대해서 말일세.

그래, 프로젝트의 목적은 무엇인가? 자네가 사용하는 언어로 설명하게. 멋있게 말하려고 애쓸 필요 없어. 멋있는 표현이나 정중한 태도로 자네를 평가하는 일은 없으니 말이야."

학생이 두 마디 이상 할 수 있는 기회가 온 건 처음이었다. 그래서 학생은 잠시 망설이다가 앞에 펼쳐진 토론 공간으로 곧장 뛰어들었다.

"제가 배운 내용에 따르면 저는 프로젝트가 이전에 존재한 문명사회와 완전히 다른 문명사회를 건설하는 걸 목표로 한다고 믿습니다. 심리역사학이 발견한 내용에 따르면 인류가 나아갈 방향은 결코 저절로 나타날 수 없으며……."

제1발언자가 단호한 어투로 끼어들었다.

"그만! '결코'라는 말을 쓰면 안 되네. 그런 건 구체적인 사실을 무시하는 나태한 태도야. 사실, 심리역사학은 가능성만 예고하네. 특정 사건이 일어날 가능성은 아주 적을지언정 그런 일이 일어날 '가능성'은 언제나 0보다 크지."

"네, 발언자님. 제가 정정해서 말한다면, 바람직한 방향으로 저절로 나아갈 가능성은 거의 없다고 합니다."

"훨씬 낫군. 그래, 방향이란 무엇인가?"

"그것은 정신과학에 근거한 문명이 나아갈 방향입니다. 인류가 지금까지 겪은 역사에서 진보는 주로 물리적인 기술 형태로, 인간 주변에 널린 무생물 세계를 다루는 능력으로 나타났습니다. 인간 자신과 사회를 통제하는 건 영감이나 감정에 근거한 직관적인 윤리 체계를 애매하게 모색하는 방식이나 우연에 맡기는 방식이었습니다. 그래서 지금까지 55퍼센트가 넘는 안정성을 지닌 문화는 지금껏 존재한 적이 없으며 따라서 인류는 엄청난 고통을 겪어야 했습니다."

"그런데 우리가 말하는 방향이 비자발적으로 나타나는 이유는 무엇인가?"

"인류 대다수는 자연과학의 발전에 기여하려는 마음을 갖고 있고, 이로 인해 인류는 실체적이고 가시적인 혜택을 얻죠. 선천적으로 정신과학과 깊숙한 연관이 있어서 인간을 지도할 수 있는 능력이 있는 사람들은 극소수에 불과합니다. 그리고 그들이 불러오는 이익은 아주 오래가지만, 더 추상적이고 잘 드러나지 않습니다. 더 나아가 이런 방향성, 정신이 최고로 발달한 사람이 지도하는 방식은 자비로운 독재자를 낳아 종국적으로 특권층을 만들어 내는 쪽으로 흐를 수 있습니다. 이런 방식은 많은 사람의 반발을 사기 때문에 인류 대부분을 짐승 수준으로 떨어뜨려야 안정을 취할 수 있습니다. 이런 발전은 우리와 안 맞으니 피해야 합니다."

"그러면 해결책은 무엇인가?"

"해결책은 셀던 프로젝트입니다. 프로젝트가 처음 생긴 지 1000년, 그러니까 지금에서 600년이 지나면 바람직한 조건이 나타나며 발전해, 제2제국이 나타날 것이고 그러면 인류는 정신과학의 지도를 따를 능력이 생깁니다. 제2파운데이션이 그사이 지속적으로 발전해 나간다면 지도력을 장악할 준비가 된 심리학자 그룹을 배출할 수 있을 겁니다. 저 자신이 곰곰이 생각한 것처럼, 제1파운데이션이 단일한 정치 조직이라는 물리적인 틀을 제공한다면 제2파운데이션은 준비된 지배 계급이라는 정신적인 틀을 제공하는 거지요."

"그렇군. 매우 적절해. 그렇다면 셀던이 예정한 기간에서 나타나는 거라면 어떤 제2제국이든 셀던 프로젝트가 실현된 거라고 볼 수 있나?"

"아닙니다, 발언자님, 그렇지 않습니다. 프로젝트를 처음 개발하고 900년에서 1700년 사이에 서너 개에 달하는 제2제국이 생길 수 있지만, 그 가운데 진정한 제2제국은 하나밖에 없습니다."

"이런 모든 사실을 고려한다면 제2파운데이션이라는 존재를 숨길 필요가 있을까, 다른 나라도 아닌 제1파운데이션에게?"

학생은 질문에 숨은 의도를 찾으려고 했지만 결국에는 실패했다. 그래서 대답하는 데 어려움을 겪었다.

"구체적인 프로젝트 내용 전체를 인류 모두에게 숨겨야 하는 것과 똑같은 이유 때문입니다. 심리역사학 법칙은 원칙적으로 통계라서, 개인이 임의적으로 행동하지 않으면 효과가 없습니다. 아주 커다란 인간 집단이 프로젝트에 담긴 구체적인 내용을 파악한다면 모두가 거기에 따라 행동할 터이고, 그렇게 되면 심리역사학이란 법칙에서 임의적인 변수로 작용하지 않습니다. 쉽게 말해서 완벽한 예언에서 그만큼 멀어지는 것입니다. 죄송합니다만, 발언자님, 제가 만족스러운 대답을 하지 못한 것 같습니다."

"그렇다니 다행이군. 자네 대답은 아주 부족해. 프로젝트도 숨겨야 하지만 제2파운데이션도 숨겨야 해. 제2제국은 아직 안 나타났어. 아직 우리는 심리학자들이 지배하는 걸 많은 사람이 혐오하고 그렇게 되는 게 두려워서 저항하는 사회에서 살아. 무슨 말인지 알겠나?"

"네, 발언자님, 이해합니다. 지금까지 그런 점을 강조한 사람이 없어서……."

"과소평가하지 말도록. 교실에서는 그런 점을 강조한 적이 없지만, 자네 스스로 능력을 키워서 그런 내용을 추론할 수 있어야 하네. 이번에도 그렇고 앞으로 자네가 실습을 받는 동안 우리는 많은 내용을 강조하게 될 걸세. 일주일 후에 다시 찾아오도록. 그때에는 지금 내가 자네에게 말한 문제에 대해 자네 의견을 듣고 싶네. 내가 원하는 건 수학적으로 완벽하고 엄밀하게 계산한 결과가 아니야. 그렇게 하려면 전문가도 1년은 걸릴 테니, 일주일로는 어림도 없지. 내가 원하는 건 커다란 흐름과 방향성에 대해 설명하는 거야.

지금부터 반세기 전 즈음에 프로젝트에서 일어난 분기점이 여기 있네. 구체적인 내용도 들어 있어. 가능성을 1퍼센트 이하로 가정한 현실이 나아가는 길은 모든 예상에서 빗나가고 있다는 점을 알 수 있을 걸세. 도저히 수정할 수 없을 정도가 되기까지 빗나가는 정도가 얼마나 되는지 산출하게. 또한 수정하지 않는 경우에 일어날 결과와 수정 방법도 함께 추정하도록."

학생은 확대장치를 아무렇게나 움직여서, 내장된 조그만 스크린에 나타난 문구를 딱딱하게 굳은 얼굴로 바라보았다. 그러다가 입을 열었다.

"특별히 이런 문제를 내신 이유가 뭔가요? 학문적으로 순수한 의미 이상이 들어 있는 게 분명해요."

"고맙군. 자넨 예상대로 머리회전이 빨라. 거기에 나타난 문제는 가정이 아니라네. 지금부터 거의 반세기 전, 뮬이라는 자가 은하 역사에 갑자기 나타났는데 그 후 10년 동안 우주에서 가장 커다란 사건이었네. 그런데 프로젝트에서는 예상하지도 못하고 계산하지도 못했어. 뮬 때문에 프로젝트가 심각하게 뒤틀렸어, 치명적이진 않지만. 하지만 프로젝트에 치명적인 손상이 생기기 전에 뮬을 막기 위해서 우리는 모든 수단을 강구하지 않을 수 없었네. 우리 존재를 드러내고 우리 힘까지 일부 노출시켰으니 말이야. 그래서 제1파운데이션이 우리의 존재를 깨달았고, 당시에 확인한 내용에 근거해서 그들의 행동을 예측하고 있지. 거기에 있는 문제를 잘 관찰하게. 여기. 그리고 여기.

물론 여기에서 확인한 내용은 누구한테도 말하면 안 되네."

잠시 무서운 침묵이 흘렀다. 그 말을 학생이 마음속 깊이 새기는 것 같았다. 그러다가 말했다.

"그러면 셀던 프로젝트가 실패했단 말입니까?"

"아니, 아직은 아닐세. 실패했을지도 모른다는 정도야. 극히 최근에 계산한 바에 의하면 성공할 가능성은 아직 21.4퍼센트가 남아 있네."

9장
공모자들

　다렐 박사와 펠리스 앤서는 밤이면 우호적인 대화를 나누고 낮에는 하찮은 일을 하면서 즐겁게 지냈다. 평범하게 친척이 찾아온 것처럼 보여야 했다. 그래서 다렐 박사는 청년을 우주 공간 멀리서 놀러 온 조카라고 소개했으며, 시간이 지날수록 사람들의 호기심은 줄었다.
　하지만 사람들이 가벼운 대화를 나누다 보면 가끔 이름이 나오곤 했다. 대단한 건 아니었다. 다렐 박사는 "아니요." 혹은 "맞아요." 하면서 가볍게 대답하고 개방된 '통신파장'으로 연락이 오면 "우리 조카를 소개하지요." 하면서 가볍게 소개했다.
　한편, 아르카디아도 나름대로 준비를 진행했다. 하지만 솔직하게 드러내면서 진행한 건 아니었다.
　이를테면 학교에서 그동안 만난 남성은 모두 변변치 못했다고 말하는 상투적인 수법으로 올린서스 댐이 집에서 만든 도청기를 기부하도록 유도했다. 구체적인 이유를 밝히지 않기 위해 아르카디아는 자기 집에 작업장이 있다는 올린서스의 자랑에 그다지 큰 흥미를 보이지 않도록 적절하게 조절하면서 올린서스의 통통한 얼굴을 쳐다보았다. 그렇게 깜빡 속은 불쌍한 소년은 ①초파 모터 원리에 대해 장광설을 늘어놓고 ②동그랗고 귀여운 눈이 자기를 쳐다보고 있음을 알아차리고 아찔해하며 ③마침내 자신이 만든 위대한 창작품, 앞에서 말한 도청기를 아르카디아한테 넘겨줄 수밖에 없었던 것이다.

그런 다음에 아르카디아는 자기가 올린서스에게 호감을 보인 이유가 도청기 때문이라는 의심을 사지 않으려고 오랜 시간에 걸쳐서 관심을 조금씩 줄이는 방식으로 올린서스를 적응시켰다. 그래서 올린서스는 짧은 기간에 겪은 추억을 몇 달에 걸쳐 마음속에서 끊임없이 되새겼으나, 새로운 추억은 더 이상 생기지 않았고 그러는 사이에 추억도 점차 사라지고 말았다.

7일째 밤, 남자 다섯 명이 담배는 없지만 맛있는 음식을 차린 거실에 앉아 있을 때에 2층 아르카디아의 책상에는 올린서스의 손으로 만들었다고 믿을 수 없을 정도로 근사한 발명품이 있었다.

저녁 모임에 참석한 사람은 다섯이었다. 백발을 깔끔하게 빗어 넘긴 머리와 꼼꼼한 차림새 때문에 마흔두 살이라는 실제 나이보다 훨씬 늙어 보이는 다렐 박사. 진지하지만 침착하지 못한, 그리고 젊지만 자신이 없어 보이는 펠리스 앤서. 나머지 세 사람은 몸집이 크고 입술이 두꺼운 영상 방송 기자 졸 터버, 대학에서 물리학 명예 교수이며 비쩍 마르고 주름살이 많아 몸뚱이가 옷의 절반에 불과한 엘베트 세믹 박사, 커다란 키에 몹시 들뜬 표정을 한 도서관 사서 호미르 먼이었다.

다렐 박사는 평소처럼 담담한 말투로 편하게 말했다.

"여러분, 우리가 여기에 모인 건 단순히 사교적인 모임 때문이 아닙니다. 이미 모두 짐작하셨을 겁니다. 각자 독특한 경력 때문에 신중한 선택을 받으신 분이니 말입니다. 따라서 이번 일이 아주 위험하다는 사실 또한 눈치를 챘을 겁니다. 하지만 나는 위험하지 않다고 말하는 대신, 이번 일이 발각되면 우리 모두 유죄 판결을 받을 거라는 사실을 지적하겠습니다.

여러분은 은밀한 분위기에서 초대받은 사람이 한 분도 없다는 사실을 아실 겁니다. 사람들 눈에 안 띄도록 조심해서 오라는 요청도 하지 않았습니다. 밖에서 못 보도록 창문을 가리려는 노력도 안 했습니다. 거실 주변에는 어떤 방어막도 설치를 안 했습니다. 그렇게 하는 건 적한테 주의를 끌 위험만 늘어나기 때문입니다. 적에게 주의를 끄는 가장 좋은 방법은 비밀이 있는 척 어설프게 행동하는 것이니까요."

(작은 상자에서 삐걱거리는 소리가 조그맣게 나자 아르카디아는 이게 무슨 소리일까 생각하며 몸을 구부렸다.)

"무슨 말인지 이해하십니까?"

엘베트 세믹이 무슨 말을 하려는 듯, 아랫입술을 씰룩거려서 입언저리에 잔뜩 주름이 질 정도로 이빨을 드러냈다.

"이해했소, 계속 말씀하시오. 먼저 젊은이부터 소개하고 말이오."

"이름은 펠리스 앤서라고 합니다. 작년에 사망한 오랜 동료, 클리스 밑에서 공부한 학생이지요. 클리스는 죽기 전에 자신의 대뇌 패턴을 다섯 번째 하위 표준까지 나에게 보냈는데, 여러분 모두 그것을 일반 대뇌 패턴과 비교해서 확인했으니, 잘 아실 겁니다. 심리학을 공부한 사람도 대뇌 패턴을 그렇게 똑같이 모방할 순 없습니다. 이런 사실을 아직까지 모르셨다면 그냥 제 말을 믿도록 하세요."

터버가 입을 오므리며 말했다.

"이제 대충 시작합시다. 우리는 박사의 말을 믿어요. 클리스가 사망한 지금, 은하계 최고의 전자신경학자는 바로 박사님이니까요. 적어도 나는 영상 방송 해설에서 그렇게 말했고 나 자신도 그렇다고 믿습니다. 나이가 몇 살인가요, 앤서?"

"스물아홉입니다, 터버 선생님."

"으으음, 당신도 전자신경학자인가요? 아주 뛰어난?"

"아직은 열심히 공부하는 학생입니다. 하지만 저는 공부도 열심히 할 뿐 아니라 클리스 박사님 밑에서 연구하는 특혜도 누렸습니다."

먼이 끼어들었다. 그는 긴장할 때마다 말을 조금씩 더듬는 버릇이 있었다.

"시, 시작하면 좋겠습니다. 모, 모두들 말이 많군요."

다렐 박사가 먼한테 눈썹을 추켜세우며 말했다.

"맞아요, 호미르. 그럼 시작하게, 펠리스."

하지만 펠리스 앤서는 천천히 대답했다.

"당장은 곤란합니다. 먼 선생님 마음은 존중하지만 시작하기 전에 뇌파 검사 자료를 부탁드리는 바입니다."

다렐이 눈살을 찌푸렸다.

"무슨 뜻이지, 앤서? 도대체 무슨 뇌파 검사 자료를 말하는 건가?"

"우리 각자를 검사한 뇌파 자료입니다. 박사님은 제 것을 받으셨습니다, 다렐 박사님. 저는 박사님과 다른 분들 자료를 받아야 하고요. 그래서 제가 직접 측정해야 합니다."

"이 친구가 우리를 믿어야 할 이유는 없습니다, 다렐 박사. 젊은이 말이 맞아요."

터버가 말하자, 앤서가 대답했다.

"고맙습니다. 그럼, 다렐 박사님. 실험실로 안내하시면 즉시 착수하겠습니다. 제가 오늘 아침에 마음대로 기계를 점검하는 무례를 저질렀습니다."

전자뇌파 기술학이란 학문은 새로운 분야이기도 하지만 오래된 분야이기도 하다. 생명체가 신경세포에서 만드는 아주 조그만 흐름에 대한 지식은 기원을 알 수 없는 광대한 인류 지식 가운데 하나라는 의미에서 오래된, 인간 역사 초창기까지 거슬러 올라가는 분야였다.

하지만 그것은 새로운 분야이기도 하다. 미세한 흐름이 존재한다는 사실은 수십만 년에 달한 은하제국 전반에 걸쳐서 아주 또렷하고 독특하지만 쓸모는 하나도 없는 인간 지식 가운데 하나로 여겨졌다. 개중에는 파동을 깨어 있는 상태와 잠자는 상태, 조용한 상태와 흥분한 상태, 건강한 상태와 병에 걸린 상태로 구분하려고 시도한 사람도 있었다. 하지만 아주 폭넓은 개념조차 설명할 수 없는 독특한 현상도 많았다.

사람들이 잘 아는 혈액형과 마찬가지로 뇌파형이 존재한다는 사실을 증명하고 그래서 외적 환경이 인간에게 결정적인 요소라는 사실을 증명하려고 시도하는 사람도 있었다. 이들은 인종 차별 정신이 강한 사람들로서, 인간을 좀더 세부적으로 분류할 수 있다고 주장했다. 그러나 그런 주장은 은하제국의 압도적이고 전반적인 경향을 거역하면서까지 발전할 수 없었다. 은하제국! 2000만 개에 달하는 성계를 망라하고, 화려하고 위대한 과거가 다시 돌아올 수 없는 추억으로 남은, 트랜터를 중심으로 가장 쓸쓸하고 조그만 행성까지 모든 인간을 포함하는 통일제국 말이다.

그리고 제1제국에서 그런 것처럼 물리학이나 무생물 기술을 연구하는 집단은 왠지 모르게 정신 연구를 멀리하는 분위기가 아주 강력하게 존재했다. 정신 연구는 구체적으로 도움을 주는 경우가 적어서 존중을 못 받았고 이익이 적어서 재정 지원 또한 빈약했다.

제1제국이 붕괴하면서 그동안 이룩한 과학 수준 역시 무너져 과거로, 과거로 끊임없이 후퇴하는 현상이 나타났다. 원자력이 석탄이나 석유 같은 화학물질로 후퇴한 게 좋은 사례이다. 물론 예외도 있었다. 제1파운데이션에서 과학이 화려하게 불붙어서 한층 격렬한 불꽃으로 타오른 것이다. 하지만 거기에서도 지배적인 학문은 물리학이었으며 외과를 제외한 모든 분야에서 두뇌에 대한 학문을 무시했다.

해리 셀던은 사실을 있는 그대로 받아들인 최초의 인물이었다. 그래서 이런 말을 한 적이 있었다.

"의식과 무의식 그리고 다양한 충동과 반응은 미세한 신경 흐름을 통해서 나타난다. 네모반듯한 종이에 산이나 골짜기 모양으로 오르내리며 기록되는 뇌파는 몇십억에 달하는 세포가 생각하며 움직이는 모습을 보여 주는 거울이다. 연구원들은 다양한 생각과 감정을 분석해서 마지막 하나까지 철저하게 밝혀야 한다. 선천적이든 후천적이든 육체적 결함이 심한 경우는 물론이고 감정이 다양하게 변하는 이유와 교육 및 체험을 통해 발전하는 이유, 심지어 연구 대상의 인생관이 변하는 미묘한 이유까지 파악해야 한다."

하지만 셀던조차도 이렇게 주장하는 이상을 실천할 순 없었다.

그런데 제1파운데이션 사람들은 지난 50년 동안 믿을 수 없을 정도로 광대하고 복잡한 지식을 새롭게 확립했다. 접근 방식은 당연히 새로운 기술로 이루어졌다. 예를 들어, 새로 개발한 방법으로 전극을 사용해서 두개골 조각을 잘라내지 않고 뇌세포에 접근하는 식으로 두개골을 능숙하게 봉합하는 기술이 있다면, 뇌파 데이터를 전체적으로 기록하는 건 물론 기능에 따라 여섯 개로 분리해서 자동적으로 기록하는 장치도 있었다.

이렇게 되면서 뇌파 기록 학문과 뇌파 기록 학자가 존중을 받기 시작했다. 그중에서도 가장 존경받는 클리스는 과학 집회에서 물리학자와 동등한 자리를 배정받았다. 하지만 다렐 박사는 이 분야에서 더 이상 적극적으로 활동하지 않았다. 그는 뇌파 그래프 분석에서 뛰어난 업적을 세운 건 물론이고 지난 세대에서 가장 위대한 여걸, 베이타 다렐의 아들이라는 사실로도 유명했다.

그런 다렐 박사가 지금은 집에 있는 의자에 앉아서 뇌파 테스트를 받았다. 새털처럼 가벼워서 압력을 거의 못 느낄 만큼 약한 전극을 두개골에 붙였으며, 한쪽에서는 진공 포장한 기록 바늘이 이리저리 움직이며 덜덜 떨렸다. 다렐 박사는 기록장치를 등지고 앉았다. 그렇지 않으면 움직이는 곡선을 보고 무의식적으로 그것을 조정하려는 노력을 해서 결과가 왜곡될 수 있기 때문이었다. 하지만 그는 기록장치에 부착한 중앙지침이 매우 율동적으로 특별한 변화 없이 시그마 곡선을 그린다는 사실을 알고 있었다. 자신이 정신을 강력하게 단련시켰다는 사실로 판단할 때, 지극히 당연한 결과였다. 그런 현상은 소뇌 파장을 기록하는 보조지침 기록에서 훨씬 또렷하고 깨끗한 모양으로 나올 것이다. 전두엽에서 거의 단절에 가까운 도약이 있고, 표층 아래에서는 진폭이 좁은 진동과 억눌린 진동이 나타날 것이다.

다렐 박사는 마치 예술가가 자신의 눈 색깔을 완벽하게 알듯이, 자신의 뇌파 패턴을 잘 알았다.

다렐 박사가 안락의자에서 일어났지만 펠리스 앤서는 아무런 의견도 밝히지 않았다. 젊은이는 기록지 일곱 장을 빼더니, 특별한 사항이 전혀 없다고 해도 과언이 아닐 만큼 깨끗한 기록에서 무엇을 찾아내야 할지 정확히 안다는 눈매로 재빨리 훑으면서 말했다.

"괜찮으시다면, 세믹 박사님."

늙은 세믹 박사의 누런 얼굴은 진지했다. 전자뇌파 그래프 학은 그가 나이를 먹은 다음에 발달한 학문이라, 이 분야에 대해서 아는 게 거의 없었다. 게다가 너무 갑자기 각광을 받는다는 사실 때문에 약간 꺼리게 되었다. 그는 자신이 늙었으며 뇌파 패턴에 그런 특징이 잘 나타나리란 사실을 잘 알았다. 얼굴 주름살이 그렇고 걸을 때에 허리가 굽는 자세나 손이 떨리는 현상도 그렇기 때문이었다. 그런데 그런 '현상'은 육체를 말할 뿐이었다. 하지만 뇌파 패턴은 마음도 함께 늙는다는 사실을 드러낼 수도 있었다. 정신이라는 마지막 자존심까지 부당하게 침해당할 수밖에 없다는 사실이 황당할 뿐이었다.

전극을 다시 조정했다. 물론 진행 과정에는 처음부터 끝까지 통증이 없었다. 느끼기 힘들 정도로 살짝 울리는 느낌이 전부였다.

다음은 터버 순서였는데, 그는 15분 동안 단 한 마디도 않고 무표정하게 앉아 있었다. 다음엔 먼 차례였다. 그는 전극이 처음에 닿을 때에 움찔하더니 나중에는 눈을 뒤로 보내서 뇌를 들여다보고 싶다는 듯 빙빙 돌리며 검사를 받았다.

"그럼……."

검사를 모두 끝내고 다렐이 입을 열자, 앤서가 끼어들었다.

"그런데 이 집에는 한 사람이 또 있잖습니까."

다렐 박사가 눈살을 찌푸렸다.

"내 딸 말이오?"

"네. 기억을 하실지 모르겠는데, 제가 오늘 밤에 따님을 집에 있게 하라고 부탁드렸었지요."

"뇌파 그래프 분석을 해야 한다는 거요? 도대체 무엇 때문에?"

"거절하신다면 저는 다음 단계로 넘어갈 수 없습니다!"

다렐 박사는 어깨를 으쓱하며 계단을 올랐다. 하지만 아르카디아는 미리 예상하고 아버지가 올라오기 전에 도청기를 치웠다. 그리고 아버지를 따라 순순히 아래층으로 내려갔다. 아르카디아가 전극에 몸을 맡긴 건 태어나서 처음이었다. 어릴 때에 신분 등록을 하고 증명서를 받기 위해 기본적인 정신 패턴을 조사한 게 전부였다.

"봐도 괜찮을까요?"

검사가 끝난 뒤 아르카디아가 손을 내밀며 말하자, 다렐 박사가 끼어들었다.

"너는 봐도 모른단다, 아르카디아. 이제 잘 시간이야. 올라가렴."

그러자 아르카디아는 순순히 "네, 아빠. 모두 안녕히 주무세요." 하고 대답하더니, 계단을 뛰어올라 잠잘 준비를 할 겨를도 없이 침대로 곧장 뛰어들었다. 올린서스가 만든 도청기를 베개 옆에 기대니, 영화 주인공이 된 듯한 기분이 들었다. '스파이 놀이'가 너무나 재미있었다.

아르카디아가 제일 먼저 들은 건 앤서의 목소리였는데, 이런 내용이었다.

"분석 내용이 정말 만족스럽습니다, 여러분. 아이의 것도 그렇고요."

아이라니! 아르카디아는 화가 치밀어 어두운 곳에서 앤서에게 분통을 터뜨렸다.

앤서는 서류가방을 열어서 뇌파기록 수십 장을 꺼냈다. 모두 다 원본은 아니었다. 그리고 서류가방에는 흔한 열쇠로는 열지 못할 자물쇠가 설치되어 있었다. 심지어 행여나 열쇠가 다른 사람한테 넘어가면, 가방에 들어 있는 서류는 눈 깜짝할 사이에 소리도 없이 산화해서 더 이상 판독할 수 없는 잿더미로 변할 터였다. 그게 전부가 아니었다. 지금 꺼낸 기록지 역시 가방에서 꺼내면 30분이 지난 다음에 그렇게 변할 것이다.

그렇게 짧은 시간에 앤서는 이렇게 말했다.

"아나크레온에 사는 일부 하급 공무원의 뇌파 기록을 가져왔습니다. 이건 로크리스 대학에 있는 어느 심리학자입니다. 이건 사이웨나에 사는 실업가이고요. 나머지는 여러분이 보시는 대로입니다."

사람들이 가까이 모였다. 다렐 박사를 제외한 모두에게 서류 내용은 양피지에다 그린 다양한 진동 기록에 불과했다. 하지만 다렐 박사한테는 아주 많은 내용을 말했다.

앤서가 가볍게 지적했다.

"다렐 박사님, 전두엽에 있는 두 번째 토이언 파 가운데 높고 평평한 부분에 주의를 기울여 주십시오. 이번 기록에서 공통적으로 나타나는 특징입니다. 제 분석자로 제가 설명드린 내용을 검토해 보시겠습니까?"

마천루와 판잣집이 다르듯, 분석자는 유치원에서 사용하는 장난감 같은 대수계산자와 근본적으로 다르다. 다렐 박사는 손목을 움직이며 분석자를 능숙하게 사용해서 결과를 그림으로 나타냈다. 그러자 앤서가 말한 것처럼 강한 율동이 예상되는 전두엽 부분에서 별다른 특징 없이 높고 평평한 부분이 여러 개 나왔다.

"그것을 어떻게 해석하시겠습니까, 다렐 박사님?"

앤서가 묻자, 다렐 박사가 대답했다.

"자신이 없군. 어떻게 이런 일이 있을 수 있는지 모르겠어. 건망증의 경우에도 억제되는 현상은 있어도 사라지는 현상은 없거든. 뇌수술을 심하게 하면 이렇게 될까?"

그러자 앤서가 다급하게 소리쳤다.

"아! 그렇다면 무언가 제거된 거군요! 그래요! 물론 의학적으로 필요한 수술은 아니에요. 뮬이 바로 이런 식으로 사람을 전향시켰어요. 특정한 감정이나 마음을 완벽하게 억압해서 단조로운 특징만 남기는 방법으로 말입니다. 하지만 뮬은 아닐 터이니……."

"제2파운데이션이 그럴 수도 있다는 건가요? 그런 뜻인가?"

터버가 입가에 미소를 머금으며 그렇게 물었다.

하지만 앤서가 아무런 대답도 안 하자, 먼이 물었다.

"왜 그런 의심이 들었습니까, 앤서 선생?"

"그런 말을 한 건 제가 아니라 클리스 박사님입니다. 박사님은 행성 경찰에 맞먹을 만큼 많은 뇌파 패턴을 모았습니다. 물론 대상이 완전히 달랐지요. 지식인과 정부 관리와 재계 인사 중심이니까요. 제2파운데이션이 은하계가, 우리가 나아갈 역사적인 진로를 통제한다면, 대상을 최소한으로 삼으면서 아주 교묘하게 진행할 게 분명합니다. 그리고 인간 정신을 통해서 일을 꾸민다면 핵심 대상은 영향력 있는 사람들이 되겠지요. 문화적·산업적·정치적으로 영향력이 많은 사람들 말입니다. 그래서 박사님 역시 그런 사람들에게 관심을 가졌던 겁니다."

"그래요? 하지만 확증이 있습니까? 그 사람들은 어떻게 행동하죠? 높은 자리에 있는 사람들 말이오. 어쩌면 아주 정상적인 현상일 수도 있는 거 아닌가요?"

먼은 이의를 제기한 후, 어린아이처럼 파란 눈으로 주변 사람을 바라보았지만 동조하는 사람은 아무도 없는 가운데 앤서가 대답했다.

"그런 문제는 다렐 박사님에게 맡기겠습니다. 박사님이 지금까지 연구하시는 도중에, 그리고 지난 세대에 관한 기록물 가운데에, 이런 현상을 얼마나 많이 보았는지 여쭈어 보세요. 그러고 나서 클리스 박사님이 연구한 부류 가운데에서 1000번에 한 번 꼴로 그런 경우가 나타날 가능성이 얼마나 되는지 물어보시기 바랍니다."

다렐 박사가 깊이 생각하는 표정으로 말했다.

"여기에 있는 기록물을 보면 외부에서 간섭하는 상태가 분명한 것 같소. 내가 보기에 이런 현상은……"

앤서가 중간에 끼어들었다.

"저도 압니다, 다렐 박사님. 그리고 박사님께서 예전에 클리스 박사님과 함께 연구하셨다는 사실도 압니다. 중간에 그만두신 이유가 무언지 알고 싶습니다."

어떤 악의도 없는 질문이었다. 조심스러워하는 느낌이 전부였다. 하지만 결국 그 질문은 오랜 침묵으로 이어졌고, 다렐 박사는 손님들 얼굴을 차례로 쳐다본 다음에 무뚝뚝한 어투로 대답했다.

"클리스가 벌이는 싸움은 아무런 의미도 없었기 때문입니다. 그는 너무나 강한 상대와 싸웠어요. 그는 우리가, 그러니까 클리스와 내가 발견하리라고 예상한 사실, 즉 우리 주인은 우리 자신이 아니라는 사실을 파악했지요. 그렇지만 나는 더 이상 알고 싶지 않았어요! 나는 자존심이 상했답니다. 나는 우리 파운데이션이 다양한 정신을 모아 지도자 역할을 한다고 여기고 싶었어요. 우리 조상이 헛되이 싸우다가 죽은 건 아니라고 여기고 싶었어요. 완벽한 확신이 없다면 차라리 외면하는 쪽이 훨씬 간단하다고 생각했습니다. 나는 어머니 때문에 정부에게서 연금을 받아요. 그래서 무난하게 생활할 수 있으니, 특별한 지위가 필요한 편이 아닙니다. 집에 실험실이 있어서 지루하지도 않고 이렇게 살다 보면 어느 날 인생도 끝나겠다 싶었죠……. 그런 참에 클리스가 죽었으니…….."

세믹이 이를 드러내며 말했다.

"난 클리스라는 사람에 대해 모르오. 어떻게 죽었소?"

앤서가 끼어들었다.

"어쨌든 돌아가셨습니다. 박사님은 그런 운명을 아셨습니다. 돌아가시기 6개월 전에 당신이 너무 가까이 접근했다는 말씀을 하셨거든요."

"이제 우리가 너무 가, 가까이 접근한 거 아닌가요?"

먼이 목젖을 꿀떡거리며 마른침을 삼키자, 앤서가 단호하게 대답했다.

"그렇습니다! 우리는 결국…… 우리 모두는. 바로 그게 여러분 각자가 선택받은 이유입니다. 저는 클리스 박사님의 제자입니다. 다렐 박사님은 그분 동료셨고요. 터버 선생님은 방송에서 현 정부가 제2파운데이션이 보내는 구조의 손길을 맹신한다고 비난하다가 정부에 의해 쫓겨나고 말았지요. 클리스 선생님이 말씀하신 '간섭의 플래토 현상'이 나타난 뇌를 가진 어느 유명한 자본가가, 이렇게 말해도 괜찮을 것 같습니다만, 압력을 가한 덕분에 말입니다. 호미르 먼 선생님은 뮬에 관한 자료를 가장 많이 소유하고 계실 뿐 아니라 제2파운데이션의 성질과 기능을 고찰한 연구 논문을 발표했습니다. 또 세믹 박사님은 어느 누구에게도 떨어지지 않을 정도로 뇌파 그래프 분석 수학을 발전시키셨습니다. 박사님께서도 자신이 개발한 수학을 그렇게 적용할 수 있다고는 미처 생각을 하지 못했다고 하시지만 말입니다."

세믹 박사가 깜짝 놀란 표정으로 눈을 크게 뜨며 웃었다.

"아냐, 젊은 친구. 나는 핵 내부운동을 분석했어. n체 문제 말이야. 뇌파 그래프에서는 발을 뺐지."

"그래서 우리는 우리가 처한 입장을 잘 압니다. 물론 정부는 이 문제에 대해서는 아무런 조치도 취할 수 없습니다. 시장이나 시청 직원 누군가가 사태의 심각성을 깨달았는지 여부를 저로선 알 수가 없습니다. 제가 확실히 아는 건…… 우리 다섯한테 잃을 건 없고 얻을 건 많다는 사실입니다. 우리가 아는 게 늘면 그만큼 세력을 넓힐 수 있습니다. 여러분도 아시다시피, 지금 우리는 시작에 불과합니다."

터버가 끼어들었다.

"제2파운데이션이 얼마나 광범위하게 침투했나요?"

"모르겠습니다. 하지만 간단합니다. 지금까지 우리가 발견한 침투는 나라 밖 주변부에서 일어났습니다. 수도 행성은 아직 깨끗할 수도 있습니다. 하지만 확실하진 않습니다. 그렇다면 여러분을 검사하지도 않았겠지요. 다렐 박사님은 특히 의심스러웠습니다. 클리스 선생님과 하던 공동 연구를 포기했기 때문이지요. 아시겠지만 클리스 선생님은 죽을 때까지 박사님을 용서하지 않았습니다. 나는 제2파운데이션이 박사님을 매수해서 그럴 수도 있다고 생각했습니다. 하지만 클리스 선생님은 툭하면 박사님이 겁쟁이라서 그렇다고 주장했습니다. 다렐 박사님, 제 입장을 분명히 밝히기 위해 이렇게 설명하는 결례를 용서하십시오. 개인적으로 저는 박사님 태도를 이해한다고 생각합니다. 비겁하긴 해도 대단한 건 아니니까요."

다렐이 숨을 크게 들이쉰 다음에 대답했다.

"나는 도망쳤어요! 뭐라고 해도 좋습니다. 그래도 우정은 지키고 싶었는데, 클리스는 편지도 않고 전화도 하지 않았죠. 뇌파 자료를 보낸

게 전부예요. 그것도 자신이 죽기 일주일 전에."

호미르 먼이 불안한 어투로 급히 끼어들었다.

"실례합니다만, 두, 두 분이 지금 무슨 말을 하는지 모르겠군요. 우리가 이런 식으로 말, 말만 늘어놓는 모임이라면 우린 정말 허접한 음, 음 모단입니다. 나는 우리가 무얼 할 수 있을지 모르겠어요. 이건 너, 너무 유치해요. 뇌, 뇌파와 쓸데없는 이야기가 전부예요. 계획이 하나라도 있습니까?"

펠리스 앤서가 눈을 번뜩였다.

"그래요, 있습니다. 제2파운데이션에 대한 정보를 모아야 합니다. 이게 제일 중요한 작업입니다. 뮬은 그 정보를 찾으려고 초기 통치 기간 가운데 5년을 소비했지만 결국 실패했어요…… 어쩌면 우리 모두가 그렇게 믿도록 조작되었을 수도 있고요. 그런데 뮬은 갑자기 중단했어요. 왜일까요? 실패해서? 아니면 성공해서?"

먼이 씁쓸한 어투로 끼어들었다.

"이야기, 계속 이야기하시죠. 그런 걸 우리가 어떻게 알겠습니까?"

"제 얘기를 계속 들어 보십시오. 뮬의 수도는 칼간에 있었어요. 칼간은 뮬 이전에는 파운데이션이 무역으로 영향을 미치는 지역이 아니었으며 현재도 사정은 동일합니다. 칼간은 현재 스테틴이 지배하고 있습니다. 또 다른 궁정 혁명이 다시 안 일어난다면 앞으로도 그렇겠지요. 스테틴은 제1시민으로 자처하면서 자신을 뮬의 후계자로 간주하고 있습니다. 칼간에 전통이랄 게 있다면 그건 뮬이라는 초인성과 위대함에서 나오는 전통, 미신처럼 보이는 전통이지요. 그래서 뮬이 사용한 궁전을 신전으로 받듭니다. 권한이 없는 사람은 들어갈 수도 없고 내부에 있는 어떤 물건도 손을 댈 수 없어요."

"그래요?"

"그렇습니다, 이유가 무얼까요? 요새 같은 시대에는 이유 없이 일어나는 일은 없어요. 뮬이 사용한 궁전을 신성하게 받드는 이유가 미신 말고 또 있다면 어떨까요? 제2파운데이션이 일부러 그런 상황을 조작했다면? 요컨대 뮬이 5년 동안 수색한 결과가 거기에 있어서……"

"터, 터무니없는 소리!"

"어째서 부정하시죠? 제2파운데이션은 지금까지 일관되게 모습을 감추고 최소한으로 행동하면서 은하계에 간섭했습니다. 우리가 볼 때는 궁전을 파괴하든지, 자료를 없애는 쪽이 논리적으로 맞겠지요. 그러나 저 심리학 대가들의 심리 상태를 고려하지 않으면 안 됩니다. 그들은 셀던과 뮬 같은 사람으로, 정신을 통해 간접적으로 일을 하죠. 그들은 어떤 마음 상태를 만들어 내서 자신이 세운 목적을 달성할 수 있을 때에는 결코 파괴하거나 제거하지 않아요. 어떻습니까?"

사람들이 아무 대답도 안 하자, 앤서가 계속했다.

"그래서 호미르 먼 선생님, 선생님은 우리에게 필요한 정보를 지닌 유일한 인물입니다."

"내가?"

너무나 뜻밖이라는 듯 먼이 소리치면서 재빨리 눈을 돌려 사람들을 둘러보며 덧붙였다.

"내가 그런 일을 할 수가 있을 리가! 나는 행동파가 아닐 뿐 아니라 텔레비전에 나오는 영웅도 아니란 말이오. 여러분도 알다시피 난 일개 도서관 사서에 불과해요. 그런 입장에서 당신을 도우라는 얘기라면…… 좋아요, 제2파운데이션에 맞설 각오도 있습니다. 하지만……, 그런 돈, 돈키호테 같은 일로 우주 공간에 나설 마음은 없어요."

앤서가 인내하며 끈질기게 말했다.

"자, 보세요. 다렐 박사님과 나, 두 사람은 바로 당신이 적임자라고 생각해요. 자연스럽게 그 일을 해내기 위해서는 그 방법밖에 없어요. 선생님은 사서라고 하셨죠. 좋아요! 그렇다면 선생님이 어떤 분야에 가장 커다란 흥미를 느끼시죠? 뮬 아닌가요? 선생님이 지금까지 수집한 뮬에 관한 자료를 보면 선생님이 은하계에 대해 얼마나 많은 정보를 확보했는지 알 수 있어요. 선생님이 더 많은 정보를 얻으려고 하는 건 지극히 당연하고 자연스러운 현상입니다. 다른 누구보다도 자연스럽죠. 선생님이라면, 아무런 의심을 안 받고 칼간 궁전에 들어가겠다고 요구할 수 있어요. 거부당할 수는 있을지언정 의심을 사지는 않을 거예요. 더구나 선생님에게는 개인용 순항 우주선이 있어요. 휴가 기간에 몇몇 행성을 방문한 적도 있고, 언젠가 칼간에 간 적도 있어요. 지금까지 한 것처럼 행동하시면 됩니다. 이해하시겠어요?"

"그렇지만 '신성한 신전에 들어가도 되겠습니까, 제1시민?' 하고 말할 수는 없어요."

"왜죠?"

"절대로 안 들여보낼 테니까요!"

"아아, 알겠어요. 그러니까 '절대로 안 들여보낼 거다.' 이 말씀이죠? 그렇다면 선생님은 그냥 돌아오시고 우린 그때 가서 다른 방법을 생각하면 되겠지요."

먼은 몹시 난처한 표정으로 항변이라도 하듯 주위를 둘러보았다. 자신이 싫어하는 일을 하도록 억지로 설득당하는 느낌이었다. 주변에서 도움의 손길을 내미는 사람은 하나도 없었다. 그래서 마침내 다렐 박사 저택에서 두 가지를 결정하게 되었다. 하나는 먼으로서는 달갑지 않지만, 여름 휴가를 이용해 우주 공간으로 곧바로 출발한다는 결정이었다.

또 하나는 비공식적 모임에 참석한 구성원에게 허가받지 않은 극히 일방적인 내용으로, 아르카디아가 도청기 스위치를 끄고 잠을 청할 때에 결정된 사항이었다. 하지만 아직은 우리하고 별다른 관계가 없다.

10장

위기가 닥치다!

제2파운데이션에서 일주일이 지났다. 제1발언자가 학생을 바라보며 또 미소 지었다.

"흥미로운 결과를 가져온 게 분명하군. 그렇지 않으면 그렇게 화나지 않았을 테니 말이야."

학생은 자신이 가져온 계산 용지에 손을 얹으며 물었다.

"이 문제가 사실임이 확실합니까?"

"다양한 전제는 사실이야. 내가 왜곡한 건 하나도 없어."

"그럼 결과를 받아들여야 하는군요. 한데 그러고 싶지 않아요."

"당연해. 하지만 자네 희망이 그것과 무슨 관계가 있지? 자, 이야기를 하게. 자네를 그렇게 동요시킨 게 무언지 말이야. 아! 아니야. 자네가 끌어낸 결론은 한쪽 옆에 놔두게. 나중에 분석할 터이니. 그러지 어서 이야기부터 하게. 자네 이해력을 판단하도록 말일세."

"그럼 말씀드리지요. 제1파운데이션의 기본 심리 상태가 전반적으로 변하고 있는 게 분명합니다. 셀던 프로젝트가 존재한다는 사실을 아는 동안, 그들은 세부적인 사항을 전혀 모르면서도 자신만만했지만 애매했습니다. 성공할 거라는 사실을 알았지만, 언제 어떤 식으로 그렇게 될지를 몰랐던 거지요. 그러므로 긴장하는 분위기와 긴박한 분위기가 상존했지요. 셸던이 원한 그대로 말입니다. 제1파운데이션이 항상 최선을 다하며 열심히 일할 테니까요."

제1발언자가 말했다.

"모호한 발언이군. 하지만 무슨 말인지 알겠네."

"하지만 지금, 발언자님, 그들은 셸던이 오래전 했던 애매한 발언 정도가 아니라 제2파운데이션이 존재한다는 사실을 상당히 구체적으로 압니다. 제2파운데이션이 프로젝트를 지키는 기능에 대해서 어렴풋이 느끼고 있어요. 그들이 거닐어 온 발자취를 하나하나 살피면서 성공할 수밖에 없도록 유도한 기관이 존재한다는 사실을 깨달은 겁니다. 그래서 스스로 걷기를 포기하고 들것에 실려서 움직이는 대로 몸을 맡기는 거죠. 또 모호하게 표현한 것 같군요."

"상관없으니까 계속하게."

"그래서 그들이 스스로 노력을 하지 않으면, 즉 활동성을 잃어 허약하게 변하면서 퇴폐적인 쾌락주의 문화로 이행한다면 프로젝트는 실패할 수밖에 없습니다. 그들은 반드시 스스로 동력을 만들며 나아가야 합니다."

"그게 전부인가?"

"더 있습니다. 지금까지 나타난 반응 대부분은 지금 막 말씀드린 대로입니다. 그러나 일부 반응은 커다란 가능성을 지녔습니다. 우리가 보호하고 지배한다는 사실을 만족스러워하는 게 아니라 아주 불쾌하게 생각하는 겁니다. 코릴로프 법칙에 따르면……."

"그래, 그래. 그런 건 나도 알아."

"죄송합니다, 발언자님. 수학을 피할 수가 없군요. 어쨌든 제가 말씀 드리고 싶은 요지는 제1파운데이션에서 노력하는 정도가 줄어들 뿐 아니라 일부는 우리에게 등을 돌린다는 사실입니다, 그것도 아주 노골적으로."

"그게 전부인가?"

"가능성은 비교적 낮지만 색다른 요소가 또 있습니다."

"좋아, 그게 뭐지?"

"제국에게 모든 에너지를 쏟을 당시, 그러니까 아수라장 같은 과거에서 살아남은 거대한 구식 우주선만 상대했을 때 제1파운데이션은 주로 물리학에 관심을 기울인 게 틀림없습니다. 하지만 우리가 그들의 세계에서 새로이 커다란 부분을 차지하면서 그들 역시 물리학에 대한 견해를 새롭게 바꾸기 시작했습니다. 그들 자신이 심리학자가 되려고 하는 것처럼 말입니다."

"그런 변화는 오래전에 일어났네."

제1발언자가 냉정하게 말하자, 학생은 창백한 표정으로 입술을 굳게 다물며 대답했다.

"그러면 다 끝났습니다. 그건 기본적으로 프로젝트와 양립할 수가 없습니다. 발언자님, 제가 외부에서 살았더라면 이런 내용을 알았겠습니까?"

제1발언자가 진지하게 말했다.

"이봐, 젊은 친구, 자넨 지금 모욕감을 느끼는군. 아주 많은 내용을 멋들어지게 파악했다고 생각했는데, 하나도 모르는 내용이 갑자기 불쑥불쑥 튀어나오니 말이야. 자신이 은하계 우두머리 가운데 하나인 줄 알았는데, 파멸의 가장자리에 있다는 사실을 갑자기 깨달은 거지. 그러니 지금까지 자네를 가르친 상아탑에 고립된 상태에서 공부했다는 사실, 지금까지 공부한 다양한 이론에 화가 날 거야.

당연해. 나도 예전에 그런 느낌을 가졌어. 하지만 자네가 성장하는 동안 은하계와 직접 접촉을 안 한 점이라든지, 자네가 '여기'에 남아서 수많은 지식을 받아들이며 마음을 정교하게 갈고닦은 건 아주 필요한 과정이었어. 우리는 프로젝트가 부분적으로 실패했다는 사실을 자네한테 더 빨리 보여 주어 이런 충격에서 벗어나도록 할 수 있었어. 하지만 그러면 자네는 그게 중요하단 사실을 지금만큼 이해할 수 없었을 거야. 문제 해결책 역시 못 찾을 테고."

학생이 고개를 흔들며 절망적으로 말했다.

"아니에요!"

"으음, 그래, 당연해. 내 말을 잘 듣도록, 젊은이. 한 가지 방침이 있어서 10년 넘게 그것을 추구했어. 상식적인 방침이 아니라 우리 의지를 억누르며 억지로 따를 수밖에 없는 방침이었지. 확률이 낮고 전제 역시 위험했어. 그런데 우리는 때때로 반응 하나하나에 대처해야 하네, 그게 우리한테 유일한 방법이기 때문에, 그리고 본질적으로 정신통계학은 행성 수보다 적은 수에 적용하는 건 아무런 의미가 없기 때문에."

"그래서 성공했나요?"

학생은 숨을 몰아쉬며 물었다.

"그건 아직 뭐라고 말할 수 없어. 지금까지는 상황을 안정시켰네. 하지만 한 사람의 예기치 않은 행동으로 프로젝트 자체를 파괴할 가능성이 생긴 건 프로젝트 역사상 처음이네. 우리는 지금까지 극소수 이방인을 대상으로 정신 상태를 조작했네. 그래서 우리 대리인으로 삼았지. 우리가 모든 행동을 통제하는 대리인 말이야. 그들은 무엇이든 즉흥적으로 할 수가 없어. 그건 자네도 분명히 알 거야. 그리고 난 최악의 사태를 감출 생각이 없어. 만일 우리가 여기, 우리 행성에서 발견된다면, 프로젝트는 물론이고 우리 자신도, 우리 육체도, 파괴될 수밖에 없네. 그러니 자네는 우리가 발견한 해결책이 아주 좋은 건 아니라는 사실을 알 거야."

"하지만 지금까지 말씀하신 내용은 해결책이 아니라 절망적인 추측으로 들립니다."

"아니야, 지적인 추측이라고 하세."

"위기는 언제입니까? 우리가 성공할지 실패할지는 도대체 언제쯤 알게 됩니까?"

"올해를 넘기지 않을 건 분명해."

학생은 이 말을 곰곰이 생각하다가 고개를 끄덕이더니, 발언자와 악수하며 말했다.

"으음, 안다는 건 정말 좋은 일입니다."

그러더니 학생은 몸을 홱 돌려 밖으로 나갔다. 제1발언자는 투명하게 변하는 창을 가만히 바라보았다. 거대한 구조물 저편에서 수많은 별이 총총히 떴다.

1년은 금방 지나갈 터이다. 올해가 끝날 즈음에 셀던이 선택한 집단 가운데에서 과연 누가 살아남을까?

11장
밀항자

여름이 시작되려면 아직 한 달 남짓은 기다려야 할 무렵이었다. 호미르 먼은 회계연도 최종 예산 보고서를 모두 작성하고 정부에서 보낸 대리사서에게 어려운 업무를 충분히 설명한 뒤(작년에 온 사람과 달리 대리사서가 제대로 알아듣는 것 같아서 다행이었다.) 겨우내 먼지가 쌓인(20년 전에 일어난 독특하면서도 신비로운 사건을 따서 이름 붙인) 소형 순항 우주선 유니마라호를 꺼냈다.

먼은 안 내키는 마음으로 우울하게 터미너스를 떠났다. 공항까지 나와서 배웅하는 사람은 아무도 없었다. 지금까지 그런 일이 없었기 때문에 배웅하는 사람이 있다면 오히려 자연스럽지 못할 것이었다. 이번 여행이 예전 여행과 조금도 다르지 않게 보이는 건 아주 중요하다는 사실을 잘 알면서도 먼은 살짝 화가 났다. 자신이 목숨을 걸고 위험한 길을 떠나는데, 아무도 안 나타난다는 사실이 서운했다.

최소한 먼은 그렇게 생각했다.

그런데 그런 생각은 완전히 빗나가, 다음 날에는 유니마라호 그리고 다렐 박사가 사는 전원주택 모두 커다란 혼란을 겪게 되었다.

혼란은 시간적으로 따지면 우선 다렐 박사 저택에서 한 달 휴가를 오래전에 끝낸 하녀 폴리한테 제일 먼저 일어났다. 폴리가 계단을 갑자기 쿵쾅거리며 뛰어 내려온 것이다. 그래서 다렐 박사를 만나 무슨 말이든 하려고 애쓰다가 결국에는 아무 말도 못하고 종이 한 장이랑 네모난 물건을 내밀었다.

다렐 박사는 마지못한 표정으로 받으며 물었다.

"왜 그래, 폴리?"

"가 버렸어요, 박사님!"

"가다니, 누가?"

"아르카디아가요!"

"무슨 말이야, 가다니? 어디로 갔다는 거야? 도대체 지금 무슨 말을 하는 거야?"

그러자 폴리는 발을 동동 구르며 대답했다.

"저도 모르겠어요. 아르카디아가 사라졌어요. 가방이랑 옷가지 몇 개를 들고 이렇게 편지 한 장만 남긴 채. 어서 읽어 보세요, 그렇게 우두커니 계시지 말고. 아, 답답해!"

다렐 박사는 어깨를 으쓱하며 봉투를 열었다. 편지는 짧았다. '아르카디아'라고 또박또박 쓴 서명은 물론이고 딸이 화려하게 흘려 쓴 필체가 한눈에 들어왔다.

사랑하는 아빠.

직접 만나서 작별 인사를 하는 건 정말 가슴 아플 것 같아요. 전 어린아이처럼 울어 버리고 그러면 아빠가 저를 부끄럽게 여기실 수도 있잖아요.

그래서 아빠를 직접 만나서 말씀드리는 대신 편지를 쓰는 거예요. 호미르 먼 아저씨와 함께 근사한 여름 휴가를 보내는 동안 저는 아빠가 정말 보고 싶을 거예요. 여행하는 동안 몸조심하고 집으로 바로 돌아올게요. 그러는 동안 제 물건을 아빠한테 모두 맡길 테니, 아빠 마음대로 하세요.

사랑하는 딸 아르카디.

박사는 눈을 씻고 몇 번이나 읽다가 조금씩 멍한 표정으로 변했다. 그러다가 딱딱한 어투로 물었다.

"너도 읽었니, 폴리?"

폴리는 경계하는 표정을 바로 떠올리며 대답했다.

"하, 하지만 제가 잘못한 건 아니에요, 박사님. 봉투에 '폴리'라고 적혀 있어서 속에 선생님께 보내는 편지가 있는지 몰랐어요. 저는 치사하게 남의 걸 훔쳐보진 않는다고요, 박사님. 지금까지 몇 해를 일하면서도……"

다렐 박사는 한 손을 내밀고 달래듯 말했다.

"알았어, 폴리. 아무래도 괜찮아. 나는 폴리가 이번 일을 얼마나 아는지 궁금했던 것뿐이야."

다렐 박사는 재빨리 머리를 굴렸다. 이제 와서 폴리에게 이번 일을 잊어버리라고 한다는 건 아무런 소용이 없었다. 적 진영에서 볼 때 '잊는다'는 건 아무런 의미도 없었다. 그러므로 이 시점에서 그런 충고를 한다는 건 오히려 사태를 악화시켜서 역효과만 일으킬 가능성이 많았다. 그래서 다렐 박사는 이렇게 말했다.

"폴리, 너도 알다시피 아르카디아는 별난 성격이야. 무척 감상적이지. 이번 여름에 우주 여행을 가기로 결정한 이후, 아르카디아가 잔뜩 기대했거든."

"그런데 이번 여행에 대해서 저는 왜 아무런 말도 못 들었지요?"

"네가 없는 동안에 결정했다가 깜빡 까먹었던 거야. 그 이상도 이하도 아니야."

폴리가 처음에 느낀 당혹감이 커다란 분노로 변하기 시작했다.

"그렇게 간단한가요? 여자애가 가엾게도 트렁크 하나에다 옷다운 옷이라곤 하나도 없이, 그것도 혼자 떠났다고요. 그럼 언제 돌아오나요?"

"이제 그 일은 그만 걱정하렴, 폴리. 우주선에는 아르카디아가 입을 옷이 아주 많아. 모든 걸 미리 준비했거든. 앤서 선생님한테 연락 좀 하겠니, 내가 만나길 바란다고? 아, 그 전에 우선……, 이게 아르카디아가 나한테 남긴 물건이니?"

다렐 박사가 말하며 손바닥에 있는 물건을 이리저리 돌리며 바라보자, 폴리가 머리를 불쑥 쳐들며 대답했다.

"모르겠어요. 제가 드릴 수 있는 말씀은 그 물건 위에 편지가 있었다는 사실 하나예요. 물론 저한테 말하는 걸 까먹을 순 있겠지요. 아주머니가 살아 계셨다면……"

다렐이 손을 저어서 상대를 막으며 말했다.

"앤서 선생님한테 연락하렴."

그 문제에 대한 앤서의 견해는 아르카디아의 아버지와 근본적으로 달랐다. 그는 주먹을 꽉 움켜쥐고 머리카락을 쥐어뜯으며 비통한 표정으로 힘주어 말했다.

"아, 이럴 수가! 지금 무얼 기다리는 겁니까? 지금 우리 두 사람이 무얼 기다리는 거죠? 당장 우주 공항구에 연락해서 유니마라호한테 연락을 하도록 하세요."

"진정하시오, 앤서, 그 앤 내 딸이오."

"하지만 은하계는 박사님 게 아니에요."

"물론이오, 앤서, 하지만 그 앤 머리가 좋소. 게다가 그 애는 이번 일을 신중하게 생각해서 결정했지. 어차피 이런 사태가 일어났으니 그 아이 생각을 더듬어 보는 게 좋겠지. 이 물건이 뭔지 아시오?"

"아뇨. 그게 무어든 무슨 상관이죠?"

"이건 도청기이니까 상관이 있소."

"그 물건이 말입니까?"

"음, 집에서 만든 건데 사용 가능한 것 같소. 확인해 보았소. 그래도 모르겠소? 이건 우리가 나눈 정책 토론에 그 애도 참가했다는 사실을 보여 주는 표시요. 딸애는 호미르 먼이 어디로 가는지, 목적은 무엇인지 알아. 그래서 함께 가면 재미있을 거라고 생각한 거지."

젊은이가 신음 소리를 내며 물었다.

"맙소사, 제2파운데이션에서 사로잡을 영혼이 하나 더 생겼군요."

"하지만 제2파운데이션이 열네 살짜리 여자아이를 처음부터 위험하다고 의심할 이유는 없소. 아르카디아를 내리게 하려고 순항 우주선을 귀환시켜서 그들이 관심을 보이도록 만들지 않는다면 말이오. 우리가 누구를 상대하는지 잊었소? 저들이 우리를 발견할 가능성이 얼마나 많은지? 그렇게 되면 우리가 어떻게 되는지?"

"하지만 철부지 어린애한테 모든 일을 맡길 순 없어요."

"그 애는 철부지가 아니오. 달리 방법도 없고. 편지를 쓸 필요가 없는데도 이렇게 한 이유는 자기가 사라지더라도 우리가 경찰에 신고하는 일이 없도록 하려는 거요. 우리 딸이 남긴 편지에는 먼이 짧은 휴가 기간 동안 친구 딸을 데려가겠다고 한 것처럼 사태를 해석하길 바라는 암시가 담겨 있소. 안 될 것도 없지 않소? 먼은 나와 20년 지기요. 내가 세 살 먹은 딸아이를 트랜터에서 데려올 때부터 그 애를 알았지. 이건 아주 자연스러운 현상이오. 의심을 줄이기에 좋소. 스파이라면 열네 살 짜리 친구 딸을 데리고 돌아다니지 않을 테니까 말이오."

"그렇군요. 그런데 먼 선생님이 아르카디아를 발견하면 어떻게 하실까요?"

앤서가 묻자, 다렐 박사는 눈썹을 치켜세우며 대답했다.

"모르지……, 하지만 아르카디아가 먼 아저씨를 잘 다룰 거요."

하지만 밤이 되면서 저택에는 왠지 쓸쓸한 느낌이 감돌았고, 다렐 박사는 어린 딸이 죽을 위험에 처한 지금 은하계 운명 같은 건 조금도 눈에 안 들어온다는 사실을 깨달았다.

사람은 더 적었지만, 놀라움의 정도를 따지자면 유니마라호가 강했다.

화물 창고에 있던 아르카디아는 처음에 경험에 근거해서 효과적으로 대처하다가 결국에는 부족한 경험 때문에 곤란을 겪었다.

첫 번째 가속에는 침착하게 대처했다. 그리고 첫 번째 도약으로 초공간을 통과할 때에는 멀미가 났지만 이번에도 냉정하게 대처했다. 둘 다 예전에 우주 공간에서 도약을 할 때에 경험했기 때문에 미리 긴장하며 대비한 덕분이었다. 또한 아르카디아는 화물 창고가 여행선 환기 시설 근처에 있다는 사실과 벽에 붙은 조명이 화물 창고 구석구석을 비춘다는 사실도 알았다. 하지만 조명을 켜면 낭만적인 느낌이 나지 않을 것 같아서 켜지 않았다. 그러곤 어둠 속에 머물며 음모자처럼 숨을 죽이고 호미르 먼 주변에서 일어나는 조그만 소리에 귀를 기울였다.

남자 혼자서 내는 소리라 제대로 구별할 수 없었다. 구두를 질질 끄는 소리, 옷자락을 금속에 스치는 소리, 스프링을 단 의자 좌석이 쑥 들어가는 소리, 조종장치가 날카롭게 딸각거리는 소리, 광전지에 손바닥을 얹을 때에 나는 부드러운 '탁' 소리.

그러다가 결국 아르카디아는 경험 부족 때문에 들키고 말았다. 필름 책이나 비디오에서 보면 밀항자는 몸을 숨기는 무한한 능력을 지닌 것처럼 보였다. 물론 쌓아 놓은 물건을 건드려서 와르르 무너뜨린다거나, 비디오에서 그런 것처럼 재채기를 할 위험은 항상 있었다. 아르카디아는 그런 일을 너무 잘 알기 때문에 실수를 안 하도록 단단히 주의했다. 갈증과 배고픔을 겪을 수 있다는 생각도 했다. 여기에 대해서는 식료품 창고에서 통조림을 가져오는 것으로 대비했다. 하지만 영화에서는 나오지 않는 실수도 있을 수밖에 없었다. 아무리 철저하게 준비해도 좁다란 공간에는 극히 한정된 시간만 숨을 수 있다는 사실을 깨닫고 깜짝 놀란 것이다.

게다가 유니마라호 같은 1인승 스포츠 순항 우주선에서는 주거 공간이 기본적으로 방 하나라서 호미르 먼 아저씨가 다른 일에 몰두하는 동안 화물 창고를 몰래 빠져나올 방법은 애초에 없었다.

아르카디아는 잠자는 소리가 들리기만을 필사적으로 기다렸다. 아저씨가 코를 고는지 여부를 안다면 얼마나 좋을까! 다행히 침대가 있는 장소는 알아서 아저씨가 잠을 자다가 몸을 뒤척이는 소리를 일으키면 쉽게 파악할 수 있었다. 이윽고 숨을 길게 내쉬는 소리와 하품 소리가 연달아 들렸다. 아르카디아는 가끔씩 자세를 바꾸거나 발을 꼬거나 할 때마다 침대가 나지막이 삐걱거리는 소리를 들으며 가만히 기다렸다. 정적이 짙어지는 가운데 아르카디아는 손가락 하나로 밀어서 화물 창고 문을 살짝 열었다. 그래서 목을 쭉 늘이는데……

갑자기 인기척이 사라졌다!

아르카디아는 그 자리에 얼어붙었다. 정적! 아직도 정적!

아르카디아는 머리를 고정하며 밖으로 눈을 돌려서 동정을 살피려고 했지만 실패했다. 머리가 자연스럽게 두 눈을 따라갔기 때문이다.

물론 호미르 먼은 깨어 있었다. 침대에서 부드러운 불빛을 받으며 독서 중이던 그는 눈을 크게 뜨고 어둠을 바라보며, 한 손으로 침대 밑을 가만히 더듬었다.

아르카디아는 머리를 재빨리 쏙 넣었다. 이윽고 불이 완전히 꺼지자 먼이 떨리는 목소리로 소리쳤다.

"나한테는 전자총이 있다! 당장 안 나오면 쏘겠다!"

결국 아르카디아는 한탄하는 소리로 대답했다.

"저예요. 쏘지 마세요."

로맨스는 하룻밤 꿈처럼 덧없이 깨졌다. 겁먹은 사수가 움켜쥔 총 한 자루 때문에 모든 걸 망쳤다.

불빛이 들어와 우주선 내부를 환하게 비췄다. 먼은 침대에서 자세를 고쳐 앉았다. 야윈 가슴에 난 기분 나쁜 잿빛 털과 듬성듬성한 수염이 정말 볼품없었다.

아르카디아는 주름이 안 지도록 만들어진 금속성 겉옷을 벗으며 밖으로 나갔다.

먼은 갑작스러운 사태에 하마터면 침대에서 뛰어내릴 뻔하다가 자신이 웃통을 벗었다는 사실을 떠올리고 침대 시트를 어깨로 끌어 당겼다.

"뭐, 뭐……, 뭐야?"

먼은 도저히 이해할 수 없는 표정으로 쳐다봤다. 아르카디아는 부드럽게 말했다.

"잠시 실례해도 될까요? 화장실에 가야 하거든요."

아르카디아는 우주선 내부 지리를 잘 아는 터라 살그머니 빠져나갔다. 그리고 용기가 살아나는 걸 느끼며 돌아와 보니, 곁에는 색바랜 잠옷 차림을 하고 속에는 분노를 가득 담은 호미르 먼이 기다리다가 물었다.

"도대체 이 우주선에서 무얼 하, 하는 게냐? 어, 어떻게 여기에 올라탄 거지? 이게 대체 어떻게 된 거냐? 애야, 너는 내가 널 어떻게 하면 좋을 거라고 생각하니? 도대체 여기에서 뭘 하는 거냐고?"

먼이 끝도 없이 묻자 아르카디아가 부드럽게 끼어들며 대답했다.

"함께 오고 싶었어요, 호미르 아저씨."

"뭐라고? 난 아무 데도 안 가!"

"아저씬 제2파운데이션에 대한 정보를 얻으려고 칼간에 가잖아요."

그러자 먼은 격렬하게 호통을 치며 길길이 날뛰었다. 아르카디아는 순간 아연실색하며 혹시나 그가 발작을 일으키거나 벽에 머리를 부딪치는 건 아닐까 싶었다. 게다가 아직도 손에는 총이 있었다. 그래서 아르카디아는 간담이 서늘하게 변한 채 총을 바라보았다.

"조심해요……진정하세요……!"라는 말이 저절로 흘러나왔다.

먼이 억지로 진정하면서 침대에다 총을 강하게 던졌고, 총은 침대에서 발사되어 선체에 구멍을 내고야 말았다.

"도대체 어떻게 탄 거냐?"

먼이 천천히 물었다. 한 마디 한 마디를 할 때마다 말이 떨리지 않도록 무진장 애쓰며 단어 하나하나를 이빨로 끊어내는 것 같았다.

"간단해요. 여행 트렁크를 들고 격납고에 들어와서 '호미르 아저씨짐입니다.' 하니까 담당 직원이 얼굴도 안 보고 엄지손가락을 흔들었으니까요."

"당장 너를 데리고 돌아가야겠다!"

호미르가 말했다. 순간 이런 생각이 들어 갑자기 마음이 놓였다. 이건 자신이 잘못한 결과는 아니라는 것.

하지만 아르카디아는 침착하게 반박했다.

"그러시면 안 돼요! 그렇게 하면 남이 주목할 테니까요."

"뭐라고?"

"아시잖아요. 아저씨가 칼간에 가는 목적은 오직 하나, 아저씨야말로 뮬에 대한 기록을 조사하는 거라고 말하는 게 가장 자연스러운 사람이기 때문이죠. 괜히 주목받지 않도록 자연스럽게 행동하셔야 할 텐데 꼬마애가 밀항했다면서 데리고 돌아가 보세요. 어쩌면 텔레비전 뉴스에 나올 수도 있어요."

"너는 칼간에 대한 정보를 어디에서 입, 입수한 거니? 그런 유, 유치한 이야기를……!"

아르카디아는 자신 있게 대답했다.

"집에서 들었어요. 도청기로요. 이번 일에 대해서 죄다 들었답니다. 그러니까 절 데려가셔야 해요."

"아빠는 어떡하고? 어쨌거나 아빠는 네가 유괴당해서……, 살해당했다고 생각할 텐데."

호미르가 비장의 카드를 재빨리 꺼냈지만 아르카디아는 상대방보다 확실한 카드로 말을 막았다.

"편지를 써 놓고 왔어요. 그러니 소란을 피우면 안 된다는 사실을 아빠도 아실 거예요. 어쩌면 아저씨한테 우주통신을 보내실 수도 있어요."

호미르는 어린애가 마술에 걸렸다고 해석할 수밖에 없었다. 그러나 그 말이 끝나기 무섭게, 2초가 지난 다음에 통신 수신 신호가 커다랗게 울리는 게 아닌가!

"아빠가 분명해요!"

정말이었다. 아르카디아한테 보내는 짤막한 전문이었다.

'아름다운 선물 고맙구나. 유용하게 쓰겠다. 즐거운 여행이 되길 바라마.'

"이것 보세요. 지령을 내리신 거예요."

호미르는 아르카디아한테 조금씩 적응했다. 시간이 지나면서 아르카디아가 옆에 있는 게 기뻤다. 그러다가 결국에는 아르카디아가 없으면 자신이 어떻게 지냈을까 하는 생각까지 하게 되었다. 아르카디아는 이번 일에 대단한 흥미를 보이면서도 애초에 걱정 같은 걸 안 하는 독특한 장점까지 지녔다. 제2파운데이션이 적이라는 사실을 알면서도 그것 때문에 머리를 복잡하게 만들어서 괴롭히는 사태는 없었다. 칼간에 가면 적대적인 관리를 상대해야 한다는 사실을 알면서도 오히려 그럴 때를 손꼽아 기다릴 정도였다.

열네 살이라는 나이 때문에 그런 것 같았다.

어쨌든 일주일에 걸친 여행은 고독한 자기 반성이 아니라 즐거운 대화로 보낼 수 있었다. 대화라고 해도 칼간 지배자를 잘 다루는 방법에 대해서 어린 소녀가 떠든 내용이 대부분이라서 아주 유익한 대화라고 할 수는 없었다. 우습기도 하고 조리에 안 맞기도 하지만 아르카디아는 나름대로 아주 신중하게 이야기했다.

호미르는 아르카디아가 하는 이야기를 듣다 보면 웃음이 절로 나왔다. 그러면서 이렇게 어린 아가씨가 도대체 어떤 역사 소설을 보면서 우주에 대해 저렇게 엉뚱한 견해를 얻었을까 생각했다.

마지막 도약을 앞둔 순간이었다. 칼간은 은하계 외곽지역에서 좀처럼 볼 수 없는, 허공에서 눈부시게 반짝이는 별이었다. 그러나 지금은 우주선 망원경으로 보아야 간신히 지름을 파악할 정도로 반짝이는 조그만 반점이었다.

아르카디아는 편안한 의자에 다리를 꼬고 앉았다. 품이 헐렁한 호미르의 바지에다 조금도 헐렁하지 않은 와이셔츠 차림이었다. 비교적 여성스러운 의상은 상륙에 대비해서 깨끗이 세탁하고 다림질까지 한 상태였다.

"전 역사 소설을 쓸 거예요."

아르카디아가 말했다. 이번 여행이 아주 만족스러운 표정이었다. 자신이 하는 이야기에 호미르 아저씨는 언제나 귀를 기울였는데, 싫은 표정이 한 번도 없었다. 자신이 하는 말에 경청하는, 아주 지적인 사람이 말벗이라면 대화는 아주 즐거울 수밖에 없는 법이었다.

아르카디아가 계속 말했다.

"파운데이션 역사에 나오는 모든 위인에 대해서 이 책 저 책 다 읽었어요. 음……, 셀던, 하딘, 말로, 데버즈 등등 말이에요. 뮬에 대해서 아저씨가 쓰신 책도 거의 읽었어요. 그렇지만 파운데이션이 전투에서 지는 대목은 재미가 없어요. 하지만 어처구니없을 정도로 비극적인 역사를 건너뛴다면 아저씬 읽고 싶은 마음이 별로 없겠죠?"

호미르가 진지하게 대답했다.

"으음, 그렇겠지. 그건 정당한 역사가 아니잖아, 그렇지, 아르카디? 전체적인 줄거리를 안 다루면 학문적으로 존경받을 수 없어."

아르카디아는 호미르 아저씨를 멋진 사람이라고 생각했다. 지난 며칠 동안 언제나 아르카디라고 불렀기 때문이었다.

"어머, 저런! 누가 학문적인 존경에 신경을 쓴다고 했나요? 저는 소설을 재미있게 쓸 거예요. 그래서 책을 많이 팔아 유명한 사람이 될 거예요. 책을 팔아서 유명한 사람이 안 될 거라면 도대체 책을 쓸 이유가 없지 않겠어요? 늙은 대학 교수 몇 명한테만 나를 알리고 싶은 생각은 없어요. 모두에게 알리고 싶어요."

이런 생각을 하자, 아르카디아의 두 눈에 기쁨이 가득 찼다. 그러고는 몸을 움직여 훨씬 편한 자세를 취하며 계속 말했다.

"사실은 말이죠. 저는 아빠를 최대한 빨리 설득해서 조만간 트랜터를 방문할 생각이에요. 제1제국의 배경이 될 만한 자료를 구해야 해요. 게다가 저는 트랜터에서 태어났거든요. 아저씨도 아시죠?"

"그러니?"

호미르는 당연히 알았지만 대답하면서 적당히 놀라는 척했다. 차갑지도 따뜻하지도 않은 대답이었다.

"음, 저의 할머니⋯⋯, 그러니까 베이타 다렐 할머니 말예요. 아저씨도 들어 본 적이 있을 거예요. 그 할머니가 할아버지와 함께 사셨던 곳이거든요. 사실은 거기야말로 은하계가 뮬에게 몽땅 굴복할 때, 두 사람이 뮬을 저지한 장소죠. 그래서 아빠와 엄마도 결혼해서 거기에 간 거예요. 전 당시에 세 살이어서 기억이 잘 안 나요. 아저씨도 트랜터에 산 적이 있죠. 호미르 아저씨?"

"아냐. 살았다고 할 수는 없어."

호미르는 차가운 칸막이벽에 기댄 채 멍한 표정으로 들었다. 어느새 칼간이 아주 가까이 다가와서 다시 불안감이 몰려들며 온몸을 조였다.

"트랜터야말로 가장 낭만적인 행성이 아닐까요? 아빠가 그러시는데 스타넬 5세가 지배할 무렵, 거기에는 현재 행성 열 개를 모은 것보다 많은 사람이 살았대요. 은하계 전체를 관리하는 수도이자 행성 자체가 금속으로 된 거대한 도시였대요. 아빠가 트랜터에서 찍은 사진을 보여 주셨어요. 이제 모두 황폐하게 변했지만 그래도 여전히 멋있어요. 난 그곳이 보고 싶어서 견딜 수 없어요. 사실⋯⋯, 호미르 아저씨!"

"으응?"

"칼간에서 볼일을 끝내면 거기에 안 가실래요?"

호미르의 얼굴에 두려운 표정이 다시 스쳤다.

"뭐라고? 이건 일이지 놀이가 아냐. 명심하도록."

아르카디아가 애원하듯 말했다.

"그렇지만 그것도 일이잖아요. 트랜터에는 믿을 수 없을 만큼 많은 정보가 있을지도 몰라요. 그렇게 생각하지 않으세요?"

"그래, 난 그렇게 생각하지 않아."

호미르가 비틀거리며 일어서서 덧붙였다.

"자, 이제 컴퓨터에서 떨어지렴. 마지막 도약에 들어가야 하니까. 그러고 나서 너도 한숨 자야지. 그러면 칼간으로 들어가는 거야."

어쨌든 상륙하면 좋은 일 한 가지가 있었다. 호미르는 금속 바닥에 두꺼운 외투를 깔고 조용히 잠을 청하면서 그런 생각을 했다.

계산은 어렵지 않았다. '우주노선 안내도'에 파운데이션 ― 칼간 노선이 명료하게 나왔기 때문이다. 초공간을 갑자기 통과하는 순간, 짧은 경련이 일어나면서 마지막 광년을 지났다.

칼간을 비추는 태양은, 커다랗고 환하고 하얀색과 노란색이 어우러진 그 태양은 언제나 변함이 없었다. 하지만 햇살이 비치는 쪽이 창문을 자동으로 닫아서 눈으로 볼 순 없었다.

이제 칼간은 하룻밤만 자면 도착할 거리에 있었다.

12장
군주

은하계 모든 행성 가운데에서 칼간의 역사가 가장 독특하다는 건 의심할 여지가 없었다. 가령 터미너스 행성은 역사적으로 거의 아무런 방해를 받지 않고 부단히 발전했다. 반면에 은하계 수도였던 트랜터는 역사적으로 끊임없이 몰락했다. 그러나 칼간은…….

칼간은 해리 셀던이 태어나기 2세기 전부터 환락의 행성으로 처음 명성을 얻었다. 칼간은 오락을 하나의 산업, 그것도 무한정 이윤을 남기는 산업으로 만들어 냈다는 의미에서 행성 자체가 환락의 세계였다.

게다가 환락 산업은 꾸준히 발전했다. 은하계에서 가장 안정적인 산업이었다. 은하계 전체가 하나의 문명에서 조금씩 떨어져 나갈 때에도 칼간에는 파국의 깃털 하나도 떨어지지 않았다. 은하계 인근 행성에서 경제와 사회가 어떤 식으로 변하든 엘리트 계층은 항상 존재하기 마련이며 엘리트 집단은 가장 화려한 여가를 즐긴다는 특징 역시 변함없는 사실이기 때문이다.

따라서 칼간은, 향수를 뿌린 제국 궁정의 유약한 멋쟁이 남자에게는 생생하고 요염한 귀부인을 제공하고, 피를 흘리며 행성을 장악해 칼로 지배하는 거친 장군에게는 천하고 도발적인 매춘부를 알선하고, 파운데이션처럼 뚱뚱하고 사치스러운 사업가에게는 젊고 싱싱하고 파렴치한 정부를 붙이는 방법으로, 아주 성공적인 산업을 꾸렸다.

그들은 누구나 돈이 많아서 누굴 특별히 차별할 이유도 없었다. 칼간은 누구에게나 봉사하고 누구도 배제하지 않으며, 그들이 제공하는 상품은 수요가 끊이지 않았다. 게다가 칼간은 어느 행성 정치에도 간섭을 않고 누구의 편도 들지 않는 지혜를 발휘했기 때문에 은하계 모든 행성이 번영을 멈출 때에도 칼간은 여전히 번성하고, 모두가 피폐할 때에도 그들은 부유했다.

뮬이 나타나기 전까지는 그랬다. 그러나 칼간조차도, '정복!'을 제외한 어떤 일이나 오락에 감동을 않는 정복자 앞에서 무너질 수밖에 없었다. 뮬한테는 모든 행성이 똑같았고 칼간 역시 마찬가지였다.

그래서 뮬이 지배한 10년 동안 칼간은 은하계 수도라는 기묘한 역할, 제국이 망한 이후에 태어난 가장 위대한 제국을 관리하는 독특한 역할을 수행했다.

그리고 칼간은 뮬이 죽으면서 급격한 내리막길을 걸으며 몰락하는 운명을 맞았다. 처음엔 파운데이션이 떨어져 나갔고 다음에는 뮬이 지배하던 지역 상당수가 그랬다. 뮬이 사망하고 50년이 지난 다음에는 짧은 영광을 누리던 권력은 흔적조차 사라지고 황당한 추억만 남았다. 예전처럼 무사태평한 환락 행성으로 결코 돌아갈 수 없었다. 새로 권력을 장악한 집단이 지배의 손길을 늦추는 일이 없었기 때문이었다. 그래서 칼간 국민은 여러 권력자한테 지배를 받으며 살았다. 파운데이션에서는 칼간 군주라고 부르지만 스스로는 뮬을 본받아서 자신을 은하계 제1시민이라고 부르면서 자신들 역시 정복자라는 허구를 끊임없이 퍼트리는 사람들이었다.

 현재 칼간을 지배하는 군주는 5개월 전에 그 자리를 차지했다. 이전 권력자가 부주의한 순간에 칼간 해군 제독이라는 지위를 이용해서 권력을 장악한 것이었다. 그렇지만 칼간에서는 정당성에 대해 너무 오랫동안 너무 구체적으로 문제를 제기할 정도로 어리석은 사람이 하나도 없었다. 툭하면 일어나는 일을 그냥 받아들이는 편이 최선이었다.
 하지만 그렇게 적자생존을 하는 방식은 잔인하고 사악한 자에게 유리하게 작용해서 누구보다 커다란 힘을 발휘하는 데 도움이 된다. 스테틴 군주는 그런 의미에서 아주 유능해, 쉽게 다룰 수 있는 인물이 아니었다.
 예전 군주에게 충성하고 지금 군주에게도 충성하며, 살아남는다면 다음 군주에게도 충성을 다할 제1각료 레브 메이루스한테도 스테틴은 결코 모시기 쉬운 인물이 아니었다.
 그리고 스테틴에게 친구 이상이지만 아내는 아닌 칼리아 부인에게도 그는 다루기 쉬운 인물이 아니었다.
 그날 저녁, 스테틴 군주의 방에 세 사람이 모였다. 자신이 좋아하는 해군 제독 복장을 화려하게 차려입은 제1시민은 등받이가 없는 의자에 앉아서 얼굴을 찌푸렸다. 의자를 만든 플라스틱만큼이나 딱딱한 표정이었다. 제1각료 레브 메이루스는 그런 표정을 아주 무관심하게 바라보면서 신경질적으로 보이는 기다란 손가락으로 얼굴을 덧없이 쓰다듬었다. 매부리코에서 수척하게 여읜 뺨을 따라 하얀 수염이 돋아난 얼굴선을 손가락으로 더듬는 중이었다. 칼리아 부인은 스펀지를 모피로 감싼 침대의자에 우아한 자태로 몸을 맡겼다. 그리고 도톰한 입술을 무심하게 내밀며 살짝 떨었다.

메이루스가 각하를 불렀다. 각하라는 호칭은 제1시민으로 불리는 군주의 유일한 호칭이었다.

"각하. 각하께서는 역사가 계속 이어진다는 견해를 안 믿으십니다. 각하는 무시무시한 혁명을 여러 차례 겪으면서 문명이 나아가는 길 역시 급격히 바꾸어서 수정할 수 있다고 생각하게 되었습니다. 그러나 그렇지 않습니다."

"뮬은 그럴 수 있다는 사실을 증명했소."

"그러나 뮬과 같은 길을 걸을 사람이 또 어디에 있겠습니까? 뮬은 인간을 뛰어넘는 존재라는 사실을 명심하십시오. 그런데도 뮬 역시 완전히 성공한 건 아닙니다."

"푸치."

갑자기 코맹맹이 소리를 내며 끼어든 칼리아 부인의 말이 제1시민의 격렬한 몸짓에 쏙 들어가고 말았다. 스테틴 군주는 거칠게 말했다.

"끼어들지 마, 칼리아. 메이루스, 난 너무나 무료한 상황에 완전히 질렸소. 전임자는 우리 해군을 은하계 전역에서 견줄 데가 없을 정도로 좋은 장비를 갖추고 훈련을 잘 받은 조직으로 만드느라 일생을 바쳤소. 그러다가 자신이 세운 원대한 계획과 훌륭한 장비를 써 보지도 못하고 죽었소. 그렇다면 나도 결국엔 똑같은 길을 가야만 한단 말이오? 해군 제독 출신인 내가?"

스테틴이 주먹으로 자기 가슴을 치며 계속 말했다.

"기계가 녹슬려면 시간이 얼마나 걸리지? 당장으로선 그건 국고만 낭비하는 쓸데없는 일이 될 것이오. 장교는 영토를, 병사는 전리품을 절실히 바라오. 칼간 전체가 제국의 영광을 회복하길 갈망하오. 당신은 그런 걸 이해할 수 있소?"

"그건 각하께서 사용하는 단어에 불과합니다. 하지만 말씀하시는 뜻은 이해합니다. 영토, 전리품, 영광……, 획득하는 자체는 즐겁지만 획득하는 과정은 항상 위험합니다. 즐겁기만 한 건 아니지요. 그리고 처음에 끌어올린 위세는 오래가지 않습니다. 게다가 역사를 통틀어서 파운데이션을 공격한 결과가 바람직하게 나온 적은 한 번도 없습니다. 애초에 뮬도 그렇게 안 하는 편이 오히려 현명할 정도로……."

칼리아 부인의 얼빠진 푸른 눈에 눈물이 고였다. 푸치는 최근에 자신을 만나려고 하지 않았다. 오늘 밤 모처럼 약속했는데 불쾌할 정도로 비쩍 마른 백발 사내가, 화려한 겉모습보다 마음속을 꿰뚫어 보는 듯한 사내가 침입한 것이다. 그런데 푸치는 그런 사태를 '허락'했다. 그래서 자신은 감히 아무 말도 할 수 없었다. 복받치는 오열을 터뜨리는 것조차 겁났다.

그런데 스테틴은 칼리아 부인이 아주 싫어하는 초조하고 딱딱한 어투로 이렇게 말했다.

"당신은 머나먼 과거에 사로잡힌 노예로군. 파운데이션은 국토와 인구가 엄청나지만 단결력이 약해서 단번에 무너뜨릴 수 있소. 현재 그들을 결집시키는 건 관성에 불과하오. 내 힘으로 충분히 박살낼 수 있는 관성 말이오. 당신은 지금, 오직 파운데이션만이 원자력을 소유했던 구시대의 환상에 사로잡혔소. 물론 당시에는 그 힘으로 사멸하는 제국의 마지막 철퇴를 피하고 나중에는 파운데이션 원자력 우주선을 폐선이나 유물로 상대하려는 무능한 전쟁 군주들과 마주쳤소.

그러나 뮬은 그것 자체를 완전히 바꾸었소, 친애하는 메이루스. 뮬이 파운데이션만 소유한 지식을 은하계 전역에 전파한 덕에, 첨단 과학을 독점한 사례는 영원히 사라졌소. 우리가 그들과 어깨를 겨룰 수 있게 된 것이오."

"그럼 제2파운데이션은요?"

메이루스가 차분한 어투로 묻자, 스테틴도 똑같이 차분한 어투로 되물었다.

"제2파운데이션? 당신은 그들이 어떤 의도인지 알고 있소? 파운데이션이 뮬을 저지하는 데 10년이 걸렸소. 그리고 파운데이션에 있는 심리학자나 사회학자는 뮬 이후 셀던 프로젝트가 완전히 무산되었다고 생각한다는 사실을 모르오? 프로젝트가 무산되었다면 당연히 공백이 존재할 터이니, 바로 내가 공백을 메우겠다는 것이오."

"이 문제에 대해 우리가 아는 내용은 도박을 걸 정도로 충분하지 않습니다."

"우리 지식은 그럴지 모르지만, 파운데이션 손님이 우리 행성에 다가오는 중이오. 그걸 아시오? 호미르 먼이라는 작자인데 뮬에 대한 논문을 몇 편 썼지. '셀던 프로젝트는 더 이상 존재하지 않는다'는 입장에서 말이오."

제1각료가 고개를 끄덕이며 대답했다.

"아! 그 사람요? 저도 그 사람이 쓴 글을 들어 본 적이 있습니다. 그 사람이 바라는 게 뭡니까?"

"뮬이 살던 궁전에 들어가도록 허가를 받는 것."

"그래요? 그건 거절하는 게 좋습니다. 우리 행성을 하나로 묶어 주는 미신을 흔드는 건 결코 바람직하지 않습니다."

"고려하겠소. 그래서 나중에 다시 이야기하지."

스테틴이 말하자, 메이루스는 머리를 수그리며 물러나고, 칼리아 부인이 눈물 어린 목소리로 물었다.

"나한테 화가 났나요, 푸치?"

스테틴이 칼리아 부인 쪽으로 난폭하게 몸을 돌리며 소리쳤다.

"다른 사람이 있는 데서는 절대로 그렇게 부르지 말라고 하지 않았던가?"

"전에는 좋아했잖아요."

"그렇지만 이젠 아냐. 이제 두 번 다시 그러지 마!"

스테틴은 험악한 눈초리로 칼리아 부인을 쏘아보았다. 최근에 자신이 칼리아를 너그러이 봐주는 게 이상할 정도였다. 상냥하지만 머리가 텅 빈 여자, 감정이 풍부하고 유연해서 딱딱한 생활에 편하게 대할 수 있는 여자. 그런데 이젠 그런 애정조차 넌덜머리가 났다. 하지만 칼리아 부인에게는 결혼해서 국모가 되겠다는 꿈이 있었다.

어이가 없군!

제독이었던 시절만 해도 칼리아 부인 정도면 아주 훌륭했다. 그러나 제1시민이 되어서 미래의 정복자를 꿈꾸는 지금은 칼리아 부인이 부족하게 느껴졌다. 그에게는 미래에 지배할 영토를 하나로 통합할 후계자들, 뮬이 가질 수 없었던 후계자가 필요했다. 뮬한테 후계자가 없었다는 사실이야말로 뮬이 괴상하고 비인간적인 삶을 끝내면서 제국이 함께 붕괴한 이유였다. 스테틴은 파운데이션에서 역사적으로 아주 훌륭한 가문 출신의 여성으로서 함께 왕조를 건설할 만한 배우자가 필요했다.

스테틴은 짜증스러웠다. 자신이 왜 칼리아를 내치지 않는지 이해할 수가 없었다. 조금 성가실 뿐 특별한 문제도 없을 터인데 말이었다. 하지만 그런 생각을 금방 지워 버렸다. 그래도 가끔은 쓸모가 있었기 때문이다.

칼리아는 점차 기운을 차렸다. 잿빛 머리카락의 제1각료 메이루스도 없어서, 위압적인 푸치의 얼굴이 많이 누그러졌다. 칼리아는 가볍고 유연하게 몸을 일으켜서 스테틴한테 다가갔다.

"나를 안 꾸짖을 거지요, 그죠?"

칼리아가 묻는 말에 스테틴은 무심코 쓰다듬으면서 대답했다.

"그래. 이제 잠시 조용히 앉아 있어, 알았지? 생각할 게 있어."

"파운데이션에서 온 사내에 대해서요?"

"그래."

"푸치."

잠시 침묵이 흘렀다.

"왜?"

"푸치, 그 사람이 여자아이를 데려온다고 했잖아요. 기억나세요? 그 애가 오면 내가 만나도 될까요? 난 지금까지……."

"내가 무엇 때문에 그 사람한테 선머슴애 같은 계집애를 데려오라고 해야 하지? 내 접견실이 초등학교라도 되나? 당신 생각은 정말 어처구니가 없어, 칼리아."

"그래도 나는 그 애를 돌볼 거예요, 푸치. 그 애 때문에 당신을 번거롭게 하진 않겠어요. 당신도 알다시피 난 지금까지 아이를 만난 적이 거의 없어요. 내가 아이들을 얼마나 좋아하는지 잘 아시잖아요."

스테틴이 냉소 어린 눈빛으로 칼리아를 쳐다보았다. 칼리아는 이런 일에 싫증을 내는 법이 없었다. 칼리아는 아이를 사랑했다. 말하자면 그의 아이를, 즉, 결혼을 통해 태어나서 그의 합법적인 후계자가 될 수 있는 아이를.

스테틴이 웃음을 터뜨렸다.

"그 아이는 나이가 열네다섯 살이 된 커다란 아가씨야. 키만 해도 당신 정도는 될 거라고."

칼리아는 기세가 꺾인 표정으로 대답했다.

"으음, 어쨌든 괜찮지 않아요? 여자애한테 파운데이션에 대한 이야기를 들을 수도 있지 않나요? 언제나 거기에 가 보고 싶었거든요. 할아버지가 파운데이션 사람이었어요. 언젠가 나를 거기에 데려가 주시겠죠, 푸치?"

스테틴은 그 말을 듣고 빙그레 웃었다. 그곳을 정복해서 그럴 수도 있을 터였다. 그런 생각을 해서 좋아지는 기분이 말투에서 그대로 느껴졌다.

"알았어, 알았어. 여자애를 만나서 당신이 원하는 대로 파운데이션에 대한 이야기를 듣도록 해. 하지만 내가 있는 근처에서 그러면 안 돼, 알았지?"

"당신을 귀찮게 하는 일은 정말 없을 거예요. 여자애를 내 방으로 데려갈 테니까요."

칼리아가 대답했다. 다시 행복한 느낌이 들었다. 자신이 바라는 대로 처리된 게 최근 들어 처음이었다. 칼리아는 두 팔로 스테틴의 목을 안았다. 그래서 잠시 망설이는 느낌과 힘줄이 풀리면서 커다란 머리가 어깨로 부드럽게 내려오는 느낌을 받았다.

13장
부인

아르카디아는 신 났다. 펠리스 앤서가 창문에 얼빠진 얼굴을 들이민 뒤로 자신의 인생이 얼마나 엄청나게 변했던가! 그러나 그것은 필요한 일을 할 만한 통찰력과 용기가 그녀에게 있었기 때문이었다.

드디어 칼간에 도착했다! 웅장한 중앙 극장! 은하계에서 가장 커다란 극장에 가서 머나먼 파운데이션까지 명성을 떨치는 스타 가수들이 노래하는 모습도 직접 보았다. 게다가 우주에서 가장 화려한 패션 중심지 '꽃길'을 걸으며 다양한 물건을 샀다. 같이 간 호미르 아저씨는 그런 일에는 조금도 관심이 없어서, 매번 자신이 마음에 드는 물건을 고를 수 있었다. 세로줄 무늬가 쭉 뻗어서 키를 아주 커다랗게 보이도록 만들 뿐 아니라 윤기가 번뜩이는 기다란 드레스를 골라도 상점 점원은 아주 좋다고 칭찬했으며 파운데이션 돈은 쓸모가 좋았다. 호미르가 10크레디트 지폐 한 장을 주었는데, 아르카디아가 그 돈을 칼간 돈 '칼가니드'로 바꾸자 아주 두툼한 묶음이 되었다.

아르카디아는 헤어스타일까지 바꾸었다. 뒤는 이른바 반 쇼트로 깎고 관자놀이에는 반짝이며 구불거리는 머리를 늘어뜨렸다. 게다가 예전보다 금빛이 강하게 보이도록 염색해서 머리가 정말 눈부시게 빛났다.

하지만 이것, 모든 것 가운데 최고는 '이것'이었다. 확실히, 스테틴 군주가 있는 궁전은 극장처럼 크지도 호화롭지도 않으며 뮬이 사용하던 궁전, 행성을 가로지르며 비행할 때에 공중으로 탑이 솟구친 모습으로만 얼핏 바라본 궁전만큼 신비롭거나 역사적이지도 않았다. 그러나 생각해 보라! 진정한 군주가 아닌가! 아르카디아는 실제로 군주를 만났다는 사실이 황홀할 뿐이었다.

그뿐이 아니었다. 아르카디아는 스테틴의 정부(情婦)와 일대일로 얼굴을 마주했다. 아르카디아는 정부라는 단어를 마음속에 대문자로 새겼다. 역사에서 그런 여인이 차지한 역할을, 그들이 행사한 마력과 권력을 잘 알기 때문이다. 사실, 아르카디아 자신도 위대한 인물이 되어서 권력을 행사하고 찬란하게 빛나는 꿈을 종종 꾸었다. 하지만 어찌 된 일인지 파운데이션에서는 정부에 대한 이야기가 유행하지 않았으며 설혹 그렇다 해도 그녀의 아버지가 허락하지 않았을 터였다.

물론 칼리아 부인은 아르카디아가 생각하는 특징에 맞지 않았다. 다른 무엇보다 살이 통통한 편이며 사악하거나 위험한 인상도 아니었다. 얼굴빛이나 몸매가 약간 연약한 데다 근시였다. 목소리도 걸쭉하지 않았다. 고음이었다. 게다가…….

칼리아가 말했다.

"얘야, 차를 더 마시겠니?"

"한 잔 더 하죠. 고맙습니다, 부인(전하라고 해야 하는 거 아닌가?)."

아르카디아는 맛이 좋다는 듯 겸손한 태도로 말을 계속했다.

"아주 아름다운 진주 목걸이를 걸치셨네요, 부인(부인이라고 부르는 게 가장 좋은 것 같았다.)."

"응? 그렇게 생각해?"

칼리아는 기뻐하는 표정을 살짝 드러내더니, 우윳빛 진주를 풀어 앞뒤로 흔들며 덧붙였다.

"마음에 드니? 원한다면 네가 가지렴."

"어머! 정말이세요?"

아르카디아는 목걸이를 받더니, 슬픈 목소리로 거절했다.

"아빠가 좋아하지 않으실 거예요."

"아버지가 진주를 좋아하지 않으시니? 하지만 그건 아주 좋은 진주야."

"아빠는 제가 이런 것을 받는 걸 안 좋아하신다는 뜻이에요. 다른 사람에게 비싼 물건을 받으면 안 된다고 하셨거든요."

"그래? 그래도 이건……, 제1시민이 나에게 선물한 거야. 그게 나쁘다고 생각하니?"

아르카디아의 얼굴이 빨개졌다.

"그런 뜻이 아니라……."

칼리아는 이런 화제에 벌써 싫증이 났다. 그래서 진주를 살며시 내려놓으며 말했다.

"파운데이션에 대해서 이야기해 주겠니? 자, 어서 그 얘기를 해 주면 고맙겠구나."

아르카디아는 갑자기 당황스러웠다. 울고 싶을 만큼 따분한 세계에 대해서 무엇을 이야기하라는 건가? 아르카디아에게 파운데이션은 변두리 도시이며 답답한 집이며 골치 아픈 교육이며 조용한 생활이 영원히 이어지는 따분한 곳이었다. 그래서 모호한 어투로 대답했다.

"필름책에서 보신 대로예요."

"아, 너는 필름책을 보니? 난 보려고 할 때마다 심한 두통이 생기지 뭐야. 그래도 너희 무역상인에 대한 비디오 이야기는 좋아한단다. 몸집도 크고 아주 야만적인 사람들. 언제 봐도 무척 재미있어. 함께 온 호미르 먼 씨도 그런 사람이니? 그래도 그는 그렇게 야만적으로 보이지는 않던데……. 무역상인은 대부분 수염을 기르고 목소리도 걸쭉하고 키도 크고 여자에게 몹시 난폭하지? 그렇지 않니?"

아르카디아는 살짝 웃었다.

"그건 역사에서 그렇게 나오는 것뿐이에요, 부인. 음, 그러니까 파운데이션이 한창인 때, 상인들은 국경을 넘나들면서 은하계 다른 지역에 문명을 가져다주는 개척자였어요. 우리는 그런 걸 모두 학교에서 배웠어요. 그러나 그런 시대는 이미 지나갔죠. 이제 상인은 없고 회사 같은 것만 있어요."

"정말이니? 굉장히 부끄럽구나. 그럼 호미르 먼 씨는 뭐 하는 사람이지? 그러니까 상인이 아니라면……."

"호미르 아저씨는 도서관 사서예요."

칼리아는 한 손을 입술에 갖다 대고 킥킥 웃으며 말했다.

"필름책을 돌보는 일을 한다는 뜻이구나. 오, 저런! 어른이 하기에는 너무 우스운 일 같구나."

"아저씨는 아주 훌륭한 사서랍니다, 부인. 파운데이션에서 많은 존경을 받는 직업이지요."

아르카디아는 우윳빛 금속 탁자에 무지갯빛으로 아롱진 조그만 찻잔을 내려놓았다. 부인은 걱정스러운 기색이었다.

"미안하구나, 얘야. 네 기분을 언짢게 할 의도는 없었어. 굉장히 지적인 사람이 분명하겠구나. 난 그 사람을 보는 순간, 그의 눈에서 그걸 볼 수 있었어. 두 눈이 무척……, 무척 총명해. 게다가 무척 용감한 게 틀림없어, 뮬이 살던 궁전을 보고 싶다는 걸 보면."

"용감해요?"

아르카디아는 순간적으로 좋은 생각이 떠올랐다. 기다리고 기다리던 기회가 온 것이다.

'이건 기회다! 기회야!'

아르카디아는 관심이 조금도 없는 표정으로 엄지손가락 끝을 가만히 바라보다가 이렇게 물었다.

"뮬이 살던 궁전을 보겠다는 사람이 왜 용감하다는 거죠?"

칼리아가 눈을 동그랗게 뜨고 소리를 낮추었다.

"모르니? 거기에는 저주가 내렸어. 뮬이 죽을 때에 '제2제국이 건설될 때까지 누구도 들어가지 말라!'고 명령했거든. 칼간에서는 근처에 발을 들여놓으려는 사람조차 없어."

"그건 미신이에요."

아르카디아가 대답하자, 칼리아는 짜증스러운 어투로 반박했다.

"그렇게 말하지 말렴. 푸치도 항상 그렇게 말하지. 하지만 미신이 아니라고 하는 쪽이 사람들을 지배하는 데 유리하다는 말도 해. 하지만 난 그이가 그곳에 한 번도 안 들어갔다는 사실을 잘 알아. 푸치 이전의 제1시민 탈로스 역시 마찬가지이고."

칼리아가 말하더니 갑자기 호기심을 느끼며 물었다.

"그런데 호미르 먼 선생이 궁전에 들어가려는 이유가 뭐지?"

아르카디아가 신중하게 행동할 시점이 찾아왔다. 통치자의 정부는 왕권의 배후에 존재하는 실질적인 권력자라는 사실을, 이런 여자야말로 모든 영향력의 원천이라는 사실을 아르카디아는 소설책을 보면서 확신했기 때문이었다. 그러므로 호미르 아저씨가 스테틴 군주한테 허가를 받는 데 실패한다면(아르카디아는 실패할 수밖에 없다고 확신하고 있었다.) 자신이 칼리아 부인에게서 실수를 만회해야 한다고 생각했다. 확실히, 칼리아 부인은 수수께끼 같은 여자였다. 그렇게 똑똑해 보이지도 않았다. 하지만, 으음, 지금까지 역사가 증명한 바에 의하면…….

아르카디아가 대답했다.

"이유가 하나 있답니다, 부인. 하지만 비밀을 지켜 주실 수 있나요?"

"가슴에 십자가를 긋지."

칼리아는 이렇게 말하고 물결치듯 출렁이는 하얀 가슴에다 십자 성호를 천천히 그렸다.

아르카디아의 머릿속 생각이 말보다 한 발씩 앞섰다.

"호미르 아저씨는 뮬에 관한 아주 위대한 권위자거든요. 아저씨는 뮬에 대해서 많은 책을 쓰셨어요. 아저씨는 뮬이 파운데이션을 정복하면서 은하계 역사가 모두 바뀌었다고 생각하세요."

"어쩜!"

"아저씨는 셀던 프로젝트가……."

칼리아가 손뼉을 치며 좋아했다.

"셀던 프로젝트라면 나도 알아. 무역상인에 대한 비디오를 보면 셀던 프로젝트에 대한 내용이 항상 나오거든. 결국에는 파운데이션이 항상 승리할 수밖에 없다는 내용이야. 과학이랑 모종의 관계가 있다는데 난 무슨 말인지 이해를 못 하겠어. 그런 설명을 들을 때마다 가슴이 답답하게 조이는 것 같아. 애야, 그래도 계속 말하렴. 네가 설명할 때에는 왠지 다른 것 같아. 네가 하는 말을 들으면 모든 게 아주 선명하게 드러나는 것 같아."

그래서 아르카디아는 계속 말했다.

"그런데 파운데이션이 뮬에게 졌을 때, 셀던 프로젝트는 효력을 멈췄고 이후에도 계속 그랬어요. 그러니 이제 누가 제2제국을 만들겠어요?"

"제2제국?"

"네. 언젠가는 만들어야 하는데, 어떻게 그러지요? 부인도 아시겠지만, 그게 문제예요. 게다가 제2파운데이션도 있잖아요."

"제2파운데이션?"

칼리아가 중얼거렸다. 완전히 오리무중에 빠졌다.

"네. 셀던이 걷던 발자취를 따라가며 역사를 만드는 세력이죠. 그들이 뮬을 막은 건 뮬이 미숙했기 때문인데, 지금이라면 칼간을 선택할 수도 있어요."

"어째서?"

"새로운 제국의 핵으로 돌변할 가능성이 칼간에 가장 많을 수도 있으니까요."

칼리아 부인은 그 말을 어렴풋이 이해한 것 같았다.

"푸치가 신제국을 만든다는 뜻이니?"

"확실한 건 아니에요. 호미르 아저씨는 그렇게 생각하지만 그걸 밝히려면 뮬이 남긴 기록을 살펴야 해요."

"정말 복잡하구나!"

칼리아 부인이 말했다. 의심스러운 어투였다. 하지만 아르카디아는 최선을 다했다. 더 이상 어쩔 도리가 없었다.

스테틴 군주는 왠지 화가 치밀었다. 파운데이션에서 온 빌빌거리는 남자를 만나서 얻은 게 하나도 없었다. 아니, 그 정도가 아니었다. 당혹스런 기분이 몰려들었다.

'행성 스물일곱 개를 지배하는 절대자, 은하계에서 제일 강력한 군사력의 소유자, 우주에서 가장 웅대한 야심을 지닌 내가 골동품이나 수집하러 다니는 자와 당치도 않은 일을 의논하다니!

제기랄!

내가 칼간의 관습을 부수어야 한다고? 뮬이 머물던 궁전을 샅샅이 뒤지는 걸 허락해 달라고? 바보 얼간이가 책을 쓰고 싶으니 별짓을! 학문이란 대의를 위해서! 신성한 지식을 위해서! 은하계 전체를 위해서! 제기랄! 자신한테 통할 거라 생각하고 이런 말을 지껄인 건가?'

그게 전부가 아니었다. 스테틴은 좀이 쑤셨다. 거기에는 '저주'라는 문제까지 있었다. 물론 그런 걸 믿을 순 없었다. 똑똑한 인간치고 누가 그런 걸 믿겠는가! 하지만 그걸 부정하려면 바보 멍청이가 말한 이상으로 근사한 명분이 있어야 한다!

"무슨 일이야?"

스테틴이 호통을 쳤다. 문가에 나타난 칼리아 부인이 몸을 굽혔다.

"바쁘세요?"

"응, 바빠."

"하지만 지금 여기엔 아무도 없잖아요, 푸치. 잠시만 얘기 좀 할 수 없을까요?"

"제기랄! 무슨 말을 하고 싶은 거야? 어서 말해."

칼리아 부인이 말을 더듬거렸다.

"꼬마 아이가 자기네는 뮬의 궁전으로 들어갈 거라고 했어요. 우리도 함께 들어가는 게 어떨까요? 안에 들어가면 정말 멋있을 거예요."

"꼬마가 당신에게 그렇게 말했다고? 으음, 아니야, 꼬마도 안 가고 우리도 안 가! 자, 쓸데없는 얘긴 그만두고 당신 일이나 해. 이 정도면 충분하니까."

"하지만 푸치, 안 될 것도 없잖아요. 그들에게 허락을 안 할 건가요? 꼬마 애는 당신이 제국을 수립할 거라고 말했다고요!"

"그런 애가 뭐라고 하든 관심 없…… 뭐, 뭐라고?"

스테틴이 칼리아한테 성큼성큼 걸어가서 팔목을 움켜잡아, 손가락이 부드러운 살에 깊이 박혔다.

"꼬마가 당신에게 뭐라 했다고?"

"아! 아파요. 그렇게 무서운 눈으로 쳐다보면 아이가 말한 게 하나도 생각이 안 나요."

스테틴이 손을 놓자, 칼리아는 가만히 서서 멍이 든 빨간 자국을 하염없이 문지르더니, 잠시 후에 울먹이는 소리로 말했다.

"아무한테도 말하지 않겠다고 약속했어요."

"말도 안 되는 소리 그만하고 어서 말해! 빨리!"

"으음, 꼬마 애는 셀던 프로젝트가 바뀌었다고, 어딘가에 파운데이션이 또 있는데 당신이 제국을 수립하도록 도와줄 수도 있다는 거예요. 그게 전부예요. 아이 말이 호미르 먼 씨는 아주 훌륭한 학자인데 뮬 궁전에 들어가면 그걸 증명할 수 있대요. 이게 아이가 말한 전부예요. 당신 화났어요?"

스테틴은 아무런 대답도 하지 않았다. 칼리아가 암소처럼 쳐다보는 눈망울을 뒤로 한 채 서둘러 밖으로 나갔다. 그리고 한 시간이 안 돼서 제1시민의 공식 직인이 찍힌 두 가지 명령이 하달되었다. '전쟁 게임'이란 공식 명칭이란 명령 하나는 우주선 500척을 우주 공간으로 파견하는 결과를, 또 하나는 한 남자를 혼란에 빠뜨리는 결과를 가져왔다.

호미르 먼은 떠날 준비를 하다가 두 번째 명령을 전달받고 동작을 멈추었다. 그건 당연히 뮬 궁전에 들어갈 수 있다는 공식 허가서였다. 호미르는 마냥 기뻐서 허가서를 읽고 또 읽었다.

하지만 아르카디아도 즐거웠다. 그런 명령서가 나온 배경을 알 것 같았다.

아니, 알 것 같다고 생각했다.

14장

불안감

폴리는 식탁에 아침을 차리면서도 한쪽 눈은 그날의 뉴스를 조용히 뱉어 내는 테이블 뉴스 리코더에 고정시켰다. 한쪽 눈으로 일하지만 능률을 조금도 안 떨어뜨린 채 척척 해낼 수 있었다. 모든 음식은 일회용 용기에 살균된 상태로 담겨 있어서 아침 식사 준비라고 해 봐야 식단을 뽑고 그 음식을 식탁에 올려놓은 뒤 나중에 음식을 버리는 것이 전부였다.

리코더에서 흘러나온 내용을 보고 폴리가 혀를 차며 속삭였다.

"어휴, 사람들이 너무 사악해!"

이에 다렐은 헛기침으로 대답할 뿐이었다.

폴리의 목소리는 높고 날카로운 쇳소리였다. 폴리가 세상의 악을 성토할 때마다 튀어나오는 낯익은 소리였다. 폴리는 '칼'이란 소리를 강조하며 계속 말했다.

"도대체 저 지독한 칼간 사람들은 어째서 저렇게 하는 거죠? 박사님은 저들이 육체적인 평화를 준다고 생각해요. 하지만 아니에요, 고통만 주었어요."

저 제목을 보세요. '파운데이션 영사관 앞에서 군중이 폭동을 일으키다.' 아, 할 수만 있다면 저들을 따끔하게 나무라고 싶어요. 저 사람들은 저게 문제예요. 기억을 제대로 못하는 거. 정말 기억을 못해요, 다렐 박사님. 기억력이 하나도 없다고요. 뮬이 사망한 다음에 일어난 전쟁을 보세요. 물론 당시에 저는 아주 어린아이였지만…… 아, 정말로 혼란스럽고 고통스러웠지요. 저희 숙부님도 당시에 전사하셨어요, 20대에 결혼해서 겨우 2년 만에 어린 아기를 남겨 놓고 말이에요. 아직도 어린 아기가 두 눈에 선해요. 금발머리, 뺨에서 피어나는 보조개, 내가 숙부님 삼차원 입체상을 어디에 두었는데…….

그런데 그 갓난아기가 이제 아들을 낳아서 해군에 보냈는데, 행여나 무슨 일이라도 일어나면…….

당시에 우리는 폭격 세례를 당하고, 나이 든 사람은 돌아가면서 성층권 방어에 나섰는데…… 칼간 사람이 성층권까지 다가왔다면 저들이 어떤 일을 저지를지 뻔해요. 당시에 어머니는 어린 우리들에게 음식 배급이랑 물가랑 세금에 대해서 얘기하셨어요. 배급에 맞추어 생활하기가 웬만큼 어려웠어야지요.

분별력이 있다면 그런 일이 다시 일어나길 바라는 사람은 아무도 없을 거예요. 생각하는 것조차 싫어하겠죠. 내가 볼 때에 그런 짓을 하는 건 일반 국민이 아닐 것 같아요. 아무리 칼간 사람이라고 해도 우주선을 타고 방황하다가 살해당하는 편보다는 집에서 가족과 함께 편히 쉬고 싶을걸요. 저 무서운 남자 스테틴이 벌인 짓이 분명해요. 저런 인간을 살려두는 이유가 뭔지 이해할 수가 없어요. 저 사람은 그 노인, 이름이 뭐더라…… 아, 탈로스를 죽이더니 지금은 우주 전체를 장악하고 싶어서 좀이 쑤시는 모양이에요.

그런데 우리와 싸우려는 이유가 뭔지 정말 모르겠어요. 결국에는 질 수밖에 없잖아요. 침략자는 항상 그런 것처럼 말이에요. 모두가 셀던 프로젝트에 들어 있는지 여부는 모르지만, 이렇게 전쟁을 벌이고 사람을 죽이면 나쁜 프로젝트가 분명할 거라는 생각도 들어요. 그렇다고 해서 해리 셀던을 나무랄 순 없겠지요. 그 점에 대해서 셀던이 나보다 훨씬 잘 알 테니까요. 그러니 멍청한 바보가 아니면 셀던을 의심하는 일도 없을 거예요. 그리고 제2파운데이션도 문제가 많아요. 그들이라면 지금이라도 칼간을 막고 모든 걸 좋게 만들 수 있으니까요. 하기야 결국에는 저들도 그렇게 하겠지요. 하지만 어떤 피해가 생기기 전에 그렇게 하면 훨씬 좋을 텐데요, 박사님."

다렐 박사가 고개를 들며 물었다.

"뭐라고 말했니, 폴리?"

폴리는 눈을 동그랗게 뜨더니, 화가 난 듯이 다시 가늘게 뜨며 대답했다.

"아니요, 박사님. 아무 말도 안 했어요. 나는 할 말이 하나도 없어요. 이 집에서 말하다간 질식해서 죽을 거예요. 여기에서 이런 말이 나오고 저기에선 저런 말이 나오는데 행여나 내가 한 마디라도 하려고 하다간……!"

폴리가 이렇게 말하면서 밖으로 사라졌다.

폴리가 나간 것도 폴리가 지껄인 말만큼이나 다렐에게 아무런 느낌을 못 주었다.

칼간! 터무니없는 것! 금방 질 수밖에 없는 적! 예전과 마찬가지로 결국 패배하게 될 적!

하지만 다렐은 지금 발생한 우스꽝스러운 위기 상황에서 벗어날 수가 없었다. 7일 전에 시장은 다렐에게 조사개발청 장관에 취임하라고 부탁했다. 다렐은 오늘까지 대답하겠다고 약속했다.

그런데…….

다렐은 몸을 뒤척였다.

'왜 나일까! 그런데 과연 거절할 수 있을까? 이상하게 보일 거야.'

다렐은 이상하게 보이지 말아야 했다. 게다가 칼간이 어떻게 나오든 관심이 없었다. 다렐 자신한테 적은 오직 하나였다. 항상 그랬다.

아내가 살았을 때만 해도 다렐은 기꺼이 게으름을 부르면서 일을 피했다. 숨어 다녔다. 폐허로 가득한 트랜터에서 오랫동안 조용히 보낸 나날들! 모든 게 파괴되어 망각의 그늘에 파묻힌 행성 그리고 침묵!

하지만 아내는 떠났다. 사람들은 결혼 생활이 5년도 안 됐지 않느냐고 했다. 하지만 다렐은 막연하고 무서운 적과 싸울 때에만 세상을 살아갈 의미가 있다는 사실을 깨달았다. 운명을 통제하는 식으로 자신한테서 인간으로 살아갈 존엄성을 빼앗은 적. 사전에 결정된 삶에 맞서면서 비참하게 살아가도록 만든 적. 우주 전체를 사악하고 치명적인 체스 게임으로 만들어 버린 적!

그건 승화(昇華)였다. 다렐 자신은 확실히 그렇게 부를 수 있었다. 하지만 싸움은 삶에 새로운 의미를 주었다.

다렐 박사는 산태니 대학으로 가서 클리스 박사와 결합했다. 그리고 5년을 잘 보냈다.

그러나 클리스는 자료를 수집하는 역할에 만족하고 진짜 임무에 몰두하질 않았다. 그래서 다렐은 마음을 정했다. 헤어질 시간이라고 판단한 것이다.

클리스는 비밀로 연구했을지 모르지만 함께 연구하면서 도와줄 사람이 필요했다. 그는 두뇌를 연구할 대상이 있었다. 후원하는 대학도 있었다. 이 모든 게 약점이었다.

클리스는 그걸 이해할 수 없었다. 그리고 자신은, 다렐은, 그걸 설명할 수 없었다. 결국 두 사람은 서로를 증오하며 헤어졌다. 잘된 일이었다. 그렇게 될 수밖에 없었다. 다렐 자신은 포기하고 떠나야 했다……. 누군가 감시할 경우에 대비해서!

클리스는 도표를 사용해서 연구했고 다렐은 머릿속에 들어 있는 수학적 개념을 사용하며 연구했다. 클리스는 많은 사람과 연구했고 다렐은 혼자서 연구했다. 클리스는 대학에 있었고 다렐은 한적한 교외 저택에 있었다.

다렐은 거기에서 거의 모든 시간을 보냈다.

대뇌만 놓고 볼 때에 제2파운데이션 사람은 인간이 아니었다. 아주 똑똑한 심리학자, 아주 민감한 신경화학자도 탐지할 수 없지만 차이가 있는 건 분명했다.

그런 차이는 정신의 차이이며, 차이점 역시 바로 거기에서 탐지해야 했다!

뮬 같은 인간이 있다면, 그래서 제2파운데이션 사람은 선천적이든 후천적이든 뮬과 같은 능력을 소유하고 인간의 감정을 탐지하고 지배하는 능력이 있다면, 전자회로를 이용해서 정확히 추적하고 뇌파 그래프에 구체적으로 표시하는 방법으로 추론해야 했다.

이제 클리스는 젊고 열정이 가득한 제자 앤서의 몸을 빌려서 예전 생활을 되찾았다.

멍청해! 멍청해! 조작당한 경험이 있는 인간의 대뇌를 그래프나 도표로 연구하다가 결국엔 제대로 찾아내는 방법을 몇 년 전에 파악했지만 그걸 어디에 써먹는단 말인가! 다렐 박사는 도구가 아니라 무기를 구하고 싶었다. 하지만 지금은 앤서와 함께 일할 수밖에 없었다. 그러는 편이 훨씬 은밀하기 때문이었다.

지금 조사개발청 장관이 되는 것 역시 훨씬 은밀한 방법이었다! 그러면 음모 속에다 또 다른 음모를 심을 수 있었다.

아르카디아를 생각하는 순간 다렐은 잠시 괴로웠으나 부르르 떨면서 억지로 떨쳐 냈다. 자기 혼자라면 아예 이런 음모 자체를 안 꾸밀 터였다. 자기 혼자라면 자신을 제외한 누구도 위험에 안 빠질 터였다. 자기 혼자라면…….

다렐은 죽은 클리스와 살아 있는 앤서를 비롯한 선량한 바보들한테 화가 치미는 걸 느꼈다.

그래, 아르카디아는 자신을 돌볼 수 있어. 나이에 비해 아주 어른스러운 아이야.

아르카디아는 자신을 돌볼 수 있어.

정말 그럴 수 있을까?

이렇게 속삭이는 소리가 마음속에서 계속 일어났다.

다렐 박사가 슬픈 어투로 자신의 딸은 그럴 수 있다고 중얼거릴 즈음, 아르카디아는 은하계 제1시민 집무실 앞 근엄한 대기실에 앉아 있었다. 그렇게 30분 정도가 지날 즈음, 아르카디아는 사방 벽을 살며시 둘러보았다. 자신이 호미르 먼과 함께 들어올 때에 무장한 병사 두 사람이 출입구를 지켰다. 다른 때에는 그런 경비병이 없었다.

아르카디아는 지금 혼자였다. 그런데 실내 가구가 친숙하게 다가오지 않았다. 이것 역시 처음이었다.

이러는 이유가 무얼까?

호미르 아저씨는 스테틴 군주와 함께 있었다. 으음, 뭔가 문제가 생긴 걸까?

이런 생각을 하자, 화가 치밀었다. 필름책이나 텔레비전에서는 이런 상황에서 주인공이 결말을 예측하고 미리 준비했는데, 지금 자신은 그냥 가만히 앉아서 기다릴 뿐이었다. 모든 일이 일어날 수 있었다. 모든 일이!

으음, 지난 일을 돌이켜 보자. 하나씩 하나씩. 그러면 무언가 나타나겠지.

호미르 아저씨는 지난 2주일을 뮬의 궁전에서 살다시피 했다. 스테틴에게 허가를 받고 아르카디아를 한 번 데려간 적이 있었다. 궁전은 크고 어둠침침하며 육중했다. 낯선 생명이 내민 손길에 몸을 움츠리며 찬란한 추억 속으로 들어가서 잠자는 것 같았다. 그래서 발소리가 날 때마다 끝도 없는 메아리나 사납게 덜커덩거리는 소리로 응답했다. 아르카디아는 그곳이 마음에 안 들었다.

수도 행성의 북적대는 커다란 고속도로가 훨씬 마음에 들었다. 파운데이션보다 훨씬 가난한데도 많은 재화로 화려하게 장식한 수많은 극장과 구경거리가 훨씬 좋았다.

호미르 아저씨는 저녁에야 비로소 돌아와선 감탄사를 연발하다가 이렇게 속삭이곤 했다.

"나한테는 꿈의 세계야. 돌이랑 알루미늄 스펀지로 쌓아 올린 층을 하나씩 빼내며 궁전 전체를 깎아 내고 싶어. 그래서 궁전 전체를 터미너스로 옮길 수만 있다면 정말 훌륭한 박물관이 될 거야."

처음에 가진 꺼림칙한 마음은 사라진 것 같았다. 오히려 눈빛을 번뜩이며 아주 열심히 관찰했다. 그리고 아르카디아는 한 가지 분명한 사실을 깨달았다. 그 기간 내내 호미르 아저씨가 단 한 번도 말을 더듬지 않았다는 사실이었다. 한 번은 아저씨가 이렇게 말했다.

"프리처 장군에 대한 기록을 발췌한 내용이 있어."

"저도 그 사람을 알아요. 제2파운데이션을 찾으려고 은하계를 철저하게 수색한 배신자 말이죠?"

"배신자는 아니야, 아르카디. 뮬이 전향시킨 거야."

"어쨌든 마찬가지잖아요."

"네가 말한 철저한 수색이란 사실은 불가능한 임무였어. 500년 전에 파운데이션 두 개를 설립한 셀던 회의록 원문에는 제2파운데이션에 대해 참조할 기록이 하나밖에 없었거든. '은하계 반대편 끝에 있는 별'에 있다는 내용이 전부야. 뮬과 프리처는 그걸 근거로 탐색할 수밖에 없었어. 설사 발견한다 해도 그것이 제2파운데이션인지 아닌지 분간할 방법도 없었지. 정말 미친 짓이었어!"

호미르 아저씨는 혼자 중얼거렸지만 아르카디아는 열심히 들었다.

"그들한테는 행성 1000개에 달하는 기록이 있지만, 계속 조사할 행성은 100만 개에 달한 거야. 지금 우리 형편도 좋을 게 없어."

아르카디아는 걱정스러워서 갑자기 '쉿!' 소리를 내서 말을 끊고, 호미르 아저씨는 얼어붙었다가 천천히 정신을 차리며 중얼거렸다.

"이제 그만하자!"

그런데 지금 호미르 아저씨가 스테틴 군주와 있고 아르카디아는 밖에서 혼자 기다리는 중이었다. 별다른 이유도 없이 심장에서 피가 말라붙는 느낌이 들었다. 바로 그게 특히 두려웠다. 별다른 이유도 없다는 사실이.

문 저쪽에서는 호미르가 젤라틴처럼 끈적거리는 바다에서 발버둥치는 중이었다. 그는 말을 더듬지 않으려고 필사적으로 몸부림쳤지만, 두 단어 이상을 또렷하게 말할 수 없었다.

제복을 완벽하게 차려입은 군주 스테틴은 약 195센티미터나 되는 키에 말투가 날카롭고 천박했다. 둥글게 말아 쥔 거만한 주먹이 말을 할 때마다 힘차게 장단을 맞추었다.

"으음, 당신은 뮬의 궁전에서 2주일이나 지냈는데 나한테는 시시한 이야기만 하는군. 그러지 말고, 선생, 이제 제일 나쁜 내용을 말하도록. 우리 해군이 산산조각 나는 건가? 내가 제1파운데이션은 물론이고 제2파운데이션이라는 유령하고도 싸워야 하는가?"

"다, 다시 말씀드립니다만, 각하. 저는 예, 예언자가 아닙니다. 저, 저는 너무 당황해서……"

"아니면 당신네 나라에 돌아가서 동포한테 경고하고 싶은 건가? 서툰 연기를 하러 우주 깊숙이? 나는 진실을 알고 싶어. 그렇지 않으면 당신은 창자와 함께 진실을 토해야 할 거야!"

"저는 오직 진실만 마, 말합니다. 그리고 명, 명심하시기 바랍니다, 가, 각하. 저는 파운데이션 시민입니다. 가, 각하께서 저한테 손을 대면, 견디기 힘든 보, 보복을 받습니다."

칼간 군주가 커다랗게 웃었다.

"하하하……! 겁에 질린 아이를 협박하나? 아무리 멍청해도 그런 협박에 넘어가진 않아. 이봐, 호미르 선생, 지금까지 난 꾹 참았어. 당신이 밤잠을 설치면서 날조한 게 틀림없는 말을 되풀이하며 따분하게 말하는 동안 난 20분 동안 가만히 들었어. 쓸데없는 노력이었지. 당신이 여기에 온 건 뮬이 남긴 흔적만 뒤져서 당신이 말한 대로 까맣게 변한 숯으로 몸을 따뜻하게 데우려는 게 아니라는 사실은 나도 잘 알아. 그렇지 않은가?"

호미르 먼은 순간적으로 숨이 콱 막혔다. 불처럼 타오르는 눈앞의 공포를 떨쳐낼 수도 없었다. 스테틴 군주도 그런 모습을 보고 파운데이션 시민의 어깨를 내리쳤다. 호미르는 물론 호미르가 앉은 의자까지 충격을 받아 흔들렸다.

"좋아. 솔직하게 얘기하자고. 당신은 셀던 프로젝트를 조사하는 거야. 셀던 프로젝트가 효력을 잃었다는 사실을 잘 알거든. 어쩌면 당신은 내가, 나 그리고 내 후계자가 필연적으로 이길 수밖에 없다는 사실도 파악했을 거야. 으음, 친구, 중요한 건 제2제국을 건설한다는 사실이야. 누가 건설하든 상관이 없다고. 역사는 한쪽 편만 드는 게 아니야, 그렇지? 나한테 말하는 게 두려운가? 하지만 나는 자네가 맡은 임무를 알아."

호미르가 또렷하지 않은 목소리로 물었다.

"가, 각하께서 바라시는 건 뭐죠?"

"당신이란 존재. 자신감이 지나쳐서 셀던 프로젝트를 망치고 싶지 않거든. 당신은 그것에 대해 나보다 많은 걸 알아. 내가 놓칠 수 있는 사소한 결점을 찾아낼 수 있지. 어떤가? 결국에는 당신한테도 이익이 될 거야. 전리품 가운데에서 자네 몫을 충분히 받을 테니까. 파운데이션이 할 수 있는 게 뭐겠나? 피할 수 없는 패배의 흐름을 바꾸려는 몸부림? 전쟁을 오래 끄는 것? 아니면 조국을 위해 죽고 싶다는 단순한 애국심?"

"저, 저는……."

호미르가 우물대다가 입을 다물었다. 그래서 한마디도 흘러나오지 않는 가운데, 칼간 군주가 자신만만하게 말했다.

"당신은 여기에 남아. 선택의 여지가 없어."

칼간 군주가 하마터면 잊을 뻔했다는 투로 덧붙였다.

"잠깐. 당신 조카딸이 베이타 다렐의 후손이란 아주 좋은 정보를 확보했네."

호미르는 깜짝 놀라서 "그렇습니다!"라고 대답했다. 냉혹한 진실을 숨길 만한 능력을 발휘할 자신이 없었다.

"파운데이션에서는 주목받는 가문이지?"

호미르는 고개를 끄덕이며 대답했다.

"각하, 그런 가문 사람한테 어떤 해를 끼치는 것은 바, 바람직하지 않습니다."

"해를 끼쳐? 멍청한 소리 그만하게, 친구. 난 정반대를 생각하고 있네. 조카딸이 몇 살이지?"

"열네 살입니다."

"잘됐군! 제2파운데이션이나 해리 셀던이라고 해도 시간의 흐름은 물론 소녀가 여인으로 성장하는 걸 막을 순 없을 거야."

칼간 군주는 그렇게 말하면서 몸을 홱 돌리더니 커튼을 늘어뜨린 문가로 뚜벅뚜벅 걸어서 커튼을 홱 젖히더니, 커다랗게 소리쳤다.

"도대체 여기에서 뭘 하는 거야!"

칼리아 부인이 눈을 깜빡이며 기어드는 목소리로 말했다.

"다른 사람이 있는 줄 몰랐어요."

"으음, 손님하고 있으니. 이 문제는 나중에 언급하지. 그러니 어서 돌아가도록, 지금 당장!"

부인이 걷는 소리가 계단 끝으로 조금씩 사라졌고, 스테틴도 원래 자리로 돌아왔다.

"저 여자는 막간극 주인공 역할을 너무 오래했어. 이제 곧 끝낼 거야. 열네 살이라고 했나?"

호미르는 새로운 공포를 느끼며 물끄러미 바라보았다.

아르카디아는 문이 소리도 없이 열리는 걸 보고 깜짝 놀라더니, 눈에 살짝 비친 어떤 동작을 발견하고 화들짝 놀랐다. 손가락 하나가 자신을 향해 열심히 움직이며 이리 오라는 신호를 보냈다. 아르카디아는 한동안 멍하니 그것을 바라보다가 덜덜 떠는 하얀 손가락을 알아보고 바닥을 가로지르며 조심스럽게 다가갔다.

두 사람이 걷는 발소리가 복도를 따라 조용히 나아갔다. 손가락의 주인은 칼리아 부인이었다. 그리고 지금 그녀는 아르카디아가 아플 정도로 손을 꽉 잡았는데, 아르카디아는 왠지 칼리아 부인을 따라가는 게 무섭지 않았다. 칼리아 부인 정도는 두렵다는 생각이 안 들었다.

그런데 이러는 이유가 무얼까?

두 사람은 핑크빛이 찬란한 은밀한 공간에 도착했다. 칼리아 부인이 입구를 등지고 서며 말했다.

"이건 우리만 아는 통로야……, 그이가 집무실에서 내 방으로 올 때 쓰는. 내가 누굴 말하는지 알지?"

칼리아 부인이 말하며 엄지손가락으로 가리켰다. 생각만 해도 영혼이 갈려서 죽을 것처럼 무섭다는 표정이었다. 푸른 눈이 검게 보일 정도로 동공이 크게 뜨였다.

"운이 좋았어. 정말 좋았어."

"무슨 일인지······."

아르카디아가 머뭇거리며 입을 열자, 칼리아 부인이 재빨리 가로막으며 말했다.

"얘야, 아니야, 아니야. 시간이 없어. 어서 옷을 벗어. 제발. 어서. 다른 옷으로 갈아입어. 그러면 저들이 너를 못 알아볼 거야."

칼리아 부인이 옷장에 들어가 옷을 마구 던져서 바닥에 수북하게 쌓으며 소녀가 무난하게 입을 옷을 찾으려고 미친 듯이 애쓰다가 다시 말했다.

"그래, 이 정도면 될 거야. 그래야 해. 돈은 있니? 자, 이걸 받아······. 그리고 이것도."

칼리아 부인이 귀와 손에서 귀금속을 빼내며 계속 말했다.

"돌아가······ 너희 파운데이션으로 돌아가."

"하지만 호미르 아저씨가······."

아르카디아가 힘없이 저항하며 말하자, 칼리아 부인은 향내가 좋고 사치스러운 금속 섬유를 억지로 씌우면서 대답했다.

"그 사람은 안 떠나. 푸치가 영원히 붙잡아 둘 거야. 하지만 너는 여기 남으면 안 돼. 아, 애야, 무슨 말인지 모르겠니?"

"네. 모르겠어요!"

아르카디아가 요지부동으로 대답하자, 칼리아 부인이 두 손을 꼭 잡았다.

"너는 너희 나라로 돌아가서 전쟁이 일어날 거라는 사실을 알려야 해. 아직도 모르겠니?"

절대적인 공포가 칼리아로 하여금 전혀 그녀답지 않게 명석한 두뇌로 생각하고 말하는 역설적인 상황에 처하게 했다.

"어서 따라와."

두 사람은 다른 길로 나갔다! 경비병들이 물끄러미 바라보았지만 그들한테는 두 사람을 막을 이유가 하나도 없었다. 게다가 두 사람을 막아도 벌을 안 받을 사람은 칼간 군주밖에 없었다. 경비병은 두 사람이 출구를 지날 때마다 구두 뒤축을 차면서 '받들어 총!'을 하였다.

아르카디아는 숨조차 제대로 못 쉬며 몇 년을 걸은 것 같았다. 하지만 하얀 손가락이 처음 까딱거릴 때부터 바깥쪽 대문으로 나올 때까지, 그래서 사람들이 지나는 소리와 자동차 소리가 들릴 때까지 나오는 데 걸린 시간은 불과 25분이었다.

아르카디아는 갑자기 연민의 정을 느끼며 돌아보았다.

"저……, 부인이 어째서 이렇게 도와주시는지 모르겠지만, 부인, 정말 고맙습니다. 그런데 호미르 아저씨는 어떻게 되는 거죠?"

아르카디아가 묻자, 칼리아 부인이 흐느끼는 목소리로 대답했다.

"그건 나도 몰라. 떠날 수 있겠니? 우주 공항으로 곧장 가. 꾸물거리지 말고. 바로 지금 그 사람이 너를 찾을 수도 있으니까."

그런데도 아르카디아는 여전히 망설였다. 호미르 아저씨만 남겨 둘 순 없었다. 게다가 늦긴 했지만 자유로운 공기를 마시니, 의심이 일었다.

"군주가 절 찾는 게 부인이랑 무슨 상관인가요?"

칼리아가 아랫입술을 깨물며 중얼거렸다.

"너처럼 어린애에겐 설명할 수가 없어. 너무나 안 어울리는 이야기니깐. 자, 너도 크면……. 나는 열여섯 살 때에 푸치를 만났단다. 그래서 너를 푸치 옆에 둘 수가 없어."

칼리아의 두 눈에 수치심과 적개심이 어렸다.

그 말에 들어 있는 의미를 새기는 동안 아르카디아는 가슴이 서늘하게 얼어붙었다. 그래서 조그맣게 속삭였다.

"그 사람이 이 일을 알게 되면 부인은 어떻게 되죠?"

그러자 칼리아 부인도 소리를 낮추며 대답했다.

"나도 몰라!"

그러고는 칼간 군주가 있는 거처를 향해 잰걸음으로 돌아갔다.

하지만 아르카디아는 꼼짝하지 않았다. 순간이 영원처럼 느껴졌다. 칼리아 부인이 떠나기 직전에 아르카디아가 무언가를 보았기 때문이다! 겁에 질린 두 눈이 순간적으로 번쩍이며 드러낸 냉혹한 쾌감을.

극히 비인간적인 쾌감!

순간적으로 번뜩이는 눈빛을 발견하긴 쉽지 않지만 아르카디아는 자신이 목격한 장면을 확신했다.

아르카디아는 마구 달렸다. 택시 호출기 버튼을 누를 수 있는 한산한 공중 매점을 찾으면서 필사적으로 달렸다.

아르카디아는 거대한 환상에 사로잡혀서 아르카디아란 그림자를 쫓는 군주 스테틴한테서, 아르카디아를 잡으러 나선 모든 인간 사냥개한테서, 스테틴이 지배하는 스물일곱 개 행성한테서 도망치는 것이 아니었다.

아르카디아는 자신이 도망치도록 도와준 힘없는 여성한테서 도망치는 중이었다. 자신에게 돈과 보석을 듬뿍 건네준 인물한테서, 자신을 구하기 위해 목숨을 건 인물한테서, 자신이 제2파운데이션 소속 여성이란 사실을 마침내 확실히 자각하게 한 인물한테서.

비행택시가 짤각 소리를 내며 자동차 받침대에 들어섰다. 바람이 얼굴을 스치며 칼리아가 준 부드러운 모자 밑에서 머리카락을 흔들었다.

"어디로 모실까요, 아가씨?"

운전사가 묻는 말에, 아르카디아는 어린아이의 목소리처럼 들리지 않게 하려고 필사적으로 애쓰며 나지막한 목소리로 말했다.

"이 도시에 우주 공항구가 몇 개인가요?"

"두 개입니다. 어디로 가시려고요?"

"어디가 가까운가요?"

아르카디아가 반문하자, 운전사는 물끄러미 쳐다보며 대답했다.

"칼간 중앙 항구입니다, 아가씨."

"다른 쪽으로 가세요. 돈은 여기에 있으니까요."

아르카디아는 손에 20칼가니드 지폐 한 장을 쥐었다. 아르카디아한테는 큰 액수가 아니지만 택시 운전사는 아주 기쁜 표정으로 하얀 이를 드러내며 싱긋 웃었다.

"말씀만 하세요, 아가씨. 스카이라인 택시는 어디라도 편안히 모셔드립니다."

아르카디아는 곰팡이 냄새가 살짝 나는 시트 커버에 뺨을 대고 열을 식혔다. 거리 불빛이 밑으로 유유히 움직였다.

'어떻게 하지? 어떻게 하지?'

아르카디아는 자신이 아버지한테서 멀리 도망친, 겁에 질린 멍청한, 멍청하기 짝이 없는 어린애에 불과하다는 사실을 갑자기 깨달았다. 두 눈에는 눈물이 가득하고, 목구멍 깊숙한 곳에서는 소리 없는 울음이 일어나 마음을 괴롭혔다.

아르카디아는 스테틴 군주에게 붙잡히는 건 두렵지 않았다. 칼리아 부인이 꾸민 게 분명했다. 칼리아 부인! 늙고 뚱뚱하고 멍청한 여자. 하지만 어떤 식으로든 군주를 장악한 여자. 아, 이제 모든 게 분명하게 드러났다. 모든 게 드러났다!

칼리아와 차를 마시는 자리에서 자신은 아주 똑똑하게 굴었다. 똑똑한 어린애 아르카디아! 하지만 가슴이 꽉 막힌 것처럼 고통스러웠다. 그래, 그런 자리를 마련한 것도 계획적이었어. 그리고 스테틴에게 수작을 부려서 호미르 아저씨가 궁전을 조사하는 걸 허락하게 만든 거야. 그 여자가, 멍청한 칼리아가 그것을 원한 거야. 그래서 똑똑한 것처럼 보이는 여자애를 이용해 명분을 만든 거야. 피해자들이 마음속으로 어떤 의혹도 못 느끼도록, 그리고 칼리아 자신이 직접 끼어들 일을 최소한으로 줄이면서 말이야.

그런데 나를 풀어 준 이유가 뭘까? 호미르 아저씨는 잡아 두면서 말이야.

그건……

그건 나를 미끼로 만들어서, 다른 사람을 끌어들이는 미끼로 만들어서 파운데이션으로 돌려보내야 하기 때문에……!

그렇다면 파운데이션으로 돌아가서는 안 돼…….

"우주 공항입니다, 아가씨."

비행택시는 이미 멈춘 상태였다. 이상했다! 아르카디아 자신은 그런 사실도 몰랐다.

정말 꿈같은 세상이었다.

"고맙습니다."

아르카디아는 눈길조차 주지 않으며 운전사에게 지폐를 건네고 택시를 빠져나와 탄성이 좋은 포장도로를 가로지르며 달렸다.

불빛! 무사태평한 인간군상! 우주선이 출발하고 도착할 때마다 그것을 알리기 위해 열심히 움직이는 숫자! 번쩍거리는 거대한 전광판!

이제 어디로 가지? 아르카디아는 관심조차 없었다. 파운데이션만 아니라면 된다는 생각만 들었다! 다른 곳은 어디라도 괜찮을 터였다.

아, 칼리아가 어린애를 상대로 연극하다가 싫증나서 마지막 순간에 쾌감을 무심코 드러낸 순간, 집중력을 깜빡 놓친 순간이 너무나 고마웠다.

아주 독특한 일, 도망을 시작한 이후 뇌리를 안 떠나며 끊임없이 들쑤신 일이, 그녀에게서 열네 살이라는 나이를 영원히 앗아간 일이 일어났다.

그리고 아르카디아는 도망쳐야 한다고 생각했다.

그게 무엇보다 중요했다. 설사 저들이 파운데이션에서 제2파운데이션을 찾으려는 음모자 전부를 찾아내더라도, 설령 저들이 아르카디아의 아버지를 잡는다 하더라도, 그녀는 그 사실을 알리러 가는 위험을 감수할 수 없었다. 터미너스 전체를 위해 자신의 생명을 조금이라도 위험에 빠뜨릴 순 없었다. 이제 그녀는 은하계에서 가장 중요한 인물이 되었다. 은하계에서 중요한 인물은 그녀 한 명밖에 없었다.

아르카디아는 매표기 앞에서 어디로 갈까 궁리하는 순간에도 이런 사실을 분명히 파악했다.

은하계 전체에서 제2파운데이션이 있는 곳을 아는 사람은, 제2파운데이션 사람을 제외하면 자신밖에 없기 때문이었다.

15장

그리드를 뚫고

트랜터
공백 기간 중반까지 트랜터는 어둠에 잠겼다. 거대한 잔해더미 사이에서 조그만 농촌 사회가 형성되다.

— 『은하대백과사전』

인구가 밀집된 수도행성 교외에 있는 번잡한 우주 공항구 같은 공간은 과거에도 없고 현재에도 없다. 우주선 받침대에는 가만히 쉬는 웅장한 우주선이 있다. 시간을 제대로 선택하면 우주선이 거대한 모습을 드러내며 하강하는 모습이나 거대한 금속 물질이 점차 속도를 내며 이륙하는 인상적인 광경을 볼 수도 있다. 이렇게 이착륙하는 과정에서 거의 아무런 소리도 안 나온다. 핵이 소리 없이 촘촘한 배열로 바뀌면서 일으키는 파동을 원동력으로 이용하기 때문이다.

주변 공간을 살핀다면, 공항에서 95퍼센트를 차지하는 건 활주로 면적이다. 공항의 몇 제곱킬로미터는 우주선, 우주선에 관련된 일을 하는 사람들, 그리고 양쪽을 도와주는 관제탑에서 사용한다.

우주 공항은 은하계 모든 별로 나아가는 창구이다. 하지만 그곳으로 몰려드는 수많은 인간이 사용하는 공간은 공항 전체에서 5퍼센트에 불과하다. 수많은 군중 가운데에서 우주 공항을 설계하는 기술적인 복잡한 과정을 고려하는 사람은 거의 없는 게 분명하다. 그들 가운데 일부는 멀리서 아주 조그맣게 하강하는 금속 덩어리가 사실은 몇 천 톤에 달한다는 생각을 하며 불안감을 달랠 수도 있다. 거대한 원통 실린더 가운데 하나가 유도용 방향 지시 전파를 놓치고 예정된 착륙 지점에서 1킬로미터나 벗어난 지점에 추락해 널찍한 대합실 유리지붕이라도 꿰뚫어 많은 사람이 죽은 증거로 희미한 유기물 수증기와 가루로 변한 인산염만 남는 상상을 하는 사람도 있을 수 있다.

하지만 안전장치를 가동하기 때문에 그런 사태가 일어날 가능성은 없다. 한순간이라도 그런 가능성을 진지하게 떠올리는 사람은 노이로제가 심한 환자밖에 없을 것이다.

그러면 군중은 무슨 생각을 할까? 그들은 단순한 군중이 아니다. 목적이 또렷한 군중이다. 공항 일대를 빽빽하게 채우며 주변을 배회하는 목적 말이다. 그래서 기다란 행렬이 생기고, 부모는 자녀를 가축처럼 몰고, 짐은 거대한 산처럼 움직이는 가운데, 사람은 어딘가로 떠난다.

그런데 이렇게 기세등등한 군중 한가운데에서 어디로 가야 할지도 모르면서 어딘가, 어디론가 가야 한다는, 그 필요성을 다른 누구보다 절박하게 느끼는 사람이 있다면 그 사람이 느낌 직한 완벽한 정신적 고립 상태를 생각해 보라!

텔레파시처럼 마음으로 마음을 읽는 원초적인 방법이 없다면 무작정 부닥쳐서 분위기를 파악해도 좌절감을 충분히 느낄 수 있다.

충분히? 아니, 넘쳐흘러서 온몸이 빠지다 못해 익사할 정도였다.

아르카디아는 다른 사람 옷을 입고 다른 행성에서 다른 인생이 펼쳐지는 색다른 상황에서 완벽하게 안전한 상황을 간절하게 원했다. 하지만 자신이 그런 걸 원한다는 사실조차 몰랐다. 개방 사회에서 모든 걸 개방하는 자체로 아주 위험하다는 느낌을 받을 뿐이었다. 아르카디아는 어딘가 멀리서, 탐험조차 안 한 우주 오지 어딘가에서, 누구도 관심조차 안 보이는 곳에서 밀폐된 공간을 찾고 싶었다.

아르카디아는 이제 막 열네 살을 넘긴 나이에 마치 팔순을 넘긴 노인처럼 지쳤고 다섯 살도 안 된 아이처럼 공포에 떨었다.

아르카디아를 스치고 지나간, 실제로 닿은 느낌이 들 정도로 스치고 지나간 이방인 몇백 명 가운데에 제2파운데이션 사람이 하나라도 있을까? 그걸 안다는 사실(제2파운데이션이 있는 위치를 안다는 독특한 사실) 때문에 아르카디아 자신을 죽일 수밖에 없는 인간이 누구란 말인가?

그때 문득 어떤 목소리가 일어났다. 천둥 같은 목소리, 목구멍까지 튀어나온 비명을 얼려서 말줄임표처럼 만든 목소리, 신경질적인 목소리였다.

"이봐요, 아가씨! 매표기를 사용할 거요, 아니면 거기에 가만히 서 있을 거요?"

아르카디아는 그때 비로소 자신이 매표기 앞에 있다는 사실을 깨달았다. 고액지폐를 투입구에 넣으면 안으로 들어가고, 그래서 목적지 밑에 있는 버튼을 누르면 전자장치가 한 치의 오차도 없이 거스름돈과 표를 정확히 내주는 매표기였다. 아주 평범한 기계였다. 앞에서 5분이나 머뭇거릴 이유가 없었다.

아르카디아는 투입구에 200크레디트를 넣었다. 갑자기 '트랜터'라고 적힌 버튼이 보였다. 트랜터! 사라진 제국의 수도, 자신이 태어난 행성.

아르카디아는 자신도 모르게 버튼을 눌렀다. 아무 일도 일어나지 않았다. 172.18, 172.18, 172.18이라는 숫자만 빨갛게 깜박거리는 게 전부였다. 부족한 금액을 나타내는 숫자였다. 200크레디트를 한 장 더 넣었다. 표가 튀어나왔다. 손을 대자 표가 나오고 잔돈이 굴러 나왔다.

아르카디아는 표를 냅다 움켜잡고 뛰었다. 뒤에 있던 사내가 뒷사람이 차례가 온 걸 반기며 급히 앞으로 다가오는 느낌을 받았지만 몸을 살짝 비틀며 빠져나와서 뒤도 안 돌아보며 뛰었다.

그러나 도망갈 곳은 어디에도 없었다. 사방이 모두 적이었다.

그런 사실조차 모른 채 아르카디아는 공중에 달린 커다랗고 화려한 전광판을 바라보았다. 스테파니, 아나크레온, 페르머스……. 터미너스라는 이름도 있었다. 아, 아르카디아는 그곳으로 가고 싶은 마음이 굴뚝같았지만 감히 그럴 순 없었다.

돈을 조금만 줘도 경보기를 빌릴 수 있었다. 그건 자신이 어디에 있든 가고자 하는 목적지를 입력하고 핸드백에 두면 이륙 시간 15분 전에 본인한테만 신호를 보내는 장치였다. 하지만 그런 물건은 비교적 안전한 사람들이나, 그런 장치를 떠올릴 정도로 여유가 있는 사람들이나 사용할 수 있었다.

좌우를 동시에 바라보려고 하는 순간, 부드러운 복부가 무언가에 부딪쳤다. 깜짝 놀란 소리와 불평이 들린 뒤 억센 손이 그녀의 팔을 붙잡았다. 아르카디아는 필사적으로 발버둥을 쳤지만 숨이 목구멍을 막아서 고양이가 우는 듯한 비명소리만 가늘게 흘러나올 뿐이었다.

팔을 붙잡은 사람이 단단히 힘을 주며 기다렸다. 상대편 남자의 모습이 조금씩 초점에 잡혀서 아르카디아는 사내 얼굴을 간신히 쳐다보았다. 약간 통통한 몸집에 작은 키였다. 하얀 머리칼을 올백으로 넘겨 곱게 빗질한 모습이 농부 출신이라고 스스로 광고하는 것처럼 보이는 빨간 얼굴과 이상할 정도로 안 어울렸다. 마침내 사내가 호기심 어린 솔직한 표정으로 물었다.

"무슨 일이니? 겁에 질린 것 같은데."

"미안합니다. 가야 해요, 죄송해요."

아르카디아가 정신없이 중얼거리자, 사내는 그 말을 완전히 무시하며 말했다.

"조심해, 꼬마야. 그러다가 표를 떨어뜨리겠어."

그러더니, 저항력을 상실한 하얀 손가락에서 표를 뺏어들고 아주 만족스러운 표정으로 쳐다보았다.

"그럴 줄 알았어."

사내가 말하더니, 황소처럼 커다랗게 소리쳤다.

"마마!"

어떤 여자가 즉시 다가왔다. 훨씬 작고 훨씬 통통하고 훨씬 빨간 얼굴이었다. 여인이 흐트러진 백발가닥을 손가락으로 감아서 유행이 많이 떨어진 모자 밑으로 찔러 넣더니, 비난하는 어조로 말했다.

"파파. 사람이 이렇게 많은 데에서 소리치는 이유가 뭐예요? 사람들이 파파를 미친 사람처럼 쳐다보잖아요. 여기를 농장이라고 생각하는 거예요?"

그러더니, 여인이 딱딱하게 굳은 아르카디아를 바라보고 쾌활하게 웃으며 이렇게 말했다.

"이 사람은 매너가 곰 같지 뭐니."

그러더니 다시 날카롭게 말했다.

"파파, 얼른 꼬마 아가씨를 놓아 주질 않고 뭘 하는 거예요?"

하지만 파파는 여인에게 표를 흔들며 이렇게 말했다.
"이걸 봐. 얘가 트랜터로 간다고!"
그러자 마마가 갑자기 환한 표정을 떠올리며 물었다.
"아가씨, 트랜터에서 왔어? 파파, 아가씨 팔을 놓으라고 했잖아!"
여인이 말하더니, 가지고 있던 두툼한 여행용 가방을 뒤집어 아르카디아한테 걸터앉으라며 친절하면서도 무지막지한 압력을 가했다.
"앉아요, 다리를 좀 쉬도록 해. 우주선이 나오려면 아직 한 시간은 있어야 하는데. 벤치에는 꾸벅꾸벅 조는 놈팡이들 천지니까. 아가씨는 트랜터에서 왔어?"
아르카디아는 숨을 깊이 들이마시고 항복했다. 그리고 쉰 목소리로 대답했다.
"거기에서 태어났어요."
그러자 마마는 아주 기뻐서 손뼉을 쳤다.
"우리가 여기에 온 지 한 달이나 됐는데 지금까지 조국 출신을 한 명도 못 봤어. 정말 반갑구나. 너희 부모님은……?"
여인이 주변을 막연하게 둘러보았다.
"부모님은 안 오셨어요."
아르카디아는 신중하게 대답했다.
"그럼 혼자서 온 거야? 너 같은 어린애 혼자서?"
마마가 분노와 동정이 뒤섞인 눈으로 쳐다보다가 다시 물었다.
"어쩌다가 그렇게 됐니?"
그러자 파파가 여인의 옷소매를 잡아당기며 말했다. 조그맣게 속삭이는 것 같은데, 아르카디아한테도 또렷하게 들렸다.
"마마, 나도 말 좀 하자. 뭔가 이상해. 이 애가 아주 두려워하는 것 같

아. 무작정 달리는 중이었어, 어디로 가는지 보지도 않고. 내가 지켜보았거든. 그래서 내가 미처 피하기도 전에 저 애가 나랑 부딪혔어. 그거 알아? 꼬마애가 뭔가 어려움에 처한 것 같아."

"그렇다면 조용히 해요, 파파. 당신한테 다른 사람이 부딪힐 수도 있으니까."

하지만 여인은 아르카디아 옆에 함께 앉았다. 그러자 가방에서 삐걱거리는 소리가 일었지만 여인은 덜덜 떠는 어린애의 어깨를 팔로 감싸며 말했다.

"얘야, 누구한테 도망치는 거니? 무서워하지 말고 나한테 말해. 내가 도와줄게."

아르카디아는 여인의 친절한 잿빛 눈을 바라보았다. 자신이 입술을 떠는 것 같았다. 머리 한쪽에서 트랜터 사람이 나타났다고, 이들과 함께 가면 된다고, 자신이 다음에 어디로 갈지 결정할 때까지 자신이 트랜터에 머물도록 도와줄 거란 얘기가 들렸다.

그런데 다른 쪽에서 훨씬 커다란 소리가 뒤죽박죽으로 일어났다.

나는 어머니를 기억할 수 없다고, 우주와 싸우는 건 죽는 것만큼이나 싫다고, 조그만 거실에 들어가서 강하면서도 부드러운 품에 안기고 싶다고, 어머니가 살았다면, 자신도…… 자신도…….

그래서 아르카디아는 그날 밤 처음으로 울음을 터뜨렸다. 어린아이처럼 마구 우는 데도 오히려 마음은 편안했다. 부드러운 팔이 꼭 껴안으며 작은 곱슬머리를 다정하게 쓰다듬는 동안, 아르카디아는 상대의 구식 드레스를 움켜잡고 끄트머리를 흠뻑 적셨다.

파파는 두 사람을 난처한 표정으로 바라보며 혹시 손수건이 없을까 주머니를 뒤졌다. 하지만 손수건은 꺼내기 무섭게 손에서 벗어났다. 마마는 말없이 나무라는 표정으로 남편을 노려보았다. 사방에서 사람들이 군중 특유의 무관심한 표정을 하며 나타나다가 사라졌다. 사실상 그들 모두가 혼자였다.

마침내 눈물이 줄어들다가 멈추자, 아르카디아는 빌린 손수건을 빨간 눈에 대고 눈물을 닦다가 힘없이 웃으며 속삭였다.

"저, 저는……"

하지만 마마가 안쓰러운 표정으로 막았다.

"쉬잇! 쉬잇! 아무 말도 하지 마. 그냥 가만히 앉아서 푹 쉬렴. 숨 좀 들이켜. 그런 다음에 어떤 문제가 있는지 말하는 거야. 혹시 아니, 우리가 말끔하게 해결해서 모든 게 정상으로 돌아갈지?"

아르카디아는 남아 있는 지혜를 모두 끌어 모았다. 두 사람에게 진실을 말할 순 없었다. 누구에게도 진실을 말할 순 없었다. 그러나 유익한 거짓말을 만들기는 정말 힘들었다. 마침내 아르카디아가 속삭이듯 말했다.

"이젠 괜찮아요."

마마가 대답했다.

"잘됐구나, 애야. 그럼 이제 어려움을 겪는 이유를 말하렴. 잘못한 건 없지? 물론 네가 무슨 일을 했든 우리가 도와주겠지만, 사실을 말해야지."

"트랜터에서 온 친구를 위해서라면 무엇이든. 그렇지, 마마?"

파파가 덧붙이자, 마마가 가볍게 대답했다.

"입 닥쳐요, 파파."

아르카디아는 핸드백을 뒤졌다. 칼리아 부인 숙소에서 급하게 옷을 갈아입었는데도 핸드백은 그대로 있었다. 아르카디아는 찾던 물건을 발견하자 마마에게 건네며 말했다.

"제 신분증명서예요."

아르카디아가 여기에 도착한 날에 파운데이션 대사가 발행하고 칼간 공무원이 서명한 화려한 인조 양피 문서였다. 아주 커다랗고 화려한 증명서가 인상적이었다. 마마는 가만히 훑어보다가 파파에게 말없이 건넸다. 그러자 파파가 입술을 인상적으로 오므리며 바라보다가 이렇게 물었다.

"그럼 파운데이션에서 온 거니?"

"네. 하지만 트랜터에서 태어났어요. 거길 보면 아실 거예요."

"그렇구나. 틀림없는 것 같아. 이름이 아르카디아니? 트랜터 사람치고 좋은 이름이야. 그런데 너희 아저씨는 어디에 있니? 여길 보면 호미르 먼이라는 아저씨와 함께 왔다고 적혔어."

"체포됐어요."

아르카디아가 끔찍하다는 표정으로 대답했다.

"체포됐다니! 왜?"

두 사람이 동시에 소리치더니, 마마가 물었다.

"뭘 잘못했는데?"

아르카디아는 고개를 저으며 대답했다.

"몰라요. 우린 이곳을 방문한 것뿐이에요. 호미르 아저씨는 스테틴 군주에게 볼일이 있었지만……."

아르카디아는 억지로 연기를 할 필요가 없었다. 몸이 저절로 떨렸기 때문이었다.

파파가 감동한 어투로 말했다.

"스테틴 군주에게? 으으음, 너희 아저씨는 대단한 사람인 게 분명하구나."

"도대체 어떻게 된 건지 모르지만 스테틴 군주는 내가 여기에 남길 원했어요."

아르카디아는 칼리아 부인이 마지막에 한 말을 떠올렸다. 뭔지는 모르겠지만 칼리아 자신의 이익 때문에 한 말이었다. 아르카디아가 이제 비로소 깨달은 것처럼, 칼리아는 무척 교활한 여인이었다. 그렇다면 똑같은 말을 다시 사용할 수도 있었다.

아르카디아가 잠시 입을 다물자 마마가 관심을 보이며 물었다.

"왜 너를?"

"잘 모르겠어요. 그 사람이……, 그 사람이 저하고 단둘이 저녁식사를 하길 원했지만 저는 싫다고 했어요. 호미르 아저씨와 함께 있고 싶었거든요. 그랬더니 그 사람이 나를 이상한 눈으로 쳐다보면서 어깨를 붙잡았어요."

파파는 입을 살짝 벌렸지만 마마는 얼굴을 금세 붉히면서 화가 난 얼굴로 물었다.

"너 몇 살이니, 아르카디아?"

"열네 살요."

마마가 숨을 거칠게 들이쉬며 말했다.

"그런 뻔뻔한 인간이 있다니! 길거리를 돌아다니는 개만도 못한 인간이야. 그럼 얘야, 넌 지금 그 작자한테서 도망치는 거니?"

아르카디아가 고개를 끄덕이자, 마마가 말했다.

"파파, 지금 당장 안내실로 가서 트랜터 행 우주선이 정확히 언제 출발하는지 알아보세요. 빨리!"

그러나 파파는 한 발을 떼다가 멈추었다. 커다란 금속성의 소리가 머리 위에서 쿵 울리고 대합실에 있던 눈 5000쌍이 움찔하며 일제히 쳐다보았다.

아주 위압적인 어투가 흘러나왔다.

"여러분! 위험한 도주범을 찾기 위해 현재 공항을 포위한 채 샅샅이 수색하는 중입니다. 아무도 들어오거나 나갈 수 없습니다. 하지만 수색 작업은 신속하게 끝날 터이며 그러는 동안에는 어떤 우주선도 착륙하거나 이륙할 수 없으니, 여러분이 우주선을 놓칠 가능성도 없습니다. 이제 그리드가 내려올 겁니다. 그리드를 치우기 전에는 누구도 현재 계신 구역에서 벗어날 수 없습니다. 벗어나려고 한다면 우리로서도 신경 채찍을 사용할 수밖에 없습니다!"

이런 소리가 우주 공항 대합실을 동그랗게 에워싼 거대한 돔을 약 1분 동안 압도하고, 아르카디아는 은하계에서 가장 나쁜 일이 몰려든다 해도 꼼짝할 수가 없었다.

저들이 말하는 인물은 자신밖에 없었다. 다른 가능성은 떠올릴 필요가 없었다. 하지만 왜……?

칼리아가 아르카디아를 도주시킨 방법은 아주 교묘했다. 그리고 칼리아는 제2파운데이션 사람이었다. 그런데 이제 왜 수색을 한단 말인가? 칼리아가 실패했나? 과연 칼리아가 실패할 수 있을까? 아니면 이것도 아르카디아를 탈출시키려는 아주 복잡한 계획의 일부일까?

순간적으로 아르카디아는 공중에 뛰어올라서 항복하겠다고, 자수하겠다고 소리를 지르고 싶었다. 하지만 마마가 팔뚝을 꼭 움켜잡으며 말했다.

"빨리! 서둘러! 놈들이 수색을 시작하기 전에 화장실로 가자."

아르카디아는 뭐가 뭔지 알 수 없었다. 무의식적으로 마마를 쫓아갈 뿐이었다. 마지막 말이 아직도 공중에서 메아리치는 가운데 모두가 꽁꽁 얼어붙은 인파 사이를 두 사람은 이리저리 피하며 나아갔다.

그리드가 내려오고, 파파는 입을 딱 벌린 채 지켜보았다. 그리드에 대한 소문도 듣고 책에서도 읽었지만 자신이 그리드 대상으로 전락한 적은 한 번도 없었다. 그리드가 공중에서 번뜩였다. 사람에게는 해롭지 않은 촘촘한 방사광선, 그물코처럼 서로를 겹치며 비추는 광선이었다.

그리드는 일부러 공중에서 아주 천천히 내려오며, 심리적으로 그물에 걸려서 꼼짝달싹할 수가 없다는 공포감을 자아냈다.

그런 그리드가 이제 허리 높이까지 내려오고, 사방을 비추는 광선은 3미터 간격을 이루며 번뜩였다. 파파는 자신이 있는 9제곱미터 안에 자기 혼자뿐이라는 사실을 깨달았다. 주위를 둘러보니 인접 구역은 무척 혼잡했다. 자신 혼자만 두드러지게 고립되었다는 느낌이 들었다. 하지만 사람이 많은 곳으로 옮기려면 광선 하나를 가로지르게 되고 그러면 경보가 울려서 신경채찍이 날아올 게 분명했다.

파파는 기다렸다. 기분이 나쁠 정도로 조용히 기다리는 군중 저편 멀리에서 소란스러운 느낌이 일어났다. 경찰관 행렬이 광선으로 구획을 나눈 사각형으로 줄줄이 들어서는 중이었다.

잠시 후에 제복을 입은 경찰관이 사각형으로 들어와서 노트에 좌표를 세밀하게 기록하며 물었다.

"증명서!"

파파가 증명서를 건네자, 경찰관이 능숙한 솜씨로 훑었다.

"프림 팔버, 트랜터 태생, 칼간에 한 달간 체류, 트랜터로 귀국 예정. 맞는지 틀리는지 대답하시오."

"아, 예, 맞습니다."

"칼간에는 무슨 일로 왔소?"

"나는 농업 협동조합 무역 대표입니다. 칼간 농업성과 거래 조건을 교섭하러 왔습니다."

"으으음, 부인과 함께 왔군요? 부인은 어디에 있소? 서류엔 그렇게 적혀 있소."

"아, 네. 아내는 저기에……."

파파가 손가락으로 가리켰다.

"한토!"

경찰관이 소리치자, 다른 경찰관이 다가왔다. 첫 번째 경찰관이 무뚝뚝하게 말했다.

"제기랄, 부인이 또 화장실에 갔어. 화장실이 부인들로 넘쳐나겠군, 부인 이름을 적어."

경찰관이 증명서에 적혀 있는 내용을 가리키며 말하더니, 파파에게 다시 물었다.

"함께 온 사람이 또 있습니까?"

"조카딸요."

"조카는 서류에 없는데요?"

"따로 왔습니다."

"조카는 어디에 있소? 아니, 됐어요. 알겠어요. 조카딸 이름도 적어, 한토. 조카딸 이름은 뭐죠? 아르카디아 팔버라고 적어, 한토. 당신은 여기에 그대로 있어요, 팔버 선생. 우리가 두 여성분을 조사한 다음에 떠날 테니."

파파는 한참을 기다렸다. 그러자 꽤 오랜 시간이 흐른 다음에 마마가 아르카디아 손을 꼭 잡고 경찰관 두 명을 뒤에 달고 걸어왔다.

이윽고 파파가 들어 있는 사각형 격자에 그들이 들어서자, 경찰관 한 명이 물었다.

"시끄러운 이 아주머니가 당신 부인이오?"

"네, 경찰관 나리."

파파가 아부하듯 대답했다.

"그렇다면, 제1시민 경찰관에게 지금처럼 행동하면 다치기 쉽다고 말해 주는 게 좋겠소!"

경찰관은 화가 난 듯 어깨를 으쓱하며 말하더니, 이렇게 물었다.

"얘가 당신 조카딸이오?"

"네, 경찰관 나리."

"아가씨 신분증명서 좀 봅시다."

마마는 남편을 똑바로 쳐다보며 가볍게, 그러나 단호하게 머리를 흔들었다.

짧은 침묵이 흐르고 파파는 살며시 웃으며 대답했다.

"그렇게 못 할 것 같습니다."

"그렇게 못 할 것 같다니, 무슨 말이오?"

경찰관이 손바닥으로 거칠게 밀치며 재촉했다.

"당장 내놓으시오!"

"난 외교 면책 특권이 있습니다."

파파가 부드럽게 대답하자, 경찰관이 물었다.

"그게 무슨 뜻이오?"

"나는 농업 협동조합 무역 대표라고 얘기했잖습니까. 나는 칼간 정부에게 정식으로 신임장을 받은 외국 대표이며 증명서는 그런 사실을 증명합니다. 아까 그것을 당신한테 보여 드렸으니, 이제 더 이상 번거로운 일을 당하고 싶지 않군요!"

 순간적으로 경찰관은 어안이 벙벙한 표정을 떠올리다가 이렇게 말했다.

 "나는 증명서를 꼭 봐야 하겠소. 이건 명령이오!"

 그러자 마마가 불쑥 끼어들었다.

 "당장 저리 꺼져! 경찰관이 필요하면 우리가 사람을 보낼 테니, 건달 같은 녀석아!"

 경찰관이 입술에 힘을 주며 말했다.

 "이들을 지키도록, 한토. 중위님을 불러올 테니."

 "다리나 부러져라!"

 마마가 등에 대고 고함을 질렀다. 누군가 터트린 폭소가 갑자기 사라졌다.

 수색은 끝을 향해 치닫는 중이었다. 군중은 위험할 정도로 침착성을 잃는 중이었다. 그리드가 내려오고 45분이 지났으니, 이제 효과가 줄어들 때도 되었다. 그래서 디리지 중위는 군중이 밀집한 중앙으로 황급히 걸어서 힘없이 물었다.

 "이 여자가 그 아가씨인가?"

 그리고 찬찬히 훑어보았다. 수배자 인상착의랑 딱 들어맞았다. 어린애 하나 때문에 이런 소동이라니!

 "아가씨 신분증명서를 볼까요?"

 중위가 말하자, 파파가 대답했다.

 "이미 설명했지만……."

 "설명하신 내용은 잘 압니다만 정말 미안합니다. 하지만 나는 명령을 받아서 어쩔 도리가 없습니다. 나중에 항의하시겠다면 그렇게 하십시오. 하지만 당장은 우격다짐이라도 쓸 수밖에 없습니다."

침묵이 흐르고 중위는 꾹 참으며 기다렸다.

이윽고 파파가 쉰 목소리로 말했다.

"신분증명서를 주렴, 아르카디아."

아르카디아는 공포에 질린 표정으로 머리를 흔들었지만 파파는 고개를 끄덕거렸다.

"걱정하지 마. 나한테 건네줘."

결국 아르카디아는 순순히 손을 내밀어서 서류를 건네고, 파파는 그걸 손으로 만지작거리며 이리저리 훑다가 건넸다. 중위가 그것을 받아서 다시 주의 깊게 훑었다. 참으로 기나긴 순간이 지난 다음에 중위가 눈을 들어서 아르카디아를 찬찬히 바라보더니, 서류를 '탁' 닫으며 선언했다.

"이상이 없군. 잘했어, 제군들."

중위가 떠나고 2분 정도가 지나자 그리드가 사라지고 머리 위에서 원상회복을 알리는 소리가 일어났다. 사람들이 떠드는 소리가 갑자기 여기저기에서 일어난 가운데 아르카디아가 물었다.

"어떻게…… 어떻게……?"

파파가 말했다.

"쉿! 아무 말도 하지 마라. 우선 우주선이 있는 데로 가는 게 좋겠다. 우주선이 정박소로 금방 들어올 터이니."

이윽고 그들은 우주선에 올라탔다. 전용실이 있고 전용 식당에는 그들만 쓰는 식탁이 있었다. 잠시 후 칼간에서 2광년 떨어지고 난 뒤, 마침내 아르카디아는 마음을 먹고 이야기를 다시 꺼냈다.

"하지만 저들은 저를 쫓아왔어요, 팔버 아저씨. 저들은 제 인상착의를 구체적으로 기록한 자료까지 가지고 있는 게 분명해요. 그런데 저를 놓아준 이유가 무얼까요?"

그러자 파파는 스테이크 접시 위로 얼굴을 들고 환하게 웃으며 설명했다.

"으음, 아르카디아, 그건 간단해. 공무원이나 바이어들과 교섭하거나 조합과 경쟁하다 보면 몇 가지 책략을 깨닫게 되지. 나는 20년 넘게 일하면서 그걸 터득했어. 중위가 신분증명서를 여는 순간, 조그맣게 접은 500크레디트 지폐 한 장을 발견한 거야. 간단하지 않니?"

"제가 갚아 드릴게요. 솔직히 저는 돈이 많거든요."

아르카디아가 말하자, 파파는 널찍한 얼굴에 순간적으로 당혹한 미소를 떠올리더니, 손을 흔들며 거절했다.

"으음, 같은 동포 여성을 위해서 한 일이야."

결국 아르카디아는 마음을 돌리면서 이렇게 물었다.

"그런데 그 사람이 돈만 받고 저에 대해서 보고하면 어떻게 하죠? 그래서 저한테 뇌물을 주었다는 혐의까지 씌우면……."

"그래서 500크레디트를 단념하고? 나는 그런 사람에 대해 너보다 잘 안단다."

그러나 아르카디아가 보기에, 파파는 사람들을(최소한 이 사람들을) 잘 몰랐다. 그래서 그날 밤에 침대에서 꼼꼼히 따져보았다.

'사전에 계획하지 않았다면 뇌물을 받았다는 이유 때문에 날 체포하지 않을 리 없어. 저들은 애초에 날 체포할 생각이 없었어. 그러는 척할 뿐이었지. 왜 그랬을까? 내가 떠나는 걸 확인하려고? 그것도 트랜터로? 지금 내가 함께 가는 저 둔감하고 친절한 부부도 나만큼이나 무기력하게 제2파운데이션한테 조종당하는 인물이 아닐까? 그래, 분명해.

혹시 두 사람이?'

아무리 추측해도 소용이 없었다. 자신이 두 사람이랑 어떻게 싸울 수 있단 말인가? 자신이 어떻게 하든, 모든 일은 무서울 정도로 전지전능한 인간들이 원하는 대로 될 것만 같았다.

하지만 아르카디아는 그들을 이겨야 했다. 꼭 그래야 했다! 꼭! 반드시!

16장
전쟁이 일어나다

 이 책에서 다루는 시대의 은하계 사람들에게는 알려지지 않은 한 가지 또는 몇 가지 이유 때문에, 은하계 표준시는 기준이 되는 단위, 즉 1초를 빛이 29만 9776킬로미터를 달리는 시간이라고 정의한다. 8만 6400초는 은하계 표준일 하루와 맞먹고 이런 날이 365일 모여서 은하계 표준 1년에 대응한다.
 그렇다면 왜 29만 9776이고, 8만 6400이고, 365인가?
 역사가는 전통이란 관점에서 이 문제를 설명한다. 신비주의자나 수학자, 형이상학자는 어떤 다양하고 신비로운 숫자 때문이라고 말한다. 인류가 처음 발생한 행성에서 일정한 주기로 자전과 공전이 이루어지는데, 거기에서 모든 게 생겼다고 말하는 사람도 극소수 존재한다.
 진정한 원인은 아무도 모른다.
 그런데도 파운데이션 순양함 호버 말로호가 칼간 우주선 '대담무쌍'이 이끄는 소함대와 우연히 마주쳤으며, 검열단 승선을 거부하는 순간에 포격당해 잔해로 돌변한 건 은하기원 11692년 185일이었다. 전설적인 캠블 왕조 초대 황제 즉위 기원으로는 1만 1692년 185일이며, 셀던 탄생 기원으로는 419년 185일이며, 파운데이션 설립 기원으로는 348년 185일이었다. 칼간에서 뮬이 제1시민을 설립한 기원으로는 56년 185일이었다. 물론 어떤 경우든 각각의 기원은 편의상 해당 기원이 실제로 시작한 날과는 관계없이 모두 같은 날짜로 정한 상태였다.

게다가 은하계 수백만 행성에는 주변 성계가 움직이는 동작에 근거해서 수백만에 달하는 다양한 지역 시간이 있었다.

하지만 11692-419-348-56년 185일을 선택하든 다른 기원을 선택하든, 이날은 후세 역사가가 스테틴 전쟁이 발발했음을 알릴 때에 사용하는 날이 되었다.

그러나 다렐 박사에게 그런 건 아무런 의미도 없었다. 박사한테는 아르카디아가 터미너스를 떠난 지 정확히 32일째 되는 날에 불과했다.

이 기간 동안 다렐 박사가 그 일에 신경을 곤두세우지 않으려고 얼마나 노력했는지 아무도 모른다.

그러나 엘베트 세믹은 그런 사실을 충분히 짐작할 것 같았다. 엘베트 세믹은 노인이었다. 그래서 자신은 머릿속 생각이 뻣뻣할 정도로 신경 세포가 석회처럼 굳었다는 표현을 즐겨 사용했다. 자신의 두뇌가 쇠퇴한다는 사실을 오히려 즐길 정도였다. 하지만 눈빛은 쇠약하게 변하는 기색이 하나도 없으며 정신은 예전처럼 민첩하지 않아도 노련한 지혜만큼은 어느 때보다 풍부했다.

엘베트 세믹이 입술을 비틀며 물었다.

"무슨 조치를 취하지 그러오?"

이렇게 묻는 말이 커다란 충격으로 다가와서 다렐 박사는 눈살을 찡그리며 퉁명스럽게 반문했다.

"여기가 어딥니까?"

엘베트 세믹이 상대편을 진지한 눈으로 바라보았다.

"따님 일에 대해서 뭔가 대책을 세우는 게 좋을 것이오."

질문을 하는 입 사이로 누런 뻐드렁니가 보였지만 다렐은 냉담하게 대답했다.

"문제는 선생님이 사이미스 몰프 공명기를 제대로 입수할 수 있느냐 하는 것입니다."

"으음, 난 그럴 수 있다고 했는데 당신은 못 들은 모양이군."

"미안합니다, 엘베트 선생님. 사정은 이렇습니다. 지금 우리가 하고 있는 작업이 은하계 구성원 전체에게는 아르카디아가 무사한지 여부보다 훨씬 중요합니다. 최소한 아르카디아와 저를 제외한 모두한테요. 그래서 저는 기꺼이 다수를 따를 생각입니다. 공명기는 크기가 얼마나 되나요?"

엘베트 세믹이 믿을 수 없다는 표정으로 대답했다.

"나도 모르겠소. 카탈로그 어딘가에 있을 거요."

"대충 얼마나 큽니까. 1톤? 500킬로그램? 한 블록 길이?"

"아, 나는 박사가 구체적인 수치를 원한다고 생각했소. 아주 작소. 대략 이 정도?"

엘베트 세믹이 말하며 엄지손가락 첫 번째 마디를 가리켰다.

"좋습니다. 이렇게 할 수 있습니까?"

다렐 박사가 무릎에 댄 패드에 재빨리 스케치해서 건네주자, 늙은 물리학자는 의심스러운 눈초리로 살피다가 깔깔 웃으며 말했다.

"나처럼 늙으면 두뇌가 석회처럼 변하지. 무얼 하려는 거요?"

다렐 박사가 머뭇거렸다. 상대의 머릿속에 들어 있는 물리학 지식이 순간적으로 너무나 부러웠다. 그러면 자기 생각을 말로 옮길 필요가 없을 터였다. 하지만 아무리 부러워해도 소용이 없어서 결국 설명을 시작했다.

세믹이 고개를 설레설레 흔들었다.

"그러려면 초계전기가 필요하오. 번갯불로 콩 구워 먹듯 빠르게 작동하는 기계는 그것밖에 없소."

"하지만 그걸 만들 수 있겠습니까?"

"으음, 물론이오!"

"부품을 모두 구할 수 있나요? 평소에 하시는 일처럼 하면서 소리 소문 안 나게?"

세믹은 윗입술을 올렸다.

"초계전기 50개를 구할 수 있냐고? 나 혼자라면 평생을 써도 그렇게 많이 못 쓸 양인데."

"지금 우리는 방어 계획을 논의하는 중입니다. 그걸 무난하게 이용할 방법이 없을까요? 돈은 충분합니다."

"음······. 뭔가 방법이 있을 거요."

"장치 전체를 얼마나 조그맣게 만들 수 있습니까?"

"초계전기는 극미한 사이즈에 배선하고 진공관을 달고 으음······, 회로가 수백 개는 있어야 하오."

"알아요. 얼마나 큰가요?"

세믹은 두 손을 들었다.

"너무 커요. 저는 그걸 벨트에 달아야 합니다."

다렐은 자신이 스케치한 그림을 동그란 공처럼 뭉쳤다. 그래서 단단하고 누런 포도알처럼 만들어서 재떨이에 떨어뜨렸다. 그러자 그것이 원자로 분해되면서 하얀 빛을 살짝 발산하며 사라졌다. 다렐이 물었다.

"지금 찾아온 사람이 누군가요?"

세믹이 책상에서 허리를 숙여 신호기 위쪽에 있는 우윳빛 조그만 스크린을 쳐다보며 대답했다.

"젊은 친구 앤서. 다른 사람이 옆에 있군."

다렐은 의자를 뒤로 당겼다.

"다른 사람한테는 아직 이 일을 말하지 마세요, 세믹. 적한테 들키면 치명적이니까요. 두 사람 목숨만 위험한 걸로 충분해요."

세믹 사무실에서 펠리스 앤서는 활력이 넘쳤다. 그곳 주인과 많은 시간을 함께 보낸 결과였다. 조용하고 느슨한 실내 공기에 앤서가 입은 여름옷 소매는 아직도 바깥에서 부는 미풍에 흔들리는 것 같았다. 앤서가 말했다.

"다렐 박사님, 그리고 세믹 박사님. 이쪽은 오룸 디리지입니다."

다른 사내는 키가 컸다. 기다랗게 쭉 뻗은 코가 마른 얼굴에 음침한 느낌을 주었다.

다렐 박사가 손을 내밀자, 앤서가 슬며시 웃으며 덧붙였다.

"디리지 경찰 중위입니다."

그러더니 의미심장하게 또박또박 말했다.

"칼간 소속의!"

그와 동시에 다렐이 획 돌아보며 청년을 뚫어지게 쳐다보더니, 또박또박 물었다.

"칼간의 디리지 경찰 중위? 그런데도 여기로 데려왔다고. 이유는?"

"이 사람은 칼간에서 따님을 마지막으로 본 인물이니까요. 잠시만 기다려 주십시오."

의기양양하던 앤서의 얼굴에 갑자기 불안한 느낌이 어렸다. 두 사람

사이에 서 있던 그는 다렐과 격렬하게 몸싸움을 벌여, 이윽고 천천히 힘을 쓰며 다렐 박사를 의자에 다시 억지로 앉혔다.

"대체 무슨 짓을 하는 겁니까?"

앤서가 소리치더니 갈색 앞머리를 뒤로 넘기며 책상에 가볍게 엉덩이를 걸쳤다. 그리고 다리를 흔들며 곰곰이 생각하다가 덧붙였다.

"저는 박사님한테 좋은 소식이라고 생각했는데요."

다렐이 경찰관에게 직접 물었다. 얼굴에 핏기가 하나도 없었다.

"앤서는 당신이 내 딸을 마지막으로 본 사람이라고 했는데, 그 말이 무슨 뜻이오? 내 딸이 죽었다는 말이오? 제발 솔직하게 말하시오."

디리지 중위는 무표정하게 대답했다.

"'칼간에서 마지막으로 만난 사람'이란 뜻입니다. 따님은 현재 칼간에 없습니다. 그 뒤로는 저도 아는 게 없습니다."

앤서가 끼어들었다.

"제가 모든 걸 솔직하게 말씀드리죠, 제가 다소 지나쳤다면 죄송합니다, 박사님. 박사님이 따님 일에 너무 냉정하셔서 박사님한테도 감정이란 게 있다는 사실 자체를 저희가 그만 잊어버렸습니다. 다른 무엇보다 우선, 디리지 중위는 우리 편입니다. 칼간에서 태어났지만 아버지가 파운데이션 사람으로 뮬을 따르는 바람에 그곳으로 갔습니다. 파운데이션에 대한 중위의 충성심은 제가 보증하죠.

호미르 선생님이 일일 보고를 하지 않으신 다음 날에 저는 중위한테 연락해서……."

다렐 박사가 날카롭게 말을 잘랐다.

"왜? 우린 그 문제에 대해서 아무런 조치도 안 취하기로 결정하지 않았나? 자네는 그 두 사람의 생명은 물론 우리 목숨까지 위험하게 만든 거야!"

앤서도 똑같이 날카롭게 반박했다.

"왜냐하면 저는 박사님보다 오랫동안 이 일에 관계했기 때문입니다. 칼간에 박사님이 모르는 연줄이 있거든요. 또한 저는 박사님보다 많은 내용을 파악하고 행동하고 있습니다. 아시겠습니까?"

"자넨 이성을 완전히 잃어버린 것 같군."

"한번 들어 보시겠어요?"

침묵이 흐르고 다렐은 두 눈을 감았다.

앤서는 웃음을 살짝 머금으며 입술을 열었다.

"좋습니다, 박사님. 몇 분만 시간을 주십시오. 자네가 직접 말씀드리게, 디리지."

디리지가 편하게 말문을 열었다.

"다렐 박사님. 제가 아는 한 박사님 따님은 트랜터에 있습니다. 적어도 칼간 우주 공항에서는 트랜터 행 표를 지니고 있었습니다. 트랜터에서 온 무역 대표가 옆에 있었는데, 따님을 조카딸이라고 설명했습니다. 따님은 이상한 친척을 만드는 데 비상한 재주가 있는 것 같습니다, 박사님. 2주 사이에 삼촌이 두 사람이나 생겼으니 말입니다. 심지어 그 트랜터 사람은 저한테 뇌물까지 주려고 했습니다. 아마 저를 매수해서 탈출할 수 있었다고 생각할 겁니다."

디리지는 그 생각을 떠올리며 진지하게 웃었다.

"우리 딸아이는 어떤 상태였소?"

"제가 보기에는 괜찮았습니다. 겁에 질리긴 했지만 어쩔 수 없었지요. 경찰력 전체가 뒤를 쫓았으니까요. 저는 아직도 그 이유를 모르겠습니다."

다렐 박사가 몇 분 만에 처음으로 숨을 들이쉬는 것 같았다. 그는 두 손이 떨린다는 사실을 알아채고 억지로 진정시키며 말했다.

"그렇다면 딸아이는 무사하군. 그래, 그 무역 대표라는 사람은 어떤 사람이오? 그 사람 이야기를 해 주시오. 그 사람이 어떤 역할을 한 겁니까?"

"저도 모릅니다. 박사님은 트랜터에 대해 아시는 게 있습니까?"

"예전에 거기에서 살았소."

"트랜터는 지금 농업 행성이 되었습니다. 주로 동물 사료와 곡물을 수출합니다. 아주 고급이죠. 그걸 은하계 전역에 팝니다. 그곳에는 약 12개에서 24개에 달하는 농업 협동조합이 있는데 각각 해외 대표가 있습니다. 모두가 빈틈없는 사람들이죠. 그 남자에 대한 기록을 조금 조사했습니다. 그는 예전에도 칼간에 온 적이 있는데, 대개 부인이 함께 옵니다. 아주 정직하고 착한 사람이지요."

"으으음, 아르카디아는 트랜터에서 태어났지요, 그렇지 않습니까, 박사님?"

앤서가 묻는 말에 다렐이 고개를 끄덕였다.

"그렇다면 앞뒤가 맞는군요. 따님은 어디론가 급히 떠나고 싶었어요. 가능하면 먼 곳으로 말이죠. 바로 그 순간에 트랜터가 떠오른 거예요. 그렇게 생각하지 않으세요?"

다렐 박사가 물었다.

"그렇다면 여기로 안 돌아온 이유는 무얼까?"

"쫓기는 중이라서 안전하게 몸을 피하려면 이곳이 아니라 다른 곳으로 가야 한다고 생각하지 않았을까요?"

다렐 박사는 더 이상 물어볼 용기가 안 나서 이렇게 생각했다.

'으음, 그렇다면 트랜터에서 안전하게 있겠지. 공포와 암흑만 가득한 은하계에서 어디로 간들 안전하겠냐마는.'

다렐 박사는 문으로 걷다가 앤서가 손으로 소매를 가볍게 건드는 걸 느끼고 멈추어 섰다. 하지만 돌아보진 않았다.

"집으로 함께 가도 되겠습니까, 박사님?"

"마음대로 하게."

다렐이 기계적으로 대답했다.

저녁 때가 되면서 다렐 박사의 성격 가운데에 가장 외향적인 부분, 즉 다른 사람과 어울리는 사교적인 부분이 다시 굳었다. 그는 저녁 식사를 마다하고 그 대신 뇌파 그래프를 분석하는 복잡한 수학을 1센티미터라도 진보시키는 작업을 하겠다고 고집을 부렸다.

그리고 다렐 박사가 거실에 다시 들어선 건 자정이었다.

펠리스 앤서는 그때까지 거실에서 비디오 조정장치를 만지작거리는 중이었다. 그러다가 뒤에서 발소리가 나자 어깨 너머로 힐끔 쳐다보며 말했다.

"아, 아직까지 안 주무셨군요? 저는 몇 시간이나 비디오에 매달리는 중이랍니다. 뉴스 말고 다른 걸 보고 싶어서요. 그런데 호버 말로호는 아직까지 연락이 없는 것 같습니다."

"정말인가? 당국은 어떻게 예상하나?"

"뭐라고 생각하겠습니까? 칼간이 야바위를 부린 거지요. 호버 말로호가 마지막으로 연락한 장소와 동일한 우주 구역에서 칼간 함대가 발견되었다는 보고가 있었습니다."

다렐이 어깨를 으쓱하자, 앤서가 의아하다는 듯 이마를 문지르며 물었다.

"그런데 박사님, 트랜터에 안 가시나요?"

"무엇 때문에?"

"여기에서 박사님은 우리에게 아무런 도움도 안 되니까요. 지금 박사님은 제정신이 아니세요. 당연히 그럴 수밖에요. 하지만 트랜터에 간다면 새로운 목적을 달성할 수 있습니다. 그곳에는 셀던 위원회 의사록이 온전하게 남은 과거의 제국 도서관이 있으니까……"

"아니야! 도서관은 자료가 깡그리 사라져서 아무런 도움이 안 돼."

"예전에 에블링 미스는 도움을 받았잖아요?"

"자네가 그걸 어떻게 알지? 그래, 그는 자신이 제2파운데이션을 발견했다 말했고, 우리 어머니는 5초 후에 박사를 죽였어. 에블링 박사가 행여나 뮬에게 위치를 누설하는 일이 없도록 하려고 말이야. 하지만 그로 인해서 우리 어머니 또한 에블링 미스 박사가 실제로 그곳을 파악했는지 여부를 확인할 수 없었지. 결국 지금까지 기록을 뒤져서 진실을 추론한 사람은 아무도 없어."

"당시에 에블링 미스는 뮬에게 정신적 조종을 받아서 움직였어요."

"나도 그걸 알아. 하지만 바로 그것 때문에 에블링 미스는 정신 상태가 불안했어. 그렇다고 다른 사람한테 감정 통제를 받는 정신의 특성에 대해서 또는 그 장점이나 단점에 대해서 자네와 내가 무엇을 알겠나? 어쨌든 나는 트랜터에 안 가!"

앤서는 눈살을 찌푸렸다.

"으음, 그렇게 강하게 말씀하시는 이유가 뭔가요? 저는 그냥 제안한 것뿐인데요. 으음, 저는 박사님 생각을 이해할 수 없어요. 박사님은 열 살은 더 늙어 보이세요. 지금 지옥 같은 고통을 참는 게 분명해요. 그렇다고 여기에서 어떤 의미 있는 일을 하는 것도 아니시고요. 저라면 트랜터에 가서 따님을 찾겠어요."

"그래. 나도 그렇게 하고 싶네. 그래서 내가 그럴 수 없다는 거야, 잘 듣게, 앤서. 무슨 말인지 잘 들어보라고. 지금 자네는, 자네와 나 두 사람은 온 힘을 다해서 싸워도 능력에 부치는 존재를 상대하고 있어. 지금은 자네가 돈키호테 식으로 어떤 생각을 하든 나중에 자네가 냉정하게 된다면 무슨 말인지 이해를 할 걸세.

우리는 50년 전에 제2파운데이션이 셀던의 진정한 후계자이자 핵심이란 사실을 파악했네. 이 말은, 자네도 잘 알겠지만, 은하계에서는 그들이 계산해서 쓸모가 없다고 판단한 일은 하나도 안 일어난다는 뜻이야. 우리가 살아가는 인생은 모두가 우연의 연속이라면, 그들이 살아가는 인생은 모두가 사전에 정교하게 계산한 필연의 연속이야.

하지만 그들도 약점이 있어. 그들은 진짜 필연적인 건 인간 다수의 집단행동밖에 없다는 사실과 통계에 근거해서 판단해. 그런데 지금 나는 예상 가능한 역사 과정에서 개인이 어떤 역할을 하는지 몰라. 어쩌면 나에게는 일정한 역할이 없을 수도 있어, 셀던 프로젝트는 개개인을 규정하지 않고 자유의지에 맡기니 말이야. 하지만 나는 중요하고 저들은(누군지 알지?) 내가 보임 직한 반응을 계산에 분명히 넣었을 거야. 그래서 나는 내가 느끼는 충동과 욕망과 개연성이 있음 직한 반응을 안 믿어.

나는 그들에게 개연성이 없는 반응을 보이고 싶어. 떠나고 싶은 마음이 간절한데도 여기에 그냥 남는 거야. 떠나고 싶은 마음이 간절하기 때문에 안 가는 거라고!"

젊은 남자가 쏠쏠하게 웃으며 말했다.

"박사님은 박사님 자신의 마음을 저들만큼 몰라요. 저들이 박사님을 계산에 넣었다고 해도, 그래서 박사님이 머릿속에 품은 생각을 계산한다고 해도, 생각 자체는 특별한 개연성이 없어요. 박사님 특유의 사고방식에 근거해서 미리 파악하는 정도이니까요."

"그렇다면 피할 길이 없어. 만일 내가 지금 자네가 한 추론에 따라 트랜터로 간다 해도 그들은 그 점 또한 예상했을 터이니 말이야. 그러다보면 2중, 3중, 4중으로 속이는 끝없는 순환 고리가 생기겠지. 그런 순환 고리를 끝까지 따른다 해도 내가 선택할 수 있는 건 가거나 머무는 것밖에 없어. 자네 말대로 그들이 나를 여기에 머무르게 하려 했다면, 어째서 은하계 중앙을 가로질러 딸을 데리러 가는 골치 아픈 일을 만들었겠는가? 아무 짓도 안 했다면 나는 확실하게 여기에 머물 텐데 말이야.

이번 사건은 나를 움직이게 하려는 의도가 분명하니까 나는 반대로 남을 작정이네. 뿐만 아니라 앤서, 모든 일에 제2파운데이션의 입김이 닿는 건 아냐. 모든 사건이 그들이 조작한 결과는 아니라고. 그들은 아르카디아가 떠난 일과 관계가 없을 수도 있고, 우리가 죄다 죽어도 그 아이는 트랜터에 무사히 살아남을 수도 있네."

"아닙니다!"

앤서가 날카롭게 말했다.

"박사님은 또 실수를 하시는 겁니다."

"자네는 다른 해석을 갖고 있나?"

"있습니다. 들어 주신다면!"

"그래, 말해 보게. 얼마든지 들어 주겠네."

"네, 그럼. 음, 박사님은 따님을 얼마나 많이 아시죠?"

"누구든 한 개인이 남을 얼마나 알 수 있겠나? 분명히 내가 아는 것은 충분치는 않겠지."

"그 논거에 따르면 저도 역시 그렇다는 말이고, 어쩌면 박사님보다 더 모르겠지요? 하지만 저는 적어도 신선한 눈으로 보았습니다. 첫째, 따님은 전혀 때 묻지 않은 로맨티스트입니다. 텔레비전이나 필름 책에 나오는 모험이라는 비현실적인 세계에서 자라났고, 상아탑에만 있는 학자의 외동딸입니다. 또 스스로 꾸며 낸 탐정 행위나 상상을 초월한 모험의 공상 속에서 살고 있습니다. 둘째, 그녀는 총명합니다. 어쨌든 우리를 따돌릴 정도로 말입니다. 그녀는 우리의 첫 번째 회의를 도청하려고 치밀하게 계획해서 역시 성공했습니다. 셋째로 그녀는 뮬을 완전히 굴복시켰던 할머니, 즉 박사님의 어머니에 대해 엄청난 자부심을 가지고 있습니다."

앤서는 한 마디 한 마디를 토막 내듯 또박또박 말했다.

"여기까지는 사실 그대로라고 보는데, 어떻습니까? 그럼 좋습니다. 그런데 박사님과 저는 디리지 중위에게서 완벽한 보고를 받았습니다. 또 게다가 칼간에 있는 제 정보원은 상당히 치밀하므로 이 모든 줄거리가 사리에 맞습니다. 예를 들면 호미르 먼은 칼간 군주와 협의할 때 뮬의 궁전에 들어갈 수 없다고 거절당했지만 아르카디아가 제1시민의 절친한 친구인 칼리아 부인과 얘기한 뒤로 '거절'이 즉각 취소되었다는 겁니다."

다렐이 말을 가로막았다.

"그런데 자네는 그런 일을 어떻게 알고 있나?"

"첫째는 아르카디아를 찾기 위한 정탐 활동의 하나로 먼이 디리지와 면담을 한 점입니다. 물론 말할 필요도 없이 그때 주고받은 내용 사본

이 있습니다. 그러면 칼리아 부인의 문제를 얘기해 보도록 하죠. 스테틴의 총애를 잃었다는 소문이 떠돌았지만 사실로 증명되지는 않고 있습니다. 그녀는 여전히 그 자리에 있었고 또 군주의 '불허'를 돌이키게 하여 먼의 요청을 허락하게 했을 뿐 아니라, 공공연히 아르카디아를 도망가도록 하기까지 했습니다. 아무튼 스테틴의 행정 관저 주위에 있던 열두 명의 병사들이 칼리아와 아르카디아가 마지막 날 밤 함께 있는 것을 보았다고 증언했습니다. 그런데도 그녀는 여전히 처벌을 받지 않았습니다. 아르카디아에 대한 수색이 한층 더 강화되었음에도 불구하고 말이죠."

"한데, 별 연관도 없는 일을 줄줄이 늘어놓는 자네 이야기의 결론은 무언가?"

"아르카디아의 도주는 사전에 계획된 일이라는 점입니다."

"내가 말한 대로군."

"덧붙일 말이 있습니다. 즉 아르카디아는 그 일이 계획된 것이라는 사실을 틀림없이 알고 있습니다. 가는 곳마다 음모를 알아차리는 영리한 소녀 아르카디아는 이 음모를 눈치채고 박사님과 똑같은 추리를 한 겁니다. 그들은 그녀가 파운데이션으로 돌아가 주기를 바랐던 거죠. 그래서 그녀는 대신 트랜터로 간 겁니다. 하지만 왜 트랜터일까요?"

"왜지?"

"거기는 아르카디아가 우상처럼 생각하는 베이타 할머니가 쫓기고 있을 때 도망친 곳입니다. 의도했든 안 했든, 그녀는 그걸 모방한 거죠. 그렇게 미루어 본다면 아르카디아는 할머니와 똑같은 적에게서 도망치고 있었던 게 아닐까요?"

"뮬에게서?"

다렐이 점잖은 소리로 비꼬았다.

"물론 아닙니다. 제가 적이라고 한 건 그녀가 싸울 수 없는 정신력을 말합니다. 제2파운데이션이나 또는 칼간에서 발견한 것 같은 그런 영향력에서 도망쳤던 거죠."

"자네가 말하는 그 영향력이란?"

"도처에 존재하는 위협으로부터 칼간이 예외일 수 있다고 기대하십니까? 어쨌든 우리는 둘 다 아르카디아의 도주가 계획된 일이라는 결론에 이르렀습니다. 맞습니까? 그녀는 군주의 끈질긴 추적 끝에 발각되고 말았지만 디리지의 묵인으로 몰래 떠날 수 있었습니다. 디리지에 의해 말이죠. 하지만 왜? 그는 우리의 일원이기 때문이죠. 하지만 스테틴은 그 사실을 알고 있었을까요? 그들은 그가 배신자가 되리라는 걸 계산하고 있었을까요, 네?"

"지금 자네는 그들이 사실은 그 애를 체포할 셈이었다고 말하고 있군. 솔직히 말하면 덕분에 조금 피곤해지는군, 앤서. 이제 그만하지. 쉬고 싶네."

"제 말은 곧 끝납니다."

앤서는 안주머니에 들어 있는 조그만 사진 기록 뭉치를 꺼냈다. 펄렁이고 있는 건 익히 아는 뇌파 그래프였다.

"디리지의 뇌파입니다."

앤서가 아무렇지도 않은 듯이 말했다.

"그가 돌아오고 나서 찍은 겁니다."

그건 다렐의 육안으로도 똑똑히 보였다. 얼굴을 들었을 때 그는 잿빛이 되어 있었다.

"조종당하고 있군!"

"맞습니다. 그는 우리의 일원이기 때문이 아니라 제2파운데이션의 일원이어서 아르카디아가 도망치는 걸 허용한 거죠."

"그 애가 가려고 한 곳이 트랜터이지 터미너스가 아니라는 사실을 안 뒤에도 말이지……!"

앤서가 어깨를 으쓱했다.

"디리지는 그녀를 가게 내버려 두도록 조정된 거죠. 그에게는 그걸 수정 할 길이 없었습니다. 그는 단지 도구에 불과한 거죠. 결국 아르카디아는 가장 가능성이 없는 진로를 택해서 갔고 무사히 있을 겁니다. 아니면 적어도 제2파운데이션이 이 사태의 변화를 고려해서 계획을 수정할 수 있을 때까지는 무사합니다."

그는 입을 다물었다. 비디오의 작은 신호등이 깜빡거리고 있었다. 독립 회선에서 긴급 뉴스가 나왔음을 알리는 표시였다. 다렐도 그 모습을 보고 오랜 습관처럼 기계적인 동작으로 비디오 스위치를 켰다. 이미 화면에는 내용의 절반이 지나가고 있었지만 끝까지 다 보지 않아도 호버 말로호, 즉 난파선이 발견되었다는 사실, 게다가 거의 반세기 만에 파운데이션이 교전 상태에 돌입한 사실을 알 수 있었다.

앤서가 턱을 바싹 당기며 엄숙한 표정을 지었다.

"역시……! 박사님, 들으신 대로입니다. 이제 따님이 앞서 간 길을 따라 트랜터로 가시겠습니까?"

"아니, 난 모험을 해 볼 작정이네. 여기에서!"

"다렐 박사님! 박사님은 따님만큼 현명하지 못하군요. 제가 박사님을 얼마만큼 신뢰할 수 있죠?"

그는 한동안 무례한 눈길로 다렐을 쏘아보았다. 그러고 나서 한 마디도 하지 않고 떠났다.

다렐은 불안과 절망 속에 홀로 남겨졌다.

아무도 보지 않는 비디오는 저 혼자 칼간과 파운데이션의 교전이 시작된 최초의 한 시간을 묘사하면서 흥분한 영상을 잇달아 내보내고 있었다.

17장
전쟁

파운데이션의 시장은 머리를 덮고 있는 머리카락에 장난스럽게 빗을 갖다 대며 탄식했다.

"우리는 여태까지 허송세월만 하다가 좋은 기회를 놓쳐 버렸어. 그렇다고 난 책임 전가는 하지 않소, 다렐 박사. 하지만 우리가 지는 것은 당연하오."

다렐은 조용히 말했다.

"어떤 일에도 자신감이 부족한 건 좋지 않다고 생각합니다, 각하."

"자신감 부족? 자신감 부족이라고! 다렐 박사. 도대체 무슨 근거로 그런 말을 하는 거요? 이쪽으로 와 보시오."

그는 자그마한 에너지장 받침대에 우아하게 놓인 투명한 알 모양의 물체 쪽으로 반은 안내하듯 반은 끌다시피 다렐을 데리고 갔다. 시장의 손이 닿자 물체 내부가 '팟' 하고 빛났다. 은하계 이중나선의 정확한 입체 모형이었다.

시장은 흥분해서 말했다.

"노란색은 우주 공간에서 파운데이션의 지배를 받고 있는 지역이고,

빨간 곳은 칼간이 지배하는 지역이오."

다렐이 본 것은, 뻗어 있는 손 모양의 노란색과 그 손에 둘러싸인 붉은공 모양의 입체 모형으로서, 그 손은 은하계의 중심 쪽을 제외하면 전반적으로 붉은 원구체를 에워싸고 있었다.

시장이 말했다.

"은하계의 지리적 조건이 우리 최대의 적이오. 우리 쪽 사령관들은 우리가 전략적으로 거의 절망적인 입장이라는 것을 전혀 숨기려 하지 않지. 잘 보시오. 적은 내부 통신선을 가지고서 한 곳으로 집중해 있소. 어느 쪽에서나 똑같이 쉽게 우리 군과 교전할 수 있소. 최소한의 전력으로 자기 방어를 할 수 있다는 것이오.

반대로 우리 쪽은 넓게 퍼져 있소. 우리 파운데이션이 지배하는 행성과 행성 사이의 평균 거리는 칼간과 비교하면 거의 세 배나 되오. 예를 들면 우리가 산태니에서 로크리스까지 가려면 2500파섹이지만 그들에게는 겨우 800파섹이오. 우리가 영토 안에 있다면 말이지요."

"그런 사실은 다 알고 있습니다, 각하."

"그러면 패배할지도 모른다고 생각하지 않소?"

"전쟁에서는 큰 차이가 없습니다. 우린 패배할 리가 없어요. 그런 일은 불가능합니다."

"어째서 그렇지?"

"셀던 프로젝트에 대한 제 나름대로의 해석 때문이죠."

"아, 그래."

시장의 입술이 비틀어지고 등 뒤로 맞잡은 손이 살랑살랑 움직였다.

"그럼 제2파운데이션의 신비로운 원조를 기대한다는 거로군."

"아니죠. 필연성과 용기와 집념의 도움에 의지할 뿐입니다."

그러나 자신의 안일한 생각에 대해 그는 다시 의문을 던져 보았다.

'만일……. 만일, 앤서가 말한 대로 칼간이 저 정신적 마술사들의 직접적인 도구였다면? 그들의 목적이 파운데이션을 패배시키고 파괴하는 것이었다면 어떻게 될까? 아냐! 이치에 맞지 않아! 그렇지만…….'

그는 씁쓸하게 웃었다. 언제나 똑같았다. 이쪽은 언제나 불투명한 화강암을 이리저리 뒤집어 보고 있지만 적에게 그것은 너무나 투명했다.

이러한 은하계의 지리적 조건을 스테틴이 놓쳤을 리가 없다.

칼간의 군주는 시장과 다렐이 관찰했던 것과 완전히 똑같은 은하계 모형 앞에 서 있었다. 단지 시장은 찌푸린 얼굴인 데 반해 스테틴은 기뻐하면서.

사령관 제복은 그의 묵직한 체구 위에서 당당히 빛났다. 전임 제1시민에게 수여받은 뮬 훈장의 붉은 견장이 오른쪽 어깨에서부터 허리까지 비스듬히 걸려 있었다. 왼쪽 어깨 위에는 이중 혜성과 같이 붙은 은성훈장이 찬란하게 빛을 발하고 있었다.

그의 제복만큼 화려하지 않았지만 역시 번쩍번쩍한 제복을 차려입은 참모 여섯 명과 머리가 하얗게 세고 비쩍 마른 제1각료를 모아 놓고 그는 이야기를 시작했다.

"우리 작전은 완벽해. 그래, 우리는 얼마든지 기다릴 수 있지. 시간이 갈수록 오히려 그들은 전의를 상실하게 되지. 그들이 만일 영토의 전 부분을 방어하려고 하면 적의 전력은 산개(散開)하여 허술해지니까. 그 틈을 노려 우리는 여기서 동시에 양쪽으로 돌격을 감행할 수 있어."

그는 은하계 모형 위에서 그 방향, 노란색 손이 에워싸고 있는 붉은 원구체에서부터 노란색 손을 뚫고 터미너스를 양쪽에서 반원형으로 분리하는 두 개의 하얀 창을 가리켰다.

"그런 방법으로 그들의 함대를 세 갈래로 나눠 놓고 하나하나씩 쳐부술 수 있어. 만일 그들이 자신들의 전력을 한곳으로 집중하면 자기 영토 가운데 3분의 2를 자발적으로 포기하게 되고, 반란이 일어날 위험도 생길 수 있지."

그 후 모든 침묵을 깬 건 제1각료의 가냘픈 목소리였다.

"6개월이 지나면 파운데이션은 6개월만큼 강해져 있을 겁니다. 우리 모두가 알다시피 그들은 자원이 풍부합니다. 그래서 즉시 공격하는 편이 훨씬 효과적일 겁니다."

하지만 그의 주장은 그 방에서 전혀 먹혀들지 않는 것 같았다. 스테틴 군주는 미소를 지으며 매정하게 잘라 말했다.

"6개월, 아니 필요하면 1년이라 해도 조금도 우리가 손해 볼 게 없어. 파운데이션 놈들은 그런 준비를 할 수 없어. 관념적으로 불가능한 거야. 놈들은 제2파운데이션이 도와줄 거라고 거의 신앙처럼 믿고 있거든. 하지만 지금 그런 게 있을 법이나 한 일인가, 응?"

방 안에 있는 남자들은 불안한 듯 몸을 움직였다.

"자네는 배짱이 부족하구먼."

스테틴은 싸늘하게 말했다.

"파운데이션 출신의 우리 스파이가 한 보고를 다시 되뇔 필요가 있나? 지금은 우리에게, 에……, 봉사하고 있는 파운데이션의 스파이 호미르 먼 씨가 발견한 사실을 말일세, 응? 자, 그럼 이것으로 회의를 끝내지."

스테틴은 여전히 만면에 웃음을 띠고 자신의 집무실로 돌아왔다. 그는 가끔 호미르 먼을 괴이쩍게 생각하곤 했다. 처음에 한 약속을 확실하게 지켜 주는 묘하고 패기 없는 놈이었다. 그렇기는 하지만 신빙성이 있는 흥미진진한 정보가 우글우글했다. 특히 칼리아가 자리에 함께할 때는 특히…….

그의 얼굴은 점점 더 많은 웃음기로 활짝 퍼지기 시작했다. 결국 저 피둥피둥한 여자도 써먹을 데가 있다. 달콤한 감언이설로 녀석을 꾀어 내는 걸 보면! 내가 할 수 있는 것보다 더 많은 정보를 먼으로부터 힘들이지 않고 끌어내고 있었다. 그녀를 먼에게 주면 어떨까? 그는 얼굴을 찡그렸다.

'칼리아! 그 멍청한 여자의 어리석은 질투……, 어휴! 아직 다렐 가의 딸이 여기 있다면……. 그런데 나는 왜 그때 칼리아의 머리를 가루로 만들어 버리지 않았을까?'

그는 이유를 찾아낼 수 없었다.

그녀가 먼과 사이좋게 지내는 탓인지도 몰랐다. 그에게는 먼이 필요했다. 한 가지 예를 들자면, 뮬이 제2파운데이션은 존재하지 않는다고 믿었던 점을 논증한 사람은 먼이었다. 그는 자신의 사령관들한테도 그 논증을 듣게 할 필요가 있었다.

그는 그 증언을 공식화하고 싶었다. 하지만 제1파운데이션에게는 실체하지 않는 원조를 믿게 내버려 두는 편이 나았다.

'음, 그 점을 지적한 게 사실 칼리아였나? 맞아. 그녀가 말했어. 이런 바보 같은 생각을! 그녀는 어떤 말도 했을 리가 없어. 그렇다면…….'

그는 머리를 흔들며 곧 그런 생각을 지워 버렸다.

18장

어떤 세계의 유령

트랜터! 지금 트랜터는 찌꺼기와 재생 물질로 이루어진 세계였다.

은하계 중앙! 수없이 많은 행성의 중심에서 형형색색으로 빛나는 별 무리에 둘러싸인 보석 같은 트랜터는 과거와 미래를 오가며 꿈꾸는 중이었다.

예전의 영광! 때는 바야흐로 위태로운 지배의 고삐가 트랜터에서 변두리까지 영향을 미치던 시대였다. 트랜터는 단일 도시로 역사상 유례없는 가장 강력한 수도로, 행정 관리만 4000억 명에 달할 정도였다.

그러나 제국의 붕괴가 마침내 그곳에 이르렀을 때, 그리고 1세기 전의 대약탈이 벌어졌을 때 그 막강한 힘은 휘어지더니 영원히 꺾여 버렸다.

폭발적인 죽음에 파멸이 이르자 그 행성을 둘러싼 찬란한 금속 지붕은 형편없이 쭈그러들어 자신의 위용을 비웃는 통한의 폐물이 되어 버렸다.

생존자들은 금속판을 떼어 내 다른 행성에 미련 없이 팔아 치우고 종자와 가축으로 바꾸었다. 마침내 대지는 태양빛에 얼굴을 드러내고 행성은 다시금 태고의 상태로 돌아갔다. 원시 농업 지역이 넓어짐에 따라 행성은 예전의 복잡하고 거대했던 과거를 점차 잊어가고 있었다.

애처롭고 위엄 있는 침묵 속에서 엄청난 잔해를 하늘로 쌓아 올리고 있는 거대한 파편이 없었다면 옛날의 영광조차 잊어버렸을 것이다.

아르카디아는 감동적인 시선으로 지평선을 형성하고 있는 금속의 가장자리를 지켜보았다. 팔버 씨가 살고 있는 집은 여러 가지 모양의 집들이 옹기종기 모여 있는 작은 마을이었다. 집들은 대부분 조그맣고 아담하며 원시적이었다. 그 주위는 온통 밀로 가득 찬 황금빛 들판이었다.

그러나 거기서 얼마 떨어지지 않은 곳에는 과거의 지워지지 않은 흔적이 남아 있었다. 트랜터의 태양에 비친 가장 밝은 부분, 그곳은 아직도 녹슬지 않고 화려하게 빛을 내뿜으며 불처럼 활활 타고 있었다. 이 음새가 없이 매끈하게 포장된 도로를 따라 오르다가 먼지투성이의 조용한 건물에 들어가 보았는데 거기에는 부서진 벽과 칸막이 사이로 들쭉날쭉한 틈을 통해 빛이 들어오고 있었다.

그것은 응고된 비탄이며 모독이었다!

그녀는 삐걱거리는 소리를 뒤로하며 그곳을 떠나 발이 다시 땅 위에 내려설 때까지 냅다 뛰었다.

그리고 그때에야 비로소 막연한 동경 속에 겨우 뒤를 돌아볼 수 있을 뿐이었다. 다시 한 번 거대한 암울함을 마주할 용기는 도저히 없었다.

그녀는 이 세계 어딘가에서 태어났다고 들었다. 구 제국 도서관 근처에서. 그 도서관이야말로 트랜터 속의 진짜 트랜터였다. 신성한 가운데서도 신성한 것, 청결한 가운데에서도 청결한 존재였다! 이 세계에서 오직 그 건물만이 대약탈에서 보호되어 1세기 동안 완벽하게 원래의 상태대로 남아 우주를 예리하게 주시하고 있었다.

해리 셀던과 그 일행은 그곳에 상상할 수조차 없는 거미줄을 짜 두었다.

에블링 미스는 그 비밀을 알아차리고 당치도 않은 그 놀라운 생각에 넋이 나가, 결국에는 비밀의 꼬리를 끊으려는 베이타에 의해 그곳에서 살해당하고 말았다.

그곳 제국 도서관에서 그녀의 할아버지와 할머니는 뮬이 죽을 때까지 10년 동안 지낸 뒤 다시 일어나 파운데이션으로 돌아올 수 있었다.

아르카디아의 아버지는 그곳 제국 도서관으로 다시 한 번 제2파운데이션을 찾아내기 위해 새 신부를 데리고 돌아왔지만 실패했다. 그곳에서 그녀가 태어나고 그곳에서 어머니가 돌아가셨다.

아르카디아는 도서관을 방문하고 싶었지만 프림 팔버는 동그란 얼굴을 절레절레 흔들었다.

"너무 멀단다, 아르카디아. 게다가 여긴 할 일이 잔뜩 있어. 또 그쪽을 귀찮게 하는 것 좋지 않아, 신전이니까······."

그러나 아르카디아는 그가 도서관을 방문하고 싶지 않다는 점, 즉 이곳에도 역시 뮬의 궁전과 같은 사정이 있음을 깨달을 수 있었다. 현재의 난쟁이들에게는 과거의 거인들의 유해에 대한 이러한 미신적인 공포가 있었다.

그러나 그 일로 이 우스운 땅딸보 아저씨에게 앙심을 품는다면 그건 당치도 않았다. 그녀는 트랜터에 온 지도 3개월이 가까워오고 있었다. 그동안 파파와 마마는 그녀를 너무나 친절하게 대해 주지 않았던가?

그런데 그녀의 보답은 무엇이었는가? 나는 '파멸의 운명을 지닌 위험한 인간입니다!' 하고 그들에게 알려 주기라도 했었나? 아니! 오히려 그들에게 보호자라는 치명적인 역할을 떠맡게 했을 뿐이다. 그녀의 양심은 참을 수 없을 만큼 쓰라렸다.

아르카디아는 마지못해 아침 식사를 위해 계단을 내려갔다.

프림 팔버는 포동포동하게 살찐 목을 뒤틀어 와이셔츠 칼라에 냅킨을 찔러 넣었다. 그러고는 너무나 만족스러운 표정으로 달걀 반숙에 손을 댔다.

"어제는 시내에 갔다 왔어, 마마."

그는 포크를 써서 큼지막한 입에 잔뜩 음식을 집어넣으며 우물우물 말했다.

"시내는 어땠어, 파파?"

마마는 자리에 앉으며 식탁을 쭉 둘러보다가 소금을 가지러 가면서 건성으로 물었다.

"응, 별로 좋지 않아. 멀리 칼간 방면에서 배가 한 척 들어왔는데 그쪽 신문을 가지고 들어왔어. 거긴 전쟁 중이래."

"전쟁! 저런, 그놈들 머리통을 깨 버렸으면 좋겠어, 정신들 못 차리면 말이야. 당신 월급 수표는 왔어? 그리고 파파, 다시 한 번 말하지만, 코스카 영감에게 세상에 협동조합이 어디 그것뿐인 줄 아느냐고 따끔하게 경고 좀 해. 내가 친구한테 이야기하기가 부끄러울 정도로 쥐꼬리만 한 액수를 주는 것만도 지독한데, 적어도 제날짜에는 당연히 줘야 하잖아!"

"잠깐만."

파파가 안절부절못하며 어쩔 줄을 몰라 했다.

"여보, 아침 식사 때 제발 재잘거리지 좀 말아 줘. 씹을 때 목구멍에서 숨이 콱 막혀 버리잖아."

그러면서 그는 버터를 바른 토스트를 포크로 마구 찔러 댔다. 이윽고 초조함이 좀 가라앉았는지 다소 온화하게 덧붙였다.

"칼간과 파운데이션은 2개월 전부터 교전 중이란 말이야."

그는 두 손으로 우주선 모형을 해 보이며 서로 찔러 댔다.

"으응, 그런데 상황은 어떤데?"

"파운데이션이 불리해. 칼간을 보라고. 죄다 군인이야. 놈들은 준비가 다 되어 있어. 그러나 파운데이션은 제대로 안 돼 있거든……, 쯧!"

그러자 갑자기 마마가 포크를 놓더니 "쉿!" 하고 그의 말을 막아 버렸다.

"이런! 바보 같은 양반."

"응?"

"멍청하다고! 당신은 커다란 입으로 언제나 쓸데없이 수다만 떤다고!"

마마가 말하면서 잽싸게 눈치를 줬다. 파파가 고개를 돌려 뒤를 돌아보자 출입구에는 아르카디아가 그 자리에 못 박힌 듯 서 있었다.

"파운데이션이 전쟁을 한다고요?"

파파는 마마를 멀거니 쳐다보고 나서 고개를 끄덕였다.

"그런데 진다고요?"

다시 고개를 끄덕였다.

아르카디아는 참기 어려울 만큼 목이 메어 오는 것을 느끼며 천천히 식탁으로 다가갔다.

"끝났나요?"

아르카디아가 속삭이듯 묻자, 파파가 깜짝 놀란 척하며 되물었다.

"끝이라니? 누가 끝났다고 말했니? 전쟁에서는 수많은 일이 일어나는 법이야. 그래서……. 그래서…….."

마마가 편안한 말투로 끼어들었다.

"애야, 앉으렴. 아침 식사 전에는 말을 많이 하는 게 아냐. 위가 텅 비어서 건강한 상태가 아니잖아."

하지만 아르카디아는 그 말을 무시하며 물었다.

"칼간 군대가 터미너스에 상륙했나요?"

파파가 진지한 어투로 대답했다.

"아냐! 지난 주에 도착한 소식인데, 터미너스는 여전히 싸우는 중이야. 사실이야. 난 사실대로 말하는 거라고. 그리고 파운데이션은 여전히 강해. 신문을 가지고 가서 볼래?"

"네."

아르카디아는 식사를 하는 둥 마는 둥 하면서 기사를 읽었다. 잠시 후에 뿌연 눈물이 앞을 가렸다. 제대로 싸워 보지도 못하고 산태니와 코렐을 잃었다. 파운데이션 해군 함대가 태양빛이 희박한 이프니 지역에서 함정에 빠져 거의 모든 우주선을 잃었다.

그리고 지금 파운데이션은 제1대 시장인 샐버 하딘이 건설한 원래의 왕국인 네 왕국 중심체제로 되돌아갔다. 그러나 파운데이션은 아직까지 싸우고 있으니까 다음엔 무슨 일이 일어날 것인지 아버지에게 알려주어야만 한다. 무슨 수를 써서든 알려야만 한다. 꼭!

하지만 무슨 수로? 전쟁 와중에 무슨 방법으로?

아침 식사가 끝난 뒤 아르카디아는 파파에게 물었다.

"조만간 다시 새로운 임무로 나갈 예정이 없으세요, 팔버 아저씨?"

파파는 앞뜰에 있는 커다란 의자 위에서 햇볕을 쬐고 있었다. 굵은 시가를 통통하게 살찐 손가락 사이에 끼우고 연기를 뿜어 대는 그는 행복에 겨운 불도그처럼 보였다.

"임무?"

그는 빈둥대며 되물었다.

"모르지, 이런 휴가는 정말 좋은 것이거든. 휴가 기간이 아직 남아 있단다. 그런데 왜 새로운 임무 얘기를 꺼낸 거니? 너 불안해하고 있구나, 아르카디아?"

"제가요? 아니에요, 전 여기가 무척 마음에 들어요, 아저씨도 아주머니도 너무 잘 대해 주시는걸요."

그는 손을 저으며 그녀의 말을 부정했다.

"그래요, 저는 아까 얘기했던 전쟁에 대해 생각하고 있었어요."

"하지만 생각하지 마라. 네가 뭘 어쩔 수 있겠니? 쓸데없이 마음만 아프잖니?"

"그렇지만 파운데이션은 농업 행성의 대부분을 잃어버리고 있어요. 대부분 거기서 식량이 공급되고 있거든요."

"걱정하지 마라, 모든 게 잘될 거야."

파파가 불편한 표정으로 말했지만 아르카디아는 듣지도 않고 이렇게 말했다.

"그곳 사람들에게 식량을 공급할 수 있으면 좋겠어요. 뮬이 죽은 뒤에 파운데이션에서 반란을 일으켜 한때 터미너스가 고립된 적이 있었어요. 당시에 뮬을 계승한 프리처 장군이 포위 공격을 했지요. 아빠가 할아버지한테 들은 바에 의하면, 당시에 식량이 너무나 부족해서 남은 식량이라곤 농축 건조 아미노산밖에 없었는데, 맛이 끔찍했대요. 글쎄, 계란 하나가 200크레디트나 했다니까요. 그러다가 마침내 포위망이 무너지고 식량선이 산태니에서 도착했어요. 정말이지 아주 끔찍했을 거예요. 그런데 그런 일이 터미너스 전역에서 일어날 수도 있어요, 지금."

잠시 침묵하더니, 아르카디아가 다시 말했다.

"틀림없이 파운데이션은 지금쯤 식량 밀수업자가 부르는 가격을 기꺼이 받아들일 거예요. 두 배, 세 배, 그 이상이라고 해도요. 그러니까 이곳 트랜터 협동조합 가운데 하나가 이 일을 떠맡는다면 배 몇 척 정도는 잃어버릴지 모르지만, 틀림없이 전쟁이 끝나기 전에 전쟁 갑부가 될 거예요. 과거의 파운데이션의 무역상인은 늘 그렇게 했죠. 전쟁이 있으면 절호의 기회라고 판단하고, 상대방이 절실하게 필요한 물건은 무엇이든 파는 게 관습이었죠. 그 사람들은 완전히 틀이 잡혀 있어서 한 번 항해할 때마다 200만 크레디트나 이익을 얻었대요. 더구나 단 한 척의 배로 실어 나른 물건으로 말이죠."

파파는 잔뜩 흥분했다. 시가는 어느새 꺼졌다.

"식량을 팔아? 흐으으음! 하지만 파운데이션은 너무 멀어."

"네, 알아요. 여기에서는 갈 수 없으니까요. 정기 여객선을 타고 마세나 혹은 스무시크 같은 행성으로 가는 거예요. 그래서 조그만 정찰선 같은 걸 빌려서 항로를 살짝 벗어나는 거예요."

파파는 손으로 머리칼을 쓸어 넘기며 곰곰이 생각했다.

2주 뒤 아르카디아의 조언은 완벽하게 실행할 준비가 되었다. 마마는 그동안 거의 불평으로 시간을 보내다시피 했다. 맨 처음에는 자살 행위 같은 짓을 하려는, 도저히 구제불능인 남편의 고집에 대해, 그 다음에는 마마의 동행을 도무지 허락하지 않는 까무러칠 정도의 고집에 대해.

파파는 말했다.

"마마, 왜 할망구처럼 굴지? 도저히 데려갈 수 없단 말이야. 이건 남자들 일이야. 대체 전쟁을 어떻게 생각하는 거야? 마냥 재미있게 보여? 전쟁이 애들 장난인 줄 알아?"

"그럼 당신은 왜 가? 이 바보 같은 아저씨야! 자기야말로 한쪽 다리하고 손을 무덤에 처박고 있는 주제에……. 누구 다른 젊은 사람들한테 가게 하란 말이야. 당신처럼 뚱뚱한 대머리 말고!"

"난 대머리가 아냐."

파파는 위엄 있게 대꾸했다.

"아직 털은 충분히 있어. 게다가 수수료를 내가 취하면 왜 안 된다는 거야? 왜 꼭 젊은 녀석한테 시켜야 해? 잘 들어, 이건 몇 백만이 왔다 갔다 하는 큰 사업이란 말이야!"

마마도 그 사실을 알고 있었기 때문에 더 이상 아무 소리도 못했다.

그가 떠나기 전에 아르카디아는 그와 단둘이서 만났다.

"터미너스로 가실 거예요?"

그녀가 먼저 물었다.

"물론이지. 네 자신이 그 사람들에게 빵이랑 쌀이랑 감자가 필요하다고 했잖니? 나는 그들과 거래를 할 거니까 조만간 그들 손에 식량이 전해질 거야."

"저, 그렇다면 한 가지만 부탁드려도 돼요? 터미너스에 가실 거면, 저어……, 아빠를 만나 주실 수 있으세요?"

그러자 파파가 주름살이 진 불쌍하다는 표정을 지으며 그녀를 바라보았다.

"그래, 네가 그 말을 할 때까지 기다렸어. 물론 만나야지, 너는 무사하고 아무 일 없이 잘 있다고, 전쟁이 끝나면 널 데리고 다시 오겠다고 아빠한테 말할 참이란다."

"고마워요, 아저씨. 그럼 아빠를 찾을 방법을 가르쳐 드릴게요. 이름은 토란 다렐 박사이고 스탄마크에 살고 계세요. 그곳은 터미너스 시 바로 교외에 있고 거기까지 가는 통근용 비행기가 있어요. 위치는 샤넬 도로 55번지……"

"잠깐만! 적어야겠어."

"아뇨, 안 돼요!"

아르카디아의 한쪽 팔이 불쑥 튀어나왔다.

"아무것도 쓰면 안 돼요. 그냥 기억하세요. 누구의 도움도 빌리지 말고 아빠를 찾아내셔야 하거든요."

파파는 어리둥절했다. 그리고 잠시 어깨를 들어 보였다.

"그럼, 좋아. 터미너스 시 교외에 있는 스탄마크 샤넬 도로 55번지이고 비행기를 타고 간다. 이거면 됐니?"

"또 하나만……."

"응?"

"제게 일어난 일을 아빠한테 전해 주시겠어요?"

"물론이지."

"귓속말로 하고 싶어요."

그는 통통한 뺨을 그녀에게 기울였다. 작은 속삭임이 그녀로부터 파파에게로 전해졌다.

파파의 눈이 휘둥그레졌다.

"그게 나한테 말하고 싶은 거였니? 하지만 뜻이 통하지 않잖아?"

"아빠는 아저씨가 말하는 뜻을 이해하실 거예요. 그냥 제가 그렇게 전하면서 아빠가 이해할 거라고 말했다고 해 주시면 돼요. 그리고 제가 말한 대로 이야기해 주세요. 조금도 다르지 않게요. 잊어버리지 않으시겠죠?"

"어떻게 잊어버리니? 짧은 말 다섯 마디밖에 안 되는데. 자, 봐라."

"아니, 안 돼요!"

그녀는 깜짝 놀라 깡충깡충 뛰었다.

"말하지 마세요. 누구한테도 절대로 되풀이해서 말하지 마세요. 아빠한테 전할 때 외에는 완전히 잊어버리고 계셔야 해요. 약속해 주세요."

파파는 다시 어깨를 움츠렸다.

"좋아! 약속할게."

"네, 고맙습니다."

그녀는 슬픈 듯이 말하며 그가 우주 공항으로 가기 위해 비행택시 쪽으로 건너가는 동안, '나는 그의 사형 집행 영장에 서명을 한 꼴이 됐는지도 몰라.'라고 생각했다. 아저씨와 다시 살아서 만날 수 있을까?

그녀는 차마 집으로 들어가서 선량하고 친절한 마마와 다시 얼굴을 마주할 수가 없었다. 아마 모든 게 끝나면 나는 이 사람들에게 한 일을 속죄하기 위해 자살하는 편이 나을지 몰라.

19장
종전(終戰)

쿼리스톤 전투
파운데이션과 칼간의 스테틴 군주군(君主軍) 사이에 FE377년 9월 17일에 벌어진 전투. 공백 기간 중에 벌어진 최후의 중대한 전투였다.

—『은하대백과사전』

 종군 기자라는 새로운 역할을 맡은 줄 터버는 해군 군복을 몸에 두르고 있는 자신에게 생각이 미치자 그다지 나쁜 기분은 아니었다. 그는 방송 일로 되돌아간 사실이 즐거웠고, 제2파운데이션을 상대로 한 싸움에 심한 절망감을 느끼고 있던 차에, 실체가 있는 선박이나 보통 사람들을 상대로 한 싸움에 뛰어들게 되자 흥분을 금할 수 없었다.
 확실히 칼간과의 싸움에서 눈부신 전과는 없었지만 아직 그 문제에 대해서 냉정한 태도를 가질 수 있었다. 6개월이 지나도 파운데이션의 단단한 중심부는 아직 손도 대지 않은 채였으며 함대의 강력한 핵심은 여전했다. 전쟁 발발 이후, 새롭게 추가된 함정도 있었기 때문에 수적인 면에서는 끄떡없었으며, 기술적으로는 이프니의 패배 전보다도 강해져 있었다.

그 사이에 행성의 방위는 강화되고 있었으며 군대는 더 잘 훈련되어 행정적 효율성도 열매를 거두고 있었다. 그리고 칼간의 함대 다수는 정복한 지역을 통치하는 데 발목이 빠져 있었다.

그때 터버는 아나크레온 행성 바깥 지역에 있는 제3함대와 함께 있었다. 이 싸움을 '보통 사람 전투'로 하자는 자신의 방침에 의해서 그는 지원병인 3급 기관병 페넬 리머와 인터뷰를 하는 중이었다.

"자신의 이야기를 좀 들려주세요."

터버가 말했다.

"별로 할 말이 없어요."

리머는 발을 이리저리 움직이며 멋쩍은 듯이 웃었다. 의심할 여지없이 마치 그 순간 자신을 보고 있을 엄청난 수의 시청자가 모두 그의 눈에 들어오는 것 같았다.

"저는 로크리스인이에요. 비행 자동차 공장에 다녔으며 반장이었고 월급은 괜찮은 편이었죠. 결혼해서 아내와 아이 둘을 두고 있었어요. 저, 그 애들에게 '안녕' 하고 말하면 안 되겠지요? 그쪽에서 듣고 있다면 이야기하겠는데……."

"말씀하세요. 비디오는 당신이 독점하고 있습니다."

"이거 참!"

그는 주절주절 지껄였다.

"안녕, 밀라, 듣고 있어? 나는 건강해. 서니는 잘 있지? 그리고 토마는? 항상 너희들을 생각하는데 귀향하면 휴가 받아서 집에 갈지도 몰라. 당신이 보낸 식량 소포는 받았는데 되돌려보낼 거야. 우린 정부에서 지급하는 식량이 있지만, 민간인들은 모자라고 어렵다고 들었거든.

얘긴 이쯤 해 둘게."

"이번에 로크리스에 간다면 부인을 만나서 그녀가 식량이 부족하지 않은 걸 확인하고 오겠습니다. 괜찮습니까?"

청년은 기쁜 표정을 지으며 고개를 끄덕였다.

"아이구, 터버 씨! 이거 정말 고맙습니다."

"별말씀을. 그 얘길 들은 덕분일 뿐이죠, 뭐. 당신은 지원병인가요?"

"그럼요. 놈들이 먼저 싸움을 걸어 왔으니 단숨에 해치워야지요. 호버 말로호 얘기를 들은 날 입대했어요."

"훌륭한 정신이군요. 실전에는 많이 참가했습니까? 전투 공로훈장을 두 개 달고 계시는데……."

"휴……!"

병사는 토해 내듯 말했다.

"그건 전투가 아니라 추격이었어요. 칼간 사람은 5대 1인가, 그 정도의 승산이 없으면 싸우지 않죠. 그때도, 딱 한 발씩만 나와서 우리 배를 한 척씩 끊어 내려고 했어요. 제 사촌형이 이프니에 있었는데 감쪽같이 사라진 그 오래된 '에블링 미스호'에 타고 있었지요. 그들도 마찬가지 상황이었던 모양입니다. 놈들은 우리 주요 부대에 주력 함대를 대항시키고는 이쪽이 다섯 척밖에 남지 않았는데도, 싸우는 대신 계속 뒤쫓아 왔지요. 그날 전투에서 우리는 놈들보다 두 배나 더 해치웠지요."

"그럼 이번 싸움에서 이긴다고 생각하십니까?"

"물론이지요. 물러서면 안 되니까요. 비록 사태가 악화된다 해도, 그때야말로 제2파운데이션이 참가할 때라고 기대합니다. 우리에게는 또 셀던 프로젝트가 있고, 그들도 그 사실을 알고 있지요."

터버의 입술이 조금 일그러졌다.

"그럼 제2파운데이션을 계산에 넣고 있는 건가요?"

대답은 진심으로 놀라움을 실어 되돌아왔다.

"그럼요, 모두들 그렇게 생각하지 않나요?"

티펠럼 부사관이 터버의 방에 들어온 것은 터버가 영상을 쏘아 보낸 직후였다. 그는 기자에게 담배를 한 대 권하고 아슬아슬하게 떨어질 만큼 모자를 뒤로 밀어 제쳤다.

"포로를 잡았어!"

그가 말했다.

"응?"

"정신이 좀 이상한 작은 남자야. 자신은 중립이라고 주장하고 있어. 그것도 외교 면책 특권을 가지고 있다고 하더군. 모두들 녀석을 어떻게 처리해야 좋을지 모르는 것 같아. 이름은 팔브로던가, 팔버라던가? 아무튼 그렇고 자신은 트랜터에서 왔다는 거야. 전투 지역에서 도대체 뭘 하고 있었는지 모르겠어."

터버는 침대 위에서 벌떡 일어났다. 잠 기운이 말끔히 사라져 버렸다. 그는 선전 포고 다음 날, 출발할 때 마지막으로 가졌던 다렐과의 만남을 매우 잘 기억하고 있었다.

"프림 팔버인가?"

그가 말했다. 그건 질문이 아니었다.

티펠럼은 망설이며 입가에서 연기를 조금씩 토해 냈다.

"아니. 도대체 어떻게 그자를 알고 있지?"

"별거 아냐. 그를 만날 수 있나?"

"글쎄, 나로서는 알 수 없어. 함장이 자기 방에서 심문하고 있어. 누구나 녀석을 스파이라고 생각하거든."

"그 사람이라면 내가 알고 있다고 함장에게 전해 줘. 책임은 내가 지겠어!"

제3함대 기함의 딕실 함장은 대(大)탐지기를 끈기 있게 주시하고 있었다. 어떤 함정도 원자력선을 내보내지 않을 수 없으며, 비록 그것이 관성질량 속에 놓인다 하더라도 그럴 수밖에 없고, 그러한 원자력선의 초점 각각은 3차원 공간에서 작은 섬광이 되었다.

중립이라고 말하는 몸집이 작은 남자 스파이가 체포됨으로써 파운데이션 군함은 한 척도 빠짐없이 보고되고 모든 섬광도 확인되었음이 확실해졌다. 잠시 후 그 낯선 배 때문에 함장의 숙소에서 작은 흥분이 일어났다. 전술을 급하게 바꿀 필요가 있을지도 모르는 상황이었다. 그러나 실제로는…….

"승산이 있는가?"

함장이 물었다.

센 중위가 고개를 끄덕거렸다.

"초공간을 통해 분대를 데리고 가겠습니다. 반경 10파섹, 세타 268.52도, 파이 84.15도, 13시 30분을 기점으로 귀환. 부재 시간 합계 11.83시간!"

"좋아 그렇다면 우리는 귀관이 공간과 시간, 모두 정확하게 맞춰서 도착하길 기대하겠네. 알겠나?"

"네. 함장님!"

그는 손목시계를 보았다.

"우리 분대는 1시 40분까지 준비할 수 있습니다."

"좋아."

딕실 함장이 말했다.

칼간 함대는 현재 탐지기 범위 안에 들어와 있지 않지만 머지않아 들어오게 될 것이다. 센 경위의 분대가 없으면 파운데이션군은 수적으로 아주 열세가 되지만 함장에게는 넘치는 자신감이 있었다. 넘치는 자신감이…….

프림 팔버는 슬픈 듯이 주위를 둘러보았다. 우선 키가 크고 호리호리한 사령관을, 그러고 나서 군복을 입은 사람들을 보았고 마지막으로 몸집이 크고 늠름하며 다른 사람들과는 달리 옷깃을 세우고 넥타이도 매지 않은 남자, 바로 지금 자신에게 말하겠노라고 얘기하고 있는 남자를.

졸 터버는 지금 이런 말을 하고 있는 중이었다.

"이 일에 내포된 중대한 가능성은 충분히 알고 있습니다. 함장님. 그러나 잠시 그와 말하게 해 주신다면 애매모호한 점을 제가 해결할 수 있을지도 모릅니다."

"내 앞에서 질문하지 못할 이유라도 있나?"

터버는 입을 오므리며 고집스러운 표정을 지었다.

"함장님, 제가 각하의 함대 소속이 되고 나서 제3함대는 보도에서 호평을 받고 있습니다. 원하신다면 문밖에 부하를 배치하셔도 좋고 각하께서 5분 안에 돌아오셔도 좋습니다. 그러나 그때까지 잠시 저에게 맡겨 주신다면 각하의 홍보 활동이 훼손되지 않을 겁니다. 제가 말씀드리는 뜻을 이해하시겠습니까?"

그의 요구는 받아들여졌다.

방안에 두 사람만 남게 되자 터버는 팔버를 쳐다보며 말했다.

"서둘러야겠군. 그래, 당신이 유괴한 여자아이 이름이 뭔가?"

그러자 팔버는 눈을 동그랗게 뜨고 쳐다보다가 고개를 설레설레 흔들 수밖에 없었다.

"좋아. 당신은 무척 어리석군."

터버가 말했다.

"대답하지 않으면 당신은 스파이가 돼, 전시 중 스파이는 재판도 받지 않고 처형할 수가 있지."

"아르카디아 다렐!"

팔버는 괴로워하며 말했다.

"좋아, 됐어! 그럼 그녀는 무사한가?"

팔버는 끄덕거렸다.

"그 점은 분명하게 해 두는 게 좋을 거야. 안 그러면 당신을 위해서도 좋지 않아."

"그녀는 정말로 건강하고 무사합니다."

팔버는 새파랗게 질렸다.

함장이 되돌아왔다.

"어떤가?"

"이 남자는 스파이가 아닙니다, 각하. 그가 말하는 건 믿어도 좋습니다. 제가 보증하죠."

"그래?"

함장은 미간을 찌푸렸다.

"그렇다면 이 사람이 터미너스와 농업 통상 조약을 맺고 싶다는 트랜터 농업 협동조합 대표인 게 맞구먼. 됐어, 좋아. 그러나 당장 석방할 수는 없네!"

"왜요?"

팔버가 뛰어오르듯 물었다.

"지금은 한창 전투 중이기 때문이오. 이 전투가 끝나고, 우리가 그때까지 살아 있다면 당신을 터미너스로 데리고 가겠소."

우주 공간을 움직이는 칼간 함대는 믿기 어려울 정도의 먼 거리에서 파운데이션 함대를 탐지하였으며 자신들도 역시 탐지되었다. 그들은 서로 가지고 있는 대탐지기에서 빛나는 조그만 반딧불을 향해 허공을 가로질러 접근해 갔다.

파운데이션의 함장은 미간을 찌푸리며 말했다.

"이건 놈들의 주력 함대의 공격이 틀림없어! 저들의 숫자를 보게나."

그리고 나서 힘주어 말했다.

"그러나 우리한테는 어림도 없지. 센 중위 분대의 활약을 기대할 수 있다면 말이지."

센 중위는 이미 몇 시간 전에, 공격해 들어오는 적이 처음 탐지되었을 때 출발했다. 이제 와서 작전을 변경할 수는 없었다. 그게 제대로 되고 있는지 어떤지는 아직 알 수 없지만 사령관은 아주 유쾌했다. 장교들도 마찬가지였으며 병사들도 그러했다.

다시 반딧불로 눈길을 돌렸다.

목숨을 건 발레라도 하듯 반딧불들은 정확하게 대형을 이루어 번쩍거리고 있었다.

파운데이션 함대는 천천히 뒤로 움직였다. 몇 시간이 지나자 함대는 슬슬 방향을 바꾸며 전진 중인 적을 괴롭혔으며 약간씩 항로를 벗어나면서 똑같이 그렇게 되풀이했다.

작전을 짜는 지휘관들의 머릿속에는 반드시 칼간의 배가 차지해야 하는 일정량의 공간이 있었다. 파운데이션 함대가 그 공간을 슬쩍 벗어나자 그곳으로 칼간 함대가 미끄러져 들어왔다. 파운데이션 함대는 그곳에 들어왔다가 다시 벗어나려는 칼간 군의 배를 갑자기 격렬하게 공격했다. 그러나 함대의 내부에 있는 함선들은 건드리지 않았다.

이 작전의 핵심은, 자신들이 먼저 공격하고 싶지 않다는 스테틴 군주가 이끄는 함대의 소극성, 즉 누구에게도 공격을 받지 않는 곳에 머물고 싶어 하는 점을 이용하고 있었다.

함장은 냉정하게 손목시계를 쳐다보았다. 13시 10분이었다.

"앞으로 20분 남았다!"

옆에 있던 부관이 긴장한 채 끄덕거렸다.

"현재 우리 작전대로 잘 진행되고 있는 것 같습니다, 함장님. 놈들을 90퍼센트 이상 밀어 넣었습니다. 앞으로 저런 상태를 유지할 수만 있다면 말입니다!"

파운데이션 함정은 다시 얼떨결에 아주 천천히 앞으로 슬슬 나아갔다. 칼간의 함대에게 퇴각을 강요할 정도로 빠르지는 않지만, 적들의 전진을 저지할 정도의 속도였다. 적들은 기다리는 편을 더 좋아했던 것이다.

또 시간이 지나갔다.

13시 25분 파운데이션의 75척 함선들은 사령관의 지시가 떨어지자 총 300척이 넘는 칼간 함대의 선두를 향해 최대한의 가속도를 낼 때까지 속도를 올렸다. 칼간의 방어벽이 전투의 포문을 열고 엄청난 에너지 빔을 뿜었다. 300척은 한 척도 남김없이 똑같은 방향으로 집중하며, 여름밤 불로 날아드는 하루살이처럼 무모한 공격군을 향해 공격을 퍼부었다.

13시 30분! 이때 센 중위가 인솔하는 50척이 초공간을 한 번 도약하여 갑자기 칼간의 후위에 예정 시각, 예정 지점에 출현함으로써 아무 대비가 없었던 칼간군의 후위를 무참하게 쳐부쉈다.

작전은 완전히 대성공이었다.

칼간 함대의 주력군이며 자랑이기도 한 300척 가운데 약 60척 정도의 함정이 대부분 절망스러울 만큼 파손되어 칼간에 가까스로 복귀했다. 파운데이션 측의 손실은 125척 가운데 단 8척이었다.

프림 팔버는 전승 축하의 절정 상태에서 터미너스에 도착했다. 그는 이런 대소동을 보며 마치 미치광이들 같다고 생각했으나, 그 행성을 떠나기 전에 두 가지 목적을 달성하고 하나의 요구를 받아들였다.

성취한 두 가지는 첫째, 팔버의 협동조합은 다음 해 1년 동안 매달 20척 분량의 일정한 식료품을 전쟁 위험이 없는 평상시 가격으로 양도한다는 협정을 체결한 것과, 둘째는 아르카디아의 짧은 다섯 마디 말을 다렐 박사에게 전달한 일이었다.

다렐 박사는 한순간 마음이 섬뜩해지고 눈이 휘둥그레진 채 그를 쳐다보았다. 그러고 나서 부탁했다. 아르카디아에게 자신의 답변을 전해달라는 것이었다. 이번 메시지는 팔버의 마음에 들었다. 박사의 얘기는 짧은 답변으로 더구나 쉽게 그 뜻을 알 수 있기 때문이었다.

"이제 돌아오너라. 위험은 없을 거야."

스테틴 군주는 욕구불만으로 가득 찼다. 어느 무기 하나도 남김없이 수중에서 부러지는 것을 보고, 군사력이라는 강력한 직물이 갑자기 썩은 실처럼 끊어질 수도 있음을 깨달았다. 아무리 점잖은 인간일지라도 흐르는 용암처럼 화가 부글부글 타오를 것이다. 더구나 그로서는 속수

무책이었고 그 자신이 이런 사실을 충분히 알고 있었다.

몇 주 동안 그는 잠시도 눈을 붙이지 않았고 3일 동안 수염도 깎지 않았다. 약속은 모두 취소했고 그의 사령관들도 두 손을 놓고 있었다. 국내의 반란과 싸워야 할 때까지 이렇다 할 시간도, 또 그 이상의 패배도 더 필요 없음을 자신보다 더 잘 알고 있는 사람은 없었다.

제1각료 레브 메이루스도 도움이 되지 못했다. 메이루스는 누추할 정도로 늙은 몸을 하고 여느 때처럼 그 가늘고 신경질적인 손가락으로 얼굴을 쓰다듬으며 거기에 서 있었다.

"이봐!"

스테틴은 그를 향해 외쳤다.

"뭔가 도움될 말을 해 봐. 우린 전쟁에서 지고 지금 이 꼴로 지내고 있단 말이야. 알겠나? 패배한 거야! 왜지? 왜 그런지 알 수 없어. 도대체 알 수 없단 말이야. 자네 생각은 어떤가?"

"저도 잘 모르겠습니다."

메이루스는 냉정하게 말했다.

"이건 모반이야."

그 말은 작은 목소리로 시작되었다. 다음 말도 마찬가지로 작은 소리로 계속되었다.

"자네는 모반을 알고 있었으면서도 계속 침묵하고 있었어. 자넨 과거에 제1시민을 쫓아낸 나에게 봉사해 온 것처럼, 이번 역시 나 대신 들어설 불결한 쥐새끼에게 봉사하려고 생각하고 있지? 만일 자네가 모반을 알고 있었다면, 그 벌로 창자를 꺼내서 자네 눈앞에서 태워 버릴 거야."

메이루스는 태연하게 말했다.

"저는 한두 번도 아니고, 여러 차례나 제 의혹을 설명했습니다. 귀찮을 정도로 말씀드렸지만, 당신은 자신의 자만을 지나치게 믿었기 때문에 충고를 귀담아 듣지 않았습니다. 사태는 제가 우려한 대로 되지는 않았지만 오히려 그보다 더 나빠졌습니다. 지금 들을 작정이 아니라면 그 정도만 말씀드리겠습니다. 저는 물러나서, 당연한 순서로 당신의 후계자와 교섭할 겁니다. 그 사람이 맨 처음 취할 행동은 틀림없이 강화조약에 서명하는 일이겠지요."

스테틴은 충혈된 눈으로 그를 노려보면서 큰 주먹을 꽉 쥐었다 폈다 했다.

"그래, 계속해 봐! 이 나쁜 놈아!"

"여러 번 말씀드려 왔지만, 당신은 뮬이 아닙니다. 배나 대포는 지배할 수 있어도 신하의 마음은 제어할 수 없습니다. 지금 싸우고 있는 상대가 누군지 알고 계십니까? 당신은 불패(不敗)의 파운데이션, 셀던 프로젝트로 보호받고 있는 파운데이션! 새로운 제국을 형성할 운명인 파운데이션과 싸우고 있는 겁니다!"

"프로젝트 같은 건 더 이상 존재하지 않아! 분명히 먼이 그렇게 말했단 말이야!"

"그렇다면 먼이 틀렸습니다. 만에 하나 그 말이 맞다 쳐도, 그게 어떻다는 겁니까? 저도 당신도 그와 같은 종족이 아닙니다. 칼간의 모든 사람들과 그 사람의 세계에서는 은하계의 이쪽 끝의 주민 모두 그렇듯이, 셀던 프로젝트를 완전히 가슴 깊은 곳으로부터 믿고 있습니다. 400년 가까운 역사는 파운데이션이 패배할 리가 없다는 사실을 가르쳐 왔습니다. 모든 왕국도, 군주들도, 구 은하제국 자체도 도저히 그것을 이룰 수 없었습니다."

"뮬은 했어!"

"뮬? 그는 말 그대로 예측 불가능한 존재였습니다. 그렇지만 당신은 다릅니다. 더욱 나쁜 점은 국민들은 당신이 그렇지 않다는 걸 알고 있다는 점입니다. 그래서 당신의 함대는 예상되는 패배를 두려워하면서 전투를 개시했지요. 그리고 셀던 프로젝트라는 실체가 없는 그림자가 그들에게 드리워지자, 그들은 자신감이 없어지고 또 공격하기 전에 지나치게 심사숙고했습니다. 반면 상대편에서는 그와 같은 실체가 없는 그림자가 오히려 자신감을 주고 공포를 없앴고 또 초기의 패배에도 불구하고 높은 사기를 유지했지요. 당연하지 않습니까? 파운데이션은 지금까지 항상 처음에는 지고 최후에는 승리했습니다.

그리고 당신 자신의 사기는 어떻습니까? 당신은 적의 영향력이 미치는 곳에 서 있습니다. 물론 지금까지 자신의 영토는 침략당한 적이 없지요. 현재도 침략당할 위험은 없습니다. 당신은 졌지요. 또 이제 당신은 승리할 가능성조차 전혀 없지요. 가능성이 없는 일이라는 것을 알고 있기 때문이지요."

메이루스는 가슴속에 있는 얘기를 죄다 쏟아놓았다.

"항복하십시오. 그렇지 않으면 철저하게 부서질 겁니다. 자발적으로 항복하면 조금 남은 것이나마 구할 수 있을지도 모르지요. 당신은 지금까지 군사력과 권력에 의존해 왔기 때문에, 군사력과 권력도 가능한 한 당신을 지지해 왔습니다. 그러나 당신은 지금까지 국민들의 마음 상태를 무시해 왔기 때문에, 이제 이런 결과들을 초래한 겁니다. 자, 제 충고를 받아들이세요. 당신한테는 파운데이션인인 호미르 먼이 있습니다. 그를 석방하세요. 그를 터미너스로 돌려보내 당신의 강화 제안을 가지고 가도록 하세요."

스테틴은 핏기 없이 굳게 다문 입 속에서 이를 갈았다. 그러나 다른 선택의 여지가 있겠는가?

호미르 먼은 새해 첫날 다시 칼간을 출발했다. 터미너스를 떠난 지 6개월 이상이 지났고 그 동안에 전쟁이 더없이 치열했기 때문에 쇠약해 있었다.

올 때는 혼자였지만 떠날 때는 수행원을 거느리고 갔다. 올 때는 단순한 개인이었지만 떠날 때는 임명되진 않았지만 사실상의 강화 조약의 임무를 띤 대사였다.

그리고 가장 변한 사실은 그가 전에 품고 있던 제2파운데이션에 대한 관심이었다. 이전에는 그런 생각을 조소했는데, 지금은 뜻밖의 새로운 사실들을 알고서 다렐 박사나 정력적이고 유능한 젊은 앤서. 그 밖의 사람들에게 자신이 깨달은 진실을 아주 세세하게 설명하는 모습을 상상해 보았다.

그는 알았다. 호미르 먼, 그는 마침내 진상을 깨달았다.

20장
"나는 안다……."

 전쟁이 막바지에 이른 마지막 두 달은 호미르 먼에게 그리 지루한 나날이 아니었다. 특명 조정관이라는 이례적인 임무를 맡다 보니 자기가 마치 항성간 정치의 중심이 된 느낌까지 들어서 스스로도 유쾌했다.
 더 이상 큰 전쟁은 없었다. 몇 차례의 조그만 충돌은 있었지만, 파운데이션 입장에서 보자면 거의 거부할 필요가 없는 강화 조건들이 제시되었다. 스테틴은 그 자리를 유지하긴 했지만 그 외에는 아무것도 없었다. 해군은 무장해제 되었고 칼간 성계를 제외한 모든 영토는 독립이 되어 그들의 의사에 따라 완전 독립을 하거나, 또는 파운데이션의 동맹국으로 들어갈 수 있도록 허락되었다.
 전쟁은 공식적으로는 터미너스 성계에 속하는 소행성, 파운데이션에서 가장 오래된 해군기지 안에서 종식되었다. 레브 메이루스가 칼간을 대표해서 서명했고 호미르는 흥미롭게 옆에서 구경만 했다.
 그동안 그는 다렐 박사나 다른 누구와도 만나지 않았다. 하지만 그건 거의 문제가 되지 않았다. 자신이 가지고 있는 뉴스를 간직한 채 그는 늘 그것을 생각하면서 미소지었다.

다렐 박사는 칼간 전승 기념일이 몇 주일 지난 후 터미너스로 돌아왔고 그날 밤, 그의 집은 10개월 전 최초의 계획을 준비했던 다섯 사람의 회합 장소로 제공되었다.

그들은 마치 과거의 화제로 돌아가기를 주저하는 듯 우물쭈물하면서 만찬을 들고 술도 마셨다.

한쪽 눈으로 술잔의 자색 짙은 언저리를 훑으면서 쥴 터버가 중얼거리듯 말했다.

"그런데 호미르 씨, 이제 보니 당신은 상당한 행정가이더군요. 문제를 잘 처리했어요."

"제가요?"

먼은 즐거운 듯 큰소리로 웃었다. 어찌 된 영문인지 그는 요 몇 달 동안 말을 더듬지 않았다.

"저는 별로 한 일이 없어요. 그건 아르카디아의 몫이지요, 말이 나왔으니 말인데 다렐, 그 앤 잘 있습니까? 트랜터에서 돌아오는 중이라던데."

"그렇소."

다렐은 조용히 말했다.

"그 애가 탄 배가 이번 주말에 도착할 예정이오."

그는 무심히 다른 사람들을 바라보았지만 그들은 알 수 없는 감탄사만 연발할 뿐이었다. 그밖에는 아무 말도 없었다.

"그렇다면 정말로 끝나는 셈이로군. 10개월 전에야 누가 이 모든 사실을 예측할 수 있었겠어요? 먼은 칼간에 다녀왔고, 아르카디아는 칼간과 트랜터에 갔다가 돌아오고……. 그리고 우린 전쟁에서 대승리를 거두었고요. 흔히 역사의 굵직한 움직임은 예측할 수 있다고들 하지만,

바로 얼마 전에 일어난 사건들은 우리를 너무나 당혹스럽게 만들었고 도저히 예측할 수 없는 일들이었다고 생각지 않습니까?"

"쓸데없는 소리들만!"

앤서가 신랄하게 말했다.

"어쨌든, 왜 그렇게들 의기양양해 합니까? 마치 정말 전쟁에 이긴 것처럼 말하지만 실제로는 우리의 정신이 진짜 적에게서 딴 데로 팔리게 만든 쓸데없는 소동에서 이겼을 뿐입니다."

어색한 침묵이 흘렀다. 그러는 가운데 먼의 엷은 미소가 불협화음을 연출하고 있었다.

앤서는 분노에 찬 주먹으로 의자를 내리쳤다.

"그렇습니다! 저는 제2파운데이션을 말하고 있는 겁니다. 그것에 대해서는 누구도 언급이 없었고, 만일 제 판단이 옳다면 모두가 거기에 관심을 갖지 않도록 노력하는 것 같아 보입니다. 바보 천치들이 세계를 뒤덮고 있는 이 잘못된 승리의 분위기가 당신들을 그렇게 동요시킬 정도로 매력적인가요? 그렇다면 공중제비라도 한바탕 도는 게 어떤가요? 그런 다음 방으로 들어가서 서로 등과 등을 비벼대며 창문으로 색종이를 뿌리는 건요? 무엇이든 하고 싶은 대로 실컷 하세요. 하지만 하루 빨리 머릿속에서 그런 망상은 쫓아 버리세요. 지칠 대로 지쳐 제정신으로 돌아오거든 여러분이 10개월 전에 여기서 정체를 몰라 겁에 질렸을 때와 똑같이, 현존하고 있는 문제들을 토의해 보도록 하죠. 당신들은 어리석은 우주함대의 지휘자를 처부쉈다고 해서 전처럼 제2파운데이션의 정신적 지배자들에 대해 두려워할 필요가 절대로 없을 거라고 생각하지는 않겠지요?"

그는 얼굴을 붉히고 거칠게 숨을 몰아쉬었다.

먼이 조용히 말했다.

"이번엔 내 말을 좀 들어보겠소, 앤서? 아니면 열변을 토하는 음모자다운 헛된 연기를 계속할 거요?"

다렐이 말했다.

"마음대로 하세요, 호미르 씨. 하지만 다들 너무 노골적인 말은 삼갑시다. 적절한 경우는 상관없지만 지금은 좀 지루하니까."

호미르 먼은 의자에 등을 기대고 술병으로 조심스레 잔을 채웠다.

"나는 칼간으로 파견되었지요. 뮬 궁전에 있는 기록 가운데 뭔가 단서를 발견할 수 있을까 해서요. 나는 몇 개월 동안을 그렇게 지냈어요. 그렇게 할 수 있었던 건 내 공적이 아니었어요. 앞에서도 간단히 말했지만 교묘한 방법으로 궁전 안에 들어 갈 수 있게 허가를 얻어 준 건 아르카디아였지요. 어쨌든, 그렇게 해서 나는 뮬의 생애와 그 시대에 관한 원래의 지식, 이것도 그리 빈약했던 것은 아니라고 생각하지만, 그것에다 지금껏 다른 사람들이 접해볼 수 없었던 중요한 증거와 함께 고생 끝에 어떤 성과를 얻을 수 있었습니다."

먼은 잠시 사이를 두었다.

"그러니까 나는 제2파운데이션의 진짜 위험성을 평가할 수 있는 독보적인 입장인 셈입니다. 여기에 있는 흥분하기 쉬운 여러분들보다 말이지요."

"그래서요?"

앤서가 내키지 않은 목소리로 끼어들었다.

"당신은 그 위험성을 어떻게 평가하죠?"

"아, 제로지요."

약간 뜸을 들이고 나서 엘베트 세믹이 너무나 놀라워 믿을 수 없다는 식으로 물었다.

"위험성이 제로란 말이오?"

"그래요. 여러분, 제2파운데이션이란 결코 존재하지 않습니다."

앤서가 지그시 눈을 감았다. 창백하고 무표정한 얼굴이었다.

먼은 사람들의 시선이 쏠리는 걸 즐기기나 하듯 말을 계속해 나갔다.

"다시 말씀드리자면 과거에도 존재하지 않았어요."

"이 뜻밖의 결론을 얻게 된 근거가 뭐죠?"

다렐이 물었다.

먼은 말을 계속했다.

"이것이 뜻밖의 결론이라는 데 대해서도 나는 동의하지 않아요. 뮬의 제2파운데이션 탐색에 대한 이야기는 여러분도 잘 알고 있지요? 하지만 그 탐색이 얼마나 치밀했는지에 대해 무엇을 알고 있지요? 그는 막대한 자금을 아낌없이 쓰는 외골수였지만 실패했지요. 결국 제2파운데이션은 발견되지 않았습니다."

"발견될 거라고 기대할 수 없었죠."

터버가 성급히 지적하고는 계속 말을 이었다.

"그건 제2파운데이션이 자신들을 찾아 나선 인간들로부터 스스로를 지키는 수단을 가지고 있었기 때문이죠."

"그 탐색자가 뮬과 같이 돌연변이체적 정신인 경우에도 말예요? 저는 그렇게 생각지 않는데요. 그렇다고 50권이나 되는 보고서의 요점을 단 5분 동안 설명하라는 말씀이 아니겠지요. 보고서는 전부 평화 협정에 따라 어떤 것은 셀던 역사 박물관의 일부가 되었는데, 내가 한 것과 마찬가지로 여러분도 자유롭게 분석해 볼 수 있어요. 어쨌든 그건 여러분들 자유지요. 아무튼 셀던의 결론을 명백히 서술한 문서가 그 속에 있었고 그 얘기는 이미 말씀드렸습니다. 현재에도 과거에도 제2파운데이션이란 존재하지 않았던 거죠."

세믹이 의문을 던졌다.

"그렇다면 뮬이 탐색하는 걸 막은 존재는 무엇이오?"

"도대체 무엇이 그를 저지했다고 생각하세요? 죽음입니다. 지금 당장 우리도 그 때문에 모든 것이 백지화될 수 있지요. 현대 최대의 미신은 '뮬이 모든 걸 정복해 가는 도중에 그 자신마저도 능가하는 어떤 신비적인 존재로 인해서 저지당했다'는 바보 같은 생각입니다. 이건 모든 사물을 잘못된 초점에서 바라본 결과죠.

은하계에서는 누구나 뮬이 정신은 물론 육체적으로도 기형이었다는 사실을 확실히 알고 있어요. 기형인 신체 때문에 이미 삐거덕거리는 세포와 근육들을 도저히 움직여 나갈 수 없었던 그는 결국 30대에 죽고 말았던 거죠. 죽기 전까지 몇 년 동안은 이미 병자였지요. 건강할 당시에도 보통 사람이 가벼운 병에 걸려 있는 것과 똑같았죠. 그런데도 그는 은하계를 정복하고 자연스럽게 살다가 갔어요. 그는 그처럼 교묘하게 자기가 하고 싶은 대로 하다가 죽은 거예요. 그렇게 오랫동안 교묘히 지탱해 낸 것은 경이적인 일이지요. 여러분, 이야기는 선명하게 인쇄되어 있어요. 나머지는 끈기만 있으면 돼요. 모든 사실을 새로운 시각에서 보면 돼요."

다렐이 깊은 생각에서 깨어난 듯 말했다.

"좋아요. 그렇게 하죠, 먼. 그건 흥미로운 시도일 뿐 아니라 그것만으로도 우리 사고력은 원활해지겠지요. 그럼 그 간섭을 받은 사람들, 앤서가 약 1년 전에 우리에게 가져다 준 그 기록들, 그건 어떻게 되는 거죠? 우리가 그 점에 대해서 확실히 이해할 수 있도록 해 주었으면 하는

데……?"

"어렵지 않습니다. 뇌파 그래프 분석은 얼마나 오래된 학문이지요? 다시 말해서 신경학 연구는 어느 정도로 발달해 있지요?"

"그 점에 대해서는 우린 시작에 불과합니다."

다렐이 대답했다.

"그래요. 그렇다면 앤서와 당신이 '간섭의 플래토 현상'이라고 부른 해석에 대해서 우리는 어느 정도 확신할 수 있을까요? 당신은 당신 나름대로의 이론이 있겠지만 얼마만큼이나 확신을 가지고 있죠? 어떤 강대한 세력이 확실하게 존재한다고 주장할 수 있을 만큼 분명한 근거라도 있습니까? 다른 증거들은 모두 그 세력의 존재를 부정하고 있는데 말입니다. 확실하지도 않은 사실에 대해서 이상하고 변덕스러운 가정을 설정해서 설명하는 건 언제나 쉬운 일이죠."

먼은 손가락으로 테이블을 톡톡 쳤다.

"이건 아주 인간적인 현상입니다. 은하계의 역사를 볼 때 고립된 성계가 야만적인 상태로 거슬러 올라간 예는 여러 번 있었는데, 이 사실에서 우리는 무엇을 배울 수 있을까요? 어떤 경우이든 그와 같은 야만인들은 그들에게는 난해한 자연의 힘, 폭풍우나 질병, 가뭄 등을 인간보다 강력하고 더 자의적인 지각 있는 존재이기 때문이라고 생각했지요.

그것을 신인동형론(新人同形論)이라 부른다고 알고 있는데 이 점에서 볼 때 우린 야만인인 셈이죠. 야만인 상태로 빠져들고 있는 걸 그냥 내버려 두고 있는 거죠. 정신과학에 대해서는 거의 무지하기 때문에 우리가 모르는 사실에 대해서는 무조건 초인, 이 경우는 셸던에게서 받은 암시에 따라 제2파운데이션 초인들의 탓으로 돌리는 겁니다."

"아! 잠깐만."

앤서가 말참견을 했다.

"그렇다면 셸던에 대한 일도 기억하고 있겠군요. 잊은 줄 알았어요. 셸던은 틀림없이 제2파운데이션이 있다고 했어요. 그 점을 좀 확실히 해 주었으면 합니다."

"그럼 당신은 셸던의 목적을 죄다 알고 있어요? 그의 계산 속에는 어떤 필요성이 있었는지 알고 있나요? 제2파운데이션은 아주 특별한 목적을 고려한 한낱 엄포용에 불과했는지도 모르는 겁니다. 예를 들면 우리는 어떻게 해서 칼간에 이겼지요? 최근 연재 기사에서 당신은 뭐라고 했지요, 터버?"

터버는 커다란 몸집을 움직이면서 대꾸했다.

"그래요, 당신이 말하고자 하는 뜻을 알겠어요. 난 전쟁 말기에 칼간에 갔어요. 다렐. 그래서 그들의 사기가 믿을 수 없을 만큼 형편없다는 것 알았죠. 저는 그들의 뉴스 기록에 관심을 기울였는데, 어딘지 모르게 자신들은 패배할 수밖에 없다는 자조적인 분위기였죠. 사실상 그들은 아무래도 제2파운데이션이 참전해 올 적이고, 그럴 경우 제1파운데이션 편에 합류할 거라고 생각한 나머지 완전히 전의를 상실하고 있었습니다."

먼이 말했다.

"바로 그렇습니다! 나는 전쟁 중에 쭉 그곳에 있었지요. 스테틴에게 제2파운데이션은 존재하지 않는다고 했더니 그는 내가 하는 말을 믿으며 안심했어요. 그런데 그곳 국민으로 태어나서 지금까지 줄곧 믿어 온 사실을 갑자기 믿지 못하게 할 수는 없었어요. 그래서 그 신화는 결국 셸던의 우주 체스 게임에서 아주 유용한 목적을 제공했던 거죠."

그러나 앤서는 눈을 커다랗게 뜨고서 냉소하듯 먼의 얼굴을 바라보왔다.

"당신은 지금 거짓말을 하고 있어요."

호미르는 얼굴이 창백해졌다.

"그런 비난에 대해서 대답하는 건 바보짓이며 해명할 생각도 없습니다!"

"나는 개인을 공격할 생각은 추호도 없습니다. 그러나 당신은 거짓말을 안 할 수가 없어요. 다만 자신이 그렇다는 걸 모르고 있는 겁니다. 그러나 거짓말을 하고 있다는 사실에는 변함이 없습니다!"

세믹은 청년의 소맷자락에 손을 얹으면서 말했다.

"진정하게, 젊은이."

앤서는 거칠게 뿌리쳤다.

"저는 이제 여러분에게 질렸습니다. 지금까지 이 사람과는 대여섯 번밖에 만난 일이 없지만 믿을 수 없을 정도로 변했어요. 여러분은 지금까지 열변을 토한 이 사람을 이전의 호미르 먼이라고 부를 수 있어요? 그는 제가 알고 있는 호미르 먼이 아닙니다!"

충격에 휩싸인 먼이 고함쳤다.

"내가 가짜라는 거요?"

앤서는 질세라 큰 소리로 외쳤다.

"일반적인 의미로 본다면 가짜가 아니지요! 그렇지만 역시 가짜는 가짜입니다. 여러분 좀 조용히 해 주세요. 제발 제 말 좀 들어 보세요."

그는 떨떠름한 얼굴을 하고 사람들을 일단 진정시켰다.

"여러분 가운데 제 기억과 같은 호미르 먼을 기억해 낸 분 없어요? 말할 때는 언제나 당황하고 내성적이었던 사서의 모습, 불확실한 말투로 말을 더듬는 긴장되고 신경질적인 목소리의 주인공을! 이 사람의 말이 지금 그렇습니까? 유창하고 침착하고 논리 정연할 뿐만 아니라 더듬거리지도 않습니다. 과연 이런 그가 예전과 똑같은 사람이란 말입니까?"

호미르 먼이 상당히 난처한 입장으로 몰렸을 때 펠리스 앤서는 오히려 한술 더 떴다.

"자, 그럼 이 사람을 시험해 볼까요?"

"어떤 시험을 한단 말인가?"

앤서의 제의에 다렐이 물었다.

"다른 사람도 아닌 박사님이 그 방법을 묻다니요! 아주 쉬운 방법이 있지 않습니까? 10개월 전에 찍은 그의 뇌파 그래프를 갖고 있잖아요. 그것을 다시 찍어서 비교해 보면 됩니다."

그는 얼굴을 찡그리고 있는 사서를 향해 격렬하게 말했다.

"제가 하고 싶은 말은 분석받기 싫으면 싫다고 말하라는 겁니다!"

"좋아요! 반대하지 않아요."

그는 그 와중에서도 한 마디 던졌다.

"나는 이전과 똑같은 사람입니다."

앤서가 빈정대는 투로 말했다.

"그걸 당신이 어떻게 압니까! 말하자면 나는 여기에 있는 사람, 그 누구도 믿지 않습니다. 한 사람도 빠짐없이 검사를 받았으면 합니다. 우리 모두 전쟁을 겪었으며 호미르 먼 씨는 칼간에 다녀왔고 터버 씨는 배를 타고 전쟁 지역을 순회하고 돌아왔고요. 다렐 박사님과 세믹 박사님도 부재중이었습니다. 어디를 다녀왔는지는 전혀 모르지만. 오직 저만이 이 속세와 떨어진 안전지대에 있었기 때문에 저를 뺀 나머지 분들에 대해서는 누구도 믿을 수가 없다는 겁니다. 하지만 정정당당히 하기 위해서 저도 검사를 받겠습니다. 자, 그렇다면 이제 여러분 모두 동의하십니까? 아니면 이만 실례하고 각자 볼일이나 보러 갈까요?"

터버는 어깨를 움츠리면서 대꾸했다.

"이의 없습니다."

"나도 이의 없다고 했잖습니까."

먼도 말했다. 세믹은 동의하는 뜻으로 손뼉을 쳤다. 앤서는 이제 다렐의 의사 표시를 기다리고 있었다. 마침내 다렐이 머리를 끄떡였다.

"저부터 하지요."

앤서가 먼저 말했다.

젊은 신경학자가 지그시 눈을 감고 의자에 앉아 꼼짝 않고 있는 동안 몇 개의 침들은 그래프에 미세한 표시를 하기 시간했다. 다렐은 예전에 받아두었던 앤서의 뇌파 그래프 봉투를 풀었다. 그는 그것을 앤서에게 보였다.

"이거 자네 서명이 틀림없지?"

"그렇습니다. 제 기록입니다. 비교해 주십시오."

스캐너는 먼저 것과 새로 검사한 영상을 스크린에 투사했다. 각 기록당 여섯 개의 곡선이 비춰지고 어둠 속에서 먼이 쉰 소리로 똑똑히 말했다.

"오, 저것 봐요. 변화가 있어요!"

"그건 전두엽의 주요파요. 아무 의미도 없는 겁니다, 호미르. 당신이 얘기하는, 저 추처럼 삐죽삐죽한 것은 분노를 나타내는 표시에 지나지 않아요. 의미를 지닌 건 그 외의 것들이죠."

다렐이 조정 손잡이를 조작하자 여섯 쌍의 곡선들은 서로 겹쳐서 일치했다. 주요파들 가운데 조금 진폭이 큰 것만 이중으로 나타났다.

"이제 납득이 갑니까?"

앤서가 물었다.

다렐이 차가운 표정으로 고개를 끄덕이고 나서 앤서와 교대했다. 그 다음에는 세믹이 하고 다시 터버가 그 뒤를 이었다. 묵묵히 바라보는 가운데 곡선들이 모아지고 침묵 속에 비교되었다.

먼이 제일 마지막으로 검사대에 앉았다. 먼은 잠시 주저하는 듯하더니 될 대로 되라는 식으로 말했다.

"그렇다면 내 차례인데 제일 마지막이다 보니 긴장이 되는데요. 아무튼 그 점은 좀 고려해 주었으면 합니다."

다렐이 그 염려에 대한 설명을 해 주었다.

"그렇게 하고말고! 당신의 의식적인 감정은 주요파 정도에나 영향을 미치는데 그건 중요하지 않아요."

그러고는 다시 침묵이 흘렀다. 마치 몇 시간이나 지난 듯한 느낌이었다.

드디어 비교를 위해 불이 꺼진 어둠 속에서 앤서가 쉰 목소리로 말했다.

"그래, 그래. 이건 바로 강박관념이 엄습해 옴으로써 생긴 것일 뿐이야. 그가 말하던 게 저거 아닌가요? 저런 것은 간섭이 아니지요. 바보스러운 신인동형론적 개념들뿐입니다. 그렇지만 저걸 좀 보세요! 저는 우연의 일치라고 생각됩니다만."

"뭐가 잘못되었어요?"

먼의 카랑카랑 목소리가 들려왔다.

다렐의 손이 사서의 어깨에 묵직하게 얹혀 있었다.

"조용하십시오, 먼. 당신은 꼭두각시예요. 말하자면 그들에게 조종당하고 있습니다."

그 순간 실내등이 켜지고 먼이 억지로 웃으려고 애쓰면서 주위를 두리번거렸다.

"설마 진심으로 하는 말은 아니겠지요? 분명 무슨 목적이 있어서 나를 시험한 것이지요?"

그러나 다렐은 머리를 좌우로 흔들 뿐이었다.

"아니 그렇지 않아요, 호미르. 사실입니다."

사서의 눈에는 갑자기 눈물이 가득 고였다.

"나 자신은 별다른 게 느껴지지 않아. 믿을 수가 없어요!"

그러고 나서 갑자기 확신을 띠며 소리쳤다.

"당신들은 확실히 한 패야. 이건 음모야!"

다렐은 진정시키려고 했지만 먼은 다렐의 손을 뿌리치고 말았다. 먼은 고함을 지르며 말했다.

"당신들은 나를 죽이려고 획책하고 있어. 확실히 나를 죽이려 하고 있어!"

앤서가 돌진하면서 덤벼들었다. 둔탁하게 부딪히는 소리가 나더니 호미르는 안면에 온통 공포의 표정을 보인 채 흐느적거리면서 축 늘어지고 말았다.

앤서는 몸은 떨면서 일어섰다.

"그를 포박하고 재갈을 물리는 것이 좋겠어요. 처치하는 건 나중에 결정할 수도 있으니까."

그는 흐트러진 머리카락을 쓰다듬어 올렸다.

터버가 말했다.

"그가 어딘지 모르게 수상쩍다는 것 어떻게 알았죠?"

앤서가 냉소적으로 그를 바라보았다.

"어렵지 않았습니다. 어쨌든 나는 제2파운데이션이 사실상 어디에 있는지 알고 있으니까요."

충격이 계속되면 효과가 줄어드는 법이다.

세믹은 온화한 말투로 끼어들었다.

"확실하오? 말하자면 우리는 이런 일을 면을 통해서 처음으로 경험했을 뿐이니까 말이야."

"이건 반드시 같다고는 할 수 없지요."

앤서가 반론을 제기했다.

"다렐 박사님. 전쟁이 시작되던 날 제가 아주 진지하게 말했죠. 전 박사님을 터미너스에서 내보내려고 했습니다. 박사님을 믿을 수 있었다면 그때, 지금부터 하려는 이야기를 했을 겁니다."

"그럼, 반년 전에 이미 진실을 알고 있었다는 말인가?"

앤서의 입가에 웃음기가 떠올랐다.

"아르카디아가 트랜터로 출발했다는 사실을 알았을 때였죠."

다렐은 깜짝 놀라면서 자리를 박차고 일어섰다.

"아르카디아가 이것과 무슨 관계가 있다는 거지? 자네는 무슨 말을 하려는 건가?"

"우리가 아주 잘 알고 있는 여러 가지 사건들은 표면적으로 명백한 것들뿐이죠. 아르카디아는 칼간으로 가고 나서 공포에 휩싸여 고국으로 되돌아오지 못하고 은하계의 중앙 지역으로 도망쳤습니다. 또 칼간에 있는 우리의 최고 스파이 디리지 중위가 간섭을 받게 되었습니다. 뮬은 은하계를 정복했지만 묘하게도 칼간을 본거지로 삼았습니다. 그래서 과연 그가 정복자였는지 아니면 단순히 꼭두각시였는지 의문이 떠올랐습니다. 언제나 부딪히는 것은 칼간, 칼간이었죠. 즉 1세기에 걸친 전쟁 군주들의 도발에도 무슨 영문에서인지 모든 것과 무관하게 본래의 모습대로 유지하고 있는 세계, 그건 칼간뿐이었습니다."

"그렇다면 자네의 결론은?"

"분명합니다! 제2파운데이션은 칼간에 있습니다!"

앤서가 대답하며 눈빛을 번뜩이자, 터버가 끼어들었다.

"앤서, 나는 칼간에 있었어요. 지난주에 거기에 있었다고요. 거기에 제2파운데이션이 있었다면 내가 미친놈입니다. 나는 당신이 미쳤다고 생각합니다."

젊은이는 터버 쪽으로 몸을 홱 돌리며 반박했다.

"그렇다면 선생님은 뚱뚱한 바보가 분명합니다. 선생님은 제2파운데이션을 도대체 뭐라고 생각하십니까? 초등학교? 비행로를 따라 방사선을 촘촘하게 엮어서 녹색과 자색으로 '제2파운데이션'이라는 간판이라도 달렸을 거라고 생각합니까? 터버 선생님, 제가 하는 말 잘 들으세요. 그들은 어디에 있든 탄탄한 독재정치를 구축했습니다. 그들은 행성 자체가 전체 은하계 어딘가에 교묘하게 숨은 것처럼 행성 내부에서도 교묘하게 숨은 게 틀림없어요!"

"앤서, 난 당신 태도가 영 맘에 들지 않습니다!"

터버가 말하며 턱을 덜덜 떨자, 앤서가 조롱하는 투로 대답했다.

"당신 발밑에 있는 이 터미너스를 한번 생각해 봅시다. 우리는 제1파운데이션의 중앙, 말하자면 그 발생지에 있고 그 물리학적인 지식을 완전히 구비하고 있습니다. 그런데 인구 가운데 몇 할이 물리학자란 말입니까? 당신이 에너지 전달소를 운영할 수 있어요? 당신은 초원자 모터의 조작에 대해서 무엇을 알고 있죠? 터미너스에 있는 진짜 과학자 수는 인구의 1퍼센트 이하를 헤아릴 정도입니다. 그렇다면 비밀을 유지해야 할 제2파운데이션은 어떨까요? 전문가의 수는 더 적을 것이고 그들은 자신들의 세계에서마저 숨겨져 있을 겁니다."

세믹이 조심스럽게 입을 열었다.

"이보게. 우린 칼간을 막 해치웠는데……."

"그렇지요! 암. 크게 이겼지요."

앤서가 빈정거리듯 말했다.

"아, 우리는 지금 그 승리를 축하하고 있군요. 거리는 아직 휘황찬란하게 불꽃이 터지고 있습니다. 아직도 그들의 환호 소리는 텔레비저 소리와 함께 뒤범벅이 되어 떠들썩합니다. 그렇지만 지금 당장 제2파운데이션 수색을 재개하려는 이런 상황에서 우리가 전혀 고려하지 않고 있는 장소가 어딜까요? 그래요, 바로 칼간입니다!

알다시피 우리는 그들을 해치지 않았어요. 사실상 말입니다. 몇 척의 배를 파괴하고, 몇 천 명을 죽이고, 그들 제국에 손상을 가해 통상력이나 경제력의 일부를 접수했다고 해서 무슨 의미가 있습니까? 칼간의 진짜 지배 계급은 그 누구도 좌절 같은 건 느끼고 있지 않다는 점을 제가 장담하지요. 그뿐만 아니라 그들은 호기심의 대상이 될 염려가 깡그리 없어진 겁니다. 그렇지만 내 호기심은 별개이죠. 다렐 박사님 의견은 어떻습니까?"

다렐은 어깨를 으쓱해 보였다.

"재미있군. 나는 2~3개월 전에 아르카디아에게서 받은 편지 내용과 그걸 연관시켜 보려는 참이었네."

"네? 편지라니요? 어떤 내용입니까?"

"아무래도 명확하지가 않아, 다섯 개의 짧은 낱말인데 하여간 흥미로워."

세믹은 걱정스러운 호기심으로 입을 열었다.

"그런데 말이야, 난 이해가 안 가는 점이 있네."

"뭔데요?"

세믹은 마치 말 한 마디 한 마디를 마지못해 끄집어내는 것처럼, 한 마디 끝나면 윗입술을 말아 올리고는 다음 말을 고르고 있었다.

"음, 그렇다면 묻겠는데, 호미르 먼은 조금 전에 제2파운데이션을 설립했다는 해리 셀던의 말을 궤변이라고 했는데 이번에는 자네가 그렇지 않다고 말하고 있군. 말하자면 셀던이 궤변을 늘어놓지 않았단 말이지, 그렇지?"

"그렇습니다. 그는 우리를 속이지 않았습니다. 셀던이 제2파운데이션을 설립한다고 말했는데 실제로 그렇게 했습니다."

"그렇다면 좋아. 그런데 말이야 셀던은 다른 이야기도 했어. 그 두 개의 파운데이션을 은하계의 양쪽 끝에다 설치했다고 말이야. 그렇다면 여보게, 그건 속임수였을까? 왜냐하면 은하계의 반대쪽에 칼간이 있는 게 아니니깐 말이야."

앤서는 잠깐 곤혹스러운 표정을 지었다.

"그건 별로 중요하지 않아요. 그 부분은 제2파운데이션을 지키기 위한 은폐물이었다고 해도 납득할 수 있는 문제입니다. 그렇더라도 요컨대, 한번 생각해 보십시오. 은하계의 저쪽 끝에 정신적인 지배자를 두어서 실제적으로 무슨 소용이 있을까요? 그들의 임무는 무엇이겠습니까? 셀던 계획을 보호, 유지하는 일을 하는 겁니다. 그럼 셀던 프로젝트의 보호 대상은 누구죠? 그건 우리들, 즉 제1파운데이션입니다. 그렇다면 그들이 어디에 있어야 우리를 감시할 수 있고 그들 자신의 목적을 달성할 수 있겠습니까? 은하계의 맞은편 끝일까요? 천만의 말씀! 그들은 현실적으로 더 감지하기 쉬운 50파섹 이내에 있어야 합니다."

다렐이 말했다.

"그 이야기는 마음에 드는군. 이치에 맞는 말이야. 아! 잠깐만. 먼이 의식을 되찾고 있는데 풀어 주면 어떻겠나? 그는 실제로 아무런 해도 끼치지 않을 테니."

앤서는 불만스러운 얼굴을 했지만 호미르는 고개를 크게 끄덕였다. 5초나 지났을까, 그는 손목을 강하게 비비고 있었다.

"기분은 어떻습니까?"

다렐이 묻자, 호미르 먼이 불만스런 말투로 대답했다.

"불쾌하지요. 하지만 그래도 좋습니다. 여기에 있는 이 총명한 청년에게 묻고 싶은 게 있어요. 그의 주장은 충분히 들어서 알고 있지만 앞으로 우리는 어떻게 해야 하는지를 알고 싶군요."

어색한 침묵이 흐르는 가운데, 호미르 먼은 쓸쓸하게 웃으며 말했다.

"그렇다면 칼간이 정말 제2파운데이션이라 가정하고, 그렇다면 도대체 그들이라 함은 칼간에 있는 누구를 말하는 겁니까? 어떤 방법으로 그들을 찾아낼 작정인가요? 만일 찾아낸다면 어떤 방법으로 그들을 물리칠 작정이죠, 네?"

다렐이 말했다.

"아! 이상하겠지만 그건 내가 대답할 수 있겠군요. 지난 반년 동안 내가 세믹과 한 일을 말씀드릴까요? 그러면 앤서, 내가 그동안 터미너스에 머물려고 애쓴 이유도 알 수 있을 거야."

"다른 무엇보다 우선, 나는 여러분이 생각하는 목적 이상으로 뇌파를 분석했습니다. 제2파운데이션 사람을 탐지한다는 건 단순히 정신을 조작하는 집단을 찾는 이상으로 복잡한 무언가가 있어요. 그래서 실제로 성공을 하지 못한 거죠. 하지만 상당히 접근했습니다.

감정의 통제라는 게 어떻게 작용하는지 아는 분이 있는지요? 그건 뮬 시대 이래로 소설가들에게 아주 인기 있는 주제로서, 많은 내용들이 책으로 엮이기도 하고 말로 또는 기록으로 전해지기도 했습니다. 대체로 그건 신비스럽고 불가사의한 것으로 취급되고 있지요. 물론 실제로는 그렇지가 않아요. 뇌라는 것이 무수히 많은 조그마한 전자장의 원천임은 누구나 다 알고 있는 사실이지요. 어떤 감정이든 빠짐없이, 많든 적든 복잡한 순서를 거쳐 장을 변화시키는데, 이 사실은 누구나 알아둬야 할 점입니다.

그렇다면, 장의 변화를 지각하고 그것과 공명할 수 있는 정신을 생각해 볼 수 있죠. 말하자면 탐지하려는 장의 패턴이 어떻게 생긴 것이든 간에 그것을 받아들일 수 있는 대뇌의 특별 기관이 존재할 수도 있다는 얘기죠. 엄밀하게 어떤 방법으로 그렇게 되는지는 모르지만 그건 문제가 아니죠. 예를 들어 내가 장님이라도 역시 광자와 에너지 양자의 의의를 이해할 수 있으며, 그와 같은 에너지를 지닌 광자의 흡수 작용으로 신체의 어떤 기관에서 화학적인 변화가 일어나고 그에 따라 그 존재를 탐지할 수 있다는 사실은 이해할 수 있습니다. 그런데 이 경우, 색깔을 알 수 없는 것은 당연하겠지요. 이해가 됩니까, 여러분?"

앤서는 확실히 납득했지만 다른 사람들은 미심쩍은 태도였다.

"이와 같은 가정 하에 정신 공명 기관은 자신을 조정해서 다른 정신에 의해 발생되는 장과 만나 속된 말로 '감정을 읽는' 또는 '독심술'이라고 알려진 일들을 해낼 수가 있어요. 그런데 독심술이란 실제로는 한

층 더 미묘한 것입니다. 따라서 다른 정신을 실제로 강제로 조정할 수 있는 비슷한 기관을 사용해서 다른 정신의 약한 장을 순응시킬 수 있습니다. 강력한 자석이 강철봉의 원자 쌍극자를 순응시키는 원리와 비슷하죠.

　나는 제2파운데이션의 수학을 풀었어요. 지금까지 설명한 기관을 형성케 하는 신경계의 조합을 예측하는 함수를 전개했다는 의미에서 말이지요. 그렇지만 그 함수는 너무나도 복잡하기 때문에 현재까지 알려져 있는 기구로는 풀 수가 없었습니다. 참 안타까운 일입니다. 왜냐하면 뇌파 그래프만으로는 절대로 정신 조정자를 탐지할 수 없다는 사실을 의미하기 때문이죠."

　다렐은 잠시 턱을 어루만졌다.

　"그런데 다른 일은 할 수가 있었습니다. 세믹의 도움을 얻어서 정신 정전 장치라는 것을 만들 수가 있었어요. 전자장의 뇌파 그래프 방식의 패턴을 복사할 수 있는 에너지원을 만들어 낸다는 건 현대 과학의 기술을 이용하면 못할 것도 없습니다. 그런데 이 장치는 마음대로 변화할 수 있는 데다, 그 특정한 정신의식의 경우, 그것이 접촉할지도 모르는 다른 정신을 차단시켜 주는 일종의 잡음 또는 정전기를 만들어 내는 겁니다. 아직 이해가 안 되지요?"

　세믹은 싱글싱글 웃었다. 그는 아무것도 모르고 그 장치의 제작을 도왔지만 그의 억측이 적중했던 것이다. 그에게는 한두 가지 비책이 남아 있었다.

　"알 것 같아요."

　앤서가 명쾌하게 대답했다.

　다렐은 눈짓을 하며 말을 계속했다.

"그 장치를 만드는 건 비교적 간단했고 더구나 전쟁 연구라는 명목 아래 파운데이션의 모든 물품과 재료들이 내 관리 하에 있었습니다. 그렇게 해서 지금 시장의 각 부서와 입법 회의는 이 정신 정전 장치로 둘러싸여 있는 실정이지요. 우리나라 주요 공장의 대부분 또한 그렇고요. 이 건물도 마찬가지입니다. 때가 되면 우리가 원하는 어떤 장소라 할지라도 제2파운데이션이나 뮬로부터 절대 안전을 유지할 수가 있습니다."

그는 손바닥을 펼쳐 보이며 얘기를 끝맺었다.

터버는 어리둥절한 표정이었다.

"그럼 이것으로 모두 끝났습니다. 위대한 셀던이여! 완전히 끝났습니다."

"뭐, 꼭 그런 것은 아니지요."

다렐이 말했다.

"어째서요? 뭐가 또 남아 있습니까?"

"그렇습니다, 우리는 아직 제2파운데이션의 소재지를 밝히지 못했습니다!"

"무슨 얘기죠? 박사님이 말씀하려는 건……!"

앤서가 고함을 질렀다.

"그래! 칼간은 제2파운데이션이 아냐!"

"어떻게 확신하죠?"

"간단하지!"

다렐이 우렁차게 대답했다.

"나는 제2파운데이션이 어디에 있는지 알기 때문이야!"

21장
진실

터버가 갑자기 웃기 시작했다. 큰 소리로 거칠게 웃는 소리는 벽을 울리며 사라졌다. 그는 힘없이 머리를 저으면서 말했다.

"이거, 이러다가는 밤새겠어요. 차례대로 한 사람씩, 모두 쓰러지겠습니다. 재미는 있지만 아무런 결론도 나오지 않습니다. 우주 공간! 어쩌면 모든 행성이 제2파운데이션인지도 모르죠. 행성 같은 건 전혀 갖고 있지 않으면서 중요한 인물들만 여기저기 흩어져 있는 것일 수도 있고요. 하지만 다렐 박사님이 우리에게는 완벽한 방어벽이 있다고 했으니까 문제는 없잖아요?"

다렐은 억지웃음을 지었다.

"완벽한 방어벽이라고는 해도 충분한 건 아니죠, 터버. 나의 정신 정전 장치도 우리가 한 장소에 머무를 경우에만 안전할 뿐입니다. 그렇다고 항시 주먹을 불끈 쥐고 우리가 모르고 있는 적은 없나 하고 미친 사람마냥 사방팔방 눈을 부릅뜨고 있을 수도 없는 일이고. 그래서 방어적인 방법뿐만 아니라 상대방을 쳐부숴야 할 방법에 대해서도 알아야만 해요. 분명 적이 존재하는 특정한 행성이 있을 테니까."

"핵심을 말씀해 주세요."

앤서가 지겹다는 듯이 말했다.

다렐이 말을 이었다.

"아르카디아가 내게 편지를 보내왔는데 그 이전에는 나는 뻔한 걸 놓치고 있었습니다. 아마도 쉽게 알 수 있는 사실을 영원히 모르고 지나칠 뻔했지요. 그건 다음과 같은 간단한 편지였어요. '원은 끝이 없다', 무슨 뜻인지 알겠습니까?"

"모르겠는데요."

앤서가 무뚝뚝하게 대답했고 이것은 분명 다른 사람들을 대표해서 대답한 것이었다.

"원에는 끝이 없다?"

먼이 되뇌면서 머리를 숙였다.

다렐이 성급히 말문을 열었다.

"자, 이젠 알 것 같습니다. 우리가 제2파운데이션에 대해서 알고 있는 유일하고 절대적인 사실은 뭐죠? 네, 말씀드리지요. 해리 셸던이 그것을 은하계 저쪽 끝에다 만들었다는 사실을 우리는 알고 있어요. 호미르 먼은 셸던이 파운데이션의 존재에 대해서 거짓말했다는 가설을 세웠지요. 펠리스 앤서는 셸던이 그것이 존재한다고 한 것까지는 진실이지만 파운데이션의 소재지에 대해서는 셸던이 거짓말을 했다는 가설을 세웠어요. 그런데 나는 해리 셸던이 별로 거짓말을 하지 않았다, 즉 절대적 진실을 말했다고 주장하는 겁니다.

그러면 저쪽 끝이란 무엇일까? 은하계란 평평한 렌즈모양의 물체이지요. 그 평평한 부분의 횡단면은 원이고, 원은 끝이 없습니다. 아르카디아가 알아차린 것처럼 말이지요, 즉 제1파운데이션은 그 원 가장자리에 있는 터미너스에 위치하고 있어요. 정의에 의하면 은하계 끝에 위치하고 있는 셈이지요. 자! 이제 그 원의 가장자리를 따라 또 하나의 끝을 찾아봅시다. 추적을 하고 또 해도 또 하나의 끝은 발견되지 않지요. 출발점으로 되돌아올 뿐입니다. 그리고 그곳에서 마침내 제2파운데이션을 발견하게 되는 것입니다."

"그곳에서?"

앤서가 되뇌었다.

"그렇다면 여기란 말입니까?"

"그래. 바로 여기란 말이네!"

다렐이 힘차게 소리쳤다.

"만약 여기가 아니라면 도대체 다른 곳 어디에 있을 수 있단 말인가? 제2파운데이션이 셀던 프로젝트의 보호자라면 그들이 은하계의 소위 반대편 끝, 즉 우리가 생각하는 것처럼 고립된 장소에는 있을 것 같지 않다고 앤서가 말했지? 50파섹의 거리도 가깝게 느껴진다고 당신은 생각했지. 그런데 실은 그것도 굉장히 먼 거리야. 거리가 전혀 없는 게 가장 확실한 방법이지. 그렇다면 어디 있는 게 그들에게 가장 안전할까? 과연 누가 여기서 그들을 찾고 있을까? 그렇지, 가장 잘 알려진 장소가 제일 의심을 적게 받는다는 옛 원칙이 이 경우에도 적용되는 걸세.

불쌍한 에블링 미스는 제2파운데이션의 소재지를 발견하고는 왜 얼이 빠질 정도로 놀랐을까? 그는 뮬이 공격하고 있다는 것을 경고하기 위해 필사적으로 찾았는데, 알고 보니 뮬이 이미 양쪽 파운데이션을 한 손아귀에 거머쥔 것을 발견한 거네. 그렇다면 왜 뮬 자신은 파운데이션을 찾는 데 실패한 걸까? 그것은, 어려운 강적을 찾는 자라면 이미 정복한 지역을 탐색하는 일은 거의 하지 않아. 그래서 정신의 지배자들은 유연하게 뮬을 막아 낼 계획을 수립할 수 있었고 또한 그를 막는 데 성공했던 거지.

그것은 우리가 속을 정도로 교묘한 방법이네. 왜냐하면 여기서 우리들은 비밀을 유지한다면서 음모와 계획을 꾸미고 있었지. 그런데 실상적의 본거지, 바로 호주머니 속에 있었으니 얼마나 우스운 일인가?"

앤서의 얼굴에서는 여전히 회의적인 빛이 사라지지 않았다.

"그 가설을 진실로 믿고 있나요. 다렐 박사님?"

"진실로 믿고 있네."

"그렇다면 우리 주변의 누구도, 또 거리에서 스쳐 지나가는 사람조차도 제2파운데이션의 슈퍼맨들일 수 있으니까 그 정신력으로 박사님의 정신을 관찰하고 의향을 탐색하고 있는 건지도 모르겠네요?"

"바로 그렇다네!"

"그래서 우리들은 그동안 아무런 방해도 받지 않고 일을 추진할 수 있도록 허락되어 왔던 건가요?"

"방해를 받지 않았다니? 우리가 방해받지 않았다고 누가 그랬지? 자네는 먼이 조종받고 있다는 것을 증명했어. 그러면 우리가 완전히 자유의지에 따라 먼을 칼간으로 맨 처음 파견했고 또는 아르카디아가 자신의 자유의지에 따라 우리들의 말을 도청해서 먼을 따라갔다고 생각하는 건 무엇 때문이지? 그래, 우리는 아마도 끊임없이 방해를 받아 왔을 거야. 그렇다면 그들은 왜 지금까지 해 왔던 것 이상의 행동을 했을까? 그것은 단순히 우리를 막는 것보다는 잘못된 길을 가도록 하는 것이 훨씬 이롭기 때문이지."

앤서는 쭉 명상에 잠겨 있다가 불만스럽다는 표정으로 참견하고 나섰다.

"그렇다면 도무지 마음에 들지 않아요. 박사님의 정신 정전은 생각할 가치도 없다는 말입니다. 영원히 집에만 머물러 있을 수도 없으려니와 집 밖을 나가자마자 금방 간섭을 받게 되겠지요. 은하계에 살고 있는 사람 모두가 휴대용 장치를 달고 다니지 않는다면 말입니다."

"그래, 그렇지만 우리들이 반드시 약한 것만은 아냐, 앤서. 제2파운데이션 사람들은 우리들이 갖고 있지 않은 특별한 감각을 지니고 있어. 그것은 그들의 강점이자 약점이야, 예를 들면 맹인들에게는 소용이 없지만 시력이 있는 정상인에게는 효력이 있는 공격 무기도 있으니까."

먼이 빨리 대답했다.

"물론이지요. 눈에다 강력한 빛을 갖다 대는 일이죠."

다렐이 말했다.

"그래요. 눈앞을 캄캄하게 하는 강력한 광선 말입니다."

터버가 물었다.

"그래, 그것이 무엇이란 말입니까?"

"내 유추는 정확합니다. 나에게는 정신 정전 장치가 있어요. 그것은 인공 전자 패턴을 일으키는 것으로서 제2파운데이션 사람들의 정신에 광선과 같은 작용을 할 것입니다. 이 정신 정전 장치는 만화경이에요. 그것은 받아들이는 정신이 따라갈 수 없을 정도로 빠르고 끊임없이 변화합니다. 그래요, 그것을 깜빡이는 광선이라고 가정해 봅시다. 이 빛을 어느 정도 지속해서 받으면 두통을 일으키는 그런 종류라고 말입니다. 그 광선을, 즉 그 전자장을 눈앞이 캄캄해질 정도까지 강도를 올리는 겁니다. 그렇게 되면 그것을 견딜 수 없는 고통을 줄 겁니다. 그러나 그건 특유의 감각을 지닌 사람들에 한해서일 뿐이고 특정 감각이 없는 사람에게는 아무렇지도 않지요."

"정말입니까? 시험해 봤어요?"

앤서는 서서히 열을 올리기 시작했다.

"누구에게 할 수 있었겠나? 물론 시험해 보지는 않았지만 반드시 그럴 거야."

"그러면 이 집을 둘러싸고 있는 장의 제어장치는 어디에 있습니까? 그것을 보고 싶군요."

"여기 있네."

다렐은 윗저고리 주머니 속을 뒤졌다. 그것은 주머니 밖으로 표가 나지 않을 정도로 작은 물건이었다. 그는 검은 볼륨 손잡이가 달린 원통형의 물건을 슬며시 건네주었다.

앤서는 그것을 점검하더니 어깨를 움찔했다.

"들여본다고 해서 알 수 있는 건 아니겠지요? 그렇지요, 박사님? 좀 만져 봐도 될까요? 이 집의 방어장치를 실수로 중단시키고 싶지는 않습니다만."

다렐이 냉정하게 대답했다.

"그런 일은 없을 거야. 그 제어장치는 열쇠가 채워져 있거든."

다렐이 스위치를 올렸지만 아무런 변화도 없었다.

"이 볼륨 손잡이는 뭘 하는 겁니까?"

"그것으로 패턴 변화의 변화율을 조절하지. 여기 이것이 내가 앞서 말했던 강도를 변화시키는 거야."

"시험해 보아도 괜찮을까요?"

앤서가 강도 조정용 손잡이에 손을 대면서 물었다. 사람들도 모여 들었다.

다렐이 어깨를 으쓱해 보였다.

"안 될 것도 없지. 우리에게는 영향을 주지 않아."

겁에 질린 듯 앤서는 손잡이를 천천히 처음에는 한쪽으로, 그러고는 반대쪽으로 돌렸다. 터버는 이를 악물고 먼은 정신없이 바쁘게 눈을 깜빡였다. 그것은 마치 자신들에게 영향을 주지 않는 이 충격을, 측정할 수 없는 불충분한 자신들의 감각 기관을 비관하여 울고 있는 듯한 모습이었다.

마침내 앤서가 어깨를 으쓱하고는 제어장치를 다렐의 무릎에 던져주었다.

"글쎄요? 하나 박사님의 말을 믿어도 될 듯싶군요, 그렇지만 조정용 손잡이를 돌리면 어떤 일이 일어나리라는 것을 상상하다는 것은 확실히 어려운 문제인데요."

다렐이 긴장된 미소를 지었다.

"그야 물론이지, 펠리스 앤서. 자네에게 주었던 것은 모조품이었어. 실은 또 하나 있네."

윗저고리를 헤치자 앤서가 점검했던 것과 똑같이 생긴 제어장치가 허리띠에 붙어 있었다.

"자, 잘 봐요!"

다렐이 강도조정용 손잡이를 최대로 돌렸다.

그러자 펠리스 앤서는 이 세상에서는 한 번도 들어 본 적 없는 비명을 지르면서 마룻바닥에 쓰러지고 말았다. 그는 고통에 못 이겨 손으로 머리를 쥐어뜯었다.

앤서의 몸에 닿지 않으려고 먼은 재빨리 다리를 치웠다. 눈은 공포에 질려 있었고 세믹과 터버는 경직된 두 개의 백색 석고상처럼 굳어 있었다.

우울한 얼굴을 한 다렐은 조정장치를 원래대로 돌려놓았다. 앤서는 한두 번 약하게 꿈틀대더니 조용해졌다. 그는 살아 있었지만 가쁜 호흡으로 인해 몸이 몹시 떨리고 있었다.

"그를 의자에 누입시다."

다렐이 그 청년의 머리를 들었다.

"좀 도와주세요. 이쪽을 들어요."

터버가 다리 쪽으로 팔을 뻗었다. 마치 밀가루 포대를 만지는 듯한 느낌이었다. 그리고 한참이 지나자 호흡도 전보다 고르게 되면서 앤서가 눈을 몇 번 깜빡이다가 떴다. 얼굴은 오싹할 정도로 누렇게 떠 있는 데다가 몸도 얼굴도 모두 땀 투성이었다. 그의 말은 중간중간 끊기어서 좀처럼 알아들을 수 없었다.

"그만해요."

그는 중얼댔다.

"그만해요! 다시는 그것을 틀지 마세요! 하지만 당신들은 몰라요……. 당신들은 모른다고요!"

그것은 길게 떨리면서 나오는 신음 소리였다.

다렐이 말했다.

"그렇게 하지. 진실을 말해 준다면 말이야. 당신은 제2파운데이션의 일원이지?"

"물, 물 좀 줘요."

앤서가 애원했다.

"터버, 갖다줘요. 그 위스키 병도 같이."

다렐이 말했다.

그는 위스키 한 잔과 물 두 컵을 먹이고 나서 앤서에게 질문을 되풀이 했다. 그 젊은이의 내부에서 무언가가 풀어지는 듯했다.

그의 입에서 지친 목소리가 흘러나왔다.

"그래요. 저는, 저는 제2파운데이션의 일원입니다."

"그것은 터미너스……! 바로 여기에 있는 거지?"

"네. 당신이 하는 말이 모두 맞아요, 다렐 박사님."

"좋아! 그러면 요 반년 동안에 무슨 일이 벌어지고 있었던 건지 설명해 봐. 자, 어서 말해 봐!"

"잠 좀 자고 싶습니다."

앤서가 작은 목소리로 중얼거렸다.

"잠은 나중에! 자, 어서 말해 봐!"

공포에 떠는 듯한 탄식, 그리고 낮으면서도 서두르는 듯한 말투. 다른 사람들은 그 말을 들으려고 앤서 쪽으로 허리를 굽혔다.

"사태는 점점 위험스러워지고 있었습니다. 터미너스와 그곳의 물리학자들은 뇌파 패턴에 흥미를 갖게 되어 정신 정전 장치와 같은 물건이 개발될 시기가 거의 다가왔다는 것을 우리들은 알고 있었어요. 그리고 제2파운데이션에 대한 적의가 싹트고 있다는 것도요. 우리들은 셀던 프로젝트를 다치지 않고 그 일을 막아야만 했어요.

우리들……, 우리들은 그러한 움직임을 조정하려고 했지요. 그 일환으로 우리는 이 일에 동참하려 했어요. 그렇게 되면 우리에게 향해 있던 의혹과 노력을 모두 헛수고로 만들 수 있을 것이다 생각했습니다. 또 더욱더 관심을 다른 곳으로 돌리기 위해서 칼간에게 선전 포고를 하게 만들었지요. 제가 먼을 칼간으로 파견한 이유도 그것입니다. 항간에서 떠돌고 있는 소문대로 스테틴의 첩은 우리의 일원이지요. 그녀가 먼에게 그러한 행동을 하도록 만든 거예요."

"칼리아가!"

먼이 고함쳤지만 다렐이 그를 제지했다.

앤서는 그런 줄도 모르고 말을 계속했다.

"아르카디아가 따라간 건 우리로서는 예상 밖의 일이었지요. 우리라고 모든 것을 예견할 수는 없습니다. 그래서 방해받지 않도록 칼리아가 그녀를 트랜터로 가게끔 책략을 부린 거지요. 그것이 전부입니다. 이번에 우리가 진 것과 상관없이 모두 사실입니다."

"왜 나를 트랜터로 보내려고 했나?"

다렐이 물었다.

"당신을 제거해야만 했어요. 당신의 마음속에서 싹트기 시작한 승리감이 거의 확실히 느껴졌고, 또 정신 정전 장치의 제반 문제를 거의 해결해 가고 있었으니까요."

"왜 나는 당신 조종 하에 두지 않았지?"

"그렇게는 할 수가 없었어요. 저는 명령을 받았습니다. 우리는 계획에 따라서 일을 하고 있었습니다. 만일 내가 즉흥적으로 처리했다면 모든 것을 파괴했을 거예요. 계획만이 개연성을 예고해 주지요. 그것은 알고 있겠지요? 셀던 프로젝트처럼."

그는 숨을 헐떡거리면서 거의 조리에 맞지 않는 말들을 지껄였다. 불안한 듯 흥분하여 머리를 좌우로 비틀고 있었다.

"우리는 개개인을 상대로 일을 했어요……. 집단이 아니고……. 아주 낮은 개연성만 내포하고 있는……. 완패했습니다……. 당신을 제어했더라도……, 다른 누군가가 장치를 발명했을 겁니다……. 소용없어요……. 시대를 조정해야만 해요……. 좀 더 교묘하게……, 제1발언자 자신의 계획은……, 전부의 계획은 모르고 있어요……. 단지……, 효과가 없었어요. 아……, 아…….."

그는 입을 다물었다.

다렐은 그를 심하게 흔들어 깨웠다.

"아직 자면 안 돼. 당신들은 모두 몇 명이야?"

"네? 뭐라고요? 아……, 많지는 않아요……. 못 믿겠지만……, 50명도 안 돼……. 필요치 않아요."

"모두 이 터미너스에?"

"다섯……, 여섯 명은 우주 공간으로 나가서……. 칼리아처럼……. 아! 잠자지 않으면."

그는 돌연 필사의 노력을 하는 듯 몸을 움직였다. 그러더니 표현이 조금 전보다 명확해졌다. 그것은 자기 정당화와 패배를 완화하기 위한 마지막 시도였다.

"마지막엔 당신을 해치울 참이었습니다. 방어장치의 스위치를 자르고 당신을 체포할 찰나였어요. 아, 어느 쪽이 진짜인지 알 수 있을 뻔했지요. 그런데 당신은 모조 제어장치를 주었어요. 벌써부터 나를 줄곧 의심해 왔다는 거지요."

그리고 그는 눈을 감았다.

터버는 두려운 목소리로 물었다.

"언제부터 그를 의심해 왔지요, 다렐?"

"처음 그가 이곳에 온 후로는 쭉 그랬지요."

조용한 대답이었다.

"그는 클리스에게서 왔다고 했어요. 그런데 나는 클리스를 잘 알아요. 클리스는 제2파운데이션 문제에 대해 열중해 있었고 나는 그를 떠났습니다. 내 목적은 뚜렷했지요. 내 스스로 일을 추진해 나가는 것이 최선이었고 또한 안전하다는 것이 나의 확고한 신념이었기 때문이지요. 그렇지만 클리스에게는 그렇게 통보할 수는 없었고, 만약 할 수 있었더라도 들으려고 하지 않았을 겁니다. 그에겐 내가 겁쟁이요 배반자로서 제2파운데이션의 프락치로 보였을지도 모르지요. 그는 집념이 강한 남자로 그 이후부터 죽는 날까지 거의 나와 절교 상태였어요. 그런데 그가 죽기 2~3주 전에 갑자기 편지가 왔는데, 오랜 친구 입장에서 권유한다면서 그의 손발이었던 제자들을 공동 연구자로 맞아들여서 과거에 하던 조사를 재개하도록 권유하지 뭡니까.

그것은 전혀 그답지 않은 행동이었지요. 외부로부터의 영향을 받지 않고 어떻게 그와 같은 일을 할 수 있는가 의심이 들었지요. 그래서 나는 그 진의가 제2파운데이션의 진짜 프락치를 나의 계획에 합류시키는 데 있지 않나 하고 의심하게 되었지요. 결과적으로 그렇게 된 셈이지만."

그는 한숨을 쉬고 나서 눈을 잠깐 감았다.

세믹이 주저하면서 입을 열었다.

"이제 그들을 어떻게 할 셈이오. 제2파운데이션 놈들을?"

"모르겠습니다."

다렐이 슬프게 대답했다.

"제 생각에 추방할 수 있겠지요. 예를 들면 조라넬 행성이 있어요. 그들을 그곳에 두고 그 행성을 정신 정전으로 둘러쌀 수는 있겠지요. 또는 남녀 두 성을 분리시키거나 아니면 단종시키는 것이 더 나을 수도 있지요. 그렇게 하면 50년 후에는 제2파운데이션은 과거의 것이 되고 말 테니까요. 아니면 그들 전부를 안락사시키는 것이 오히려 친절을 베푸는 것일지도 모르지요."

"우리도 그들 나름대로의 감각 사용법을 습득할 수 있을까요? 아니면 그들의 능력은 뮬의 경우처럼 태어나면서부터 타고난 걸까요?"

터버가 물었다.

"알 수 없지요. 그렇지만 뇌파 그래프를 통해 그 가능성이 인간의 마음 한구석에 잠재해 있는 것을 보면 장기간의 훈련을 통해 발달한 것이라고 생각합니다. 그런데 그와 같은 감각이 무엇 때문에 필요할까요? 그 감각은 그들을 돕지 못했어요."

그는 눈살을 찌푸렸다.

그는 아무것도 말하지 않았지만 그의 생각은 큰 소리로 외치고 있었다.

'너무나 쉽게 속았고 너무 쉽게 무너졌어. 그들은 졌어. 그 무적을 자랑하는 사람들이 소설에 나오는 악당들처럼 함락되어 버렸어!'

그러나 그는 그것이 마음에 들지 않았다.

'제기랄! 인간이란 얼마만큼 시간이 흘러야만 자기가 꼭두각시가 아니라는 것을 알게 될까? 어떻게 해야만 허수아비가 아니라는 것을 알 수 있는 걸까?'

아르카디아가 곧 돌아온다. 그는 곧 직면하게 될 일을 생각하면서 몸서리쳤다.

아르카디아가 돌아와서 일주일이 지나고 또 일주일이 지났지만 다렐은 엄밀하게 조사해 봐야겠다는 자신의 생각을 조금도 늦출 수 없었다. 그런데 그가 어떻게 그 말을 할 수 있단 말인가? 그녀는 무엇인가 이상한 연금술을 거친 듯 그 사이에 어린애에서 젊은 여인으로 바뀌어 있었다. 딸은 그의 인생에서 기반이 아니었던가!

그는 어느 날 저녁 늦은 시간에, 무관심을 가장한 채 말했다.

"아르카디아, 터미너스가 양쪽 파운데이션을 포함하고 있다고 생각하게 된 건 무엇 때문이지?"

그들은 마침 극장에 가 있던 참이었다. 각기 개인 입체 관람경이 달린 특석에 앉았다. 극장에 가기 위해 새 옷까지 입은 그녀는 마냥 행복했다.

그녀는 잠시 다렐을 쳐다보다가 그의 마음을 흔들어놓았다.

"후, 그건 잘 모르겠어요. 그저 그런 생각이 들더라고요, 아빠."

한 꺼풀의 얼음장이 박사의 심장을 휘감는 것 같았다.

"얘야, 잘 생각해 보렴."

그는 열심히 구슬렸다.

"이것은 중대한 일이야. 양쪽 파운데이션이 모두 터미너스에 있다고 너에게 확신을 준 것이 무엇이었니?"

그녀는 눈살을 약간 찌푸렸다.

"저, 칼리아라는 부인이 있었어요. 그녀가 제2파운데이션 인이라는 것은 알고 있어요. 앤서도 그렇게 말했었잖아요."

"하지만 그녀는 칼간에 있었잖니?"

다렐이 되물었다.

"그런데 무엇이 너로 하여금 제2파운데이션이 터미너스라고 생각하도록 했는가 말이야?"

아르카디아는 이번에는 몇 분이나 지난 후에야 대답했다.

"내게 결정하도록 한 게 무엇이냐고요?"

그녀는 꽉 움켜쥐고 있는 무언가가 막 빠져나가는 듯한 공포감을 느꼈다.

"그 여자는 알고 있었어요. 칼리아 부인 말이에요. 터미너스에 대한 정보를 분명히 입수하고 있었어요. 안 그래요, 아빠?"

그러나 그는 딸을 향해서 머리를 저었다.

"아빠!"

그녀는 소리쳤다.

"나는 알아요. 생각하면 생각할수록 제 생각이 옳다는 확신이 들었지요. 분명히 그렇게 느꼈어요."

아버지의 눈은 실망의 빛이 역력했다.

"그것만으론 안 돼, 아르카디아. 그것으론 안 되는 거야. 제2파운데이션이 관여하고 있을 때는 직감도 의심스러워. 너도 알지? 그건 네 직감이었을지도 모르고 또 제어를 받고 있었는지도 모른다는 것을!"

"제어라고요! 그들이 나를 바꿔 놓았다는 말인가요? 설마! 하지만 아니에요, 아빠. 그들은 그럴 수가 없었을 거예요."

그녀는 아버지로부터 뒷걸음을 쳤다.

"아니, 앤서는 내가 옳다고 하지 않던가요? 그는 그렇게 인정했어요. 모든 것을 인정했어요. 아버지는 터미너스에 대한 모든 것을 알아냈잖아요. 아닌가요? 아니에요?"

그녀는 가쁘게 숨을 몰아쉬고 있었다.

"그건 알고 있어. 그렇지만 아르카디아, 너의 뇌파를 한번 검사해 보게 해 다오."

그녀는 맹렬히 머리를 흔들어 댔다.

"싫어요, 안 돼! 무서워요."

"이 아빠가 할 거야, 아르카디아. 아무것도 두려워할 것 없단다. 우리는 진실을 밝혀야만 해. 그렇지?"

그녀는 그 후로 단 한 번 저항했다. 마지막 스위치를 작동시키기 직전에 그의 팔을 꽉 붙잡았다.

"만일 내가 달라졌다면 어떻게 하실 건가요, 아빠?"

"아무 짓도 하지 않아, 아르카디아. 만일 네가 달라졌다면 우린 여길 떠날 거야. 트랜터로 돌아가는 거야. 너와 나 둘이서……. 그리고 우리는 은하계에서 벌어지는 어떤 일에도 신경 쓰지 않을 거야."

다렐의 생애에서 하나의 분석이 이처럼 천천히 진행되고 또 이처럼 많은 희생을 지불해야만 했던 일은 일찍이 없었다. 검사가 끝나자 아르카디아는 몸을 움츠리며 쳐다보려 하지도 않았다. 그때 그녀는 아버지의 웃음소리를 들었고 그것으로 충분했다. 그녀는 펄쩍 뛰어서 양팔을 벌린 아버지 품에 안겼다.

둘이서 부둥켜안고 있는 동안 그는 무언가 중얼거리고 있었다.

"이 집은 최대한으로 강화된 정신 정전 영향 아래 있고 너의 뇌파도 정상이야. 우리들은 진짜로 그들을 한 방 먹인 셈이란다, 아르카디아. 이젠 예전 생활 그대로 되돌아가는 거야."

"아빠……!"

그녀의 숨이 거칠어졌다.

"우리는 이제 훈장을 받을 수 있게 되나요?"

"나는 그곳에 포함시키지 말라고 부탁한 사실을 어떻게 알았니?"

그는 양팔을 뻗어 그녀를 안고 소리 높여 또 한바탕 웃었다.

"신경 쓸 것 없다. 너는 무엇이나 알고 있구나. 좋아, 단상에서 축사와 함께 훈장을 받을 수 있게 하마."

"그래서 말인데요, 아빠……."

"뭐 말이냐?"

"이제부터는 아르카디라고 불러주시겠어요?"

"그렇지만……. 좋아, 아르카디."

여유 있는 승리감이 그의 몸 전체로 퍼져 스며들고 있었다. 파운데이션, 제1파운데이션! 이제야말로 제1파운데이션은 은하계의 유일한 절대군주가 되었다. 그들과 제2제국(셀던 프로젝트의 종국적 달성)과의 사이에 더 이상의 장애는 없었다.

그들은 그쪽을 향해 손을 뻗기만 하면 됐다.

고맙게도…….

22장
진짜 대답

소재지가 불분명한 세계 속의 외딴 방! 그리고 착착 진행하는 모종의 계획…….

제1발언자는 얼굴을 들고 학생을 바라보았다.

"남녀 50명이야. 50명의 순교자! 그들은 그것이 죽음 아니면 종신금고형을 의미한다는 사실을 알고 있었으면서도 우리가 약화되는 것을 방지하기 위해서 제어조차 받을 수 없었어. 제어를 받는 것은 탐지될지도 모르기 때문이었지. 그렇지만 그들은 두려워하지 않고 계획대로 밀고 나갔어. 더 위대한 쪽의 계획을 위해서……."

"좀 더 소수였더라도 되지 않았을까요?"

학생이 미심쩍게 물었다.

제1발언자는 천천히 머리를 흔들었다.

"그것이 최저선이었어. 더 적어서는 도무지 설득력을 가질 수 없었을 거야. 사실 순수한 객관주의에서 보자면 오차의 여지를 남겨 놓고 75명을 요구했을 거야. 그것에 대해서 신경 쓸 것 없어. 그런데 자네는 15년 전에 발언자 회의에서 입안된 행동 방침에 대해 연구해 보았나?"

"네, 제1발언자."

"그것을 실제와 비교해 보았지?"

"네."

얼마간의 침묵 뒤에 학생은 다시 말했다.

"깜짝 놀랐습니다, 발언자."

"알고 있어. 놀라는 거야 매번 있는 일이지. 완벽을 기하기 위해서 얼마나 많은 인원이 몇 달 동안, 실제로는 몇 년이나 노력한다는 걸 안다면 그렇게 놀랄 일도 아냐. 자, 그동안 벌어졌던 일에 대해서 말해봐, 언어로, 수학에 대해 자네 나름의 해석이 듣고 싶어서 그러네."

"네, 알겠습니다."

청년은 생각을 가다듬었다.

"본질적으로 제1파운데이션 사람들에게는 자기들이 제2파운데이션을 막아서 '파괴'해 버렸다고 완전히 확신하는 것이 필요했습니다. 그런 경우에는 의도했던 대로 원점으로 복귀하겠지요. 여러 가지 의미에서 터미너스는 더 이상 우리들에 대해서 아무것도 모르는 게 되었고, 그 어떤 계산에서도 우리를 포함하지 않을 겁니다. 우리는 다시 한 번 숨겨졌습니다. 50명의 희생을 발판으로."

"그럼 칼간 전쟁의 목적은?"

"파운데이션에게 자신들도 물리적인 적을 물리칠 수 있다는 것을 보여주기 위해서입니다. 또 뮬이 그들의 자존심과 자신감에 끼친 손상을 없애기 위해서입니다."

"그 점은 분석이 불충분하군. 터미너스의 주민들이 분명히 애정과 증오라는 양면성을 가지고 우리를 바라보았다고 생각해 봐. 그들은 우리들의 우월성을 증오하면서 부러워했고, 더구나 암묵적으로는 우리가 보호해 주는 것으로 믿어 왔어. 만일 칼간의 전쟁 이전에 우리가 '파괴' 되었다면 파운데이션 전체가 혼란과 공포에 빠졌을 거야. 만일 그때 스테틴에게 즉시 공격하게 했더라면 그들은 결코 저항할 용기를 가질 수 없었을 테고 또한 스테틴은 실제로 공격했을 거야. 승리로 완전히 사기충천해 있을 때에만, '파괴'가 일어나더라도 나쁜 영향이 최소화되는 거지. 스테틴은 그 뒤로 1년을 기다렸기 때문에 성취감이 너무 빨리 식어 버렸던 거야."

학생은 고개를 끄덕거렸다.

"알았습니다. 그렇다면 역사의 진로는 계획에 명시된 방향에서 벗어나지 않고 진행되겠지요."

제1발언자가 지적했다.

"만에 하나……! 예견할 수 없는 개인적인 사고가 더 이상 일어나지 않는다면 말이야."

학생이 말했다.

"그리고 그러기 위해선…… 우리는 의연히 존재해야 합니다. 단지, 현재 상태에서 한 가지가 걱정입니다, 발언자. 제1파운데이션은 우리에 대한 강력한 무기인 정신 정전 장치를 가지고 있습니다. 적어도 그 점이 예전 상태와 다른 점입니다."

"좋은 지적이야. 그런데 그들에게는 그걸 사용할 상대가 없어졌어. 이제 그것은 쓸모없는 장치가 되어 버렸지. 마치 그들을 위협하는 요인으로 우리 자신이라는 자극이 없으면 뇌파 그래프가 쓸모없는 학문인 것처럼 말이야. 그 밖의 다른 여러 가지 지식들은 다시 한 번 더 중요하고 즉각적인 보답을 가져다주겠지. 그러니까 제1파운데이션에 있던 초대 정신과학자들 또한 마지막 사람이 될 것이며, 다시 1세기가 지나면 정신 정전 장치는 과거에나 존재했던 잊힌 것이 될 거야."

"음······."

학생은 암산을 하고 나서 이야기 했다.

"말씀하신 대로입니다."

"하지만 평의회에서 자네 장래를 위해 더욱 철저하게 인식해 주었으면 하는 건 단지 우리가 개인들을 다루었다는 이유만으로 최근 15년간의 우리 계획에 집어넣을 수밖에 없었던 문제에 대한 고려일세. 그건 앤서가 자신에 대한 의혹을 갖도록 하는 것인데, 그것도 다른 것에 비해 간단한 편이었지. 그리고 터미너스 자체가 그들이 찾고 있는 우리의 본거지일지도 모른다는 사실을 터미너스 사람들이 너무 빨리 눈치채지 못하도록 상황을 조작하는 방법이었네. 그래서 아버지 말고는 누구도 그녀의 말에 주의를 기울이지 않는 젊은 아가씨 아르카디아에게 그런 생각을 불어넣어야 했지. 그 다음에는 아버지와 너무 빨리 접촉하지 않도록 하기 위해 그녀를 트랜터로 보내야 했어. 그들은 상대방 없이는 운동할 수 없는 초원자 모터의 두 개의 극과도 같다고 할까. 그리고 꼭 알맞은 순간에 모터를 작동시키려면 두 극이 접촉이 되어야만 해. 그래서 내가 그렇게 조치한 거야.

그리고 마지막 전투도 적절히 조작했어야 했네. 파운데이션 함대를 자신감에 푹 잠기게 하고는 칼간 함대가 빠져나갈 준비를 하도록 해 놓은 거야. 그것도 내가 한 일 중의 하나이지."

학생이 말했다.

"발언자, 말하자면 우리 모두는 다렐 박사가 아르카디아를 우리의 도구라고 의심하지 않을 거라고 전제한 듯합니다. 그 추정을 제가 검사해 보니까 그가 의심할 거라는 개연성은 30퍼센트 정도였습니다. 그러나 만약 그것이 발각되었다면 어떤 일이 일어났을까요?"

"그건 이미 해결을 한 상태였어. 자네는 간섭의 플래토 현상에 대해서 얼마나 알고 있나? 그건 어떤 건가? 그 애는 감정간섭을 전혀 받지 않았다는 것으로 나타났지. 그 상태라면 가장 정밀한 뇌파 그래프 분석으로도 탐지 될 염려가 없어. 알다시피 레퍼트 법칙의 결론이지. 그러니까 먼저 있던 감정 상태가 제거되었다면 그건 사진 분석에서 나타나네. 틀림없이 나타나지.

그리고 물론 앤서는 간섭의 플래토 현상에 대해서 다렐이 알고 있는 것을 죄다 확인을 했어.

그러나 개인이 제어를 받았는데도 그것이 나타나지 않은 경우란 대체 어떤 때일까? 그건 제거시켜야 할 이전의 감정 상태가 존재하지 않을 경우야. 바꾸어 말하면 그 개인이 백지의 마음을 가진 신생아일 경우지. 아르카디아 다렐은 15년 전에 이 트랜터에서 태어난 조건에 딱 맞는 유아였고, 그래서 그 애는 그 당시 우리 계획의 골자에 따라 최초의 선이 그어졌던 거야. 그래서 그녀는 제어된 사실을 결코 알 수 없었을 거고 그러는 편이 그만큼 좋은 셈이지. 왜냐하면 그녀에 대한 제어는 조숙하고 지적인 개성의 발달을 포함하고 있었기 때문이야."

제1발언자는 짧게 웃었다.

"어떤 의미에서 가장 놀란 일은 그 전체가 아이러니하다는 사실이야. 왜냐하면 400년 동안 그렇게도 많은 사람들이 '은하계의 저쪽 끝'이라는 셀던의 말에 현혹되어 왔으니 말이야. 그들은 그 문제에다 그들 자신의 기묘한 물리학적 사고를 도입해서 분도기나 자를 가지고 반대 끝을 재고는, 결국은 은하계의 가장자리를 180도 돌아간 외곽성역의 한 점을 찾아내거나 아니면 원점으로 돌아왔지.

그렇다고 해서 우리의 진짜 최대의 위험은, 누구든 물리적 사고방식에 기초한다면 탐색이 가능한 해결책이 있다는 사실이야. 은하계란 우리가 알고 있는 것처럼 평평한 알 모양을 하고 있는 것도 아니고 외곽 성역은 폐곡선도 아냐. 실제로 그것은 2중의 나선형으로 사람들이 살고 있는 행성의 80퍼센트는 이 팔 모양의 부분에 붙어 있어. 터미너스에서 그 나선형의 반대쪽이란 어디인가 하면 물론 중앙이 되지.

그렇지만 그건 사소한 거야. 우연적이고도 부적절한 해결책이지. 만약에 의문을 가진 자가 있어서 해리 셀던이 사회과학자이지 물리학자가 아니었다는 사실을 기억했다면, 그리고 그에 따라 생각을 조금만 바꾸었어도 금방 해결할 수 있었을 거야. 사회과학자에게 '상반된 양끝'이란 무엇을 의미했을까? 지도에서 보는 상반된 양끝이었을까? 물론 그렇지 않아. 그건 기계적인 해석에 지나지 않아."

그는 계속해서 말했다.

"제1파운데이션은 외곽성역에 있었는데 그곳에 원래 있던 제국은 아주 약하고 문명의 영향을 거의 받지 않아서 부유함이나 문화는 없는 거나 마찬가지였어. 그럼 사회학적으로 본 은하계의 반대편 끝은 어디 있을까? 물론 원래의 제국이 가장 강력했고 문명의 영향을 가장 많이 받았고 부유함과 문화가 가장 견고하게 존재했던 곳이지. 그런 관점에서 본다면 터미너스의 반대쪽은 바로 여기야! 은하계 중앙 트랜터, 셀던 당시에 제국을 통치한 수도!

그건 어쩔 수 없었어. 해리 셀던한테는 작업을 지속하면서 발전시키고 확장시키기 위해서 제2파운데이션이 꼭 필요했어. 지난 50년 동안 사람들이 애매하게 추측하거나 알아차리기 시작한 사실이야. 그러나 셀던이 어디서 작업을 계속해야 가장 좋은 성과를 올릴 수 있을까? 트랜터, 셀던이 집단을 이루며 몇십 년간 연구한 곳, 그래서 수많은 자료를 그대로 쌓아둔 곳. 그리고 제2파운데이션을 세운 목적은 적한테서 프로젝트를 지키는 거야. 이런 사실 또한 알려졌지. 그렇다면 터미너스와 프로젝트에게 가장 커다란 위험하게 작용할 원천은 어디에 있을까?

여기! 여기 트랜터! 제국이 망했음에도 지난 3세기 동안 언제든지 마음만 먹으면 파운데이션을 파괴할 수 있는 곳!

그러다가 1세기 전에 트랜터가 함락당해 침략군에게 짓밟히며 약탈당할 때에 우리는 본거지를 자연스럽게 지킬 수 있었고 여러 행성에 있는 제국 도서관과 주변 지역을 그대로 보전할 수 있었지. 이건 은하계에도 잘 알려진 사실로, 조금만 주의를 기울여도 그 의미를 파악할 수 있었을 텐데, 사람들은 가볍게 무시했지.

에블링 미스가 우리를 발견한 게 여기 트랜터야. 그리고 우리는 여기에서 에블링 미스가 자신이 발견한 내용을 살아서 전달하지 못하도록 만들었지. 그렇게 하기 위해서는 평범한 파운데이션 아가씨가 뮬이라는 돌연변이체가 발산하는 엄청난 능력을 이겨 내도록 만들 필요가 있었어. 그런 일이 일어났다는 자체로 트랜터는 충분한 의심을 받을 수 있었지. 게다가 우리가 뮬을 처음으로 연구하고 뮬이 궁극적으로 패배하도록 계획한 곳도 여기였어. 아르카디아가 태어난 곳도, 셀던 프로젝트를 위대하게 부활시키는 일련의 사건이 처음 일어난 곳도 바로 여기야.

그리고 우리 비밀에 대한 모든 약점, 즉 그 휑하게 뚫린 구멍은 셀던이 자기 나름대로 '반대쪽 끝'이라고 했고 그것을 그들이 자기들 나름대로 해석했기 때문에 우리는 들키지 않고 무사히 지내 올 수 있었지."

제1발언자가 학생에게 말을 끝내고 나서 많은 시간이 지났다. 그는 창문 앞으로 가서 믿을 수 없을 정도로 찬란한 하늘을, 이제 영원히 안전할 거대한 은하계를 쳐다보았다. 그리고 자신한테 말하듯 조그맣게 속삭였다.

"해리 셀던은 트랜터를 '끝에 있는 별'이라고 불렀어. 시적인 상상력을 동원하면 좋았을 텐데 말이야. 원래 이 돌덩어리가 우주 전체를 이끌었거든. 모든 행성이 여기로 연결되었다고. '모든 길은 트랜터로 통한다. 바로 거기가 모든 별이 끝나는 곳이다'라는 오랜 격언이 있지."

8개월 전에도 제1발언자는 불안한 얼굴로 바로 그 별무리를 바라보았다. 인간이 은하계라고 부르는 거대한 물체였다. 그런데 지금은 제1발언자, 프림 팔버의 혈색 좋고 두루뭉술한 얼굴에는 아주 만족스러운 표정이 떠올라 있었다.

옮긴이 | 김옥수

서울에서 태어나 한국외국어대학교 영어과를 졸업하고 임프리마 코리아 영미권 부장을 지냈다. 도서출판 사람과책에서 편집부장을 지내다가 현재는 전문 번역가로 활동하고 있다. 역서로는 「파운데이션 시리즈」, 『돼지가 한 마리도 죽지 않던 날』, 『푸른 돌고래섬』, 『천상의 예언』, 『레모네이드 마마』, 『행운을 부르는 아이』, 「뱀파이어 다이어리 시리즈」, 「셉티무스 힙 시리즈」 외 다수가 있다.

제2파운데이션

1판 1쇄 펴냄 2013년 10월 4일
1판 22쇄 펴냄 2024년 7월 22일

지은이 | 아이작 아시모프
옮긴이 | 김옥수
발행인 | 박근섭
편집인 | 김준혁
펴낸곳 | 황금가지

출판등록 | 2009. 10. 8 (제2009-000273호)
주소 | 06027 서울 강남구 도산대로 1길 62 강남출판문화센터 5층
전화 | **영업부** 515-2000 **편집부** 3446-8774 **팩시밀리** 515-2007
홈페이지 | www.goldenbough.co.kr

도서 파본 등의 이유로 반송이 필요할 경우에는 구매처에서 교환하시고
출판사 교환이 필요할 경우에는 아래 주소로 반송 사유를 적어 도서와 함께 보내주세요.
06027 서울 강남구 도산대로 1길 62 강남출판문화센터 6층 민음인 마케팅부

한국어판 © ㈜민음인, 2013. Printed in Seoul, Korea

ISBN 978-89-6017-758-1 04840 (3권)
ISBN 978-89-6017-763-5 04840 (set)

㈜민음인은 민음사 출판 그룹의 자회사입니다.
황금가지는 ㈜민음인의 픽션 전문 출간 브랜드입니다.